LE SIGNE

DU MÊME AUTEUR
CHEZ LE MÊME ÉDITEUR

Le Dernier Templier
Eternalis

Raymond Khoury

LE SIGNE

Roman

Traduit de l'anglais par Jean Bonnefoy

PRESSES
DE LA CITÉ

Titre original : *The Sign*

ISBN 978-2-258-08078-2

Celui-ci est pour Suellen.

L'idée que religion et politique ne se mêlent pas est une invention du diable pour empêcher les chrétiens de diriger leur propre pays.

Jerry Falwell [1]

Mon royaume n'est pas de ce monde.

Jésus-Christ (Jean, XVIII, 36)

1. Pasteur baptiste et télévangéliste américain, extrait d'un sermon prononcé le 4 juillet 1976. (Toutes les notes sont du traducteur.)

Prologue

I. Côte des Squelettes, Namibie – Deux ans plus tôt

Alors que le fond du ravin se précipitait vers lui, Danny Sherwood sentit sa chute le long de la paroi rocheuse se ralentir soudain à l'extrême. Mais le répit gagné par ce petit miracle était tout sauf bienvenu : il ne faisait que renforcer l'inéluctable vérité, en lui donnant tout le temps de se répéter en boucle que, dans quelques secondes, il serait mort.

La journée avait pourtant si bien commencé...

Au bout de près de trois ans, son travail – et celui du reste de l'équipe – avait abouti. Et il n'allait pas tarder à en retirer les fruits.

Un travail de Romain. Rien que du point de vue scientifique, le projet était déjà un défi. Toutefois ce n'était rien, comparé au délai imparti, aux conditions de sécurité draconiennes, à l'éloignement de sa famille et de ses amis qu'il avait subi au long de ces mois de labeur intense. Mais ce matin-là, lorsqu'il avait contemplé le ciel bleu et humé l'air sec et poussiéreux de ce coin de désert perdu, il avait décidé que ça en valait la peine.

Il n'y aurait pas de retombées publiques, c'était entendu. Ni Microsoft ni Google ne se battraient à coups de millions pour acquérir la technologie. Le projet, lui avait-on dit, était destiné à l'armée. On avait néanmoins promis une jolie prime à tous les membres de l'équipe. Dans son cas, de quoi financer sa retraite, celle de ses parents et éventuellement celle d'une épouse pas trop dépensière et de la ribambelle d'enfants qu'il pourrait avoir un jour – à condition de s'y mettre. Dans quelques années, sans doute, une fois qu'il aurait bien profité des avantages procurés par son emploi. Pour l'heure, ce n'était pas encore au programme. Il n'avait que vingt-neuf ans.

Oui, l'avenir confortable qui s'offrait à présent à lui était bien loin de l'austérité de son enfance à Worcester, dans le Massachusetts. Il avait dépassé la tente du mess, puis l'hélicoptère qu'on chargeait en prévision de leur départ, pour rejoindre le directeur du projet. Tout en marchant, il récapitulait les différentes étapes de l'expérience, depuis le travail de labo jusqu'aux divers essais sur le terrain qui devaient trouver leur aboutissement ici, dans ce trou perdu.

Danny aurait aimé pouvoir partager son enthousiasme avec quelques personnes extérieures au projet. Ses parents, surtout. Il imaginait déjà leur stupeur. Et leur fierté. Le petit Danny concrétisait enfin tous les espoirs placés en lui depuis, eh bien, depuis sa naissance… Puis il avait songé à son frère aîné. Mais nul doute qu'il aurait encore cherché à l'entraîner dans ses projets farfelus et à la limite de l'illégalité. Il y avait aussi deux ou trois crétins qu'il aurait volontiers mouchés une bonne fois pour toutes. Mais il savait que la moindre indiscrétion lui était interdite. On s'était montré très clair avec eux : le projet était confidentiel. La défense nationale était en jeu. Alors, Danny était resté muet, ce qui n'était pas difficile. Il en avait l'habitude. La culture du secret était une seconde nature dans son secteur, l'industrie de pointe, qui rapportait des centaines de millions de dollars. Entre un compte en banque avec un solde à huit chiffres et une cellule miteuse dans une prison de haute sécurité, il n'y avait pas à hésiter.

Il s'apprêtait à frapper à la porte de la vaste tente semirigide climatisée qui abritait le chef du projet quand un bruit le retint.

Des éclats de voix.

Il se rapprocha.

— Tu aurais dû me le dire. Enfin merde, c'est mon projet ! Tu aurais dû me le dire dès le début.

La personne qui parlait semblait furieuse. Danny reconnut la voix de Dominic Reece, son mentor. Enseignant l'électrotechnique et l'informatique au MIT, Reece figurait en bonne place dans le panthéon de Danny. Il avait été son professeur en classe préparatoire, puis il avait suivi de près sa formation jusqu'à son doctorat, avant de l'inviter à intégrer son équipe trois mois auparavant. Pour rien au monde le jeune homme n'aurait laissé passer cette chance – et cet honneur. Reece n'avait pas pour habitude de mâcher ses mots, mais Danny percevait à présent chez lui un sentiment nouveau : l'homme était blessé, indigné.

— Et comment aurais-tu réagi ? s'enquit une autre voix, inconnue celle-ci, mais tout aussi enflammée.

— De la même façon !

— Réfléchis donc une seconde. Pense à tout ce qu'on peut faire ensemble... Ce qu'on peut réaliser.

— Pas question de continuer à t'aider, rétorqua Reece. Je ne serai pas ton complice.

— Dom, je t'en prie...

— Non.

— Pense à ce qu'on peut...

— Non, coupa Reece. Laisse tomber. C'est hors de question. C'est une fin de non-recevoir.

Un lourd silence s'ensuivit, puis le deuxième homme dit :

— Je regrette que tu aies dit ça.

— Et pourquoi ?

Ne recevant pas de réponse, Reece reprit, mal à l'aise :

— Et les autres, alors ? Tu ne leur en as pas parlé, n'est-ce pas ?

Ce n'était pas une question.

— Non.

— Quand comptais-tu leur annoncer ce changement de cap ?

— Je voulais d'abord connaître ta réponse. J'espérais que tu m'aiderais à les convaincre de jouer le jeu.

— Eh bien, tu peux te brosser. Pour être franc, j'aimerais les tirer tous au plus vite de ce guêpier.

— Dom, je ne peux pas te laisser faire ça.

— Comment ça ? Tu ne vas quand même pas… Bon Dieu, mais tu as complètement perdu la tête !

Reece jura, puis des pas précipités se rapprochèrent de la porte.

— Arrête, Dom ! lança l'autre homme.

— Reece, ne faites pas ça ! s'exclama une troisième voix aux accents durs.

Danny reconnut Maddox, le responsable de la sécurité du projet, un grand type chauve à l'expression impassible, qui arborait une cicatrice de brûlure en forme d'étoile à la place d'une oreille. Ses subordonnés (tout aussi inquiétants) le surnommaient l'Obus.

Reece répondit :

— Allez tous vous faire foutre.

La porte s'ouvrit à la volée et Reece se retrouva face à Danny. Celui-ci perçut distinctement un double clic, un bruit entendu cent fois au cinéma, celui d'un pistolet qu'on arme. Dans le même temps, le deuxième homme, celui qui s'était disputé avec Reece et que Danny reconnaissait à présent, se tourna vers l'Obus et cria :

— Non, pas ça !

Il y eut deux crachotements assourdis, puis Reece vacilla, le visage déformé par la douleur, avant de s'effondrer dans les bras de Danny.

Ce dernier tituba, tentant de retenir son professeur. Il sentit une chaleur moite sur ses mains tandis qu'un liquide épais et sombre jaillissait à flots, imbibant ses vêtements.

Reece tomba lourdement, révélant l'intérieur de la tente et le deuxième homme, immobile près de l'Obus qui tenait une arme. Dont le canon était à présent braqué sur Danny.

Ce dernier plongea de côté alors que deux balles sifflaient à l'endroit précis où il s'était trouvé un instant plus tôt, puis il s'enfuit en courant.

Il avait parcouru une dizaine de mètres quand il osa se retourner et vit Maddox émerger de la tente, une radio dans une main, un pistolet dans l'autre. Le cœur au bord des lèvres, Danny se dirigea vers le campement temporaire aménagé pour la poignée de scientifiques recrutés en même temps que lui. Il faillit en renverser deux, des sommités universitaires dans leur pays, à l'instant où ils sortaient d'une des tentes.

— Ils ont tué Reece ! leur lança-t-il, s'arrêtant juste le temps de désigner la tente derrière lui. Ils l'ont tué !

Se retournant, il vit Maddox courir vers lui à toute allure et reprit la fuite. Ses collègues effarés se tournèrent brièvement vers le chef de la sécurité, et deux flots écarlates jaillirent de leur poitrine : Maddox les avait abattus de sang-froid, sans même ralentir.

Le souffle court, les jambes en feu, Danny se glissa derrière la tente du mess, cherchant désespérément à semer son poursuivant. Soudain, il avisa les deux vieilles Jeeps garées sous un abri de fortune. Il ouvrit la portière de la première et démarra en soulevant une gerbe de sable à l'instant précis où Maddox le rejoignait.

Gardant l'œil sur le rétro, Danny fonçait à travers la plaine de gravier. Cramponné au volant, il ne pensait qu'à s'éloigner du camp et du fou furieux qui venait de tuer son professeur et ses collègues, tout en s'efforçant d'oublier l'horrible vérité : il n'avait nulle part où fuir. Il était perdu au milieu de nulle part, sans une âme qui vive à des centaines de kilomètres à la ronde.

C'était justement pour ça qu'ils avaient choisi cet endroit.

Très vite, un grondement se fit entendre : en se retournant, il vit l'hélicoptère du camp venir droit sur lui. Il écrasa le champignon, et la Jeep se mit à faire des embardées qui l'envoyaient se cogner contre la toile de la capote, malgré ses efforts pour éviter les rochers et les maigres buissons.

L'hélicoptère gagnait du terrain, le fracas de son moteur était assourdissant et ses pales provoquaient un tourbillon de sable qui menaçait d'engloutir la Jeep. Danny ne voyait plus où il allait, ce qui n'avait guère d'importance car il n'y avait pas de piste à cet endroit. Soudain, l'hélicoptère s'abattit sur le toit de la voiture, faisant plier les minces tubes qui soutenaient la capote et manquant de le décapiter.

Il se mit à zigzaguer pour tenter d'échapper au prédateur mécanique. La sueur ruisselait sur son visage. La Jeep tanguait dangereusement, déséquilibrée par les cailloux et les cactus, mais l'hélicoptère ne le lâchait pas. De temps en temps, il percutait la voiture. Pas un instant Danny ne songea à s'arrêter : l'instinct de survie entretenait en lui l'espoir irrationnel qu'il pouvait sortir vivant de cette terrible course-poursuite. Soudain, au milieu du cauchemar, un changement survint. L'hélicoptère se redressa légèrement tandis que le nuage de sable qui environnait la Jeep se dissipait.

C'est alors que Danny distingua le canyon qui lui barrait inéluctablement la route, une immense faille calcaire qui serpentait à travers le paysage, comme dans les westerns qu'il regardait enfant. Il avait toujours espéré en voir un en vrai. La certitude cruelle qu'il n'aurait pas le temps de l'admirer l'envahit au moment où la Jeep prenait son envol au-dessus du gouffre.

II. Wadi el Natrun, Egypte

Assis en tailleur à son emplacement habituel au sommet de la montagne, avec l'infinité du désert étendue à ses pieds, le vieux moine sentit croître son malaise. Lors de ses dernières visites en ce lieu désolé, il avait cru percevoir comme une menace dans les paroles qui résonnaient dans sa tête. Et aujourd'hui, c'était encore plus manifeste.

Soudain la question retentit :

— Es-tu prêt à servir ?

Il battit des paupières, ébloui par les lumières de l'aube, regarda machinalement autour de lui, comme chaque fois, mais à quoi bon ? Il était seul. Aussi loin que portait la vue, on ne voyait pas âme qui vive. Ni homme ni animal.

Malgré la fraîcheur matinale, des gouttelettes de sueur perlaient sur son crâne chauve. Il tâcha de se concentrer sur la voix.

— Le temps de Notre-Seigneur est proche. Es-tu prêt à servir ?

Le père Jérôme bredouilla :

— Oui, bien sûr, quoi que Tu me demandes. Je suis Ton serviteur.

Après un silence, la voix résonna de nouveau dans sa tête :

— Es-tu prêt à mener ton peuple vers le salut ? Es-tu prêt à te battre pour lui ? A lui montrer ses erreurs, même s'il ne veut pas écouter ?

— Oui ! s'écria le père Jérôme avec autant d'effroi que de passion. Oui, bien sûr. Mais comment ? Quand ?

Un silence suffocant étreignit la montagne avant que la voix ne lâche ce seul mot :

— Bientôt.

1

Mer d'Amundsen, Antarctique – De nos jours

La friture disparut de la minuscule oreillette, remplacée par la voix ferme mais rassurante du présentateur.

— Dites-nous ce que vous voyez, Gracie.

Au même instant, derrière elle, une autre paroi de glace se fissura avant de s'effondrer dans un lointain bruit de tonnerre. Quittant des yeux la caméra, Grace Logan – Gracie pour ses amis – se retourna pour regarder la falaise entière sombrer dans les eaux gris-bleu en soulevant un geyser d'écume.

Pile-poil, songea-t-elle avec une moue ravie, fugitive parenthèse dans le pesant sentiment de solennité qu'elle n'avait cessé d'éprouver depuis son arrivée à bord, la veille.

En temps normal, il aurait pu s'agir d'une agréable journée ensoleillée de fin décembre, le cœur de l'été dans l'hémisphère Sud. Aujourd'hui, c'était différent : la nature était en émoi. Comme si la trame même de la planète se déchirait. Ce qui n'était pas faux : la plaque de banquise qui se détachait du continent avait les dimensions du Texas.

Pas franchement le cadeau de Noël rêvé pour la planète bleue.

Le phénomène durait depuis trois jours, et ce n'était qu'un début. La rupture de la banquise avait entraîné la formation d'une brume sinistre qui filtrait les rayons du soleil. Gracie sentait le froid la gagner. Elle nota que ses deux compagnons

– Dalton Kwan, le jeune et dynamique cadreur hawaïen qui faisait équipe avec elle depuis plus de trois ans, et Howard Fincher, dit Finch, leur producteur, outrageusement stoïque et pointilleux – étaient tout aussi mal à l'aise, mais le direct qu'ils étaient en train de diffuser en valait largement la peine, surtout qu'ils semblaient être les seuls sur le coup jusqu'à présent.

Cela faisait un peu plus d'une heure que la jeune femme se tenait sur la passerelle du RRS *James Clark Ross*, et malgré sa doudoune et ses gants, elle sentait ses extrémités se glacer. Le bâtiment de recherche océanographique et géophysique de la marine britannique croisait à moins d'un demi-mille nautique de la côte antarctique occidentale, et la coque rouge vif de l'imposant laboratoire flottant représentait l'unique tache de couleur dans cette terne palette de blancs, de gris et de bleus. Gracie, Dalton et Finch étaient sur place depuis quinze jours, pour tourner un documentaire sur le réchauffement climatique. Ils s'apprêtaient à rentrer chez eux pour Noël quand la rédaction de Washington les avait avertis des premiers signes de rupture de la calotte glaciaire. Jusque-là, l'information était restée confidentielle. Washington la tenait d'un de leurs contacts au Centre national de collecte des données climatiques polaires, dont les chercheurs surveillaient par satellite l'évolution de la banquise et des calottes glaciaires. Gracie et son équipe avaient profité de la pause de Noël pour décrocher l'exclusivité. Les Britanniques avaient accepté de les prendre à leur bord pour couvrir l'événement, leur proposant même un héliportage depuis la terre ferme par la Royal Navy.

Plusieurs scientifiques du bord étaient eux aussi montés sur le pont afin de voir la banquise se désagréger. Deux d'entre eux filmaient la scène au caméscope. Presque tout l'équipage était également là, témoins silencieux et résignés.

Gracie se retourna vers l'objectif et rapprocha le micro de ses lèvres. Entre les grondements accompagnant la chute des blocs de glace, l'air résonnait des plaintes assourdies de la banquise torturée, un peu plus avant dans les terres.

— Cette rupture est sans doute due à la conjonction de plusieurs facteurs, Jack, à commencer par les eaux de fonte.

De nouveaux sifflements envahirent l'oreillette de Gracie, le temps que le signal rebondisse d'un satellite à l'autre et fasse l'aller et retour jusqu'à la salle de rédaction climatisée, à quelque quinze mille kilomètres de là, puis Roxberry demanda, un brin perplexe :

— Les eaux de fonte ?

— Tout juste, Jack. La glace fond en surface, formant de petites mares. L'eau étant plus dense que la glace sur laquelle elle repose, elle s'infiltre dans les crevasses sous l'effet de la gravité, transformant celles-ci en failles, puis en canyons. Si la quantité d'eau accumulée est suffisante, la banquise finit par se rompre.

Le phénomène était simple : continent le plus froid, le plus venteux et le plus élevé de la planète, vaste comme une fois et demie le territoire américain, l'Antarctique est presque intégralement recouvert d'une calotte glaciaire de plus de trois mille mètres d'épaisseur en son centre. L'hiver, cette calotte se couvre d'un tapis neigeux qui, s'étalant sous son propre poids, descend comme un glacier jusqu'à l'océan. Cette masse de glace poursuit alors sa route sur les flots : c'est la banquise. Celle-ci peut dépasser mille cinq cents mètres d'épaisseur à l'endroit où elle se détache du continent, pour s'amincir considérablement en limite des eaux libres qu'elle domine de trente mètres et plus.

Plusieurs ruptures spectaculaires s'étaient produites au cours des dix dernières années, mais jamais encore de cette ampleur. En outre, rares étaient celles qu'on avait pu filmer en direct. On ne les détectait en général que bien après, par l'analyse différentielle des images satellites. Et même si l'événement auquel assistait Gracie – l'effondrement de vertigineuses falaises de glace en lisière de la banquise – ne représentait qu'une infime portion du bouleversement général, le spectacle n'en était pas moins fascinant. En douze années de métier (elle avait débuté aussitôt après avoir obtenu une maîtrise en sciences politiques à Cornell), Gracie avait vu son lot de catastrophes, et celle-ci était parmi les pires : elle était en train d'assister pour de bon à la dislocation de la planète.

Roxberry reprit :

— La grande question est : pourquoi maintenant ? Je veux dire : cette banquise est là depuis la fin de la dernière période glaciaire, soit en gros douze mille ans, n'est-ce pas ?

— Pourquoi maintenant ? A cause de nous, Jack. A cause de notre production de gaz à effet de serre. On constate le même phénomène aux deux pôles, et cela n'a rien à voir avec un cycle naturel. Presque tous les experts que j'ai consultés sont à présent convaincus que la fonte s'accélère, et ils m'ont confirmé que nous sommes proches du point de non-retour, à cause du réchauffement climatique induit par l'homme.

Un nouveau bloc de glace se désagrégea pour se fracasser dans l'océan.

— En plus, la fonte de cette calotte glaciaire va contribuer à l'élévation du niveau des mers, remarqua Roxberry.

— En fait, pas directement. La plus grande partie de la banquise flotte déjà sur l'eau, ce qui n'affecte pas le niveau des océans. Imaginez un glaçon dans un verre d'eau : quand il fond, le niveau reste le même dans le verre.

— Vous êtes sûre ?

Gracie sourit :

— Je constate que je ne suis pas la seule à avoir oublié mes cours de physique du collège.

— Mais vous avez évoqué un effet indirect sur l'élévation du niveau des océans, enchaîna Roxberry, lui tendant la perche.

— Eh bien, cette zone, la calotte glaciaire antarctique ouest, préoccupe tout particulièrement les spécialistes. Plus précisément, ils s'inquiètent du sort des vastes glaciers continentaux adossés à la banquise. Car eux ne flottent pas.

— Et donc, s'ils fondent, le niveau des mers s'élèvera.

— Tout juste. Jusqu'à présent, les calottes ont un peu fait office de « bouchons » en retenant les glaciers. Une fois la banquise rompue, ce bouchon saute et plus rien n'empêche alors les glaciers de glisser vers la mer. Or la fonte de ceux-ci est beaucoup plus rapide que prévu. Même nos chiffres de l'an dernier sont jugés à présent trop optimistes. En climatologie, lorsqu'on évoque les scénarios catastrophe, on considère toujours l'Antarctique comme un géant assoupi. Eh bien, le géant vient de se réveiller. Et, manifestement, il ne s'est pas levé du bon pied.

— Je n'irai pas jusqu'à dire que ce n'est peut-être là que la partie visible de l'iceberg, plaisanta Roxberry.

Gracie retint un soupir, imaginant le sourire fat et le visage éternellement bronzé du présentateur.

— Votre public vous en sait gré, Jack.

— Mais c'est pourtant bien de cela qu'il s'agit ?

— Tout à fait. Une fois que ces glaciers auront rejoint l'océan, il sera trop tard pour réagir et…

Sa voix s'éteignit : une rumeur parcourait l'assistance. Des bras se tendirent vers la banquise. Dalton éloigna son œil du viseur de la caméra pour regarder derrière Gracie. Celle-ci pivota, tournant le dos à l'objectif. Et c'est alors qu'elle la vit.

Dans le ciel. Une cinquantaine de mètres au-dessus de la banquise qui s'effondrait.

Une sphère de lumière chatoyante.

Surgie de nulle part. Immobile.

Gracie s'approcha du bastingage, fascinée. Elle n'avait pas la moindre idée de ce qu'elle voyait.

L'objet, si toutefois il s'agissait d'un objet, était de forme sphérique et en même temps étrangement immatériel. Son éclat avait quelque chose d'éthéré, comme si c'était l'air lui-même qui scintillait. Et cet éclat n'était pas uniforme : très intense au centre, il s'atténuait en allant vers les bords, créant un effet de dégradé. Le tout donnait une impression de fragilité, de déséquilibre. On eût dit de la glace en train de fondre ou plutôt une bulle d'eau suspendue dans les airs et illuminée de l'intérieur.

Gracie darda un regard vers son cadreur qui déjà braquait sa caméra vers l'apparition.

— Tu la tiens ? dit-elle.

— Oui, sans problème, confirma-t-il avant d'ajouter, perplexe : Mais putain, c'est quoi, ce truc ?

2

Gracie gardait les yeux rivés sur l'apparition flottant dans le ciel blafard au-dessus de la banquise. Spectacle fascinant, hypnotique, surnaturel.

— Mais enfin, c'est quoi, ce truc ? demanda Finch à son tour.

— Je n'en sais rien.

Gracie envisagea une série d'hypothèses, mais aucune n'était satisfaisante : le phénomène ne se rattachait à rien de ce qu'elle connaissait, même de loin.

Elle contempla le petit groupe de scientifiques serrés contre le bastingage. Ils discutaient avec animation, cherchant eux aussi à comprendre.

Soudain la voix de Roxberry tonna dans son oreillette :

— Gracie ? Qu'y a-t-il derrière vous ?

Elle avait oublié qu'elle était en direct.

— Vous le voyez, vous aussi ? demanda-t-elle.

La réponse lui parvint au bout de deux secondes :

— Ce n'est pas très net mais, oui, on le reçoit... Qu'est-ce que c'est ?

Gracie regarda l'objectif, tâchant de maîtriser le tremblement de sa voix.

— Je n'en sais rien, Jack. C'est apparu tout d'un coup. On dirait une sorte de couronne, comme un halo... Un instant !

Elle s'interrompit pour scruter le ciel, notant au passage la position du soleil voilé, retrouvant machinalement ses repères. Rien n'avait changé. Il n'y avait que leur navire et ce… truc ? Elle n'était pas capable de trouver un terme approprié. Ça continuait de miroiter, avec l'éclat translucide d'une méduse géante en lévitation. La chose semblait tourner imperceptiblement sur elle-même, accentuant encore l'impression de relief. Et l'idée bizarre qu'elle pourrait être… vivante.

Gracie tenta d'évaluer les dimensions du phénomène. A peu près celles d'une grosse montgolfière, songea-t-elle avant de réviser son estimation à la hausse. En comparant avec la falaise de glace, en contrebas, elle arriva à un diamètre d'une cinquantaine de mètres.

— Tu penses que ça pourrait être une sorte d'aurore polaire monstrueuse ? demanda Dalton.

Gracie y avait songé. Elle avait même envisagé une illusion d'optique provenant d'un reflet sur la glace. En Antarctique, durant tout l'été austral, le soleil ne se couchait jamais. Il parcourait simplement l'horizon, un peu plus haut durant la « journée », un peu plus bas, donnant l'apparence du crépuscule, pendant la « nuit ». Il fallait s'y habituer, cela pouvait vous jouer des tours. Mais l'apparition semblait plus consistante.

— Peut-être, fit Gracie, dubitative, mais je ne crois pas qu'il y en ait à cette période de l'année, et de toute façon, elles ne sont visibles que dans l'obscurité.

— Gracie ?

La voix de Roxberry lui rappela qu'elle était toujours en direct. En mondovision.

Zut !

Elle essaya de se détendre et adressa un sourire cordial à la caméra, malgré les imperceptibles signaux d'alarme qui résonnaient dans sa tête.

— C'est incroyable, Jack. Je n'ai jamais vu une chose pareille. Peut-être quelqu'un ici sait-il de quoi il s'agit. Après tout, nous avons une belle brochette d'experts à bord.

Dalton saisit son trépied pour suivre Gracie, qui s'était retournée vers le petit groupe. Il essayait de garder l'apparition dans le cadre.

Les scientifiques discutaient avec ardeur, toutefois leur attitude étonna la journaliste. Si le phénomène avait été rare mais naturel, ils n'auraient pas réagi de la sorte. Là, elle avait l'impression que le spectacle les dérangeait. Non, pire : qu'il les ébranlait.

Ils ne savent pas ce que c'est !

L'un d'eux, qui avait observé le phénomène aux jumelles, croisa son regard. C'était un homme âgé, un paléoclimatologue du nom de Jeb Simmons. Elle lut sur son visage, comme en miroir, son propre malaise. Ce qui ne fit que confirmer son pressentiment.

Soudain, un nouveau frisson d'excitation se répandit d'un bout à l'autre de la passerelle. Gracie se tourna juste à temps pour voir la forme scintillante palpiter, émettant une lumière éblouissante durant une fraction de seconde avant de retrouver son doux éclat nacré.

La jeune femme observa la réaction de Simmons tandis que la voix de Roxberry crépitait à nouveau dans son oreillette :

— Ça vient de s'embraser, non ?

L'image sur le moniteur du studio devait avoir du grain et même sautiller un peu, bien loin de la haute définition des caméras de Dalton.

— Jack, j'ignore comment se présente l'image que vous recevez, mais d'ici, je peux vous confirmer que je n'ai encore jamais rien vu de tel.

Elle avait toutes les peines du monde à garder son sang-froid. Une idée lui vint tout à coup à l'esprit. Elle se tourna vers ses deux collaborateurs.

— Dalton, il te faut combien de temps pour envoyer ton bidule en l'air ?

— Bonne idée, approuva Finch.

— Nous allons lancer la caméra aérienne pour voir ça de plus près, confirma Gracie au micro.

Elle se tourna ensuite vers Simmons avec un sourire crispé et lui demanda hors antenne :

— Dites-moi tout.

Simmons hocha la tête.

— J'aimerais pouvoir vous répondre, mais je n'ai jamais vu ça.

— Ce n'est pas votre premier séjour ici, n'est-ce pas ?

— Oh non ! Quatre hivernages, déjà.

— Et vous êtes bien spécialiste en paléoclimatologie ?

— C'est un bien grand mot, mais oui.

— Pourtant...

— Je sèche.

Gracie indiqua les jumelles de Simmons :

— Vous permettez ?

— Bien sûr.

Les jumelles n'apprirent rien de plus à la jeune journaliste. Le scintillement était plus prononcé, renforçant l'impression de mirage, mais le phénomène demeurait bien réel.

Elle rendit ses jumelles à Simmons. D'autres chercheurs faisaient à présent cercle autour d'eux. Eux aussi semblaient stupéfaits. Finch avait déjà fixé les bras supportant les rotors de l'hélicoptère miniature tandis que Dalton vérifiait l'arrimage de la seconde caméra et ses réglages. Le capitaine sortit à son tour sur le pont. Deux matelots se précipitèrent vers lui. Gracie se tourna vers le reste de l'équipage.

— Aucun parmi vous n'a la moindre idée de la nature du phénomène auquel nous assistons ?

— Au début, j'ai cru à une fusée de détresse, suggéra un des matelots, mais c'est trop gros, trop brillant, et puis, ça ne change pas, ça reste immobile dans le ciel...

On entendit soudain le doux chuintement des hélices brassant l'air. Ils l'avaient déjà entendu ce jour-là, quand Gracie et Dalton s'étaient servis du petit hélicoptère radiocommandé pour tourner des séquences en vue plongeante sur la banquise.

— Décollage ! s'écria Dalton pour couvrir le vrombissement des rotors.

Tous regardèrent l'engin s'élever. Le Draganflyer X6 était une machine bizarre mais géniale, tout droit sortie de *Terminator*. Une nacelle centrale de la taille d'un ballon de football abritait l'électronique, les gyroscopes et la batterie. Il en sortait trois minces bras rétractables disposés à cent vingt degrés d'écart. Chacun se terminait par un minuscule moteur électrique parfaitement silencieux, actionnant deux rotors superposés dotés de pales en résine. On pouvait fixer une caméra sous la nacelle. Le tout était alimenté par des piles au lithium. Fabriqué en fibre de carbone, le Draganflyer était à la fois incroyablement robuste et léger – à peine plus de deux kilos, caméra HD et liaison vidéo air-sol comprises. L'engin produisait de magnifiques vues aériennes avec une facilité déconcertante, et Dalton ne s'en séparait jamais.

Gracie le regarda s'élever au-dessus du pont. Il s'éloignait lentement en direction de la banquise quand une femme poussa une exclamation : l'apparition changeait à nouveau ! Une fois encore, elle s'illumina, puis se rétracta jusqu'à ne plus faire que le dixième de sa taille initiale. Elle demeura ainsi deux secondes avant de retrouver lentement sa taille originelle. A ce moment-là, sa surface parut onduler, comme au seuil d'une nouvelle métamorphose...

Le cœur de Gracie s'emballa : l'apparition venait de prendre vie. Sa structure interne se modifiait à une vitesse inquiétante tandis qu'elle poursuivait son mouvement de rotation presque imperceptible. L'ensemble demeurait toujours rigoureusement symétrique, un peu comme un kaléidoscope, mais en moins anguleux, plus organique. Les motifs s'enchaînaient à une allure de plus en plus vertigineuse, évoquant pour Gracie des structures cellulaires. Et en cet instant précis, la jeune femme eut l'impression troublante de contempler la trame même de la vie.

Le petit groupe de spectateurs s'était également figé. Leurs visages reflétaient toute une palette d'émotions, de la déférence à l'émerveillement en passant par l'incompréhension et la peur. Il n'était plus temps de débattre de l'origine du phénomène. Fascinés, ils se contentaient de pousser des cris de surprise et d'incrédulité. Gracie vit un homme et une femme se signer.

Dalton s'assura du coin de l'œil que la caméra sur trépied continuait de cadrer l'événement. La télécommande de la caméra embarquée passée autour du cou, il en actionnait les deux joysticks avec dextérité.

Son regard croisa celui de Gracie.

— Bon Dieu, dit la jeune femme, qu'est-ce qui se passe ?

Dalton leva les yeux vers l'apparition.

— Je n'en sais rien… Soit Prince est en pleine répétition de son nouveau spectacle, soit quelqu'un a mis un truc bizarre dans notre café.

Il y eut un concert de soupirs, puis une voix annonça :

— Ça ralentit !

Tous les regards convergèrent sur l'apparition, qui venait encore de changer de forme.

— Mon Dieu, murmura Gracie.

Les zones les plus éclairées de la sphère semblaient se consumer. En un rien de temps, toute sa surface prit l'aspect d'un énorme bloc de charbon carbonisé.

3

Les spectateurs furent pris de terreur. L'apparition n'avait plus rien de miraculeux. Subitement, l'objet merveilleux était devenu sinistre et menaçant.

Finch se rapprocha de Gracie.

— Ça sent mauvais, jugea-t-il.

Gracie s'abstint de répondre. Elle baissa les yeux vers le boîtier de télécommande. L'image affichée sur le moniteur LCD de cinq pouces était parfaitement nette malgré la brume. Dalton avait pris soin de faire décrire à l'hélicoptère un grand arc de cercle pour garder une vue dégagée sur la banquise. En comparaison de l'apparition, la caméra volante paraissait minuscule, telle une fourmi auprès d'un éléphant. Soudain, la chose mystérieuse s'illumina à nouveau mais, cette fois, les rais de lumière délimitaient mieux sa forme : c'était sans conteste une sphère, avec un cœur d'un éclat aveuglant. L'entouraient quatre anneaux de taille identique et régulièrement espacés. Comme on les voyait de biais, ils semblaient légèrement elliptiques. La coquille externe brillait aussi, traversée par des rayons lumineux issus du cœur et qui passaient entre les anneaux. L'effet produit était presque hypnotique, surtout par contraste avec l'arrière-plan terne et gris.

Certains des témoins étaient au bord des larmes. Gracie vit l'homme et la femme qui s'étaient signés marmonner une prière silencieuse. Elle-même avait les jambes en coton. Un mélange de crainte et d'euphorie se lisait sur tous les visages.

— Dites-moi que ce n'est pas vrai, bredouilla Finch, ébahi. Dites-moi que c'est une illusion.

— Si, c'est vrai, répondit Gracie. Ce n'est pas une illusion.

Saisissant le micro, elle chercha ses mots. Elle se sentait complètement déconnectée de son environnement. Au bout de quelques secondes toutefois, elle émergea de sa transe et fixa de nouveau l'objectif.

— J'espère que vous recevez toujours ces images, Jack, car ici, tout le monde est absolument stupéfié par ce... je ne trouve même pas les mots pour décrire ce qui se passe.

Elle se tourna brièvement vers Dalton, qui fit un zoom avant. Soudain, l'apparition emplit tout l'écran.

— La caméra est encore loin, à ton avis ?

— A une petite centaine de mètres, répondit Dalton.

Gracie ne pouvait détacher ses yeux du phénomène.

— C'est vraiment superbe, non ?

— C'est un signe, dit la femme qu'elle avait vue prier.

Gracie se tourna vers elle et Dalton la suivit avec sa caméra.

— Un signe ? De quoi ? demanda quelqu'un.

— Je n'en sais rien, mais elle a raison, intervint le compagnon de la femme.

Gracie se rappela leur avoir été présentée à son arrivée. Un glaciologue américain du nom de Greg Musgrave, si sa mémoire était bonne. Accompagné de son épouse.

Musgrave pointa un doigt vers la caméra volante.

— Empêchez ce... ce truc de trop s'approcher, dit-il d'un ton inquiet. Arrêtez-le avant qu'il ne soit trop tard.

— Pourquoi ? demanda Dalton, l'air sceptique.

Musgrave haussa la voix :

— Ramenez-le. On ne sait pas ce que c'est.

— Justement, rétorqua Dalton sans quitter ses manettes des yeux. Ce truc nous aidera peut-être à le découvrir.

La caméra volante était à présent tout près de l'apparition.

— Je vous dis de ramener votre appareil ! insista Musgrave.

Il s'approcha du cadreur et tenta de lui arracher la télécommande des mains. Le Draganflyer fit une série d'embardées, tout juste compensées par ses gyroscopes.

— Eh ! s'exclama Gracie tandis que Finch et le capitaine se précipitaient vers le glaciologue pour le maîtriser.

— Bon sang, Grace, c'est quoi ce bordel ?

A nouveau la voix de Roxberry, dans son oreillette.

— Ne quitte pas, Jack.

— On se calme, dit le capitaine à Musgrave. M. Dalton va ramener son appareil avant qu'il n'atteigne cette chose. N'est-ce pas ?

— Tout à fait, répondit sèchement l'intéressé. Vous savez combien coûte ce truc ?

Il contrôla le moniteur en même temps que Gracie. L'apparition emplissait tout l'écran. L'image était granuleuse mais le miroitement à la surface de la sphère donnait l'impression qu'elle était vivante. Gracie perçut l'inquiétude dans les yeux de Dalton et reporta son attention sur l'appareil volant. Le minuscule point noir avait presque rejoint sa cible.

— Peut-être que tu es assez près, suggéra-t-elle.

— Encore un poil...

— Vous feriez mieux d'arrêter. Nous ne savons pas à quoi nous avons affaire.

Ignorant le conseil de Musgrave, Dalton maintint le cap. La caméra volante continua de se diriger vers l'apparition.

— Dalton, lui souffla Finch. Il a raison.

— Juste encore un peu...

Gracie surveillait également avec appréhension la progression de l'hélicoptère. Celui-ci semblait dangereusement près quand soudain le signe s'éteignit et disparut.

Un cri de surprise monta de l'assistance.

— Vous avez vu ? Je vous l'avais dit ! explosa Musgrave.

— Vous plaisantez ! rétorqua Dalton. Quoi ? Vous pensez que je lui ai fait peur ?

— En tout cas, il était là pour une bonne raison, et maintenant il est parti.

Le climatologue passa le bras autour des épaules de sa femme, et tous deux fixèrent l'horizon comme s'ils espéraient ramener l'apparition par la seule force de leur volonté.

Dalton haussa les épaules.

— Reviens sur terre, mec, lâcha-t-il avant de se détourner.

Le Draganflyer poursuivait tranquillement sa route au-dessus de la banquise. A l'endroit où s'était trouvée l'apparition, l'écran ne montrait plus rien. Dalton paraissait stupéfait. C'était la première fois que Gracie le voyait réagir de la sorte, et pourtant ils avaient roulé leur bosse, tous les deux.

La jeune femme était elle aussi sous le choc : le ciel était à présent vide, comme si rien ne s'était passé.

Elle sentit alors l'atmosphère s'assombrir autour d'elle. Levant les yeux, elle découvrit que l'énorme sphère miroitante flottait à présent à la verticale de leur bateau, qu'elle écrasait de sa masse. Comme le reste de l'assistance, Gracie eut un mouvement de recul, tandis que Dalton faisait vivement pivoter la caméra principale pour tenter de cadrer l'événement. Durant ce qui lui parut une éternité, elle resta interdite et tremblante, partagée entre la surprise et l'horreur…

Puis le signe se volatilisa de nouveau, tout aussi inexplicablement que la première fois.

4

Bir Hooker, Egypte

Youssouf Zacharia tira, pensif, sur sa chicha tandis que son adversaire éloignait sa main du tablier de backgammon. Hochant lentement la tête, le vieux chauffeur de taxi saisit les dés. A moins de faire un double six, la partie était perdue pour lui. Et comme il n'était pas en veine ce soir-là...

Il secoua vigoureusement les petits cubes d'ivoire avant de les lancer. Un six et un as. Une grimace creusa les rides de son maigre visage tanné, et il massa son crâne dégarni en maudissant son sort. Comble de malchance, il avait un goût amer au fond de la gorge. Pris par le jeu, il avait laissé refroidir sa pipe à eau. Des braises chaudes lui auraient permis de retrouver la saveur de miel mentholé qui l'aidait chaque soir à trouver le sommeil mais, pour une fois, il craignait de devoir s'en passer. Il se faisait tard.

Un coup d'œil à sa montre lui révéla qu'il était temps de rentrer. Les autres clients du petit café – deux jeunes touristes, un couple d'Américains à en juger par leurs journaux et leurs guides touristiques – s'apprêtaient eux aussi à lever le camp. Tant pis, se dit-il, demain est un autre jour. Il reviendrait fumer la chicha et disputer une nouvelle partie. Si Dieu le voulait.

Il se levait quand son regard fut attiré par l'écran de télévision posé sur une étagère branlante derrière le comptoir.

Ce n'était plus le moment des séries à l'eau de rose. A cette heure-ci, aux confins du désert d'Egypte, dans le petit village de Bir Hooker – comme du reste dans toute cette région troublée –, tous les téléviseurs étaient réglés sur une chaîne d'information en continu, afin d'alimenter les éternels débats et lamentations sur le triste état du monde arabe. Mahmoud, le jovial patron du café, avait toujours préféré Al Arabiya à Al Jazeera. Jusqu'au jour où, pour faire venir les touristes, il avait investi dans une parabole et un décodeur pirate. Depuis, le téléviseur diffusait immanquablement une chaîne d'informations américaine. Mahmoud estimait que cette touche d'exotisme donnait de la classe à son établissement. Pour sa part, Youssouf était las d'entendre parler de la récente élection présidentielle américaine, même si celle-ci avait été suivie de très près dans toute la région, dont le destin semblait de plus en plus lié aux aléas politiques de cette lointaine grande puissance. En revanche, il approuvait tacitement la diffusion des reportages montrant des starlettes hollywoodiennes à la moue boudeuse et des défilés de mannequins fort peu vêtus.

Pour l'heure, toutefois, c'était un spectacle bien différent qui avait attiré son attention. L'écran montrait une femme chaudement vêtue qui paraissait filmée dans une région polaire. Derrière elle, quelque chose brillait dans le ciel. Et le plus étrange, c'était la forme de ce truc étincelant au-dessus de la banquise en pleine débâcle.

Entre-temps, les autres clients s'étaient également rapprochés du comptoir, pressant Mahmoud de monter le son. Ce qui troublait le plus Youssouf, ce n'était pas le caractère irréel de la scène, mais le fait qu'il avait déjà vu ce symbole ailleurs.

Il s'approcha pour mieux voir tandis que la sphère lumineuse envahissait l'écran. Pas de doute, c'était bien la même.

Machinalement, il porta la main à son front et se signa.

Ses amis remarquèrent sa pâleur soudaine mais, ignorant leurs questions, il sortit sans un mot. Il grimpa dans sa fidèle Toyota Previa et démarra en trombe. Le monospace souleva un nuage de poussière avant de disparaître dans la nuit. Tandis qu'il regagnait en hâte le monastère, Youssouf se répétait sans cesse la même phrase : *Ce n'est pas possible.*

5

Cambridge, Massachusetts

Vince Bellinger remarqua la foule massée devant la boutique d'électroménager alors qu'il traversait la galerie marchande. La vitrine présentait en général les dernières nouveautés en matière d'écrans plasma et LCD, dont le modèle géant que Vince convoitait pour Noël. Un bijou, certes, mais pas au point de susciter un tel engouement. Ou alors, c'était moins les écrans eux-mêmes que ce qu'ils montraient qui avait attiré les badauds.

Dans le brouhaha des chants de Noël et sous les guirlandes multicolores, des gens parlaient au téléphone d'un ton animé, d'autres faisaient signe à des connaissances de les rejoindre. Bien que chargé de son sac de sport et d'une pile de linge propre, Bellinger s'approcha et tenta de voir la vitrine par-dessus les têtes des curieux. Il redoutait une nouvelle catastrophe, comme celle du 11 Septembre, même si l'attitude de la foule paraissait plutôt rassurante : ces gens n'étaient pas horrifiés. Fascinés, plutôt.

Tous les écrans étaient réglés sur le même programme, en l'occurrence une chaîne d'informations. Bellinger aperçut une sphère lumineuse en suspens, apparemment filmée au-dessus d'une région polaire, supposition confirmée par un bandeau défilant. Il s'efforçait de comprendre ce qu'il voyait lorsque son portable pépia. En râlant, il se déchargea de ce qu'il portait pour aller le pêcher dans sa poche. Il pesta de plus belle en découvrant qui appelait.

— Eh, mec, t'es où ? Je viens d'appeler chez toi.

Csaba – son nom se prononçait « Tchaba », mais on le surnommait Jabba en raison de son obésité – paraissait très excité. Rien d'inhabituel à cela : son ami dévorait la vie à belles dents.

— Je suis dans la galerie marchande, précisa Bellinger en se faufilant pour mieux voir.

— Rentre chez toi et allume la télé, vite. Tu ne vas pas le croire.

Jabba, excité par un truc qui passait à la télé ! Pas vraiment un scoop. Sauf que, pour une fois, son exubérance semblait justifiée.

Brillant chimiste d'origine hongroise et collaborateur de Bellinger au laboratoire de recherche Rowland, Csaba Komlosy était un passionné du petit écran. Les programmes qui avaient d'ordinaire sa préférence étaient ceux où un courageux agent du gouvernement sauvait régulièrement le pays de la destruction, ou ceux dans lesquels un courageux architecte s'échappait régulièrement des prisons les mieux gardées. Récemment, Csaba s'était plongé avec délices dans l'univers de la téléréalité, bien mal nommée puisqu'elle avait peu à voir avec le réel – et, pour le malheur de son collègue, il aimait en partager les moments les plus singuliers.

Dans le cas présent, cependant, Bellinger ne pouvait lui donner tort. Pourtant, il ne résista pas à l'envie de lui lancer une pique :

— Depuis quand tu t'intéresses à l'actualité ?

— Tu veux bien m'écouter et faire ce que je te dis ? rétorqua Jabba.

— J'ai déjà un écran sous les yeux.

Bellinger s'interrompit en voyant des têtes s'agiter devant lui. L'image venait de changer. On lisait à présent au bas de l'écran : « Phénomène inexpliqué au-dessus de l'Antarctique ». Dans le coin supérieur droit, un logo discret indiquait qu'il s'agissait d'un direct. Bellinger reconnut la journaliste.

La première fois qu'il l'avait vue, elle était en Thaïlande, après le tsunami. Le succès d'une présentatrice est directement proportionnel à l'attention que lui prêtent les téléspectateurs de sexe masculin, surtout si l'information qu'elle délivre ne concerne pas un conflit armé, un résultat sportif ou la mort d'une célébrité. Avec ses yeux verts, son grain de beauté au-dessus de la lèvre, sa voix rauque si troublante, ses boucles blondes toujours un rien décoiffées et ses courbes généreuses qui ne devaient rien au silicone, Grace Logan n'avait aucune peine à faire grimper le taux d'audience.

Cette fois, cependant, ce n'était pas elle que regardait Bellinger.

La caméra fit un nouveau zoom sur l'apparition, et l'assistance frémit.

— Putain, mec, j'y crois pas ! s'exclama Jabba.

— C'est un canular ? fit Bellinger, perplexe.

— A les croire, non.

— Ça se passe où, au juste ?

— En Antarctique ouest. Ils sont à bord d'un navire océanographique au large de la banquise. Au début, j'ai cru à des images du tournage du prochain film de Cameron, d'Emmerich, voire de Shyamalan, mais aucun des trois ne travaille sur un projet qui ressemble de près ou de loin à ça.

Sinon, Jabba, en cinéphile assidu, aurait forcément été au courant.

— Ça dure depuis combien de temps ?

— Une dizaine de minutes. C'est sorti de nulle part pendant que Logan délirait sur la fonte de la banquise. Une boule lumineuse qui s'est transformée en sphère obscure – un peu comme la planète noire dans *Le Cinquième Elément*, tu te souviens ? L'angoisse totale.

— Puis c'est devenu ça ?

— Ouais !

Bellinger imagina son ami avachi dans son canapé, une bière (pas la première de la journée) dans une main et un sachet de chips au paprika dans l'autre. Ce qui expliquait qu'il ait mis le haut-parleur du téléphone.

Jabba croqua bruyamment dans une chips avant de demander :

— Alors, qu'est-ce que tu en penses ?

— Je n'en sais rien.

La foule poussa un « Oooh » quand apparut une vue aérienne rapprochée de l'objet mystérieux.

— Comment font-ils ça ? demanda Bellinger, une main sur l'oreille pour atténuer le bruit ambiant.

En bon scientifique, il avait automatiquement pensé à un trucage.

Jabba semblait avoir eu la même idée.

— Ce doit être un effet laser. Tu te rappelles les chapelets de lumières bidouillés par ces mecs à Keio...

— Les émissions de plasma déclenchées par laser ? le coupa Bellinger.

Tous deux étaient au courant de la récente invention d'un groupe d'universitaires japonais : des tirs de laser concentrés chauffaient l'air en des points précis, provoquant des émissions de plasma qui dessinaient de petits points lumineux.

— Oui, tu te rappelles ? Le type en gants blancs avec ses drôles de lunettes...

— Pour produire un truc de cette taille, objecta Bellinger, il faudrait un canon laser gros comme un porte-avions. Et quand bien même, tu n'obtiendrais pas une telle netteté ni un éclat aussi soutenu.

— D'accord, on oublie. Et une image spectrale ?

Bellinger scruta l'écran.

— En dehors du droïde dans *La Guerre des étoiles*... Tu sais, celui qui ressemble à une borne d'incendie ?

— R2-D2, soupira Jabba.

— Eh bien, en dehors de R2-D2, je ne connais aucun dispositif capable de produire une image tridimensionnelle animée, à plus forte raison de cette taille. Sans compter que tu oublies un léger détail...

— Je sais, mec. Ça se passe en plein jour.

— Pas vraiment l'idéal pour une projection, hein ?

— Exact.

Bellinger se sentait un peu ridicule de tenir cette conversation au milieu de la cohue, avec tout son chargement, mais il ne pouvait s'arracher au spectacle.

— Bon, on oublie les lasers et les projecteurs. Regarde plutôt : pas de cadre, pas de charpente, pas d'arrière-plan sombre, pas de parois vitrées. Ce truc flotte tout seul, en plein jour.

— Ou alors, il y a deux mégamiroirs hors champ, songea tout haut Jabba. Attends, peut-être que l'image est générée depuis l'espace ?

— Pas bête. Mais comment ?

Jabba croqua une autre chips.

— J'en sais rien, mec. Ça ne colle pas.

— Attends, ne quitte pas.

Bellinger coinça son téléphone avec son épaule afin de récupérer ses affaires et de s'extraire de la foule.

Les deux amis échangèrent encore toutes les idées qui leur passaient par la tête, sans trouver d'explication plausible. Peu à peu, l'excitation de Bellinger laissa place au malaise.

La caméra se déplaça alors, laissant deviner une altercation entre les membres de l'équipage sur le pont du navire. Jabba s'en délecta, tout comme la foule qui entourait Bellinger, mais bien vite la vue aérienne revint à l'antenne. Il y eut un zoom avant sur l'apparition, puis celle-ci se volatilisa pour réapparaître, cette fois à la verticale du navire. L'image tressautante provoqua une onde de choc dans l'assistance qui recula en étouffant un cri.

— Putain ! s'exclama Jabba. On dirait que ça tourne !

— C'est une sphère, confirma Bellinger. Ce n'est pas une projection, mais un phénomène matériel.

A l'écran, Gracie avait du mal à garder son calme. Dans la galerie marchande, l'assistance réagit à l'unisson.

Jabba avait cessé de mastiquer.

— Je crois bien que tu as raison. Mais comment est-ce possible ? Ce n'est pas un objet concret, et pourtant on dirait que l'air lui-même est en combustion... L'air ne brûle pas comme ça !

Un souvenir profondément enfoui et qui n'avait rien d'agréable remonta à la mémoire de Bellinger. Il s'efforçait d'en tirer les conclusions quand le signe disparut, cette fois pour de bon.

— Eh, mec, t'es toujours là ?

— Oui, répondit Bellinger d'une voix lointaine.

— A quoi tu penses ?

— Il faut que je file. Je te rappelle dès que je suis chez moi. Préviens-moi si tu trouves quelque chose.

— Ne raccroche pas, attends...

Mais Bellinger avait coupé la communication.

Alors que la foule commençait à se disperser, il réfléchit. A peine quelques minutes plus tôt, le simple fait de récupérer son linge propre, ses chemises hawaïennes bien repassées, avait suffi à le combler. Les vacances de Noël approchaient, et avec elles son pèlerinage annuel sous le soleil et le grand ciel bleu de Saint-Domingue. Un répit bienvenu, après des mois d'enfermement dans un laboratoire. Mais sa bonne humeur avait brusquement cédé la place à un profond malaise.

Malgré ses efforts, une idée dérangeante – qu'il espérait improbable – s'était frayé un chemin dans son esprit.

Il était à présent seul devant les téléviseurs qui rediffusaient en boucle la même séquence. Il réussit enfin à s'en détacher et regagna son appartement.

Après avoir déposé son barda dans l'entrée, il alla prendre une bière dans le réfrigérateur avant de parcourir son courrier. Mais, rien à faire, l'idée le travaillait toujours.

Il alluma le téléviseur et fut aussitôt assailli par un flot d'images : embouteillages à Times Square, où la foule s'était massée devant le Jumbotron de Sony, les gens dans les bars, les stades, la rue, le regard rivé sur des écrans, et le même spectacle partout dans le monde. Il se dirigea vers son bureau, alluma son ordinateur portable et passa deux heures à surfer sur Internet et à parcourir les forums tout en gardant un œil sur les dépêches d'agence.

C'était insensé, délirant... Mais ça collait.

Ça collait même parfaitement.

Ce qui soulevait un nouvelle question : comment réagir ?

Son instinct de survie lui dictait de laisser tomber. D'oublier tout ça. Si ce qu'il imaginait était vraiment en train d'arriver, mieux valait en effacer toute trace de son esprit et ne jamais en parler à quiconque. C'était une attitude sensée, et Bellinger se vantait d'être – entre autres qualités – quelqu'un de sensé. Mais il y avait un hic : un ami était mort. Et pas seulement un ami.

Son meilleur ami.

Et cela, même une personne sensée avait du mal à l'ignorer.

Lui revinrent à l'esprit les visions terribles qui l'avaient hanté après qu'il eut appris le décès de Danny Sherwood dans un accident tragique, sur la côte des Squelettes.

Impossible de rester dans le doute.

Il prit une deuxième bière et demeura prostré dans le salon. Dans sa tête, les images de la mystérieuse apparition se mêlaient au souvenir des événements survenus deux ans auparavant. Quelques bières plus tard, il prit son téléphone et parcourut son répertoire pour y retrouver un numéro qu'on lui avait donné à ce moment-là et qu'il n'avait pas rappelé depuis.

On répondit à la quatrième sonnerie.

— Qui est à l'appareil ? demanda une voix d'homme.

Le ton était direct. Entendre Matt Sherwood apaisa Bellinger. Enfin un lien palpable, si ténu soit-il, avec son ami défunt.

— C'est Vince. Vince Bellinger. Où es-tu, Matt ?

— Chez moi, pourquoi ?

— Il faut que je te voie, vieux. Tout de suite.

6

Boston

Dans le TD Garden bondé, personne ne pouvait détacher les yeux des écrans géants. Ni les supporters. Ni les joueurs. Ni surtout Larry Rydell, installé aux premières loges dans sa suite privée.

Ses invités – l'équipe de concepteurs travaillant sur la voiture électrique qu'il espérait bien lancer d'ici deux ans – avaient apprécié cette attention. Ils venaient de passer une journée à faire le point sur l'avancement du projet, listant les problèmes qu'ils avaient réussi à résoudre et les nouveaux qui étaient apparus. Comme tout ce qu'entreprenait Rydell, ce projet avait une portée internationale. Son ami Elon Musk – le cofondateur de PayPal – commercialisait déjà une voiture de sport électrique, le roadster Tesla. Rydell, lui, visait une autre catégorie de conducteurs, ceux des berlines moyennes. Aussi avait-il recruté l'élite des ingénieurs et des designers, leur donnant carte blanche et des moyens illimités. D'autres équipes travaillaient parallèlement à améliorer les éoliennes, les panneaux solaires et les réseaux de transport d'électricité. La prochaine révolution industrielle viendrait des énergies renouvelables ou propres, et Larry Rydell était un visionnaire.

Le financement de ses projets ne lui posait aucun problème, même compte tenu de la crise récente : tous les utilisateurs de téléphones portables ou d'ordinateurs sur cette planète avaient contribué à sa fortune, et même si Rydell appréciait son confort, il avait mieux à faire de son argent que le consacrer à rassembler une flottille de yachts.

La journée avait été longue mais productive puisqu'ils avaient surmonté un obstacle qui les ralentissait depuis des semaines. Aussi Rydell avait-il décidé d'offrir à son équipe un cadeau de Noël princier : un dîner fin, avec boissons à volonté, et des places VIP pour un match des Boston Celtics. Ils venaient de voir Paul Pierce esquiver Kobe Bryant pour marquer juste avant la fin de la première période quand les écrans de l'immense salle avaient basculé sur une chaîne d'informations en direct. Toute l'assistance s'était tue.

Rydell regardait les images, fasciné, quand il sentit son BlackBerry vibrer dans sa poche. C'était l'un des trois seuls numéros qu'il ne bloquait jamais, même lorsqu'il était en mode privé, c'est-à-dire presque en permanence. Le premier était celui de Mona, sa secrétaire. Le deuxième, celui de son ex-femme, Ashley, même si cette dernière trouvait généralement plus pratique de passer par Mona pour le joindre. Le troisième, qui s'affichait sur l'écran en cet instant précis, appartenait à Rebecca, sa fille âgée de dix-neuf ans.

Il était rare qu'elle l'appelle depuis leur villa du Mexique. A moins qu'elle ne fût dans leur chalet du Colorado ou à bord du yacht amarré à Antigua. Entre le goût de sa fille pour les fêtes et son propre désintérêt pour tout ce qui ne concernait pas directement son travail, ce genre de détail avait toutes les chances de sortir de sa mémoire.

Il plaqua l'appareil contre son oreille.

— Papa, tu as vu la télé ?

— Oui, répondit Rydell. Au Garden, on a tous les yeux fixés sur les écrans, comme des zombies.

Rebecca eut un rire nerveux.

— Pareil ici. On allait sortir quand une copine de Los Angeles a appelé pour nous prévenir.

— Où es-tu, au fait ?

— Au Mexique, papa, répondit Rebecca d'un ton grondeur.

Au même moment, les supporters, ayant surmonté leur surprise, laissèrent libre cours à leur enthousiasme. Les vivats résonnèrent dans toute la salle.

— Quelle ambiance ! s'exclama Rebecca.

— En effet. Ça passe à la télé depuis combien de temps ?

— Je n'en sais rien, ça ne fait que quelques minutes qu'on a allumé.

La jeune fille reprit après une pause :

— Papa, qu'est-ce que c'est, à ton avis ?

Fait étonnant pour un homme que le monde entier considérait comme un génie, Larry Rydell n'avait pas la moindre réponse à fournir à sa fille.

En tout cas, pas de réponse qu'il puisse lui confier.

Ni maintenant ni jamais.

7

Washington

Un petit crachin tombait sur la capitale quand une Lexus noire avec chauffeur sortit du parking souterrain pour s'engager sur Connecticut Avenue, presque vide à cette heure tardive. La journée avait été riche en rebondissements. Confortablement installé sur la banquette arrière chauffée, Keenan Drucker, songeur, était en train de les récapituler.

Les appels avaient commencé à se succéder moins d'une heure auparavant et, à n'en pas douter, cela ne cesserait pas de sitôt. Et ce n'était qu'un début.

Drucker ferma les yeux, cala sa nuque contre l'appuie-tête et révisa de nouveau son plan dans les moindres détails, traquant la faille qui aurait pu lui échapper. Cette fois encore, il ne trouva rien. Inévitablement, il y avait quantité d'inconnues. Ce n'était pas cela qui lui faisait peur, mais les négligences ou les erreurs de calcul. On ne pouvait les tolérer, et il avait tout mis en œuvre pour les éviter. Mais sa longue expérience des affaires louches lui avait enseigné qu'il était inutile de tenter de prévoir les pépins. S'ils devaient survenir, sa minutie, sa concentration et son engagement total devraient suffire à les régler.

Son BlackBerry le tira de ses réflexions. Il jeta un coup d'œil au numéro qui s'affichait sur l'écran : c'était l'Obus.

L'homme alla droit au fait, comme toujours. C'était déjà leur deuxième entretien de la soirée.

— J'ai eu un coup de fil de notre ami à Meade.

— Et ?

— Il a eu une touche. Une conversation téléphonique entre deux éléments secondaires sur la liste de contacts.

Drucker médita l'information. C'était Brad Maddox qui avait le premier suggéré d'exploiter l'un de ses contacts à l'Agence nationale de sécurité. Malgré les réticences de Drucker, qui craignait d'être démasqué, il semblait bien que l'Obus ait eu une bonne idée. Maddox n'était pas responsable de la sécurité du projet par hasard.

— Vous avez pu entendre l'enregistrement ?

— Oui.

— Y a-t-il matière à s'inquiéter ?

— Je crois que oui. L'appel était trop bref pour qu'on puisse l'analyser, mais le moment auquel il a été passé est en soi révélateur.

Drucker grimaça.

— Qui sont les éléments en question ?

— Le premier est un ingénieur résidant ici même à Boston, Vince Bellinger. Il partageait la chambre de Danny Sherwood à l'université. Ils étaient très liés, les meilleurs amis du monde. L'autre est le propre frère de Sherwood, Matt.

— Et ils n'avaient pas eu de relations préalables ?

— Leur dernière conversation remonte à près de deux ans.

Drucker réfléchit. A l'époque, les deux hommes avaient de bonnes raisons de se parler. Ce nouvel appel, en revanche, était beaucoup plus préoccupant.

— Je suppose que vous maîtrisez la situation.

— Je voulais simplement vous tenir au courant, répondit Maddox avec un calme olympien.

— A la bonne heure. Espérons qu'il ne s'agit que d'une coïncidence.

— Je n'y crois pas trop, affirma Maddox.

— Moi non plus, hélas.

Après un silence, Drucker reprit :

— Et la fille ?

— Prête à se laisser cueillir.

— Il faudra agir avec le maximum de discrétion. C'est elle la clé.

— Ce ne sera pas un problème, assura l'Obus. Mes gars sont prêts. Vous n'avez qu'un mot à dire.

— C'est imminent. Tenez-moi au courant pour l'ami de Sherwood.

Drucker raccrocha et resta un moment à regarder son téléphone avant de le ranger dans la poche intérieure de son veston. Tout en contemplant le faisceau des phares qui striaient la vitre mouillée, il repassa mentalement les étapes de son plan.

C'était un bon début, pas de doute. Mais le plus dur était à venir.

8

Mer d'Amundsen

Gracie regarda la neige envahir l'écran. Elle se sentait épuisée par un ouragan de sentiments contradictoires. Il était temps de reprendre une tasse de café.

Un des scientifiques se tourna vers Dalton :

— Bon, si on revoyait tout ça ?

Dalton lança un regard à Gracie, qui haussa les épaules avant d'aller chercher sa dose de caféine au bar. Elle avait perdu toute notion du temps, et ce jour sans fin y contribuait.

Ils s'étaient attardés une heure à scruter le ciel avant de se réfugier à l'intérieur. Des matelots étaient restés sur le pont, pour le cas où l'apparition se manifesterait de nouveau pendant que Gracie et ses compagnons allaient s'entasser dans le salon réservé aux officiers pour regarder sur un écran plasma géant les images prises par les deux caméras de Dalton. Après plusieurs visions et un nombre incalculable de tasses de café, ils n'étaient toujours pas plus avancés.

L'hypothèse rassurante d'un phénomène météorologique (aurore australe, parhélie, rayon vert) avait été rapidement écartée. Un phénomène inconnu de Gracie, nommé « poussière de diamant », fut un instant envisagé. Simmons avait expliqué qu'il était dû aux cristaux de glace qui se formaient lors de la condensation de la vapeur d'eau atmosphérique. Vus sous un certain angle, ces cristaux réfractaient la lumière du soleil en produisant une sorte de halo étincelant. Mais cela ne pouvait expliquer – à l'extrême rigueur – que la première partie de l'apparition, et non l'incroyable symbole en quoi elle s'était transformée.

Gracie s'aperçut vite que la discussion ne servait qu'à masquer une évidence : personne parmi eux ne croyait vraiment à un phénomène naturel. Ces gens étaient des scientifiques qualifiés, des experts dans leur domaine, parfaitement au fait des conditions climatiques exceptionnelles qui régnaient dans cette partie du globe. Or, tous avaient été sérieusement ébranlés par ce qu'ils avaient vu. Car, si le phénomène était artificiel, soit il provenait d'une intervention humaine, soit il était d'origine surnaturelle.

La première hypothèse semblait la plus acceptable.

— Si ce n'est pas une bizarrerie de la nature, dit Dalton, alors c'est peut-être un idiot qui nous fait une farce.

— Tu penses à un canular ? demanda Gracie.

— Pourquoi pas ! Tu te rappelles les apparitions d'ovnis au-dessus de New York, il y a quelques années ? Tout le monde y a cru, jusqu'à ce qu'on découvre qu'il s'agissait d'une bande de petits rigolos en ULM.

— D'un autre côté, personne n'a pu expliquer les lumières observées par des centaines de témoins au-dessus de Phoenix en 1997, rétorqua un géophysicien barbu nommé Theo Dinnick.

— Vous oubliez que, cette fois, ça s'est passé en plein jour, remarqua Gracie.

— Si c'est un canular, rétorqua Simmons, j'aimerais rencontrer son auteur, pour qu'il m'explique comment il s'est débrouillé.

Le regard de Gracie se posa sur Musgrave, le glaciologue qui s'était énervé sur le pont. Son épouse et lui se tenaient à présent en retrait et échangeaient des regards. Musgrave finit par se lever, visiblement irrité :

— Pour l'amour du ciel, redevenons un peu sérieux. Vous pensez vraiment qu'une chose aussi magnifique, aussi sublime puisse n'être qu'un vulgaire canular ?

— De quoi s'agit-il, alors ? s'enquit Simmons.

— Enfin, c'est évident : c'est un signe.

— Un signe ?

— Un signe. Envoyé par Dieu.

Un silence pesant accueillit cette réponse.

— Pourquoi Dieu ? Pourquoi pas des extraterrestres ? demanda enfin Dalton.

Musgrave eut un sourire méprisant, mais Dalton ne se laissa pas démonter :

— Je suis sérieux. Moi, c'est la première idée qui m'est passée par l'esprit.

— Ne soyez pas ridicule ! siffla Musgrave.

— Comment ça, ridicule ? persista Dalton. Vous dites bien que c'est un phénomène surnaturel, non ? Vous êtes prêt à croire qu'il vient de « Dieu », notion éminemment fumeuse, mais pas d'une forme de vie intelligente étrangère à notre planète ? En quoi est-ce plus ridicule que votre suggestion ?

— Peut-être s'agit-il d'un avertissement, suggéra Mme Musgrave. Il est apparu ici, au-dessus de la banquise, au moment où elle se rompait. Ça ne peut pas être un hasard. Peut-être est-ce une façon de nous adresser un signal.

— Moi, je vais vous dire quel genre de signal, reprit Dalton. Celui de nous tirer d'ici avant que ça ne revienne. Si c'est un signe, c'est un mauvais signe.

— Bon sang ! éclata Musgrave. Si vous ne pouvez pas être sérieux, alors taisez-vous...

— Du calme, le coupa Gracie avant de se tourner vers Dalton, l'air sévère. Nous sommes tous à cran...

Dalton se rassit avec un soupir. C'est alors que Simmons intervint :

— Nous sommes tous des scientifiques, et même si les lasers et les hologrammes ne sont pas notre spécialité, j'imagine que nous sommes tous convaincus que le phénomène auquel nous venons d'assister dépasse, et de loin, nos capacités technologiques. C'est à la fois excitant et inquiétant. Car s'il ne s'agit ni d'un spectacle laser, ni d'un truc sorti des labos de la Défense nationale, du Japon ou de la Silicon Valley, bref, si le phénomène n'est pas originaire de cette planète, alors soit, comme le dit Greg, il vient de Dieu, soit, comme le suggère notre ami, des extraterrestres. En l'état actuel des choses, franchement, ça ne fait pas une si grande différence.

— Tu ne la vois pas, toi, la différence ? fit Musgrave, outré.

— Je ne voudrais pas me lancer dans un débat théologique avec toi, Greg, mais...

— Il est évident que tu ne crois pas en Dieu, même devant un miracle. Toute discussion est donc vaine, en effet.

— Ce n'est pas ce que je veux dire, reprit calmement Simmons. Tu prétends que Dieu aurait choisi ce jour, ce lieu et ce moyen pour nous apparaître...

Gracie intervint alors :

— Est-ce qu'on sait si un phénomène analogue est survenu ailleurs ? Quelqu'un a-t-il regardé les informations ?

— Je viens d'avoir la rédaction au téléphone, répondit Finch. Il n'y a eu aucun autre signalement à notre connaissance.

— Donc, s'Il a choisi de se manifester ici et maintenant, poursuivit Simmons, c'est sans doute qu'Il avait une sacrée bonne raison.

— La moitié de la calotte glaciaire antarctique est en train de fondre, rappela Mme Musgrave. Ça ne vous suffit pas, comme raison ?

— Pourquoi sommes-nous ici, à votre avis ? renchérit son mari. Justin, reprit-il à l'adresse du Britannique de l'équipe, rappelle-nous pourquoi.

— L'Europe du Nord est à la même latitude que l'Alaska. La seule chose qui la rende habitable est le Gulf Stream. Qu'il s'interrompe – et c'est ce qui arrivera si les glaces fondent – et tout le continent ressemblera à la côte Est dans *Le Jour d'après*.

— Tout juste, renchérit Musgrave. Si nous sommes là, c'est parce que tout indique que nous avons un gros problème et qu'il convient d'agir.

Gracie et Finch échangèrent des regards dubitatifs.

— Mettons qu'il s'agisse bien d'un avertissement, lui concéda Simmons. Pourquoi ne pourrait-il pas venir d'une forme d'intelligence plus avancée ?

— Je partage l'avis de ce jeune homme, intervint Dinnick, désignant Dalton avec un sourire désarmant.

Mais la femme de Musgrave ne s'en laissa pas conter :

— A quoi bon discuter avec vous ? Vous êtes obtus !

— Au contraire, je suis parfaitement ouvert, rétorqua Dinnick. Si nous admettons qu'une intelligence cherche à entrer en contact avec nous afin de nous mettre en garde, pourquoi cet avertissement ne pourrait-il pas provenir d'une espèce plus avancée que la nôtre ?

— Dieu n'a rien à voir avec la science-fiction ! protesta Musgrave. Je parie que vous ne savez même pas ce qu'est la foi.

— Là n'est pas la question. Tout cela reste inconnaissable, en l'état actuel de notre savoir.

— Croyez ce que vous voulez, gronda Musgrave, moi, je me retire !

Et il sortit avec fracas.

Son épouse se leva à son tour. Elle toisa l'assistance avec un regard où se mêlaient colère, mépris et pitié.

— Je crois que nous savons tous à quoi nous en tenir, conclut-elle avant de sortir à son tour.

Un silence gêné suivit.

— Ce type n'a jamais entendu parler de la scientologie, plaisanta Dalton, déclenchant quelques rires nerveux.

— Je dois convenir, intervint le chercheur britannique, que devant ce phénomène, tout à l'heure, j'ai ressenti... quelque chose de l'ordre du divin.

Il parcourut l'assistance du regard, quêtant un soutien. Deux autres chercheurs acquiescèrent.

Cet aveu causa une vive impression à Gracie. Elle se prit à songer qu'elle avait été le témoin privilégié d'un événement historique, de ceux qui déterminent un « avant » et un « après ».

Son scepticisme inné la ramena bien vite sur terre. Non, c'était impossible. Et pourtant... comment ignorer cette impression de transcendance, un sentiment nouveau pour elle ?

Réprimant un frisson, elle se tourna vers Finch :

— Qu'est-ce qu'ils en disent, au siège ?

— Ils tâchent de recueillir un maximum d'éléments. Ogilvy veut qu'on lui envoie au plus vite une séquence HD.

Hal Ogilvy était le directeur de l'information internationale et il siégeait au conseil d'administration de la chaîne pour laquelle travaillait Gracie.

— OK. Il faut d'abord qu'on passe quelques coups de fil. Tu vois si on peut disposer de la salle de conférences ?

— D'accord. Tirons-nous d'ici.

— Amen ! approuva Dalton, s'attirant des regards sévères de la part de ses deux équipiers.

Il esquissa un sourire contrit :

— Désolé.

Ils remontèrent le couloir dans un silence pensif. Alors qu'ils parvenaient à l'échelle de coupée, Gracie remarqua le trouble de Dalton.

— Qu'y a-t-il ? demanda-t-elle.

Il hésita un instant avant de répondre.

— Et si l'autre cinglé, Musgrave, avait quand même raison ?

— Il doit y avoir une meilleure explication.

— Et s'il n'y en a pas ?

Gracie réfléchit avant de répondre :

— S'il s'agit bien de Dieu, alors pour quelqu'un qui avait réussi à me convaincre de Sa non-existence, Il n'aurait pas pu mieux choisir Son moment pour Se montrer.

9

Wadi el Natrun

Le calme des montagnes était troublé par la respiration laborieuse et la démarche traînante des trois hommes qui peinaient sur la pente escarpée. Au moindre pas, au moindre caillou retourné ou dévalant le versant, le bruit se réverbérait, amplifié par l'air sec des collines alentour. Par cette nuit sans lune, et malgré la poussière d'étoiles qui s'effaçait peu à peu, la solitude glacée pesait sur eux comme une chape de plomb.

Youssouf les avait conduits droit au monastère. En bon copte, le chauffeur de taxi donnait tout l'argent qu'il pouvait aux moines, leur livrait les fruits et les légumes que son frère vendait au marché et faisait toutes sortes de petits travaux pour eux, si bien qu'il connaissait les lieux comme sa poche. Et, pour être monté à plusieurs reprises livrer des vivres à l'ermite retiré dans sa grotte, il avait pu voir ce qui s'y trouvait.

Tout en se répandant en excuses, il avait réveillé en sursaut le moine qu'il connaissait le mieux pour lui annoncer l'incroyable nouvelle. Le religieux, un jeune homme au regard vif et au sourire aimable qui répondait au nom de frère Amine, le crut sur parole. Devant son ton pressant, il le conduisit à la cellule du supérieur du monastère, le frère Kyrillos. Après avoir écouté, celui-ci accepta à contrecœur de les accompagner au café à cette heure fort peu chrétienne. Le monastère, on s'en doute, ne disposait d'aucun équipement vidéo, aussi avaient-ils tous regardé le reportage sur le téléviseur de l'établissement. Les deux moines avaient été stupéfaits, et même s'ils étaient certains que Youssouf avait raison, il leur fallait une confirmation au plus vite.

Youssouf les avait ensuite ramenés au monastère, où ils avaient attendu l'aube avec impatience. Ils avaient alors parcouru en voiture les dix kilomètres qui les séparaient de l'entrée du désert, là où des escarpements jaillissaient du sable. Les trois hommes avaient marché plus d'une heure, ne marquant qu'une brève pause pour se désaltérer à la gourde apportée par le jeune moine.

Dans ce paysage lunaire, l'ascension était déjà difficile en plein jour, et à plus forte raison dans la quasi-obscurité, avec l'unique secours de lampes torches bon marché dont le faisceau anémique peinait à dissiper l'ombre. De surcroît, l'itinéraire ne leur était pas familier. Par respect pour les mystiques qui choisissaient parfois d'y faire retraite, on décourageait fermement les intrus de monter visiter ces grottes.

Ils finirent par atteindre une petite porte en bois, fermée par un vieux loquet rouillé. Une minuscule fenêtre avait été aménagée dans une ouverture naturelle de la roche. L'abbé – un homme d'allure fière, au regard pénétrant mais doux, dont on n'apercevait que la barbe poivre et sel sous son capuchon noir – braqua un instant sa torche sur cette fenêtre. Puis il se retourna vers Amine, l'air hésitant. Le jeune moine haussa les épaules, tout aussi indécis.

L'abbé se décida finalement et frappa à la porte. Pas de réponse. Il frappa de nouveau, sans plus de succès.

— Peut-être ne nous entend-il pas, dit-il. Attendez-moi ici.

— Vous allez entrer ? fit Amine, surpris.

— Oui. Surtout, ne faites pas de bruit. Je ne voudrais pas qu'il s'inquiète.

Ses deux compagnons acquiescèrent.

D'un geste résolu, l'abbé souleva le loquet et poussa le battant. Sombre et glaciale, la première salle – car il y en avait trois – était étonnamment vaste et pauvrement meublée d'un fauteuil rudimentaire, d'une petite table et de deux tabourets.

Sous la fenêtre, une écritoire et une chaise. L'abbé les éclaira de sa torche. Un calepin était ouvert sur la table, un stylo à encre encore posé en travers. Des calepins identiques, visiblement très usés, s'empilaient sur une étagère près de la fenêtre. Il se rappelait parfaitement ces carnets, l'écriture dense et nerveuse qui en couvrait les pages – des pages qu'il n'avait pu qu'entrevoir, sans avoir jamais eu l'occasion de les lire.

Ce souvenir le ramena plusieurs mois en arrière, à l'époque de leur rencontre miraculeuse – un terme qui, à présent, prenait tout son sens.

Il baissa sa torche, tendit l'oreille. Silence. Il s'enfonça un peu plus dans la caverne, jusqu'à la petite niche qui abritait le lit étroit.

Il était vide.

L'abbé pivota pour éclairer les parois de la grotte.

— Père Jérôme ? lança-t-il d'une voix tremblante.

L'appel résonna dans le vide.

Perplexe, il dirigea alors le faisceau de sa torche vers le plafond en dôme de la grotte. Les inscriptions étaient restées telles que dans son souvenir. Un symbole, peint en blanc sur la roche, répété à l'infini. Un symbole aisément reconnaissable.

Celui-là même qu'ils avaient vu à la télévision, brillant dans le ciel de l'Antarctique.

Youssouf avait raison. Et il avait bien fait de les en informer.

Le regard toujours fixé sur les inscriptions, l'abbé s'agenouilla lentement et pria en silence.

10

Loin au-dessus des grottes, le père Jérôme contemplait le paysage majestueux qui s'étendait devant lui. Surgissant au ras des montagnes, le soleil en découpait les crêtes à contre-jour et teintait le ciel d'un rose mordoré.

Le frêle vieillard aux fines lunettes et aux cheveux blancs taillés en brosse passait presque toutes ses matinées et ses soirées ici. Malgré les difficultés de l'ascension, il éprouvait le besoin d'échapper à la solitude de sa grotte. Une fois au sommet, la montagne lui offrait une récompense inattendue, bien au-delà de la contemplation béate de l'œuvre divine.

Il ignorait toujours ce qui l'avait attiré ici. Après tout, il n'était pas le premier à venir dans cette vallée glorifier Dieu et mettre sa foi à l'épreuve. Au cours des siècles, beaucoup d'autres avant lui avaient ressenti la présence divine face à la pureté de ce désert intimidant. Mais il avait eu beau y réfléchir dans la solitude infinie des nuits passées au fond de sa retraite, il ne s'expliquait toujours pas ce qui l'avait conduit à quitter l'orphelinat qu'il venait tout juste de créer à la frontière avec le Soudan pour parcourir plusieurs centaines de kilomètres à pied dans le désert, seul et sans vivres. Peut-être n'y avait-il pas d'autre explication qu'un appel venu d'une force supérieure.

Dans un sens, tout cela le terrifiait. Pourtant, à bien y réfléchir, il n'y avait aucune crainte à avoir : « on » lui avait montré la route, et même s'il ignorait encore sa destination, une telle grâce était un honneur.

Le plus terrible, c'étaient les nuits. Par moments, la solitude lui était insupportable. Réveillé par le vent ou les cris des chiens errants, il arrivait qu'il se relève, glacé de sueur. C'est alors qu'il était le plus conscient de son isolement extrême. La montagne était redoutable. Bien peu y survivaient. Les ascètes des premiers siècles croyaient que le seul moyen de connaître Dieu était de vivre dans une grotte au plus près de Lui. Au sommet d'une montagne désolée et déserte, on pouvait éviter la tentation, se libérer de tout désir terrestre afin de se concentrer sur la prière. Mais la montagne était aussi le théâtre d'un combat acharné : convaincus que nous étions soumis aux perpétuels assauts des démons, ces ermites se retiraient du monde pour prier et se retrouvaient alors en butte aux attaques des mêmes forces du mal dont ils tentaient de nous délivrer.

Si on l'avait interrogé quelques années plus tôt, le père Jérôme aurait répondu qu'il désapprouvait cette vision pour le moins sinistre du monde. Mais à présent, il n'était plus aussi sûr de lui.

Il devait pourtant aller de l'avant, relever les défis sans leur résister. Telle était sa vocation.

Les journées étaient moins pénibles. Quand il n'était pas au sommet de la montagne, il les passait à méditer, prier ou écrire.

Ecrire… Encore un fait inexplicable et troublant.

Les pensées, les idées et les images – surtout les images – s'enchaînaient dans son esprit, et quand venait l'inspiration – l'inspiration divine, sublime et terrifiante à la fois – il avait à peine le temps de coucher les mots sur le papier. Son cerveau les pensait, sa main les écrivait, pourtant on aurait dit qu'ils s'écoulaient à travers lui, comme s'il n'avait été que le vecteur d'une entité supérieure. Là encore, il s'agissait d'une bénédiction. Car il se dégageait de ces mots une beauté indéniable, même s'ils ne correspondaient pas toujours à son expérience de l'Eglise.

Il admira une dernière fois les crêtes dans leur halo de lumière avant de clore les yeux et de faire le vide en lui.

Quelques secondes plus tard, un torrent de mots se déversait dans son esprit, comme si quelqu'un murmurait à son oreille.

Abîmé dans sa contemplation intérieure, le visage tourné vers la chaleur du soleil levant, il but ces paroles avec le même émerveillement que toutes les fois précédentes.

11

Boston

Des flocons de neige poudraient le trottoir mal éclairé quand Bellinger descendit du taxi devant le café sur Emerson Street, une petite rue tranquille au sud de Boston.

A cette heure tardive, le froid était mordant. C'était courant à l'approche de Noël, mais l'hiver s'annonçait rude. Il se dirigeait vers le bar quand il heurta une femme qui venait de surgir de l'ombre. Elle recula, sur la défensive, avant de s'excuser, expliquant en quelques phrases hachées qu'elle avait voulu attraper le taxi avant qu'il ne reparte. Pendant qu'elle hélait le chauffeur, Bellinger eut le temps d'apercevoir son beau visage entre une mèche de cheveux auburn et le col relevé de son manteau... Le mince voile de neige et l'obscurité ajoutaient au trouble intérieur du chercheur. Avant qu'il ait pu bredouiller à son tour une excuse, la jeune femme avait sauté dans le taxi qui s'éloignait déjà.

Bellinger le regarda disparaître au coin de la rue, puis sortit de sa transe pour se réfugier dans le bar.

C'était Matt Sherwood qui avait choisi l'endroit, un modeste café de style vaguement sudiste. De la bière bon marché, un éclairage tamisé, un jeu de fléchettes. Quelques guirlandes de Noël de circonstance, des trucs fabriqués en Chine, plastique et papier alu. Il y avait du monde, mais pas trop. Tant mieux : Bellinger préférait que leur conversation demeure discrète.

Il s'arrêta sur le seuil pour évaluer la salle, comme s'il craignait une menace invisible. Cela le surprit. Il n'était pas du genre paranoïaque. Il tenta de se raisonner, mais rien n'y fit : alors qu'il s'avançait, cherchant Matt des yeux, son malaise s'accrut.

La clientèle était disparate : de jeunes cadres bien habillés qui festoyaient bruyamment dans la partie restaurant et, côté comptoir, des piliers de bar solitaires, perchés sur leur tabouret comme des vautours en narcolepsie. Au fond de la salle, un juke-box passait du rock des années 1980, assez fort, mais pas trop. Encore une bonne chose. Ainsi, ils pourraient discuter sans risquer d'être entendus. Mais pourquoi s'inquiéter ainsi ? Ce n'était décidément pas dans ses habitudes.

Il n'avait pas davantage l'habitude de transpirer en entrant dans un bar. Surtout à Boston. En décembre. Sous la neige.

Il avisa Matt dans un box. Il se frayait un passage vers lui quand son portable sonna. Jabba... Il décida d'ignorer l'appel et fourra l'appareil dans sa poche.

Même penché au-dessus de son verre, Matt Sherwood paraissait une bonne tête de plus que Bellinger. Il n'avait pas trop changé depuis deux ans. Toujours la même carrure imposante, le même air sombre, des traits anguleux, des cheveux bruns coupés court, un regard attentif mais insondable. Il semblait plus en forme, ce qui n'était guère surprenant : la dernière fois qu'ils s'étaient vus, c'était à l'enterrement de Danny. Matt était très proche de son frère cadet, et la disparition soudaine de celui-ci l'avait profondément affecté

Ce qui rendait d'autant plus délicat de déterrer le passé.

Alors que Bellinger se coulait sur la banquette sans même ôter son manteau, Matt demanda :

— Qu'est-ce qui se passe ?

Il n'était pas du genre à tourner autour du pot. Il connaissait le prix du temps, on lui en avait déjà suffisamment volé.

Bellinger eut la force d'esquisser un sourire.

— Ça fait du bien de te voir. Comment ça va ?

— Super. J'ai des commandes par-dessus la tête. Que se passe-t-il, Vince ? On devrait être couchés depuis longtemps, tous les deux. Tu as dit qu'on avait à parler.

— Je sais, et je suis content que tu aies pu te libérer. C'est juste que... je pensais à Danny.

Matt détourna un instant le regard avant de reprendre :

— Eh bien quoi, Danny ?

— La dernière fois qu'on s'est vus, après l'enterrement, on était tellement sonnés qu'on n'a pas pris le temps d'en discuter. De ce qui lui est arrivé.

— Il est mort dans un accident d'hélicoptère. Tu le sais. Que dire de plus ?

— Je sais, mais... qu'est-ce qu'on t'a raconté, au juste ?

— Pourquoi me demandes-tu ça, Vince ? Pourquoi maintenant ?

— Ecoute... Fais-moi confiance, pour une fois. Qu'est-ce qu'on t'a raconté sur les circonstances de l'accident ?

Matt haussa les épaules.

— L'hélico s'est abîmé au large des côtes de Namibie. Défaillance mécanique, sans doute à la suite d'une tempête de sable, mais on n'est sûr de rien. On n'a jamais récupéré l'épave.

— Pourquoi ?

— C'était un appareil privé, et ce qu'il en restait était éparpillé au fond de l'océan. Ce n'est pas qu'il soit profond à cet endroit, mais les courants sont violents, m'a-t-on dit. Ce n'est pas pour rien qu'on appelle le coin « les portes de l'enfer ».

— Et les corps ?

Matt grimaça. La plaie n'était pas cicatrisée.

— On ne les a jamais retrouvés.

— Pourquoi ?

— L'endroit grouille de requins, sans parler des courants marins. C'est la côte des Squelettes, merde ! Il n'y avait rien à récupérer.

— Donc, tu...

Matt explosa, à bout de patience :

— Eh oui, il n'y avait rien à enterrer ! Le cercueil était vide, Vince. Je sais, c'était ridicule, on a incinéré une boîte vide et gâché bêtement du beau bois, mais il n'y avait pas moyen de faire autrement. Ça a aidé papa à faire son deuil. Bon, tu vas me dire maintenant ce qu'on fait ici ?

De plus en plus mal à l'aise, Bellinger détourna la tête et scruta les visages dans la salle.

— Tu as regardé les infos, aujourd'hui ?

— Non, pourquoi ?

Bellinger se tut, ne sachant comment poursuivre.

— Vince, qu'est-ce qui se passe ?

A cet instant, le BlackBerry de Bellinger lui signala l'arrivée d'un SMS. Il laissa ses mains sur la table. Il n'avait pas la patience de s'occuper de Jabba.

Il se pencha vers Matt avant de répondre :

— J'ai tout lieu de croire que Danny a été assassiné… ou pire.

Matt pâlit.

— Ou pire ? Qu'est-ce qui pourrait être pire ?

— Peut-être est-il retenu quelque part, ainsi que tous les autres.

— Quoi ? s'exclama Matt. Mais qu'est-ce que tu racontes ?

Bellinger lui fit signe de baisser la voix et se rapprocha un peu plus.

— Peut-être qu'on a tué Danny et les autres avant de simuler l'accident. A moins qu'on ne les garde en otages quelque part, en les faisant travailler contre leur gré. Réfléchis un peu : si tu avais recruté une équipe de petits génies pour concevoir un truc secret, tu n'aurais pas envie de les garder sous la main pour t'assurer que rien ne clochera le jour où tu t'en serviras enfin ?

Le téléphone de Bellinger se manifesta de nouveau.

— Concevoir quoi ? Ça n'a ni queue ni tête !

Bellinger reprit à voix basse :

— Il s'est passé quelque chose aujourd'hui, Matt. En Antarctique. Un truc est apparu dans le ciel. Tout le monde en parle. Je suis sûr que Danny avait quelque chose à y voir.

— Qu'est-ce qui te fait penser ça ?

Bellinger tremblait à présent, les mots se bousculaient dans sa bouche. Il ignora une fois de plus la vibration de son téléphone.

— Le truc de Danny, c'était le calcul distribué. Il m'avait montré certains de ses travaux, qui ouvraient des perspectives ahurissantes. Tu sais à quel point il était brillant ! Et voilà que Reece se pointe et l'embarque sur son projet, les biocapteurs, et...

— Reece ?

— Dominic Reece. Son professeur au MIT. Il se trouvait aussi dans l'hélico.

Bellinger regarda Matt, comme pour s'excuser d'avoir réveillé ces souvenirs, puis il ajouta après un bref silence :

— Un super projet, soit dit en passant. S'il avait abouti, ces capteurs auraient sauvé des dizaines de milliers de vies...

Le téléphone vibra pour la quatrième fois.

Irrité, Bellinger sortit l'appareil de sa poche, tâtonna pour accéder à sa messagerie et découvrit que les quatre messages provenaient du même correspondant. Pas Jabba : le numéro lui était inconnu.

Il sélectionna le dernier. Le texte qui apparut alors à l'écran le laissa bouche bée :

`Si vous tenez à la vie, bouclez-la et tirez-vous fissa.`

12

Boston

« J'ai tout lieu de croire que Danny a été assassiné... »

Le minuscule micro fiché au revers du manteau de Bellinger avait retransmis ses propos aux trois agents assis dans la fourgonnette garée devant le bar.

Deux autres agents, installés dans la salle et équipés d'oreillettes transparentes quasi invisibles, avaient également entendu.

Dans la camionnette, le responsable de l'opération lança un regard à sa collègue. Elle avait fait du bon boulot. D'un geste fluide, elle avait placé le mouchard sans se faire remarquer, avant de s'engouffrer dans le taxi. Son sourire avait certainement aidé. Bellinger n'était pas le premier à tomber sous son charme.

La voix d'un des agents en place dans le bar résonna dans leurs oreillettes :

— Il ne va pas mordre.

Le chef du commando grimaça et approcha son micro de ses lèvres.

— Je vais lui lancer un autre appât. Soyez prêt à intervenir s'il ne marche toujours pas.

— Bien reçu.

Il renvoya le même SMS.

Bellinger releva la tête et promena un regard affolé autour de la salle. Soudain, tout le monde lui semblait suspect.

Matt remarqua son trouble.

— Qu'est-ce qui se passe ?

Durant une seconde, Bellinger crut que tous les clients du bar le fixaient d'un air mauvais.

— Vince, qu'est-ce qui se passe, enfin ? insista Matt.

Bellinger lui répondit d'une voix étranglée :

— C'était une erreur. Oublie tout ce que je t'ai dit.

— Quoi ?

Bellinger se leva en titubant et, regardant Matt droit dans les yeux, il asséna :

— Tu oublies tout, d'accord ? Il faut que j'y aille.

Matt se leva d'un bond et lui saisit le bras.

— Arrête ces conneries, Vince. Qu'est-ce qui t'arrive ?

Bellinger se dégagea d'une secousse avant de repousser Matt à deux mains. La violence de sa réaction surprit ce dernier qui retomba lourdement en arrière en se cognant la tête au coin de la banquette. Les clients les plus proches eurent un mouvement de recul.

Matt se redressa, étourdi, et vit Bellinger se ruer vers la sortie en bousculant tout le monde.

Il s'élança à sa suite, profitant du passage qu'il s'était ouvert pour gagner la porte.

En débouchant sur le trottoir, il vit son ami se faire intercepter par deux malabars qui le forcèrent à grimper à l'arrière d'une camionnette.

Matt se précipita vers les agresseurs, mais au même moment, un choc violent dans le dos lui coupa le souffle et le projeta au sol sur la fine pellicule de neige.

Il ressentit une vive douleur à l'épaule droite puis, avant qu'il ait pu se relever, deux paires de bras vigoureux l'empoignèrent, l'immobilisèrent, le poussèrent vers le véhicule et le jetèrent à l'intérieur. Il atterrit rudement sur le plancher métallique, entendit les portes claquer derrière lui et se sentit glisser vers l'arrière comme le fourgon démarrait.

Toujours à plat ventre, le visage plaqué contre la tôle, il perçut des cris étouffés. Relevant la tête un peu de biais, il entrevit Bellinger, les deux costauds qui le maintenaient au sol et le profil à contre-jour d'une femme plutôt jolie, assise à la droite du chauffeur. L'un des hommes avait plaqué une main sur la bouche de Bellinger tandis que l'autre, penché sur lui, tenait un objet semblable à un gros rasoir électrique.

Il y eut un grésillement aigu, presque inaudible, que Matt ne parvint pas à identifier. Il voulut se retourner sur le dos mais l'un de ses agresseurs le plaqua de nouveau au sol. La nausée l'envahit quand le grésillement s'amplifia, et ses muscles se tétanisèrent quand il en reconnut enfin l'origine.

Il réussit à relever la tête juste assez pour voir le deuxième type se pencher vers Bellinger et le neutraliser avec un pistolet à impulsion électrique. Le chercheur hurla tandis qu'un éclair bleu pâle illuminait la cabine. Une décharge de deux secondes suffisait généralement à déclencher des spasmes musculaires incoercibles, et trois secondes faisaient de vous l'équivalent d'une limande agonisante. Dans le cas de Bellinger, la dernière décharge dura plus de cinq secondes. Matt en connaissait parfaitement les effets. La sensation n'avait rien d'agréable, surtout quand elle était infligée par des matons néandertaliens. On aurait dit qu'on introduisait des aiguilles dans chacun de vos pores. Il en avait encore la chair de poule. Le grésillement avait réveillé le souvenir de cette torture.

L'agresseur de Bellinger posa enfin son Taser et sortit de sa poche un objet plus petit que Matt reconnut grâce à l'éclat fugitif d'un réverbère : une seringue, que l'homme planta rapidement dans la nuque de sa victime.

Les soubresauts de Bellinger cessèrent.

— Il a son compte, annonça le type, l'air dégagé.

Le bulldozer juché sur le dos de Matt s'enquit :

— Qu'est-ce qu'on fait de celui-ci ?

L'autre ne réfléchit pas longtemps :

— Pareil.

Pas vraiment la réponse que Matt espérait, même s'il ne se faisait guère d'illusions. En tout cas, il n'avait pas l'intention de rester là à attendre qu'une décharge d'un million de volts lui crame la cervelle.

Il vit l'agresseur de Bellinger se diriger vers l'arrière du fourgon, le Taser en main, et entendit de nouveau le grésillement sinistre.

Il était temps de jouer les trouble-fêtes.

A cet instant précis, la camionnette prit un virage sec. Profitant du fait que le costaud juché sur lui se déplaçait légèrement, Matt mobilisa ses dernières forces et parvint à se redresser. Déséquilibré, l'homme alla buter contre la paroi. Se retournant, Matt projeta ses deux poings en avant et pulvérisa le nez du type. La tête de celui-ci rebondit contre la paroi et il s'écroula en se tordant de douleur.

Matt ne perdit pas de temps à jouir du spectacle. Déjà, le copain du bulldozer se ruait sur lui. Matt fit un roulé-boulé et lança sa jambe vers le cou de son agresseur. Quand l'homme heurta violemment les portes arrière, Matt l'empoigna par les oreilles, releva le genou et écrasa sa tête dessus. Il y eut un craquement. Le type retomba sur Bellinger immobile, gênant ainsi la progression de ses deux acolytes.

Matt calcula qu'il n'avait qu'une ou deux secondes de répit. Une seule issue s'offrait à lui.

Il saisit la poignée, ouvrit la portière et, malgré la présence d'une voiture qui les suivait de près, il se jeta sur la chaussée.

Un éclair de douleur le transperça quand son épaule et sa hanche heurtèrent le bitume. Il roula sur lui-même. Un crissement de pneus lui vrilla les tympans, de plus en plus fort. Le pare-chocs avant de la voiture se rapprochait à toute vitesse.

La voiture et lui s'immobilisèrent à quelques centimètres l'un de l'autre. Aveuglé par la douleur et l'éclat des phares, Matt perçut la chaleur de la calandre, sentit l'odeur caractéristique du caoutchouc brûlé et des plaquettes de frein chauffées.

Malgré son épaule douloureuse, il parvint à se redresser et regarda vers l'extrémité de la rue. La fourgonnette s'éloignait déjà, et il crut voir un des hommes refermer brusquement la portière.

Matt se releva. Sa jambe gauche faillit se dérober sous lui mais il prit appui contre l'aile de la voiture. Il s'approcha en titubant de la portière. Le chauffeur, la soixantaine bien sonnée, le dévisageait avec un mélange d'appréhension et d'incrédulité. Matt lui fit signe de baisser sa vitre mais l'homme semblait paralysé par la peur.

— Descendez-la, bordel de merde ! hurla Matt en tambourinant contre la vitre.

L'homme hésita, puis secoua la tête d'un air hagard.

Matt voulut ouvrir la portière, mais elle était verrouillée.

Il plaqua la main contre la vitre et se remit à hurler :

— Ouvrez cette putain de portière !

L'homme jeta un coup d'œil inquiet à son rétroviseur, regarda Matt une dernière fois, puis écrasa l'accélérateur. Matt n'eut que le temps de s'écarter avant que la voiture ne démarre sur les chapeaux de roues et ne disparaisse dans la nuit.

13

Monastère de Deir al-Surian, Wadi el Natrun

Un éclat de lumière rosée s'épanouit à l'horizon alors que les trois hommes redescendaient de la montagne.

Ils avaient attendu près d'une heure que le père Jérôme se montre. Ne le voyant toujours pas, ils avaient finalement renoncé et rebroussé chemin. Ils n'échangèrent pas un mot en marchant, ni plus tard dans la voiture. L'abbé s'était contenté d'acquiescer en silence quand le jeune moine lui avait demandé s'il était bien sûr de ce qu'il avait vu.

Il avait besoin de réfléchir.

Youssouf se gara à la porte du monastère et proposa aux deux hommes de les attendre. L'abbé lui répondit que c'était inutile, avant de le remercier. Puis son expression et sa voix devinrent graves :

— Youssouf, je veux que tu gardes pour toi tout ce que tu as vu. Personne ne doit rien savoir. Pas maintenant. La situation pourrait très vite dégénérer si la nouvelle se répandait. Nous devons redoubler de prudence. Est-ce que tu comprends ?

Youssouf acquiesça sombrement avant de baiser la main de l'abbé.

— *Bi amrak, abouna* – comme vous voudrez, mon père.

D'un signe de tête, le prêtre lui donna la permission de partir. Les deux religieux regardèrent le chauffeur remonter dans sa Toyota et s'éloigner.

— Qu'allez-vous faire ? s'enquit frère Amine.

— D'abord, prier. Tout cela est… trop déroutant. Te joindras-tu à moi ?

— Bien sûr.

Ils franchirent une poterne dans le mur d'enceinte du monastère. Sur leur droite, le qasr (un cube blanc de trois étages, percé de minuscules ouvertures irrégulières) dressait sa masse imposante dans la clarté de l'aube. Avec son pont-levis baissé en permanence, il semblait attendre les visiteurs.

Il n'en avait pas toujours été ainsi. Le bâtiment du VIe siècle avait connu plusieurs reconstructions au cours de son histoire agitée.

La vallée, qui devait son nom à l'abondance dans son sous-sol de natron, un minerai indispensable à la momification, était le berceau du christianisme monastique. Cette tradition remontait aux IIIe et IVe siècles, après que les disciples du Christ s'y furent réfugiés par milliers pour échapper aux persécutions des Romains. Des siècles plus tard, d'autres étaient venus, cette fois pour échapper aux musulmans. La vallée revêtait une importance particulière pour les fidèles : c'était là en effet que Marie, Joseph et l'Enfant Jésus avaient fui pour échapper aux hommes du roi Hérode avant de poursuivre leur route vers Le Caire.

Les premières communautés de chrétiens vivaient dans les grottes qui dominaient le désert, subsistant grâce aux maigres ressources des rares oasis. Bientôt, ils commencèrent à construire des monastères afin d'y pratiquer leur foi en sécurité. Toutefois, la menace se prolongea durant plusieurs siècles. Les tribus du désert prirent la suite des Romains, se montrant encore plus impitoyables. En 817, les Berbères détruisirent presque le monastère. Et, quand les hommes lâchaient prise, c'était la nature qui prenait le relais. C'est ainsi qu'un seul moine survécut à la peste au XIVe siècle. Pourtant, la dévotion des saints hommes resta intacte, et à présent, le monastère accueillait plus de deux cents moines, qui suivaient la trace de leurs pères de l'Ancien Testament, venus dans le désert pour échapper aux tentations terrestres, vaincre leurs démons et prier pour le salut de l'humanité.

A l'orée de ce jour fatidique, l'abbé songea qu'il n'était pas impossible que la vallée redevienne un symbole pour toute la chrétienté.

Mais, entre-temps, le monde avait changé. Il était plus avancé technologiquement. Plus civilisé, peut-être – pas toujours, pas partout. Et, dans le fond, il demeurait tout aussi dangereux, sinon plus.

Le frère Amine suivit l'abbé à travers la cour qui donnait d'un côté sur la chapelle des Quarante-Neuf Martyrs – dédiée aux moines tués lors d'un raid berbère en 444 – et de l'autre sur l'église de la Vierge. Par chance, celle-ci était encore déserte, mais l'abbé savait que cela ne durerait pas.

Il remonta la nef jusqu'au chœur – le *khurus*. En franchissant l'imposant porche de bois qui séparait ces deux parties de l'église, il leva les yeux vers l'une des fresques qui décoraient une demi-coupole, une Annonciation vieille de mille ans qu'il avait contemplée de multiples fois. On y voyait quatre prophètes réunis autour de la Vierge et de l'archange Gabriel. Son regard fut attiré par Ezéchiel, à la droite de Marie, et il fut pris d'un frisson en songeant à la vision du prophète : les cieux qui s'étaient ouverts pour révéler une gerbe de feu tournoyante, « brillant comme de l'airain poli », avant que retentisse la voix du Tout-Puissant.

Les deux moines prièrent une heure durant au pied du grand autel, prosternés contre le sol froid à la manière des premiers chrétiens, une posture reprise plus tard par l'islam.

— N'aurions-nous pas dû l'attendre un peu plus longtemps ? demanda Amine alors qu'ils rejoignaient, toujours seuls, la petite salle du musée restauré depuis peu. Et s'il lui était arrivé malheur ?

Cette idée avait également traversé l'esprit de l'abbé, et ce n'était pas la première fois. Mais il ne laissa rien paraître de son inquiétude :

— Depuis le temps qu'il vit là-haut, il a dû apprendre à connaître la montagne. Il paraît très bien se débrouiller.

— Qu'allons-nous faire, mon père ? demanda le jeune moine après un silence.

— Je l'ignore. Je ne comprends pas ce qui se passe.

Amine afficha sa surprise :

— Un miracle ! Voilà ce qui se passe !

L'abbé fronça les sourcils :

— Il se passe une chose incompréhensible. Mais de là à dire que c'est un miracle...

— Quelle autre explication, sinon ?

L'abbé ne sut que répondre.

Le jeune moine persista :

— Vous l'avez dit vous-même. Le signe que vous avez décrit, ce que vous avez vu aux informations...

L'abbé se remémora le jour où ils avaient découvert leur invité dans le désert, avant qu'il n'entame sa retraite, l'état pitoyable dans lequel ils l'avaient trouvé, son rétablissement, et le mot « miraculeux » lui revint à l'esprit.

— Cela ne correspond à aucune des prophéties des Ecritures, conclut-il.

— Est-ce obligatoire ?

La question du jeune moine prit l'abbé au dépourvu :

— Mon frère ! Vous n'allez pas contester la vérité de ces textes ?

— Nous sommes en train de vivre un miracle, mon père ! s'exclama Amine d'un ton exalté. Pas d'en lire le récit des siècles plus tard, en sachant pertinemment qu'il a été traduit, embelli et corrompu par d'innombrables rédacteurs. Non, nous le vivons ici et maintenant... Et avec tous les moyens de communication modernes à notre disposition.

Le visage de l'abbé s'assombrit.

— Vous voudriez répandre la nouvelle ? demanda-t-il.

— Tout le monde est déjà au courant. Vous avez vu cette journaliste. Des millions de gens ont vu ses images et entendu son commentaire.

— Certes. Mais pas question de l'ébruiter tant que nous ne saurons pas exactement de quoi il retourne.

Amine était désemparé.

— N'est-ce pas évident, mon père ?

L'abbé hocha la tête, troublé par la ferveur du jeune homme. Il comprenait son exubérance, mais il convenait de contenir celle-ci. Sans nier les faits, des précautions s'imposaient.

— Il nous faut étudier de plus près les Ecritures, répondit-il. Consulter nos supérieurs. Et surtout, ajouta-t-il après un silence, nous devons remonter lui parler. Lui raconter ce qui s'est passé. Peut-être saura-t-il qu'en faire, lui.

Amine se rapprocha :

— Vous parlez raisonnablement, mais nous ne pouvons pas garder un tel secret. Nous avons reçu cette grâce de Dieu. Nous Lui devons de la partager. L'humanité doit savoir.

— Pas encore, persista l'abbé. Ce n'est pas à nous de décider.

— Pardonnez-moi, mon père, mais je crois que vous commettez une erreur. Nul doute que d'autres auront tôt fait de s'approprier ce signe. Et, ce faisant, ils amoindriront et corrompront le plus sublime des messages. Nous vivons des temps cyniques, amoraux. Ces charlatans rendront d'autant plus inaudible la voix de la vérité. On ne peut pas attendre que des imposteurs et des opportunistes transforment en Barnum ce signe du ciel.

L'abbé s'assit et, avec un soupir, se massa les tempes de ses mains calleuses. Le frère disait vrai, mais il ne pouvait se résoudre à sauter le pas. Les conséquences étaient trop effrayantes. Alors il resta muet, contemplant le sol de pierre tandis que le jeune moine faisait les cent pas, énervé. La fresque de la chapelle lui revint en mémoire.

« Une gerbe de feu, au centre de laquelle brillait comme de l'airain poli, sortant du milieu du feu... et j'entendis la voix de quelqu'un qui parlait [1]. »

Au bout d'un long moment, l'abbé releva les yeux et répéta d'un air décidé :

---

1. Ezéchiel, I,4, I,28. Trad. de Louis Segond.

— Ce n'est pas à nous d'en décider. Nous devons en référer à Sa Sainteté.

Une heure plus tard, tapi dans l'ombre du cloître, frère Amine attendait que le bibliothécaire ait quitté son bureau.

Il n'avait pas réussi à convaincre l'abbé Kyrillos. Le vieillard était de toute évidence dépassé par les événements. Mais ce n'était pas cela qui allait arrêter le jeune homme.

Il attendit patiemment que son supérieur ait traversé la cour pour entrer dans le réfectoire. Alors, le moine se glissa dans le bureau vide, décrocha le téléphone et composa un numéro.

14

A moins de deux kilomètres de la montagne que les deux moines et leur chauffeur avaient escaladée, un berger de quatorze ans rassemblait son maigre troupeau.

Malgré les réveils à la première heure, le matin était le moment de la journée qu'il préférait, comme du reste les sept chèvres de son père. Le soleil était encore bas, la vallée drapée du manteau d'ombre des collines alentour, la brise était fraîche et les teintes pourprées du paysage plus douces à l'œil et, pourquoi le nier, plus inspiratrices.

Tout en fredonnant un air entendu à la radio, il contourna un éperon rocheux et se figea soudain. Trois hommes – des militaires, à leur tenue – étaient en train de charger du matériel à l'arrière d'un pick-up bâché et poussiéreux. Des appareils incroyables, dont l'un en forme de parabole.

Malgré sa discrétion, les hommes repérèrent aussitôt le jeune garçon. Celui-ci devina leurs regards impitoyables derrière les Ray-Ban. Il eut à peine le temps de reconnaître les tenues de camouflage popularisées par d'innombrables reportages sur la guerre en Irak qu'un des hommes cracha un ordre bref. Les deux autres abandonnèrent leur tâche pour se diriger vers lui.

Le garçon voulut s'échapper mais il n'alla pas bien loin. Un des soldats le jeta au sol d'un croche-pied.

Le cœur au bord des lèvres, il se demanda ce qu'ils lui voulaient, pourquoi ils maintenaient sa tête plaquée contre le sol, l'empêchant de se dégager.

Il entendit le deuxième soldat approcher, entrevit une paire de rangers.

Il n'entendit pas un mot, ne vit pas le signe de tête.

Et il ne sentit rien quand les grosses mains de l'homme assis sur lui se placèrent d'un geste expert, l'une d'un côté du cou, l'autre contre la tempe opposée, avant d'exercer prestement un mouvement de rotation contraire.

Rapide, silencieux, précis.

Sans nul doute une devise bien rodée.

15

Mer d'Amundsen

— Si tu as une idée, tu m'appelles, d'accord ? Quelle que soit l'heure.

Gracie donna son numéro de téléphone satellite à son correspondant, coupa la communication, poussa un soupir.

Chou blanc, encore une fois.

Elle s'humecta le visage, puis les cheveux. Avant de passer ses coups de fil, elle avait réussi à soutirer à Simmons et à d'autres scientifiques quelques images que Dalton se chargeait de monter pour envoyer à la rédaction de Washington une séquence en HD – autre chose que le direct tressautant et granuleux de leur premier reportage, bref, plus *Armageddon* que *Cloverfield.*

Ses années de métier lui avaient procuré un carnet d'adresses bien rempli qu'elle exploitait maintenant à fond. Elle appela un de ses contacts à la NASA, un directeur de projet rencontré en 2003 alors qu'elle couvrait l'accident de la navette Columbia. Puis elle fit le tour de ses relations à CalTech et au Pentagone, sans oublier le rédacteur en chef du magazine *Science* et le conseiller scientifique de sa chaîne.

Tous partageaient sa perplexité.

Elle venait tout juste de raccrocher quand le téléphone satellite sonna. Encore un journaliste en quête de commentaires.

— Comment ont-ils réussi à obtenir ce numéro ? maugréa-t-elle.

Finch se saisit de l'appareil afin de rembarrer l'importun. Pour le moment, c'était leur exclusivité, pour le meilleur comme pour le pire.

La répugnance de Gracie à prendre l'appel n'était pas une question de trac ou de réserve. Loin de là. La carrière d'envoyée spéciale de Gracie n'avait rien d'accidentel : elle en rêvait depuis le lycée. Pour réaliser son ambition, elle avait dû travailler dur et vaincre la misogynie qui sévissait dans ce métier. Elle s'efforçait de transmettre sa passion à son public et passait bien à l'antenne, grâce à un magnétisme qui n'était pas seulement physique. Les sondages confirmaient qu'elle plaisait aux spectateurs, toutes catégories confondues. Les femmes n'étaient pas jalouses d'elle, au contraire elles appréciaient sa compétence et, à une époque où tout reposait sur l'image et où le moindre mot était calculé, sa sincérité et son honnêteté jouaient en sa faveur. Quant aux hommes, s'ils admettaient volontiers la déshabiller du regard, bon nombre soulignaient qu'ils étaient tout autant séduits par son intelligence.

C'est ainsi qu'elle était passée de correspondante d'une chaîne locale du Wisconsin à présentatrice des journaux du week-end, avant de devenir animatrice et grand reporter. Son nom était devenu un gage de qualité pour les téléspectateurs américains, qu'elle se trouve au Koweït après l'invasion de l'Irak, à bord d'un navire de Greenpeace traquant les baleiniers japonais, ou qu'elle commente le tsunami depuis la Thaïlande ou l'ouragan Katrina depuis La Nouvelle-Orléans.

Plus récemment, elle s'était trouvée impliquée, un peu contre son gré, dans le débat passionné sur le réchauffement climatique. Elle avait abordé la question avec scepticisme, mettant publiquement en doute les convictions quasi religieuses des mouvements écologistes. Elle savait combien il était hasardeux de se livrer à des prévisions à long terme, aurait pu énumérer toutes les prédictions erronées proférées par les plus grands esprits, depuis les projections démographiques catastrophistes jusqu'à l'évolution des prix du pétrole. Elle n'avait jamais mâché ses mots et, jusqu'ici, son intégrité avait joué en sa faveur. Mais, en ce qui concernait le réchauffement climatique, sa franchise avait déclenché une tempête. De partout, on vilipendait son incrédulité affichée, et sa carrière était en jeu.

Décidant que l'affaire méritait toute son attention, indépendamment de ses convictions personnelles, elle avait rédigé un projet de documentaire exhaustif qui aborderait la question sans langue de bois, et sa direction lui avait donné carte blanche. C'est pourquoi, pendant que la majorité de ses collègues s'enlisaient dans le bourbier de la prochaine campagne électorale, elle utilisait son énergie à réunir toutes les données disponibles sur le climat et à rencontrer tous les spécialistes concernés. Elle avait vite acquis la conviction que le taux de gaz à effet de serre avait bel et bien augmenté au cours des dernières décennies, et que la Terre se réchauffait, mais il lui restait à découvrir si le lien entre les deux était aussi évident qu'on le disait. Elle avait donc entrepris de parcourir la planète, de la station scientifique de Tcherski, en Sibérie, où la fonte du pergélisol libérait d'énormes quantités de gaz carbonique, au Groenland, où d'immenses glaciers descendaient vers la mer à la vitesse de deux mètres à l'heure, mettant à profit ses déplacements pour éplucher les dépêches scientifiques.

Son instinct d'investigatrice s'était réveillé quand elle avait étudié de plus près la Global Climate Coalition, l'Information Council of the Environment et la Greening Earth Society, autant d'associations en réalité financées par l'industrie automobile, pétrolière et charbonnière dans le seul but de tromper le public en répandant des informations falsifiées, et de faire ainsi passer le réchauffement climatique pour une théorie plutôt qu'un fait avéré. Il n'avait pas fallu longtemps à Gracie pour se convaincre que la planète était réellement en danger par la faute de l'homme. Tout le problème était de trouver des remèdes réalistes et concrets à cette situation. C'était là un autre débat, encore plus controversé, mais qui la passionnait tout autant.

Mais jamais elle n'aurait imaginé qu'il la conduirait à *ça*...

— Ça n'avance à rien, soupira-t-elle, exaspérée. Tu as eu plus de chance ? demanda-t-elle à Finch en se levant pour aller contempler le ciel derrière le hublot.

Tout en restant en contact avec leur rédaction, Finch avait épluché son propre carnet d'adresses.

— Négatif. S'il s'agit d'un phénomène naturel, alors personne n'a jamais rien vu d'analogue. Et si ce n'en est pas un, tous me disent qu'il n'existe à l'heure actuelle aucune technologie permettant d'obtenir ce résultat.

— Ça, on n'en sait rien, remarqua Dalton, quittant un instant son moniteur des yeux. Je suis sûr qu'on ignore l'existence d'un tas de choses.

— Peu importe ce qu'on ignore. Tout ce qui compte, c'est que rien de ce qu'on connaît ne s'approche de ça.

— Je suis largué, là.

— Les avancées technologiques ont toutes un point de départ, lui expliqua Finch. Le téléphone portable n'est pas apparu du jour au lendemain. Tout a commencé avec Graham Bell au XIXe siècle. C'est une évolution. Le téléphone filaire, la téléphonie sans fil, la téléphonie numérique, et finalement les réseaux cellulaires. Pareil pour les avions furtifs : on a longtemps ignoré leur existence, mais ils ne sont qu'une évolution des chasseurs à réaction existants. Tu piges ? La technologie évolue. Mais, dans le cas de ce truc, il n'y a rien dont on pourrait dire : « Il suffit d'en fabriquer un plus gros, ou plus puissant, ou de l'utiliser autrement pour expliquer le phénomène. » Le concept même nous est totalement étranger. Et tout le monde essaie de comprendre. Regarde un peu ce paquet de dépêches : Reuters, Associated Press, CNN... Tout le monde en parle. Toutes les chaînes de télé, de Londres à Pékin. Idem sur les blogs d'infos ou sur YouTube : la séquence a déjà dépassé les deux cent mille connexions. Et tous les forums sont en ébullition.

— Que disent-ils ?

— En gros, on a trois camps : certains pensent à un trucage vidéo, un canular dans le genre de *La Guerre des mondes*. D'autres penchent également pour l'arnaque, mais avec des intentions moins innocentes derrière. Enfin, il y a ceux qui lancent des suppositions délirantes et qui se font descendre en flammes par ceux qui s'y connaissent un tant soit peu.

— Personne n'évoque une origine non humaine du phénomène ?

— Ça, c'est le quatrième groupe : les convertis. Ceux-là penchent pour une explication plus divine qu'extraterrestre. L'un d'eux nous a même surnommés « les messagers de l'Apocalypse ».

— Voilà qui me rassure, grogna Gracie.

D'un côté, elle ne pouvait nier qu'elle avait plaisir à se retrouver ainsi sous les feux de la rampe mais, de l'autre, la raison lui imposait une certaine retenue. Elle ignorait ce qu'elle avait vu au juste, et tant qu'elle ne serait pas fixée, elle préférait éviter une trop grande publicité. Si l'affaire venait à se dégonfler comme une baudruche, elle se voyait déjà ridiculisée et contrainte à la démission.

Finch fit pivoter son ordinateur portable et, s'adressant à Dalton, pianota sur le clavier.

— En parlant d'ET, regarde un peu ces images de supposés ovnis que m'a envoyées un copain qui travaille à Discovery Channel. Mon ami me dit qu'on recense en moyenne plus de deux cents signalements d'ovnis chaque mois en Amérique. Deux cents ! Certains sont faciles à expliquer par des nuages lenticulaires ou des traînées de condensation d'avions. A côté de ça, on trouve des tas d'apparitions inexpliquées, dont certaines remontent à plusieurs milliers d'années. On compte par centaines les boules de feu, les « assiettes volantes » ou les disques lumineux. Tiens, un exemple : « Japon, 1458 : un objet brillant comme la pleine lune et suivi de signes curieux a été observé dans le ciel. » Ou celui-ci : « Londres, 1593 : un dragon volant entouré de flammes a été observé au-dessus de la cité. »

— L'opium produit toujours ce genre d'effet, plaisanta Dalton. Les drogues n'étaient pas illégales en ce temps-là, n'est-ce pas ?

— Sans compter qu'aucune de ces références n'est vérifiable de près ou de loin, renchérit Gracie.

— Certes, mais l'essentiel est dans leur nombre. Des observations similaires faites à des milliers de kilomètres de distance, à une époque où se rendre d'un continent à l'autre était quasi impossible et où la majorité de la population était illettrée. Même la Bible en parle.

— Quelle surprise ! s'esclaffa Gracie.

Un silence pesant s'établit.

— Bon, alors, qu'est-ce que tu veux dire ? reprit la jeune femme. Qu'avons-nous vu, selon toi ?

Finch ôta ses lunettes pour les nettoyer avec sa manche.

— J'aurais penché pour une hallucination collective s'il n'y avait pas la vidéo. Autrement, je n'ai pas d'explication.

— Dalton ?

— Je n'en sais rien. Cette sphère n'avait pas l'aspect unidimensionnel d'une vulgaire projection, mais ça ne donnait pas non plus l'impression d'un phénomène matériel, solide. C'est difficile à expliquer. Sans parler de ce côté organique, viscéral, comme si ça faisait partie du ciel. Tu vois ce que je veux dire ?

— Un peu, oui, répondit Gracie avec réticence.

Elle se remémora la vision éblouissante et éprouva de nouveau le même sentiment d'allégresse. Comme si Dieu lui-même avait fait s'embraser l'air de l'intérieur, se surprit-elle à penser. Pourtant, elle avait cessé de croire en Dieu juste après la mort de sa mère, emportée par un cancer du sein. Et voilà que survenait ce truc inexplicable, comme une mise à l'épreuve…

Elle repoussa cette idée. Reprends-toi, ma fille. On s'emballe, là. Il doit y avoir une explication logique.

Oui, mais, s'il n'y en a pas ?

Gracie scruta le ciel, quêtant une autre vision qui lui apporterait une réponse. Le téléphone satellite sonna et, tandis que Finch prenait la communication, elle repensa à un canular datant de 2007. Une vidéo montrant un ovni survolant une plage à Haïti avait été vue par plus de six millions d'internautes en l'espace de quelques jours et avait suscité des débats passionnés dans les forums, jusqu'à ce qu'on découvre qu'elle était l'œuvre d'un infographiste français, qui l'avait créée en quelques heures sur son MacBook à l'aide de logiciels trouvés dans le commerce. Pour se justifier, le gars avait présenté son canular comme une « expérience sociologique grandeur nature », destinée à un film sur le thème des fabrications d'ovnis[1]. Avec les progrès des logiciels d'animation 3D et la prolifération de vidéos trafiquées d'une qualité propre à convaincre même les plus sceptiques, les gens seraient-ils capables de reconnaître une apparition authentique, comme semblait l'être celle-ci ? Gracie en avait été le témoin direct, tandis que le reste du monde ne l'avait vue que sur un écran. Dans ces conditions, pourraient-ils jamais l'accepter pour ce qu'elle était – un phénomène merveilleux mais inexplicable, peut-être d'origine surnaturelle ou divine – ou bien le cynisme l'emporterait-il ?

— Gracie !

Elle se retourna. Finch avait masqué le micro du téléphone avec sa main et il paraissait perplexe.

— C'est pour toi. Apparemment, ça vient d'Egypte. Je crois que tu ferais bien de prendre l'appel.

---

1. La vidéo fut publiée sur YouTube le 9 août 2007 (signée du pseudonyme *barzolff814*). Devant l'émotion suscitée par son canular, l'auteur, infographiste de renom travaillant pour une grande société de production française, révéla son *modus operandi* dès le 22 août dans une interview accordée au *Los Angeles Times* et aussitôt reprise par CNN et France 2. Il mit également en ligne plusieurs vidéos dévoilant avec une bonne dose d'autodérision tous les « trucs » de la séquence, réalisée en 17 heures chrono. Les esprits crédules n'en ont pas moins continué à croire à la réalité des images, accusant même leur auteur de désinformation ! On peut voir le résumé de cette épopée dans un reportage opportunément signé de *Captain Disillusion* sur le site Metacafé :
http://www.metacafe.com/tags/barzolff/

16

Boston

Il n'y avait pas un seul taxi en vue mais, par chance, le fourgon n'était pas encore très éloigné du bar quand Matt en avait sauté. Il serait retourné plus vite à son point de départ s'il n'avait pas été en si piteux état. Il se sentait groggy, nauséeux, il était couvert d'écorchures et avait l'impression qu'on l'avait roué de coups. Et, pour couronner le tout, voilà qu'il s'était remis à neiger !

Il fut soulagé de retrouver sa voiture – un coupé Mustang GT390 Bullitt vert prairie qu'il projetait de remettre en état – intacte sur Emerson Street. Il n'avait même pas pensé à s'assurer qu'il n'avait pas perdu ses clés dans la bagarre, mais heureusement elles étaient toujours là, au fond de la poche de son caban.

Deux petits miracles pour couronner une soirée magique…

Miracles tempérés toutefois par la perte de son téléphone portable, sans doute tombé de sa poche lors de son atterrissage un peu rude sur l'asphalte.

Il s'appuya à la carrosserie pour reprendre son souffle. L'image insoutenable d'un Bellinger impuissant, électrocuté puis anesthésié sous ses yeux, lui revint à l'esprit. Il devait lui porter secours, mais il ne pouvait pas s'adresser à la police. La camionnette avait disparu depuis longtemps et, compte tenu de ses antécédents, l'inévitable interrogatoire ne ferait qu'embrouiller un peu plus la situation.

Il rentra chez lui sans encombre, la circulation étant clairsemée sous ce fin manteau de neige. Il ne lui fallut que quelques minutes pour rejoindre l'autoroute et, de là, il n'y avait qu'un saut jusqu'à Quincy, où il résidait dans un studio au-dessus de son atelier. Tout en roulant, il réfléchissait à ce qui lui était arrivé afin d'en tirer la meilleure conduite à suivre.

Bellinger l'avait appelé, demandant à le voir d'urgence. Durant leur rendez-vous, il lui avait annoncé de but en blanc que son frère avait pu être assassiné ou qu'on avait pu simuler sa disparition pour, selon ses termes, « le faire travailler contre son gré ».

Danny, vivant… et prisonnier ?

Matt était partagé entre l'espoir et la colère. Son frère et lui avaient toujours été proches, ce qui ne manquait pas de surprendre leurs amis, tant ils étaient différents. Déjà, ils ne se ressemblaient pas physiquement. Matt, l'aîné de trois ans, avait hérité du teint mat de son père, de ses cheveux bruns et de sa carrure tandis que Danny, les cheveux châtain clair, pesant vingt bons kilos de moins que son frère, tenait de leur mère. Adolescent, Matt ne manifestait aucun intérêt pour le lycée, quand Danny montrait un insatiable appétit de connaissances. Matt brillait dans tous les sports qu'il avait pu caser dans son emploi du temps tandis que Danny était incapable de mettre un panier. Matt était irrévérencieux, dévergondé, intrépide – un piège à filles. Danny, plus introverti, préférait la compagnie de l'ordinateur qu'il avait déniché dans une brocante et reconstruit dans sa chambre. Malgré tout, il existait entre eux une complicité qui avait transcendé les pires railleries comme les plus sordides tentations de la vie d'adolescent.

Leur amitié avait même survécu aux multiples frictions de Matt avec la justice.

Comme souvent, ça avait commencé par des vétilles. Matt avait construit sa première voiture à l'âge de treize ans, en montant un moteur de machine à laver sur une caisse à savon bien vite devenue célèbre dans tout le quartier. Il avait même épaté les flics, qui n'avaient pu se résoudre à lui confisquer son chef-d'œuvre. Cet état de grâce ne devait pas durer : plus Matt grandissait, plus son amour des bagnoles avait du mal à s'accommoder de son absence de véritables perspectives professionnelles et de la maigreur du compte bancaire parental. Impatient et têtu comme il l'était, il n'avait pas tardé à trouver une solution.

Fidèle à ses goûts de luxe, il s'était mis à écumer les quartiers les plus chics de Boston, à la recherche des modèles inscrits sur sa liste. Jamais il n'abîmait les véhicules qu'il volait. Il ne cherchait même pas à les revendre. Non, il les abandonnait dans un parking après les avoir essayés. Il eut le temps d'en emprunter plusieurs avant de se faire pincer. Mais ses facéties n'impressionnèrent pas plus qu'elles n'amusèrent le juge.

Ce premier séjour derrière les barreaux devait être lourd de conséquences. Sitôt libéré, Matt put constater à quel point sa vie avait changé. Envolées, les maigres perspectives d'emploi. Disparus, les amis. On le regardait autrement. Lui aussi avait changé. Il semblait attirer les embrouilles. Ses pauvres parents, si pieux et si travailleurs, étaient dépassés. Ils se montrèrent incapables de le reprendre en main. Il ne pouvait guère compter non plus sur son contrôleur judiciaire, un homme corrompu et mal payé. Malgré les avertissements répétés de son frère, Matt finit par laisser tomber le lycée, et dès lors son existence partit à vau-l'eau. Son avenir s'assombrissait au fil de ses séjours en détention pour vol, effractions, coups et blessures, tandis que Danny s'épanouissait, d'abord au MIT, puis grâce à son embauche par une entreprise de haute technologie installée dans la région.

Matt venait de sortir de prison quand Reece avait proposé du travail à son frère. Par la suite, ils ne s'étaient vus qu'en de trop rares occasions. Matt était occupé à monter sa propre affaire – grâce à un prêt de son petit frère, garanti par une assurance-vie, songea-t-il un peu honteux. D'une certaine manière, il devait la vie à Danny.

C'était Danny qui avait réussi à le calmer et à lui mettre, enfin, un peu de plomb dans la tête. Son idée était simple : Matt devait tirer parti de ce qui l'avait entraîné sur la mauvaise pente pour se bâtir une nouvelle vie. Et Matt l'avait écouté. Il avait déniché à Quincy un petit atelier de mécanique automobile sur le point de fermer et en avait repris le bail. Son projet était de se consacrer à la restauration de voitures de collection. Matt avait toujours eu un faible pour les américaines des années 60 et 70, comme la Mustang qu'il conduisait maintenant, un modèle mythique que Danny et lui rêvaient de posséder depuis qu'ils avaient vu le lieutenant Bullitt, alias Steve McQueen, sillonner les rues en pente de San Francisco à son volant. Ce film, ils avaient dû le regarder au moins trente fois. Matt savait qu'il aurait du mal à s'en séparer une fois qu'il l'aurait remise en état, mais avec un peu de chance il pourrait la revendre soixante-dix mille dollars, voire plus, à un cadre à la recherche d'un joujou pour meubler ses week-ends. Ces deux dernières années, avant la crise du crédit, il s'était bâti une jolie réputation dans le milieu des amateurs. Il avait même eu pour clients deux hommes dont il avait volé la voiture quelques années plus tôt, sans qu'ils s'en doutent. En bref, il apercevait une embellie tandis que son petit frère se laissait aspirer par son nouvel emploi comme par un trou noir. Un trou noir qui l'avait finalement englouti.

Mais était-ce bien sûr ? Bellinger s'était montré convaincant. Quelques secondes plus tard, il se faisait enlever. C'était bien la preuve qu'il avait mis le doigt sur quelque chose.

Que Danny soit mort ou vif, l'idée que sa disparition ait pu être provoquée et qu'on ait caché la vérité à ses proches avait du mal à passer.

Il sortit de l'autoroute et tourna sur Copeland Avenue après le rond-point. Sa colère s'accrut encore quand il repensa à l'effet dévastateur qu'avait eu sur ses parents l'annonce du décès de leur fils cadet. Il leur était déjà assez pénible que l'aîné ait fait de la prison. Perdre Danny, leur fierté, leur orgueil, celui qui avait racheté l'honneur de la famille, c'en était trop pour eux. Leur mère était morte deux mois plus tard. Malgré la terminologie pédante des médecins, Matt savait qu'elle avait eu le cœur brisé. Il savait aussi que ses propres frasques y étaient pour quelque chose. Son père n'avait pas connu un meilleur sort. Même si l'assurance-vie de Danny l'avait à peu près mis à l'abri des problèmes financiers, il était resté inconsolable. Il n'avait quasiment pas dit un mot à Matt durant l'enterrement de sa mère, un jour de janvier sinistre. Puis, un an après, presque jour pour jour, le shérif du coin était venu au garage de Matt pour lui annoncer que son père était décédé. D'une attaque, avait-il expliqué, mais encore une fois Matt n'avait pas été dupe.

Les paroles de Bellinger résonnèrent dans sa tête : la disparition de Danny était liée à un phénomène qui venait de survenir en Antarctique. Ça paraissait incroyable… Sauf que ses agresseurs étaient bien réels, eux. De vrais pros. Parfaitement équipés. Impitoyables. Et pas vraiment discrets.

C'était là du reste le plus inquiétant.

Les phares de la vieille Mustang peinaient à percer le tourbillon floconneux. En l'absence de circulation, la neige avait eu le temps de déposer sur la route une mince couverture blanche. Matt s'apprêtait à tourner dans l'allée menant à son atelier quand il nota machinalement des traces de pneus toute fraîches.

Quelqu'un était passé là juste avant lui. L'atelier était situé à une centaine de mètres en retrait de la rue principale et on n'y voyait goutte dans l'allée. Mais les traces de pneus étaient éloquentes, et elles ne pouvaient mener qu'au garage.

Le problème, c'est qu'il n'attendait personne.

Apparemment, la soirée était loin d'être terminée.

17

Mer d'Amundsen

— Il faut que vous veniez. Il y a quelque chose que vous devez voir.

Gracie avait du mal à identifier l'accent de son correspondant. Et il avait beau s'efforcer de parler posément, son inquiétude était audible, malgré la médiocre qualité de la liaison satellite.

— Attendez une seconde. Qui êtes-vous au juste, et comment avez-vous eu ce numéro ?

— Je m'appelle Amine. Frère Amine, si vous préférez.

— Et vous appelez d'Egypte ?

— Oui. Du Deir al-Surian, le monastère des Syriens, dans le Wadi el Natrun.

La méfiance de Gracie s'accrut. Elle insista :

— Et comment avez-vous obtenu ce numéro ?

— J'ai appelé votre bureau du Caire.

— Et ils vous l'ont donné ?

L'inconnu ne se laissa pas démonter :

— Je leur ai dit que j'appelais de la part du père Jérôme.

— Quoi ? *Le* père Jérôme ?

— Oui, lui-même.

Gracie commença à réviser son jugement.

— Et vous appelez de sa part depuis l'Egypte ? C'est là qu'il se trouve ?

Elle s'avisa soudain qu'elle n'avait plus entendu parler du célèbre militant humanitaire depuis un bon moment, ce qui était curieux pour un personnage aussi médiatique et, jusqu'à preuve du contraire, toujours à la tête de l'organisation qu'il avait fondée.

— Oui, il est ici. Depuis presque un an.

— Bon, d'accord, que voulez-vous ?

— Il faut que vous veniez. Voir le père Jérôme.

— Pourquoi ?

— C'est vous qui avez vu le signe. Vous l'avez montré aux hommes.

— Le signe ?

Dalton et Finch regardaient Gracie d'un drôle d'air. Elle se tourna vers eux en haussant les épaules.

— Quelle qu'en soit la raison, divine ou autre, c'est vous qui étiez sur place, expliqua le frère. Je connais votre travail. Vous avez une excellente réputation. Voilà pourquoi je ne parle de tout ceci qu'à vous seule.

— Vous ne m'avez encore rien dit.

Après un bref silence, frère Amine expliqua :

— Le symbole que vous avez vu là-bas, au-dessus de la banquise… On l'a également ici.

— Quoi ? s'exclama Gracie, éveillant la curiosité de ses deux compagnons. Vous l'avez vu ? Dans le ciel ?

— Non, pas dans le ciel.

— Où ça, alors ?

— Il faut que vous veniez ici. Constater par vous-même.

La méfiance revint au galop.

— Il faudrait d'abord m'en dire un peu plus.

— C'est difficile à expliquer.

— Pourquoi ne pas essayer ?

Frère Amine sembla soupeser ses paroles avant de se lancer :

— En réalité, le père Jérôme n'est plus ici, au monastère. Il est venu nous trouver il y a quelques mois. Il était… perturbé. Au bout de quelques semaines, il s'est retiré dans les montagnes. Dans une grotte, avec juste un lit et un réchaud.

C'est ce que font certains de nos moines quand ils recherchent la solitude. Certains y restent des semaines, voire des mois.

— Et le père Jérôme est là-haut ?

— Oui.

— Mais quel rapport avec moi ?

L'homme hésita.

— Il a changé, mademoiselle Logan. Il lui est arrivé quelque chose... d'incompréhensible. Et depuis qu'il s'est retiré dans cette grotte, il écrit. Il remplit des carnets entiers avec ses réflexions. Et sur certaines pages, il y a un dessin. Toujours le même. Qu'il a reproduit sur toutes les parois de sa retraite... C'est le signe, mademoiselle Logan. Celui que vous avez vu au-dessus des glaces.

— Sans vouloir vous offenser, mon père...

— Je sais ce que vous allez me dire, la coupa le moine. Et bien sûr, vous avez toutes les raisons d'être sceptique. Je n'en attendais pas moins de quelqu'un de votre intelligence. Mais il faut que vous m'écoutiez jusqu'au bout. Il n'y a pas la télévision dans cette grotte, pas plus qu'au monastère. Nous n'avons même pas un poste de radio ! Le père Jérôme n'a pas pu voir votre reportage.

Gracie ne savait plus que penser.

— Je ne suis pas sûre que votre seule parole suffise à me faire sauter dans le premier avion...

— Non, vous ne comprenez pas, reprit frère Amine, qui avait à présent du mal à contenir son impatience. Ce n'est pas quelque chose de récent.

— Comment ça ? Quand a-t-il commencé à tracer ce signe ?

La réponse arriva, cinglante :

— Il y a sept mois. Il le dessine sans cesse depuis sept mois.

18

Quincy, Massachusetts

Matt eut le réflexe de tourner le volant juste avant de s'engager dans l'allée. Il se gara sur le parking de la supérette voisine, désert à cette heure. Il laissa le moteur tourner mais éteignit les phares et resta assis à l'intérieur, éclairé par les seules guirlandes de Noël du magasin.

Ils étaient là, à l'attendre. Forcément. Mais comment ?

Ils devaient déjà surveiller Bellinger avant de l'enlever. Peut-être l'avaient-ils mis sur écoute, auquel cas ils étaient informés de son coup de fil à Matt.

Et celui-ci était manifestement devenu un problème pour eux.

Il scruta les alentours immédiats. Rien d'anormal. Ils devaient l'attendre près du garage. Les salauds ! Comment avaient-ils pu réagir si vite ? Cela faisait moins d'une heure qu'il avait sauté de la fourgonnette. Ils ne manquaient pas de ressources. Inquiétant, ça.

Il coupa le contact, remonta le col de son caban, descendit de voiture et se dirigea vers la supérette, l'œil aux aguets.

Le carillon, lorsqu'il entra, éveilla l'attention de Sanjay, le sympathique gérant, occupé à remplir la machine à hot-dogs.

— Salut, Matt ! Ça tombe dru, hein ?

Sanjay se tut en découvrant l'état pitoyable dans lequel se trouvait son voisin.

— J'aurais besoin de ressortir par-derrière, fit Matt d'un air sombre.

Sanjay le dévisagea, un peu surpris.

— Entendu. Tout ce que tu voudras, Matt.

Les deux hommes se connaissaient depuis que Matt avait repris le bail du garage. Matt était bon client, un voisin sans histoire, et Sanjay avait toute confiance en lui. Il le conduisit dans l'arrière-boutique et déverrouilla la porte de service. Matt s'arrêta sur le seuil.

— Ne la referme pas tout de suite, d'accord ? Je n'en ai pas pour longtemps.

Sanjay hésita :

— Tu es sûr que tout va bien ?

— Non, pas vraiment, admit Matt avant de se glisser dehors.

Aucun véhicule en vue. Matt rasa le mur, se faufilant entre la voiture de Sanjay et les poubelles. Il se retrouva bientôt éclairé seulement par le clair de lune. Longeant un bouquet d'arbres, puis un bâtiment bas qui abritait un cabinet d'avocats, normalement fermé à cette heure, il s'approcha discrètement de l'allée. Une Chrysler 300C était garée, tout feux éteints, sur le parking du cabinet d'avocats, à vingt mètres de l'entrée de son garage. Il aperçut deux silhouettes à l'intérieur.

Ils l'attendaient. Ou alors, ils étaient très en avance à leur rendez-vous avec leur conseiller juridique.

Matt recula dans l'ombre et réfléchit. Son instinct lui soufflait de foncer et de tabasser les deux types pour leur tirer les vers du nez. Quelques années plus tôt, c'est ce qu'il aurait fait. Mais le risque était trop grand. Il tenait à peine debout. C'était perdu d'avance.

Il envisagea même d'appeler les flics mais écarta bien vite cette idée. Il ne leur avait jamais fait confiance. Sans compter qu'avec son casier judiciaire à vider une cartouche d'imprimante, il ne faisait pas le poids face aux relations des deux gars dans la Chrysler.

Une autre idée plus prometteuse se fit jour. Après s'être assuré que les deux types n'avaient pas bougé, il regagna la supérette et se présenta devant un Sanjay aussi perplexe qu'inquiet. Après l'avoir apaisé d'un geste, il dit :

— Il me faudrait de l'adhésif solide, genre ruban d'emballage.

— Je vais te donner ce que j'ai, répondit Sanjay tandis que Matt ressortait par-devant.

Matt ouvrit le coffre de la Mustang et passa la main derrière la garniture en feutre, où il avait caché une petite boîte noire de la taille d'un paquet de cigarettes. Il la fourra dans la poche de sa veste, récupéra son démonte-roue et retourna dans la boutique.

Sanjay l'attendait avec un gros rouleau d'adhésif brun. Matt s'en saisit, remercia et s'éclipsa.

Depuis l'angle du cabinet d'avocats, il s'assura que la Chrysler n'avait pas bougé. Après avoir scruté les alentours, il regagna les arbres et en ressortit une quinzaine de mètres derrière la voiture, à un endroit qu'il savait hors du champ des rétroviseurs. Il s'approcha alors en rampant sur la chaussée, malgré les élancements dans ses coudes écorchés. Au niveau du coffre, il s'arrêta pour reprendre son souffle. Pas de réaction. Satisfait, il roula sur le dos et se glissa sous le châssis. Il eut vite fait de repérer un longeron sur lequel il entreprit de scotcher le mouchard sorti de sa poche.

Il avait presque fini quand la caisse bougea légèrement. Il perçut le déclic d'une portière et se figea en voyant un pied, puis un second, se poser sur le sol, côté passager. L'homme rabattit doucement la portière sans la refermer.

Paniqué, Matt avisa la longue trace qu'il avait laissée dans la neige. Bien visible sur le tapis blanc nacré, elle menait droit à la voiture.

Il se crispa en entendant l'homme se diriger vers l'arrière du véhicule. Les pieds dépassèrent la roue et s'immobilisèrent. Les doigts de Matt se crispèrent sur le démonte-roue, planqué sous son caban. C'est alors qu'il perçut le bruit d'une fermeture à glissière. Il se détendit : le type était tout bêtement sorti pisser.

Il attendit qu'il ait terminé puis le regarda remonter en voiture. Après s'être assuré que son mouchard était solidement arrimé, il sortit de sous le châssis et rebroussa chemin, non sans avoir mémorisé le numéro d'immatriculation.

Il retrouva Sanjay derrière sa caisse, visiblement désemparé. Il le remercia d'un vigoureux signe de tête, tout en griffonnant le numéro sur un bout de papier qu'il fourra dans sa poche.

— Rends-moi service, veux-tu ? dit-il au gérant. Si quelqu'un t'interroge, tu ne m'as pas vu depuis ce midi. D'accord ?

Sanjay acquiesça.

— Tu vas me dire ce qui se passe ?

— Moins tu en sauras, mieux ça vaudra, se contenta de répondre Matt.

Sanjay acquiesça, l'air sombre, puis il ajouta sur un ton gêné :

— Tu feras gaffe, hein ?

— C'est l'idée, répondit Matt avec l'esquisse d'un sourire.

Il ouvrit la vitrine réfrigérée et en sortit une cannette de Coca qu'il brandit en direction de la caisse.

— J'ai toujours mon ardoise ?

Sanjay se détendit un peu.

— Bien sûr, dit-il.

Sur ce, Matt sortit.

19

Mer d'Amundsen

— Alors, votre verdict ? Vous le croyez, vous, ce mec ?

Gracie appuya la tête contre la vitre glacée du hublot de la salle de conférences. Dehors, c'était toujours la même pâleur glauque et déprimante. Elle avait envie de se reposer, rien qu'une heure ou deux. Il était minuit passé mais l'été austral perturbait son horloge biologique.

— Allons, Gracie ! s'exclama Dalton. Il a évoqué le père Jérôme.

— Oui, et alors ?

— Tu plaisantes ? Ce type est un saint vivant. Il ne va pas simuler un truc pareil. Ce serait comme de sous-entendre, je ne sais pas, moi, que le dalaï-lama est un menteur.

Le père Jérôme n'était certes pas un « saint vivant ». Cela n'existait pas, le préalable à la canonisation étant, aux yeux du Vatican, le décès de l'impétrant. Mais il était sans aucun doute dans les starting-blocks pour la béatification, un jour ou l'autre.

L'homme, né en 1949 sous le nom d'Alvaro Suarez, était le fils cadet d'un couple de modestes paysans du nord de l'Espagne. Il avait connu une enfance difficile, son père étant mort quand il avait cinq ans, laissant à sa veuve la tâche peu enviable d'éduquer six gosses dans l'Espagne de Franco. Le jeune Alvaro avait très tôt fait preuve de générosité et de résistance, en sauvant sa mère et ses deux sœurs lors d'une épidémie de grippe hivernale. Il avait alors mis son courage sur le compte de sa foi, et sa réussite n'avait fait que consolider celle-ci. Très vite, il avait été fasciné par les récits des missionnaires et par leurs actions désintéressées jusque dans les régions les plus déshérités de la planète. Adolescent, il avait fait le choix de vouer son existence à l'Eglise. Décidé à s'occuper des orphelins et des enfants abandonnés, il était entré au séminaire à dix-sept ans, avant de partir fonder sa première mission en Afrique. Il n'avait pas vingt-deux ans quand il avait prononcé ses vœux et choisi le nom de Jérôme, en hommage à Jérôme Emilien, prêtre italien du XVIe siècle et saint patron des orphelins. Les hospices et orphelinats du nouveau frère Jérôme couvraient à présent toute la planète. Son armée de volontaires avait bouleversé l'existence de milliers d'enfants défavorisés, au point que son œuvre charitable avait presque éclipsé celle de son inspirateur.

En somme, Dalton n'avait pas tort. A supposer que le correspondant de Gracie n'ait pas été un affabulateur.

— Ce n'est pas le père Jérôme que j'ai eu au bout du fil, dit la jeune femme. On ne sait même pas si l'appel venait bien d'Egypte, et à plus forte raison d'un monastère.

— Nous savons en tout cas que le père Jérôme se trouve bien là-bas, remarqua Finch.

Les informations qu'ils avaient recueillies entre-temps auprès de leurs sources habituelles avaient en effet confirmé une partie des allégations du mystérieux correspondant. L'année précédente, le père Jérôme était tombé malade alors qu'il visitait une de ses missions près de la frontière du Soudan. Après s'être rétabli, il avait cessé toute activité, annonçant qu'il avait besoin de faire retraite pour, selon ses termes, « se rapprocher de Dieu ». Par la suite, on avait appris qu'il s'était dirigé vers le nord pour trouver refuge dans un monastère égyptien.

— Mais comment pourrait-il avoir dessiné ce que nous avons vu ? reprit Gracie. Je veux dire, tu t'y prendrais comment, toi ?

— Il nous faut une copie de la cassette dont t'a parlé le moine, affirma Dalton.

Avant de raccrocher, le frère Amine avait en effet confié à Gracie qu'une équipe de la BBC avait séjourné au monastère quelques mois plus tôt pour le tournage d'une série documentaire sur les Eglises orientales. Les cameramen avaient pu filmer une courte séquence dans la grotte du père Jérôme avant que celui-ci ne les chasse. D'après frère Amine, cette séquence comportait des images des dessins exécutés par le moine sur les parois et le plafond de son ermitage.

L'ennui, c'était que Gracie ne pouvait contacter les auteurs de l'enregistrement pour en obtenir une copie sans leur mettre la puce à l'oreille. Or, elle tenait à son exclusivité. Elle se laissa tomber sur le canapé avec un soupir.

— Non, répondit-elle à Dalton. Pas question de prendre un tel risque.

— Que comptes-tu faire, alors ? demanda Finch.

En vérité, Gracie avait déjà pris sa décision.

— Me rendre sur place, répondit-elle avec une conviction qui la surprit elle-même. Je sais que cette histoire ne tient pas debout, mais imaginez qu'elle soit quand même vraie ? Si ce moine nous a dit la vérité.... J'ignore comment c'est arrivé, j'ignore ce qui se passe, mais, qu'on le veuille on non, nous sommes face à un phénomène exceptionnel. Et l'explication, s'il y en a une, se trouve là-bas, dans ce monastère. Pas question de s'éterniser ici ni de rentrer à la maison tant qu'on n'aura pas tiré cette affaire au clair.

Ses deux compagnons se dévisagèrent, puis ils sourirent.

— Va pour l'Egypte ! dit Finch. Et tant pis si mes gosses m'en veulent.

Divorcé, Finch avait deux enfants de moins de dix ans, et il avait prévu de passer Noël avec eux.

Gracie prit la mesure du sacrifice de Finch. Célibataire, elle n'avait pas ce genre de problèmes. En plus, elle n'avait jamais fêté Noël. Enfant, déjà, elle détestait ce moment de l'année, surtout après la disparition de sa mère. Le froid, les jours trop brefs, l'approche d'une nouvelle année – un an de moins à vivre –, tout cela lui paraissait sinistre. Elle se tourna vers Dalton, qui acquiesça pensivement.

— Je vais voir avec le capitaine quand il peut nous faire évacuer par hélico, reprit Finch. En attendant, commencez à remballer vos affaires.

Un producteur de moindre talent aurait parlementé avant de quémander l'accord du directeur de l'information pour se couvrir. Mais Finch était d'une autre étoffe, et Gracie remerciait le ciel de l'avoir dans son camp. Il la regarda. On aurait cru qu'il lisait ses pensées.

Après le départ de Finch, elle s'approcha du hublot et regarda à l'extérieur. La banquise continuait à se déliter, mais le signe avait disparu depuis longtemps. Prise d'un doute subit, elle demanda à Dalton qui venait de la rejoindre :

— Qu'est-ce que tu en penses ? Est-ce qu'on a fait le bon choix ?

Elle se tourna vers lui. Jamais elle ne l'avait vu aussi solennel.

— Il s'agit du père Jérôme, répondit-il. Si on ne le croit pas lui, qui va-t-on croire ?

20

Boston

Matt reprit l'autoroute en direction du centre-ville. Il roulait en pilotage automatique : sa seule idée était de s'éloigner le plus possible des types en Chrysler.

Les récents événements l'avaient bouleversé et, maintenant que l'excitation était retombée, il craignait de s'effondrer. Il devait se reposer, prendre le temps de réfléchir, mais où aller ? Il n'avait personne vers qui se tourner, ni petite amie pleine de ressources, ni copain bougon mais serviable, ni même une ex-femme irritable mais toujours dévouée. Il était livré à lui-même.

Il roula quelques kilomètres, puis sortit de l'autoroute pour gagner un café-restaurant dans le style des années 1950, sur Kneeland Street, le seul endroit à sa connaissance encore ouvert à cette heure.

Amoché comme il l'était, il attira quelques regards méprisants lorsqu'il entra. Ce n'était pourtant pas le moment de se faire remarquer. Il s'éclipsa aussitôt vers les toilettes pour se nettoyer, avant de s'installer sur un tabouret au fond du bar. Il commanda un café puis, à la réflexion, ajouta un cheeseburger. Qui sait quand il aurait de nouveau l'occasion de faire un vrai repas ? Mieux valait reprendre des forces avant l'aube.

Malgré les contusions, le café et le sandwich lui remirent les idées en place. Il demanda une autre tasse à la serveuse tout en étudiant les différentes possibilités qui s'offraient à lui. Il n'avait pas grand espoir de pouvoir aider Bellinger. Le commando qui les avait enlevés avait à coup sûr un lien avec Danny et ils n'avaient pas l'air de rigoler. Face à des professionnels dénués de scrupules, ses choix étaient limités, et les seuls éléments sur lesquels il pouvait s'appuyer étaient les propos énigmatiques de Bellinger et l'éventualité que Danny ait survécu. S'il voulait trouver de l'aide – auprès de la presse ou, à la rigueur, des flics –, il devait en savoir plus. Deux pistes s'offraient à lui. La première était le mouchard. L'autre, Bellinger. Ou plutôt, les informations dont il disposait et qui l'avaient fait prendre pour cible. Il frémit en songeant à l'infortuné chercheur, l'ami de son frère, et au sort peu enviable qui devait être le sien, sans qu'il puisse rien y faire. Du moins pour l'instant.

Il devait vérifier la position du mouchard mais aussi tenter de recueillir des indices chez Bellinger. Dans les deux cas, il aurait besoin d'une connexion Internet.

A cette heure de la nuit, il ne trouverait celle-ci que dans le centre d'affaires d'un hôtel. La serveuse lui indiqua le plus proche. Dix minutes plus tard, après un détour par un distributeur automatique de billets, il se garait sur le parking de l'établissement.

Le centre d'affaires installé dans le hall désert était ouvert toute la nuit mais réservé aux seuls clients. Puisqu'il n'était pas question de retourner chez lui pour le moment, Matt se laissa tenter par la perspective d'un lit douillet et d'une bonne douche. Il s'inscrivit donc sous un faux nom et régla en liquide. Bientôt, il était assis devant un ordinateur.

Il alla sur le site du mouchard et vérifia sa position. En ancien voleur de voitures, il appréciait plus que quiconque ces précieux gadgets, surtout quand il s'agissait de protéger une Mustang prompte à attirer les convoitises. Il ne pouvait que se féliciter de son investissement. Le contrat de surveillance qu'il avait choisi lui permettait une localisation toutes les trente secondes quand le véhicule sur lequel était installé le mouchard se déplaçait. Dès qu'il s'arrêtait, le petit appareil passait en mode veille et ne transmettait plus qu'une fois toutes les douze heures pour économiser sa batterie. Lors d'une utilisation normale, celle-ci avait une autonomie de trois semaines, mais Matt savait qu'elle n'était pas complètement chargée. Le mouchard fonctionnerait au mieux quelques jours.

La voiture n'avait pas bougé. D'un côté, ça prouvait que les types ne l'avaient pas pris en filature. De l'autre, c'était la preuve de leur entêtement.

Il consulta un annuaire en ligne et trouva sans peine l'adresse personnelle de Bellinger. Le chercheur habitait une enclave chic du quartier voisin de Cambridge. Celui-là même où Danny habitait juste avant sa disparition. Ou sa mort ? Toujours est-il que c'était à deux pas. Pourquoi ne pas y faire un saut ?

Matt griffonna l'adresse et il allait se déconnecter quand une autre idée lui vint. Il alla sur Google et tapa « Antarctique » « ciel » « infos ». Instantanément, le moteur de recherche lui proposa plus d'un million d'occurrences. Matt cliqua sur le premier lien, celui d'un bulletin de la chaîne Sky News.

Après lecture, il n'était guère plus avancé. Quel rapport avec Danny et l'enlèvement de Bellinger ? Il relut la dépêche et un lien accrocha son regard : une allusion à une « observation inattendue » au-dessus du continent gelé. Il cliqua sur le lien, qui le mena à un nouvel article, accompagné celui-ci d'une vidéo.

Là, c'était autrement plus intéressant. Il visionna la brève séquence, qui le stupéfia, et lut le commentaire qui l'accompagnait avant de se repasser les images. Ayant orienté ses recherches dans cette direction, il constata bientôt, au vu de l'avalanche de commentaires et de réactions suscitée par le phénomène, que celui-ci n'avait rien d'anecdotique.

Si Danny tenait un rôle dans cette affaire, même contre son gré, alors l'enjeu était de taille.

Quelques minutes plus tard, Matt traversait le pont Longfellow et s'engageait dans Broadway Street déserte, insensible à la froide beauté du paysage urbain qui l'entourait.

L'adresse de Bellinger correspondait à une grande maison victorienne de deux étages, à l'angle de Fayette Street. Par prudence, il passa devant à deux reprises avant de se garer. La neige avait cessé de tomber et le quartier était à présent recouvert d'un épais tapis blanc. Un arbre de Noël clignotait derrière une fenêtre au rez-de-chaussée mais, à part ça, le bâtiment comme la rue étaient plongés dans l'obscurité. Matt ne remarqua aucune trace de pas menant à la porte d'entrée.

Il se gara dans une allée transversale et coupa le moteur de la Mustang, décidément peu discret. Il fourragea dans le vide-poches pour en retirer son fidèle Leatherman [1] et un bout de fil de fer, puis il remonta son col et se dirigea vers la maison dans un froid glacial.

Les étiquettes sur l'interphone indiquaient trois résidents – un par étage. Bellinger habitait tout en haut, en terrasse. La serrure de l'entrée ne lui posa guère de problèmes, même s'il n'avait pas son outil préféré, un simple trombone. Celle de l'appartement de Bellinger ne lui résista pas davantage.

Refermant doucement la porte, il se faufila à l'intérieur sans allumer. Si ses yeux s'habituèrent vite à l'obscurité, il regretta néanmoins de ne pas avoir de torche électrique. Le petit vestibule desservait un salon et une salle à manger séparés par une cheminée double face. Une dizaine de cartes de vœux étaient exposées sur le dessus de celle-ci. Le clair de lune filtré par la baie vitrée éclairait la double pièce d'une douce lumière argentée qui l'invita à y pénétrer. Il avança, toujours aux aguets, et avisa dans un coin, près d'un vaste canapé en cuir, un lampadaire halogène avec variateur. Il estima qu'il était suffisamment éloigné de la fenêtre pour rester invisible de l'extérieur s'il en réglait l'intensité au minimum. Le lampadaire s'alluma en grésillant légèrement.

La pièce était rangée avec un soin méticuleux. Un bureau à plateau de verre et pieds chromés trônait à une extrémité. Matt s'en approcha en rasant le mur. Il était couvert de journaux, de livres, de magazines, de sorties d'imprimante et

1. L'équivalent américain du couteau suisse.

d'enveloppes fermées, le tout classé et parfaitement aligné. Le cadre quotidien d'un homme occupé et curieux. Matt aperçut des cartes de visite et en empocha une. Il remarqua alors l'absence d'un élément incontournable : l'ordinateur. Il y avait bien un écran plat, un support vide et une souris sans fil, mais pas de portable.

L'avait-on précédé ?

Matt scruta de nouveau la pièce, guettant le moindre bruit. Les autres n'auraient eu aucun mal à entrer. Ils détenaient Bellinger, ils avaient donc ses clés. Il réfléchit. S'ils étaient passés, ils devaient être repartis depuis longtemps. Cela faisait presque trois heures qu'il avait sauté de la fourgonnette. Il devait néanmoins s'en assurer.

Il entreprit donc de visiter le reste de l'appartement. Il y avait une grande chambre côté rue et une autre, plus petite et sommairement meublée, sur l'arrière. Les deux étaient vides, tout comme les salles de bains attenantes. Il s'apprêtait à regagner le salon quand une diode clignotant sur la table basse attira son attention. C'était la base d'un téléphone sans fil. Son répondeur intégré affichait la présence d'un message.

Matt pressa la touche lecture. Une voix numérique androgyne l'informa que la communication datait de 0 h 17, ce qui éveilla sa curiosité. Il était rare de recevoir des appels aussi tard.

« Eh mec, où t'es parti, putain ? Qu'est-ce qui se passe ? T'es pas chez toi, tu décroches pas ton portable. Merde, décroche, tu veux ? Ça commence à devenir chaud. Tous les blogs délirent sur le truc, tu devrais voir ça. En tout cas, tu me rappelles. Je continue à regarder les infos au cas où ça se manifesterait à nouveau. Rappelle-moi ou... de toute façon, on se voit demain au ranch », conclut la voix sur un ton résigné.

Matt prit un crayon, composa étoile-69 et une voix synthétique lui déclina le numéro du correspondant. Un appel local. Il le notait au dos de la carte de Bellinger quand il entendit une voiture s'arrêter au pied de la maison et des portières se fermer.

Il s'approcha de la baie et perçut le crépitement d'un talkie-walkie tandis que les deux hommes descendus de la voiture banalisée disparaissaient dans le bâtiment.

Soit il s'agissait des complices des tueurs, soit de flics en civil, auquel cas on avait retrouvé le corps de Bellinger.

Matt sursauta quand l'interphone sonna, confirmant apparemment sa deuxième hypothèse, puisque le commando détenait déjà les clés. Livide, il alla se poster près de la porte.

L'interphone resta silencieux.

Il risqua un œil dans le couloir puis, laissant la porte entrouverte, retourna à la fenêtre. Les types étaient ressortis et se tenaient debout près de leur voiture. L'un des deux était en conversation au téléphone. Max se détendit un peu. On sonne, pas de réponse, on repart. Enfin, c'était à souhaiter. Puis le second type tourna la tête vers la maison et, comme pris d'une impulsion soudaine, se précipita de nouveau vers la porte.

Matt regagna le vestibule, décrocha doucement le combiné de l'interphone et surprit un échange de paroles.

— Oui, au second, expliquait une voix féminine. L'appartement juste au-dessus de chez moi. Pourquoi, il y a un problème ?

Le type ignora la question :

— M. Bellinger vit-il seul, madame ?

Vit. Pas « vivait », nota Matt. Peut-être l'ami de Danny s'en était-il sorti, après tout. La joie de Matt fut de courte durée. Les membres du commando n'avaient pas l'air de plaisantins. Non, il était bien mort. Sinon, qu'auraient fait ces types ici ? Et pourquoi demander s'il vivait seul ?

La femme répondit d'une voix nerveuse :

— Oui, je crois. Enfin, je sais qu'il est célibataire. Je ne crois pas qu'il ait une liaison. Mais ça m'étonne qu'il n'ait pas décroché. Je suis à peu près certaine qu'il est chez lui.

— Qu'est-ce qui vous fait dire ça ?

— Ma foi, je l'ai entendu rentrer. C'est un vieil immeuble et les planchers grincent. Alors, je l'entends lorsqu'il entre ou sort, surtout la nuit, quand tout est calme.

Le type perdait patience :

— Madame...

— Je crois qu'il est rentré en fin de journée, puis qu'il est ressorti. Mais il est revenu depuis.

— Quand ça ?

— Il n'y a pas plus de dix minutes. Il devrait être chez lui.

Matt se crispa tandis que le type durcissait le ton :

— Il faudrait que vous nous laissiez entrer, madame. Tout de suite...

Il héla son collègue, puis la porte de l'immeuble s'ouvrit avec un déclic.

Quelques secondes plus tard, Matt entendit une cavalcade dans l'escalier.

21

Mer d'Amundsen

L'estomac serré, Gracie regardait Dalton s'élever au-dessus du pont. Le *James Clark Ross* n'était pas équipé d'une plate-forme pour hélicoptère. Les transferts en mer ne pouvaient se faire que par hélitreuillage. Un exercice qui, dans ces conditions météo et la proximité de la banquise instable, n'était pas pour les mauviettes.

Cela faisait maintenant six heures que le signe était apparu. Depuis, leur montage d'images HD avait fait le tour du monde. Il était visible sur tous les écrans, s'affichait sur tous les sites d'informations. Des armées de reporters et de spécialistes glosaient dessus. Partout, on interrogeait l'homme de la rue pour connaître son avis. Il y avait le lot habituel de railleurs et de sceptiques, mais la majorité était fortement intriguée. Et ce n'était encore que le milieu de la nuit sur le continent américain ! La plupart des gens dormaient. Gracie savait que d'ici quelques heures ce serait le délire. Déjà, son téléphone satellite n'avait cessé de sonner pour des demandes d'interview ou des commentaires, et sa boîte de réception débordait de mails.

Que ce soit à la radio ou à la télévision, on convoquait les experts pour avoir leur opinion. Physiciens ou climatologues, aucun n'avait le moindre début d'explication, la moindre idée. Les spécialistes des religions s'en sortaient mieux. Si la foi ne fournit pas d'explication, elle n'a pas à supporter le fardeau de la preuve. Prêtres, rabbins et muftis exprimaient donc leurs convictions avec une assurance grandissante. Gracie avait vu un pasteur baptiste expliquer que tous les croyants observaient les événements avec grand intérêt et douter publiquement de l'existence d'une explication autre que divine. Une opinion largement partagée, et qui gagnait du terrain d'heure en heure. La vérité était dans la foi, pas dans la science. Gracie bouillait intérieurement, tandis que, une main au-dessus des yeux, elle s'abritait du souffle du rotor pour regarder Dalton poursuivre sa lente ascension. Elle eut un petit sourire lorsqu'il la rassura d'un signe de main. Professionnel jusqu'au bout des ongles, il n'avait pas manqué d'immortaliser lui-même la séquence à l'aide d'un petit caméscope.

A côté d'elle, Finch se retourna vers le capitaine, qui venait de les rejoindre pour contrôler le bon déroulement du transfert. Il convenait de faire vite car l'hélicoptère était à la limite de son rayon d'action, même avec des réservoirs supplémentaires.

— J'ai reçu un radio du Pentagone, leur signala-t-il, criant pour couvrir le vacarme des pales.

Gracie et Finch se crispèrent.

— Ils me demandent de m'assurer que personne ne quitte le navire avant l'arrivée de leurs hommes, reprit le capitaine. Vous en particulier, précisa-t-il en désignant Gracie.

— Que leur avez-vous dit ? fit la jeune femme, inquiète.

— Je leur ai dit qu'on était perdus au milieu de nulle part et que je doutais que quiconque nous fausse compagnie pour l'instant.

— Merci.

Elle soupira, soulagée, tandis que le capitaine haussait les épaules.

— C'était moins une requête qu'un ordre, et je n'ai pas souvenir de m'être engagé dans l'armée. Je compte sur vous pour déclencher un scandale s'ils m'expédient à Guantanamo.

Gracie sourit.

— Vous avez ma parole, assura-t-elle.

Après un coup d'œil vers l'hélicoptère, le capitaine se rapprocha et reprit :

— Nous sommes également submergés de demandes de la part de journalistes du monde entier. J'envisage sérieusement d'augmenter notre tarif de location et d'exiger d'être payé en liquide.

— Qu'est-ce que vous leur répondez ? s'enquit Finch.

— Que pour l'instant, on est complet.

— Si ce sont de vrais pros, ils ne vont pas lâcher prise, l'avertit Gracie.

— Je sais, et c'est dur de refuser. Mais c'est un navire de recherche. Pas question de jouer à *La croisière s'amuse*. Le problème, c'est que les deux seuls autres bâtiments à croiser dans cette zone sont un baleinier japonais et le bateau de Greenpeace qui leur colle aux basques, et je doute qu'ils soient l'un comme l'autre d'humeur hospitalière. M'est avis que vous allez garder votre exclusivité, conclut le capitaine avec un clin d'œil malicieux à l'intention de Gracie.

— Je ne sais comment vous remercier, dit la jeune femme, pleine de gratitude.

— Je suis quand même un peu étonné que vous soyez si pressés de nous fausser compagnie quand tout le monde fait des pieds et des mains pour être du voyage, remarqua le capitaine avec une méfiance à peine déguisée.

Gracie jeta un coup d'œil à Finch avant de répondre :

— C'est pour ça que nous sommes les meilleurs : on a toujours un poil d'avance sur les autres.

Le harnais se présenta à point nommé pour la tirer d'embarras. Un matelot l'aida à le boucler puis il fit signe à l'hélicoptère et le câble se tendit.

— Encore merci pour tout, cria Gracie au capitaine.

Elle lui savait gré de sa discrétion. Il avait accepté sans discuter de garder leur départ secret, et elle éprouvait un léger sentiment de culpabilité à ne pas pouvoir partager le scoop avec lui.

Il lui adressa un petit signe d'adieu.

— Ce fut un plaisir. Si vous apprenez quelque chose, tenez-nous au courant, ajouta-t-il avec un clin d'œil. On regardera la télé.

Avant d'avoir pu répondre, Gracie se sentit quitter le sol. Le navire diminua rapidement de taille sous elle. Déjà, elle redoutait la journée marathon qu'elle s'apprêtait à vivre pour un résultat des plus incertains.

22

Banquise antarctique ouest

Les quatre spectres allongés sur la banquise contemplaient l'hélicoptère de la Royal Navy en vol stationnaire au-dessus du navire, moins de huit cents mètres à l'ouest de leur position.

On ne risquait pas de les repérer avec leur camouflage : ils étaient vêtus de blanc de pied en cap, du passe-montagne à la semelle de leurs bottes. Quatre autoneiges, blanches également et dépourvues de tout marquage, étaient garées à proximité, dissimulées sous des filets qui les rendaient elles aussi pratiquement invisibles depuis le ciel.

Le chef du commando surveillait l'hélicoptère aux jumelles. Il le vit hisser le dernier membre de l'équipe de tournage. L'esquisse d'un sourire fendit ses lèvres gercées. Tout se déroulait comme prévu. Ce n'était pas évident au départ, étant donné le délai serré et leur déploiement précipité.

L'opération avait été activée à peine quatre jours plus tôt. Ils avaient quitté leur camp d'entraînement en Caroline du Nord et rejoint en avion Christchurch, en Nouvelle-Zélande, où un C-17 Globemaster de la Garde nationale les attendait sur le tarmac pour les transférer à la base McMurdo de la NSF, la National Science Foundation, sur l'île de Ross. De là, un LC-130 Hercules équipé de skis les avait déposés ainsi que les autoneiges à un endroit isolé de la banquise, vingt kilomètres au sud de leur position actuelle.

Le changement de climat et le décalage horaire en auraient mis plus d'un à plat, mais les quatre hommes étaient entraînés et savaient à quoi s'attendre.

C'était peu dire que leur mission était ultraprioritaire. Jamais encore leur chef n'avait été soumis à une telle pression, dès le processus de sélection. Cette étape franchie, on n'avait pas lésiné sur les moyens pour les entraîner, lui et son équipe. Le client n'avait manifestement pas de problèmes financiers. Il faut dire que la majorité de ses commanditaires étaient des gouvernements – à commencer par celui des Etats-Unis.

Dans ce cas précis, toutefois, le chef du commando était conscient que les enjeux étaient plus importants que lors des missions précédentes. Beyrouth, l'Afghanistan puis l'Irak, toutes ces années de folie n'avaient été que des étapes préliminaires dans le processus qui l'avait conduit ici, à la tête de cette unité. Sans aucun doute, le couronnement de toute une vie.

Et voilà qu'après une attente et des préparatifs interminables, ils étaient enfin en piste. Il avait fini par se demander si cela arriverait jamais. Après leur entraînement, son petit groupe de « contractuels » – un terme qu'il préférait de loin à celui de « mercenaires » – était resté en stand-by durant plusieurs mois. Il n'aimait pas être payé à ne rien faire, ce n'était pas son genre. Comme ses hommes, il avait fait partie du 1er bataillon de reconnaissance, une unité d'élite surnommée « 1er bataillon suicide ». Leur devise – *Rapide, silencieux, précis* – cadrait mal avec ces journées interminables passées à regarder la télé dans des baraquements isolés, quoique confortables.

Il détecta une vibration. Un coup d'œil à sa montre : l'appel attendu.

L'hélicoptère s'éloignait en décrivant une large courbe. Il sortit son téléphone satellite, un terminal Iridium, de la taille d'un portable classique mais doté d'une antenne de trente centimètres et d'un synthétiseur vocal. Il pressa une touche et entendit une séquence de bips noyés de parasites : l'appel venait de l'autre bout du monde. Il attendit qu'une diode lui confirme que la liaison était sécurisée pour parler :

— Fox Un en ligne.

Après un délai imperceptible, une voix masculine synthétisée demanda :

— Quelle est votre situation ?

On aurait cru entendre Stephen Hawking. Le chef savait que sa propre voix était également méconnaissable, pour le cas improbable où on aurait espionné leur conversation. Précaution supplémentaire, la puce du terminal comportait un second système de brouillage. Pour décoder la transmission, il aurait fallu un téléphone équipé de la même puce. Tout autre appareil n'aurait capté qu'une salve de parasites.

— Nous sommes prêts à foncer, répondit Fox Un.

— Des problèmes ?

— Négatif.

— Bien. Retirez vos hommes et lancez la phase suivante.

Le chef du commando coupa la communication et leva les yeux vers le ciel. Il avait retrouvé sa couleur blanche, sinistre et monotone.

Plus aucune trace. Parfait.

23

Cambridge, Massachusetts

Matt raccrocha le combiné de l'interphone et referma doucement la porte avant de gagner la chambre Il n'avait que quelques secondes pour disparaître.

Il ignora la fenêtre et se dirigea vers une porte en verre cathédrale ouvrant sur un minuscule balcon qu'il avait repérée en visitant l'appartement. Un coup d'œil lui confirma que le balcon permettait d'accéder à un escalier d'incendie.

Il actionna la poignée de la porte vitrée, sans succès. Et pas de clé en vue. Soudain, on frappa violemment à la porte d'entrée.

— Police, ouvrez !

Les réflexes de Matt prirent le dessus : il saisit une table de nuit et la lança contre la vitre. Le verre cathédrale explosa. Les flics avaient dû entendre car ils répétèrent leur ordre. Au lieu de se précipiter vers le balcon, Matt se dissimula derrière la porte de la chambre au moment où celle de l'appartement s'ouvrait avec fracas.

Deux hommes firent irruption dans la chambre et se ruèrent vers le balcon.

— Il a fui par l'escalier d'incendie ! s'exclama l'un d'eux avant d'ajouter : Fouille les autres pièces.

Puis, s'aidant du canon de son flingue, il nettoya l'encadrement de la porte des éclats de verre et disparut dans la nuit tandis que son collègue retournait au salon.

Matt le rattrapa à mi-couloir et lui fit un plaquage. Il entendit l'arme du flic glisser sur le parquet. Son adversaire n'était pas spécialement costaud, mais il était tout en nerfs et se débattait comme un beau diable. Matt encaissa stoïquement deux directs dans les côtes avant de pouvoir assommer le flic d'un coup derrière l'oreille. Il le retourna, le fouilla et le tira jusqu'à un radiateur auquel il l'attacha avec ses menottes. Avisant une écharpe accrochée à un portemanteau dans le vestibule, il s'en servit pour le bâillonner.

Puis il dévala l'escalier quatre à quatre et scruta la rue depuis le hall de l'immeuble. Pas trace de l'autre flic. Il inspira un grand coup et sortit dans la nuit.

Le calme de la rue le surprit. Il s'approcha de la voiture des policiers, sortit son Leatherman, creva l'un des pneus avant. Ensuite, évitant le trottoir, il enjamba la clôture basse de la copropriété pour regagner la ruelle où il avait garé sa Mustang.

Elle était toujours là, tapie dans l'ombre. Il se glissa à l'intérieur, laissant la portière entrouverte, et tourna la clé de contact sans allumer les phares. Au même moment, le second flic apparut dans son rétroviseur, à l'extrémité du passage, éclairé à contre-jour par les réverbères. L'homme dégaina en criant :

— Stop, police !

Matt n'avait d'autre issue que de reculer à grande vitesse pour voir qui se dégonflerait le premier, au risque d'une issue fatale pour celui qui n'était pas à l'abri de deux tonnes de tôle. A moins que...

Matt passa la première et écrasa l'accélérateur. Les roues chassèrent sur la neige et la voiture fit un bond en avant. Qu'est-ce qui l'attendait au bout de la ruelle ? Mauvaise nouvelle : un talus broussailleux montant vers un bouquet d'arbres. Un Hummer aurait peut-être pu passer. La Mustang, sûrement pas.

Il écrasa la pédale de freins. La voiture dérapa et s'immobilisa à la limite de l'asphalte. Dans son rétro, le flic accourait, l'arme au poing.

Matt n'avait plus le choix. Les dents serrées, il passa la marche arrière et remonta l'allée dans le rugissement de son moteur. En temps normal, déjà, la lunette arrière de la Mustang n'offrait pas beaucoup de visibilité, mais dans cette ruelle étroite et sombre, éclairée seulement par le phare de recul, il ne pouvait que se fier à son instinct pour éviter les murs et prier pour que le flic n'ait pas des tendances suicidaires. Il rentra la tête dans les épaules, s'attendant à essuyer des coups de feu. En effet, une balle fit exploser la lunette arrière et une autre s'enfonça dans l'appui-tête droit tandis qu'une troisième ricochait sur le pilier latéral de la carrosserie.

En quelques secondes, il arriva à la hauteur du flic et donna un brusque coup de volant au ras du mur de l'immeuble pour l'éviter. Il y eut un crissement de tôle épouvantable tandis que le policier se plaquait contre le mur opposé. Matt réussit à l'éviter de justesse. D'autres détonations éclatèrent au moment où il sortait de la ruelle. Il redressa les roues, passa la marche avant et s'éloigna en trombe.

Dans son rétroviseur, il vit le flic se ruer vers sa voiture au pneu crevé. Il n'était pas tiré d'affaire pour autant. La police allait diffuser un avis de recherche. Il fallait qu'il se débarrasse de la Mustang au plus vite et qu'il reste planqué jusqu'à l'aube.

La suite de son plan était plus incertaine, mais il avait le reste de la nuit devant lui pour y réfléchir.

24

Washington

Keenan Drucker se sentait pousser des ailes. Il était parvenu à s'arracher à la télévision et à Internet pour se coucher un peu après minuit, de sorte qu'il se sentait parfaitement reposé. Après un copieux petit déjeuner, il avait parcouru la presse écrite avec une satisfaction qu'il n'avait pas éprouvée depuis des années. Et ce n'était qu'un début, il fallait l'espérer.

S'éloignant de son immense table, qui accueillait seulement un ordinateur portable, un téléphone et un portrait encadré de son fils décédé, il fit pivoter son fauteuil en cuir pour contempler la ville depuis la baie vitrée de son bureau, au neuvième étage d'un immeuble de Connecticut Avenue. Il appréciait de se trouver là, dans la capitale, de contribuer à modeler l'existence des citoyens de la première puissance du monde, et par extension celle des habitants de la planète entière. Telle avait été sa vocation dès sa sortie de l'université Johns Hopkins avec une maîtrise en sciences politiques. En l'espace de vingt ans, de simple secrétaire il était devenu conseiller puis chef de cabinet de deux sénateurs. Menant sa propre carrière en parallèle, il avait même failli accepter un poste de sous-secrétaire à la Défense mais avait préféré continuer à tirer les ficelles en coulisse. Il n'avait quitté les allées du pouvoir que lorsque s'était présentée l'occasion, trop belle pour être refusée, de créer et diriger un cercle de réflexion doté d'énormes moyens, le Centre pour la liberté des Américains.

Un rôle taillé sur mesure pour ce stratège imaginatif et sans pitié. Sa rigueur et son goût du détail, combinés à une mémoire prodigieuse, faisaient de Drucker un maître de la procédure. Son efficacité était décuplée par un charme indéniable masquant une volonté de fer – autant d'atouts indispensables quand on entendait débattre des questions cruciales qui divisaient ses concitoyens.

Récemment encore, il avait entrepris de relever de nouveaux défis. Des groupes de conseillers venus de la société civile avaient repris les rênes de la politique tant intérieure qu'extérieure du pays. Aux yeux d'un animal politique tel que Drucker, leur zèle missionnaire paraissait admirable, et leurs méthodes, d'une efficacité stupéfiante.

Mais le plus impressionnant, selon lui, était leur art de la litote et de la langue de bois, cette façon de réduire des problèmes complexes à des formules-clés, propres à désamorcer toute critique. Des expressions comme « allègement de la pression fiscale », « guerre contre le terrorisme », « fracture sociale » ou « bonne gouvernance » s'étaient si bien imposées à l'opinion que le simple fait de les mettre en doute suffisait à vous faire traiter d'ennemi du bien public, trop lâche pour combattre les agresseurs de son pays.

Le poids des mots était redoutable. Nul ne le savait mieux que Keenan Drucker. Et il s'apprêtait à en jouer à son tour.

Il jeta un coup d'œil à sa montre. On avait rappelé d'urgence tous les cadres pour une réunion consacrée à l'apparition mystérieuse. Drucker s'était déjà entretenu avec plusieurs d'entre eux au téléphone, et tous semblaient aussi excités que désemparés. Il avait ensuite regardé les chaînes d'information pour être au courant de l'avancement du projet. Il semblait en bonne voie, hormis la petite complication survenue à Boston. Mais Drucker n'était pas inquiet. Il faisait confiance à l'Obus.

Son BlackBerry sonna. Il déchiffra le nom qui s'affichait

sur l'écran. Quand on parle du loup... En quelques mots, Maddox l'informa du sort de Bellinger, de l'évasion de Matt Sherwood et de sa visite à l'appartement du chercheur.

Drucker avait écouté sans réagir. Maddox ne l'aimait guère. Il le considérait comme un politicien, un magouilleur, mais ce qu'il appréciait chez lui, c'était qu'il lui laissait les mains libres. Il ne prenait pas non plus ces airs supérieurs que Maddox avait si souvent rencontrés chez ses semblables. Il savait déléguer le sale boulot, auquel Maddox n'avait jamais rechigné, même si son entreprise de « gestion de la sécurité et du risque » avait prospéré depuis sa création trois ans plus tôt, peu après sa blessure en Irak.

L'éthique de Maddox était simple, et sa discipline, forgée par vingt années de commandos, rigoureuse. Son surnom – l'Obus – lui venait de cette époque, à cause de son crâne légèrement pointu. La dernière unité qu'il avait commandée avait fait du bon boulot dans les montagnes d'Afghanistan, menant la vie dure aux talibans et à leurs copains d'Al-Qaida, les traquant jusque dans leurs grottes pour les chasser au-delà de la frontière du Pakistan. Puis, à leur plus grand désarroi, on les avait mutés en Irak sans crier gare. Neuf mois plus tard, Maddox perdait quatorze hommes dans un guet-apens à Falloujah. Lui-même y avait laissé une oreille, tandis que beaucoup de ses compagnons payaient leur patriotisme d'une main ou d'une jambe. L'expression « mutilé de guerre » était un euphémisme. Rien ne pouvait décrire l'horreur de leurs blessures, le gâchis de toute une vie. Maddox revivait cette journée maudite chaque fois qu'il apercevait son reflet dans un miroir ou dans les lunettes noires d'un collègue.

Ensuite, il y avait eu les enquêtes, son lâchage par ses supérieurs, son éviction indigne. Et comme si ça ne suffisait pas, il avait découvert qu'on lui avait menti. Cette guerre était une imposture. Une imposture désastreuse. Comble d'indignité, il avait vu ces mêmes salauds qui l'avaient envoyé au carnage, du plus modeste député à un ancien héros de guerre qui avait failli devenir président, voter comme un seul homme contre une hausse des pensions de ceux qui, comme lui, étaient revenus brisés des combats. Puis il avait vu d'autres soldats cloués au pilori par des planqués de l'arrière pour des vétilles. Chaque nouvelle infamie renforçait sa colère et sa soif de revanche.

Son statut de blessé de guerre lui facilita la tâche. Il ne lui fallut pas longtemps pour recruter des dizaines de mercenaires parfaitement équipés et dévoués à ses ordres, en Afghanistan, en Irak et partout où l'on payait des hommes pour faire le sale boulot. Pas question de s'encombrer de considérations morales ou éthiques : Maddox savait qu'il ne changerait pas le monde, alors autant se faire une raison et se payer sur la bête. Mais son désir de vengeance devint bientôt une fin en soi, au-delà des centaines de milliers de dollars des contrats gouvernementaux. Il était toujours en première ligne, avec ses hommes. Et le jour où Drucker était venu le chercher, il n'avait pas hésité à se charger lui-même du travail. L'occasion était trop belle.

— Ça ne me plaît pas que Sherwood se balade dans la nature, dit Drucker. Il faut le neutraliser avant que la situation nous échappe.

— Ça ne devrait pas être long, lui garantit Maddox. Il est soupçonné de meurtre. Il n'a guère le choix.

— Prévenez-moi quand ce sera réglé.

Maddox raccrocha et récapitula les événements de la nuit. Matt Sherwood s'était révélé plus coriace que son frangin, ce qui n'avait rien de surprenant, étant donné son passé. Il fallait donc agir de manière plus concertée.

Ses gars espionnaient les communications de la police mais ce n'était pas suffisant. Matt Sherwood était imprévisible. Maddox devait tenter d'imaginer son mode de raisonnement. Il afficha sur l'écran de son ordinateur la liste des communications téléphoniques de Bellinger et Matt. Son regard s'attarda sur la dernière entrée : un message d'un certain Csaba Komlosy, un collègue de Bellinger, sur le répondeur de celui-ci. Il écouta deux fois l'enregistrement puis se repassa la première conversation entre les deux chercheurs. Celle qui avait déclenché la cascade d'événements de la veille.

Après un coup d'œil à sa montre, l'Obus décrocha son téléphone.

25

Boston

Larry Rydell fixa sans le voir l'écran du BlackBerry avant de le déposer sur son bureau. Il venait d'avoir à nouveau Rebecca au téléphone. Deux coups de fil de sa fille en moins de vingt-quatre heures... Etonnant. Certes, ils étaient proches depuis qu'il avait divorcé de sa mère, presque dix ans plus tôt. Mais, à dix-neuf ans, Rebecca était inscrite en deuxième année à l'université Brown et, d'un caractère indépendant, toujours très occupée, elle n'était pas du genre à téléphoner tous les jours à son papa.

Larry se réjouissait d'avoir eu de ses nouvelles deux fois dans la journée. Il l'avait sentie aussi passionnée, aussi curieuse de tout que d'habitude, malgré une inquiétude sous-jacente. Mais il s'en voulait de lui avoir menti. A deux reprises.

Bien obligé. Et si tout se passait comme prévu, il devrait continuer à lui mentir jusqu'à la fin de ses jours, ce qui lui causait un malaise croissant. Mais, à présent que l'affaire était sur la place publique, plus question de faire demi-tour.

Encore quatre ans plus tôt, il n'aurait jamais cru que les choses iraient aussi vite. La rupture de la banquise était prévisible. Ils la surveillaient par satellite, mais elle s'était produite plus rapidement que prévu. Et, à ce moment-là, ils étaient prêts à capitaliser sur cet événement pour changer le monde.

Il se remémora la soirée qu'il avait passée avec Reece, quatre ans auparavant. Un dîner somptueux. Un grand cru italien. Des havanes. Et une longue et fertile discussion sur les perspectives ouvertes par l'invention de Reece, sur ses possibles applications. Cette conversation avait agi tel un catalyseur, projetant l'esprit de Rydell dans des territoires inconnus. Sombres, impossibles, mystérieux. Quatre ans plus tard, l'impossible était devenu réalité.

Reece... Il revit le visage du brillant scientifique ainsi que ceux de ses collaborateurs, tous également jeunes, dévoués et talentueux. Puis il repensa au dernier jour qu'il avait passé en Namibie, après l'ultime test, quand tout avait mal tourné. Maddox dégainant à ses côtés. Son cri quand la balle avait transpercé le dos de Reece, quand il avait vu son ami s'effondrer dans les bras de Danny Sherwood.

Il se haïssait de n'avoir rien pu faire, de n'avoir pas deviné de quoi *ils* étaient capables. Mais il était trop tard. A présent, ils devaient se serrer les coudes. Toutefois, la culpabilité continuait à le ronger de l'intérieur. Un jour ou l'autre, il paierait sa lâcheté de sa vie. C'était obligé. Mais si tout se passait comme prévu, peut-être tous ces sacrifices auraient-ils servi à quelque chose, même s'il savait que les fantômes des morts ne le laisseraient jamais en paix.

26

Boston

Au petit matin, caché derrière un rideau d'arbres, Matt attendait que la voie soit libre pour regagner l'hôtel. Evitant soigneusement les rares hommes d'affaires qui donnaient un semblant de vie au hall banal et sinistre, il emprunta l'ascenseur et se réfugia dans sa chambre, au quatrième étage.

Il était épuisé et furieux. Il avait dû se débarrasser de la Mustang à quelques rues du domicile de Bellinger, ce qui avait décuplé sa colère. Cette voiture représentait pour lui une étape décisive dans sa réhabilitation, pour laquelle Danny avait payé le prix fort. Et voilà qu'il avait dû se résoudre à l'abandonner dans une ruelle avant de prendre la fuite.

Au nord de Broadway, il était tombé sur une malheureuse Ford Taurus sans défense. Il avait alors filé vers l'ouest avant de faire une grande boucle pour revenir à son point de départ, guettant les voitures pie de la police. Il s'était ensuite garé discrètement sur le parking du petit centre commercial voisin et avait regagné l'hôtel à pied.

De la fenêtre de sa chambre, il regarda la ville renaître. Encore une journée d'hiver au ciel bouché. Il alla s'étendre sur le lit. Il n'avait pas dormi et tout son corps criait grâce. Mais il ne pouvait se permettre le moindre répit. Il prit donc une longue douche brûlante pour se revigorer et se remettre les idées en place. Vingt minutes plus tard, il était installé devant un écran d'ordinateur dans l'austère centre d'affaires.

Il commença par identifier les numéros trouvés sur le répondeur de Bellinger. L'un d'eux appartenait à un certain Csaba Komlosy, qui résidait dans le même quartier que Bellinger et Danny. Matt envisagea un instant de l'appeler. Il avait pu déduire de son message qu'il avait discuté des événements survenus en Antarctique avec Bellinger juste avant que ce dernier ne rencontre Matt. Mais il se ravisa : le commando lancé à ses trousses semblait friand d'écoutes téléphoniques. Mieux valait une rencontre en tête à tête. Il nota l'adresse, la localisa sur un plan de la ville puis se rendit sur le site du *Boston Globe* pour avoir les nouvelles locales. L'affaire faisait la une du journal.

L'article était bref. Un meurtre à l'arme blanche, près d'un bar au sud de la ville, peu après minuit. La victime était un chercheur, Vince Bellinger. On évoquait une rixe. L'enquête suivait son cours.

Matt n'était pas mentionné. Pas encore. Mais ce n'était que partie remise.

La sécheresse clinique de l'article le remplit d'amertume. Il serra les poings et se retint de briser le clavier devant lui.

Les salauds ! C'était si simple pour eux d'enlever quelqu'un en pleine rue, de le saigner avant de l'abandonner dans la neige et de passer au contrat suivant. Tout ça pour quoi ? Pour un coup de fil ? Pour une idée ?

Matt inspira lentement pour se calmer et recommença à pianoter sur le clavier pour accéder à son mouchard. La Chrysler ne se trouvait plus devant chez lui.

A l'écran, une carte détaillée affichait son itinéraire toutes les trente secondes. Matt constata qu'elle s'était mise en route une heure plus tôt. Donc, après qu'il eut quitté l'appartement de Bellinger. Ses poursuivants étaient-ils au courant de sa visite ? Si oui, c'était la preuve qu'ils étaient informés des mouvements de la police, grâce à un scanner radio ou à un indic. Il en prit bonne note.

La Chrysler se trouvait à présent à Brighton, pas très loin de l'hôpital Saint Elizabeth, et n'en avait pas bougé depuis vingt-trois minutes. Matt lança Google Street View et l'écran afficha une vue à trois cent soixante degrés de l'endroit où était garé le véhicule. Il passa en plein écran et longea virtuellement la rue avant de faire pivoter la caméra pour apercevoir le trottoir opposé.

Cette rue, plutôt étroite, était bordée de pavillons à un étage. Si le mouchard était aussi précis que le prétendait le représentant qui le lui avait vendu, la Chrysler était garée devant une maison gris terne, avec un petit balcon au-dessus de l'entrée et une fenêtre en pignon.

Il ne lui fallut pas longtemps pour se rendre sur place : à cette heure matinale, le gros de la circulation s'écoulait dans la direction opposée. La mince couche de neige de la nuit précédente avait presque entièrement fondu et la vieille Taurus roulait plutôt bien. Tout en conduisant, Matt réfléchit à la situation. S'il parvenait à mettre la main sur ces salauds, il aurait du mal à se retenir de leur casser la gueule, mais avant toute chose il devait en apprendre un peu plus sur eux : qui ils étaient, qui les avait engagés, pour quoi faire... Et aussi ce qu'ils savaient à propos de Danny,

Après seulement, il pourrait leur régler leur compte. Cette idée lui était venue tout naturellement, ce qui ne laissait pas de l'étonner. Matt n'avait encore jamais tué personne. Avant la prison, et en prison, il avait pris quelques bonnes raclées et fendu quelques crânes. Mais ce n'était pas dans sa nature. Il était inconscient, téméraire, mais pas violent. La prison vous endurcissait sans vous changer foncièrement. Il était devenu moins timoré, mais ne prenait pas plaisir à se battre. Il ne portait jamais le premier coup, et il tâchait de mesurer sa force.

Mais là, c'était différent.

Il prit Washington Avenue vers le nord, de plus en plus nerveux à mesure qu'il se rapprochait de sa cible. Alors qu'il patientait à un feu rouge derrière un vieux pick-up qui crachait un nuage de fumée noire, son regard fut attiré par la calandre familière d'une Chrysler 300C. Elle était arrêtée dans le sens inverse, clignotant gauche allumé.

Il cligna des yeux pour s'assurer que c'était bien « sa » Chrysler. Le feu avait dû passer au vert car la Chrysler coupa la route du pick-up pour s'engager dans Commonwealth Avenue, suivie par deux petites japonaises, tel un requin entraînant des poissons pilotes dans son sillage. Matt eut juste le temps d'apercevoir la mine patibulaire du passager. Il n'aurait pu jurer qu'il l'avait déjà vu, car il n'avait pas bien distingué les deux types de la veille dans la nuit. En revanche, les deux derniers chiffres de la plaque d'immatriculation correspondaient. C'était bien eux.

Il n'eut qu'une fraction de seconde pour réagir. Il escalada le trottoir pour doubler le pick-up par la droite et s'engagea dans l'avenue derrière la Chrysler.

Sa réaction avait été purement instinctive mais, une fois lancé, il lui apparut qu'il avait pris la bonne décision. Il ignorait si son mouchard avait bien localisé la base de ses adversaires et, à deux contre un, il estimait avoir ses chances. Surtout remonté comme il l'était.

Ils prirent à gauche sur Harvard Avenue et franchirent le pont à l'entrée de Cambridge. L'inquiétude s'insinua en Matt : ils revenaient vers la zone qu'ils avaient quittée deux heures plus tôt. Son malaise s'accrut lorsqu'il découvrit le nom de la rue dans laquelle la Chrysler venait de s'engager et le numéro de l'immeuble devant lequel elle s'immobilisa : c'était l'adresse de Csaba.

27

Cambridge

Matt dépassa la Chrysler arrêtée, détournant négligemment la tête pour éviter d'être reconnu par ses occupants, puis il tourna dans la première rue à droite.

Il n'aimait pas la tournure que prenaient les événements. Ce Csaba travaillait-il pour ses adversaires ? Les avait-il aidés à piéger Bellinger ? Ça ne collait pas. Le message de Csaba respirait la sincérité. Apparemment, ils avaient parlé de l'apparition et Bellinger avait mis un terme brutal à leur conversation.

Si Csaba n'était pas leur complice, alors les deux hommes lui réservaient le même sort qu'à Bellinger.

Matt devait agir. Il se coula hors de la Taurus et gagna prudemment le coin de la rue. La Chrysler n'avait pas bougé. Les deux types attendaient toujours à l'intérieur. Surveillant Csaba.

Il fallait qu'il les devance. Il inspecta le bâtiment, un immeuble moderne de cinq ou six étages, se demandant comment y pénétrer sans être vu. Depuis la Chrysler, les deux types apercevaient toute la rue, le parc attenant au bâtiment et le hall de celui-ci. Rien à faire de ce côté. Une rampe latérale permettait d'accéder au garage en sous-sol, mais elle était également dans leur champ de vision.

Matt remonta la rue et découvrit un étroit passage entre deux maisons. Il s'y engagea, espérant gagner l'immeuble de

Csaba par l'arrière, mais le passage était fermé par une clôture en bois. L'immeuble se trouvait au-delà d'une série d'autres clôtures. Il entreprit de les escalader. Quelques minutes plus tard, il atteignit une allée qui courait le long de la rampe du garage.

La Chrysler était toujours là. Impossible de s'approcher de la rampe sans être vu. Autre problème, son accès était contrôlé par un clavier à code.

A cet instant, Matt perçut un déclic suivi d'un grondement sourd. La porte du garage s'ouvrait ! Le nez d'un gros 4 × 4 noir émergea du sous-sol. Lorsqu'il s'immobilisa en débouchant sur la rue, Matt saisit l'occasion pour enjamber le muret et rouler au bas de la rampe à l'insu des occupants de la Chrysler. Il eut tout juste le temps de plonger sous la porte qui se refermait.

Les numéros des appartements étaient indiqués à côté des boutons des étages dans l'ascenseur. Matt monta au deuxième. Il allait sonner à la porte de Csaba quand il s'avisa qu'elle possédait un judas. Il s'écarta, retira une de ses bottes et s'en servit pour faire sauter les ampoules au plafond, plongeant ainsi le couloir dans l'obscurité. Alors seulement il sonna. Il entendit des pas, vit une ombre se dessiner au bas de la porte.

— Qui est là ? fit la même voix que sur le répondeur.

Tout en surveillant l'ascenseur au bout du couloir, Matt répondit :

— Je suis un ami de Vince. Vince Bellinger.

Matt entendit un frôlement derrière la porte. Csaba devait essayer de regarder par le judas.

— Un ami de Vince ? Que... qu'est-ce que vous voulez ?

— Il faut qu'on parle. Il lui est arrivé quelque chose.

Il y eut un silence, puis Csaba dit d'une voix hésitante :

— Vince est mort, mec.

— Je sais. Voulez-vous m'ouvrir, qu'on puisse causer ?

— Je ne sais pas... Vince a été assassiné, et j'ignore ce que vous voulez, mais...

— Ecoutez-moi, coupa sèchement Matt. Ses assassins sont garés en ce moment même en bas de chez vous. Ils ont intercepté vos coups de fil d'hier, ils savent de quoi vous parliez, et c'est ce qui a coûté la vie à Vince. Alors, si vous voulez que je vous évite le même sort, ouvrez cette putain de porte.

Il y eut un nouveau silence, puis Csaba parut se décider. Il entrouvrit la porte. Matt découvrit un visage poupin aux cheveux en bataille. Dès qu'il le vit, Csaba ouvrit des yeux épouvantés et voulut refermer la porte. Matt n'eut que le temps de la bloquer avec son pied. Csaba recula en levant les bras pour se protéger.

— Ne me faites pas de mal, je vous en supplie, ne me tuez pas, je ne sais rien, je le jure.

— Quoi ?

— Ne me tue pas, mec. Je ne sais rien.

— On se calme. Je ne suis pas venu vous tuer.

Csaba suait à grosses gouttes. Matt le fixait avec étonnement quand son attention fut attirée par le téléviseur allumé derrière lui.

Ayant noté la direction de son regard, Csaba s'écarta légèrement, révélant tout l'écran. Une chaîne d'informations en continu montrait le même signe que la veille. Un bandeau défilant au bas de l'image indiquait : « Nouvelle apparition inexplicable, au Groenland cette fois. »

Matt se rapprocha du téléviseur.

— Ce n'est pas le même, alors ?

Csaba mit une seconde à comprendre qu'il lui adressait la parole. Il bredouilla :

— Non. Celui-ci est au-dessus de l'Arctique.

Matt se retourna vers Csaba, qui tremblait à présent de tous ses membres.

— Quoi, encore ? aboya-t-il.

— Me tue pas, mec. Sérieux.

— Arrêtez de dire ça, d'accord ? C'est quoi, votre problème ?

Csaba hésita, puis il reprit d'une voix blanche :

— Je sais que t'as tué Vince.

— Hein ?
— Ta tronche, mec. Elle est aux infos.
— Ma tronche ? s'écria Matt, subitement inquiet.
Csaba acquiesça sans un mot.
— Montrez-moi ça.

28

Le Caire

Gracie avisa un homme à l'air inquiet, en soutane noire, dans la foule qui attendait derrière la vitre blindée du hall d'arrivée de l'aérogare du Caire. Elle croisa son regard et lui adressa un petit signe de tête, auquel frère Amine répondit discrètement avant de se faufiler dans la cohue pour l'accueillir.

Le trajet avait été interminable. A leur descente d'hélicoptère, un Dash-7 les avait transférés sur un aérodrome militaire des Malouines. De là, ils avaient embarqué sur un vieux Tristar de la RAF qui les avait conduits à une base de l'Oxfordshire après une escale technique sur l'île de l'Ascension. Un saut en taxi jusqu'à Heathrow leur avait ensuite permis d'attraper le vol régulier d'EgyptAir.

Lors de l'escale sur l'île de l'Ascension, ils avaient échappé de justesse à une équipe de télévision britannique qui faisait le même voyage qu'eux en sens inverse. Ils avaient profité de leurs longues heures de vol pour se renseigner sur la religion copte et l'histoire du monastère. Dès que leurs portables avaient de nouveau capté le réseau, ils avaient consulté leur messagerie à chaque escale, sans toutefois répondre à tous. En dehors d'Ogilvy, le chef du service international, nul (pas même Roxberry) n'était au courant de leur départ et de leur nouvelle destination. Gracie et Ogilvy étaient conscients que leur exclusivité ne tenait qu'à un fil.

Le nouveau terminal, tout de verre et d'acier, avait surpris Gracie par son caractère fonctionnel, qui détonnait dans ce pays plutôt traditionaliste. Le contrôle des passeports avait été rapide et courtois. Les bagages étaient apparus sur le tapis roulant à peu près en même temps qu'eux. Autre surprise, les gens semblaient se conformer à la récente interdiction de fumer dans les lieux publics, un exploit dans un pays où l'on se fichait comme d'une guigne des règlements et où la moitié de la population mâle fumait pratiquement dès le berceau.

Gracie et ses deux amis étaient déjà au courant de la nouvelle apparition au-dessus du Groenland. Leurs Black-Berry s'étaient manifestés à l'unisson peu après l'atterrissage du 777. La nouvelle les avait mis en ébullition, et tandis que le taxi de Youssouf se traînait dans les embouteillages matinaux, ils assaillaient de questions le malheureux frère Amine.

Celui-ci leur confirma qu'il s'agissait bien du même signe que celui apparu au-dessus de la banquise, et qu'il était également identique aux symboles peints sept mois plus tôt par le père Jérôme sur les parois de sa grotte.

Gracie était à présent convaincue d'avoir eu raison de répondre à l'invitation du moine. Malgré la fatigue du décalage horaire, il y avait longtemps qu'elle n'avait pas ressenti une telle excitation. Cela allait au-delà du simple attrait pour le scoop. Mais il restait encore beaucoup de questions sans réponse, à commencer par la raison même de ce déplacement : le père Jérôme.

— Comment est-il arrivé ici, et pourquoi ?

— On ne sait pas exactement, répondit frère Amine après une hésitation.

Gracie et Finch échangèrent un regard surpris.

— Il travaillait bien au Soudan ?

— Oui. A cette époque, comme vous devez le savoir, il était très préoccupé par la situation au Darfour. Il venait d'ouvrir un orphelinat à deux pas de la frontière avec l'Egypte. Et puis, un soir, il est parti tout seul, à pied, dans le désert, sans eau, sans vivres, sans rien. Lui-même ne s'explique pas bien pourquoi.

— Je me souviens qu'il relevait à peine de maladie, reprit Gracie. N'a-t-on pas craint un enlèvement, un meurtre ? Après tout, il avait sévèrement critiqué les seigneurs de la guerre locaux. Il aurait fait un otage de prix.

Le moine hocha gravement la tête :

— Certes, les combats et les massacres au Darfour l'avaient profondément affecté, au point qu'il est tombé malade. C'est un miracle qu'il ait survécu. Le soir de son départ, il a dit à ses collaborateurs qu'il devait se retirer quelque temps pour « trouver Dieu ». Ce sont ses termes. Il a ajouté que durant son absence, il devraient poursuivre son œuvre. Puis il est parti. Cinq mois plus tard, des Bédouins l'ont trouvé évanoui dans le désert, à quelques kilomètres au sud d'ici. Il ne portait qu'une djellaba. Ses pieds saignaient, il délirait. Il n'avait ni eau ni vivres… Pourtant, il semblait bien qu'il avait traversé le désert. Seul. A pied.

— Il y a huit ou neuf cents kilomètres d'ici à la frontière, non ?

— En effet, confirma frère Amine d'une voix étonnamment calme.

— Comment a-t-il survécu avec la chaleur, le soleil ?

Le moine ouvrit les mains, incapable de répondre.

Le cerveau de Gracie tournait à plein régime.

— Il n'a quand même pas prétendu qu'il avait fait tout ce chemin à pied ?

— Il n'en a gardé aucun souvenir, expliqua le moine. Il est seulement convaincu que c'était sa vocation de venir ici, dans notre monastère. Mais ce n'est pas à moi de vous dire cela. Vous pourrez l'interroger vous-même, quand vous le verrez.

Gracie adressa un coup d'œil à Finch, qui semblait partager sa surprise. Elle reprit :

— Et ce documentaire ?

— Que voulez-vous savoir ?

— Qui en a eu l'idée ? Vous étiez là, vous avez vu l'équipe ?

Frère Amine haussa les épaules :

— Que dire ? Ils nous ont contactés. Ils ont dit qu'ils réalisaient un documentaire, qu'ils avaient appris la présence du père Jérôme et qu'ils auraient aimé le filmer dans sa retraite. Notre abbé était très réticent. Ce n'est pas dans nos habitudes de recevoir des équipes de tournage. Mais celle-ci travaillait pour une chaîne réputée, ces gens étaient très courtois et ils ont beaucoup insisté. Alors, nous avons fini par accepter.

— Heureusement, observa Finch. Nous ne serions pas là, sinon.

— Les voies du Seigneur sont impénétrables, remarqua le moine, le regard pétillant de malice. J'imagine qu'Il aurait trouvé un autre moyen de vous attirer ici, vous ne croyez pas ?

29

Cambridge

Csaba hésita puis, sans tourner le dos à Matt, il s'approcha de son bureau. Celui-ci était encombré de papiers, de revues, de gobelets de café vides. Un écran plat Apple émergeait de ce fouillis. Il affichait l'image du signe au-dessus de l'Arctique. Csaba pianota sur un clavier sans fil, puis il leva un regard à la fois penaud et inquiet vers Matt.

La dépêche qui venait d'apparaître à l'écran indiquait qu'on avait retrouvé le corps de Bellinger dans une impasse non loin du bar. Elle était illustrée par deux clichés en noir et blanc pris par la caméra de surveillance de l'établissement. Un plan large montrait Vince et Matt en pleine dispute. L'autre était un gros plan du visage de Matt.

Celui-ci dévora le texte. Son nom n'était mentionné nulle part mais il savait que ça ne tarderait pas. L'article évoquait plusieurs témoins, dont une « femme dont le nom n'avait pas été divulgué » qui affirmait avoir vu un Matt furieux poursuivre Bellinger à l'extérieur du bar. C'était faux, bien sûr. Leurs ravisseurs s'étaient emparés d'eux dès leur sortie. Matt revit le profil de la femme dans la camionnette, découpé par la lumière des réverbères. C'était certainement elle, le mystérieux témoin. Il n'avait aucun mal à imaginer la police débarquant à son domicile avec un mandat de perquisition, pour y découvrir l'arme du crime que la fille et ses copains avaient sûrement pris le soin d'y cacher.

— Je sais que les apparences sont contre moi, dit-il à Csaba, mais ça ne s'est pas passé ainsi. Vince est mort à cause de ce truc qui est apparu en Antarctique. Il pensait que mon frère avait également été tué à cause de ça. Je n'ai fait aucun mal à Vince. Tu dois me croire.

A voir son expression, Csaba était loin d'être convaincu. Matt insista :

— Tu as parlé de ce truc avec Vince, pas vrai ?

Csaba acquiesça à contrecœur. Matt n'en demandait pas plus pour l'instant.

— Je veux que tu me dises de quoi vous avez parlé. Mais plus tard : d'abord, il faut qu'on se tire d'ici.

— Eh ! protesta Csaba en tendant la main vers le téléphone. Je ne vais nulle part, moi. Toi, tu fais ce que tu veux, moi, j'appelle les flics et...

— Pas le temps, coupa Matt en raccrochant le combiné d'un geste sec. Ils sont ici, en bas. A cause de ta conversation avec Vince. Alors, si tu veux rester en vie, il faut me faire confiance et venir avec moi.

Csaba hésita, puis il parut se résigner.

— Tu as une voiture ? lui demanda Matt.

— Non.

— Tant pis. Viens.

— Attends, dit Csaba tandis que Matt se dirigeait vers la porte.

Il prit sur le sol un sac à dos qu'il entreprit de remplir.

— Dépêche-toi, le houspilla Matt.

— J'en ai pour deux secondes, plaida Csaba en fourrant dans le sac MacBook, chargeur et iPhone.

— Ton portable ! s'exclama Matt à la vue du téléphone. Eteins-le.

— Pourquoi ?

— Ils peuvent s'en servir pour nous repérer. Tu devrais savoir ça.

— Putain, t'as raison !

Sur l'écran, le signe mystérieux semblait toujours les narguer. Matt le regarda une dernière fois avant de sortir,

Jabba sur ses talons. Ils prirent l'ascenseur pour descendre au garage. Celui-ci contenait une dizaine de voitures. Les voisins de Csaba semblaient avoir un penchant pour les compactes japonaises et les hybrides. Faute de mieux, Matt arrêta son choix sur un petit Toyota RAV4.

En deux temps trois mouvements, il avait saisi un extincteur mural, brisé la vitre du conducteur et déverrouillé la porte. Il ordonna à Csaba de monter, tout en nettoyant les minuscules éclats de verre sur les sièges.

— C'est la voiture de Mme Jooris, gémit Csaba. Elle va être furax, mec. Elle vénère sa bagnole.

— C'est juste une vitre. Allez, monte !

Le temps que Csaba loge son embonpoint dans l'habitacle, Matt avait soulevé le capot, court-circuité l'allumage et démarré le moteur. Il se glissa au volant et fonça vers la porte automatique, qui se releva avec lenteur. La rampe apparut. Elle s'enroulait à gauche, collée au flanc de l'immeuble.

— Boucle ta ceinture, avertit Matt.

Csaba le regarda, gêné. La boucle disparaissait sous sa graisse.

— Euh, tu pourrais m'aider ?

— Pas vraiment, répondit Matt avec un sourire en coin. Accroche-toi.

Les mains crispées sur le volant, il attendit que la porte ait commencé à se relever pour s'engager sur la rampe – doucement, pour ne pas attirer trop vite l'attention des tueurs. Mais ceux-ci les aperçurent dès qu'ils tournèrent l'angle du bâtiment.

Matt s'efforça de graver dans sa mémoire les visages des deux types stupéfaits avant d'écraser l'accélérateur. Il avait parfaitement calculé la manœuvre : foncer de biais vers la roue avant droite de la Chrysler pour endommager le bras de suspension, sans autre dommage pour le Toyota qu'un pare-chocs légèrement plié. C'était un coup à tenter. Dès lors que les deux tueurs devraient changer de véhicule, il perdrait l'avantage du mouchard, mais d'un autre côté, le petit 4 × 4 aurait été bien en peine de semer la grosse berline.

Il allait foncer quand, du coin de l'œil, il aperçut une vieille Chevrolet qui descendait la rue dans leur direction. Une autre idée lui vint. Il attendit une seconde. Passé le premier instant de surprise, les tueurs étaient maintenant prêts à intervenir, l'arme au poing.

Mais, à l'instant précis où la Chevrolet arrivait à leur hauteur, Matt écrasa le champignon et lui coupa la route. Le conducteur – un type à queue de cheval et grosses lunettes – voulut redresser et s'immobilisa le long de la Chrysler. Matt tourna aussitôt pour descendre la rue dans la direction opposée. Il vit dans son rétroviseur le conducteur sortir pour l'insulter tandis que les deux tueurs lui criaient de dégager le passage pour qu'ils puissent faire demi-tour et se lancer à la poursuite du 4 × 4.

Matt prit à gauche au premier carrefour et se mit à sillonner les rues désertes en changeant régulièrement de direction afin de rejoindre l'autoroute. Il ne quittait pas le rétroviseur des yeux, mais la Chrysler restait invisible.

Il se détendit et leva un peu le pied. Il filait à présent vers le nord, pressé de quitter ce dédale de rues étroites étouffant.

Il jeta un regard en coin à Csaba. Son visage poupin luisait de sueur, mais lui aussi finit par se détendre et salua l'exploit de son compagnon.

— Mme Jooris va péter un plomb quand elle verra ça, ajouta-t-il avec un hochement de tête.

— Ton nom, au fait, comment on le prononce ? demanda Matt.

— « Tchaba ». Mais tu peux m'appeler Jabba, précisa-t-il, un peu gêné. Tout le monde le fait.

— Vraiment ?

— Ouais.

— Et ça ne t'énerve pas ?

— Pourquoi, il faudrait ?

Jabba semblait sincèrement surpris.

Matt réfléchit une seconde avant de hausser les épaules.

— Bon, va pour Jabba. Pour commencer, on va se débarrasser de cette bagnole et trouver une planque où on ne risquera pas de nous retrouver. Ensuite, il va falloir que tu me dises au juste de quoi vous avez parlé, Vince et toi. Ça m'aidera peut-être à mieux comprendre ce merdier.

30

Monastère de Deir al-Surian

En approchant du Caire, le taxi de Youssouf laissa la piste déserte pour se fondre dans un embouteillage. Impossible d'éviter la cité tentaculaire, car le nouvel aéroport était situé à l'est de la ville, alors que Wadi el Natrun se trouvait au nord-ouest. On était en toute fin d'après-midi et le soleil bas irisait le brouillard de poussière et de gaz d'échappement qui suffoquait l'antique mégapole.

— Le père Jérôme est-il au courant des récents événements ? demanda Gracie à frère Amine. Lui avez-vous parlé des signes ?

— Non, répondit le moine. Pas encore. Il ignore même votre venue. L'abbé non plus n'est pas au courant.

Gracie allait lui demander de s'expliquer mais il la devança.

— Notre abbé… Il ne sait pas quoi faire. Il ne voulait pas que ça s'ébruite à l'extérieur.

— Mais vous, si, observa Finch.

— Un miracle est en train de se produire. Pourquoi garder le secret ? Ce n'est pas notre rôle.

Gracie se retourna vers Finch. Ils avaient déjà eu affaire à des témoins réticents. Parfois, ils arrivaient à percer leur cuirasse, mais pas toujours. Cette fois, ils allaient devoir forcer le destin. Ils n'avaient pas fait un si long voyage pour repartir les mains vides. Surtout quand le monde réclamait une explication.

Le sommet des pyramides, enfin visible, leur révéla qu'ils atteignaient les faubourgs. Leur apparition demeurait impressionnante, même pour le plus blasé des observateurs. Gracie les avait déjà vues à plusieurs reprises, mais cette fois, les arêtes de pierre jaillissant du sable lui évoquèrent curieusement les nunataks, ces escarpements rocheux ponctuant les étendues enneigées qu'elle avait contemplées quelques heures plus tôt derrière les vitres de l'hélicoptère. Le bruit et le chaos de la capitale laissèrent bientôt place au calme de petites bourgades et lorsqu'ils eurent dépassé Bir Hooker, la dernière agglomération avant le désert et la vallée des monastères, ils perdirent le signal de leurs portables. Frère Amine les informa qu'à partir de cet instant ils devraient recourir au téléphone satellite.

Depuis leur rencontre, Gracie n'avait pas encore réussi à identifier l'accent du moine. Elle voulut en avoir le cœur net :

— Au fait, d'où êtes-vous originaire ?

— Je suis croate. Je viens d'une petite ville du Nord, pas très loin de l'Italie.

— Donc, vous devez être catholique ?

— Bien sûr.

— Alors, Amine n'est pas votre vrai nom.

— Ce n'est pas mon nom de baptême, en effet. Avant, je m'appelais frère Dario. Nous adoptons tous des noms coptes en entrant au monastère. C'est la tradition.

— Mais l'Eglise copte est orthodoxe, non ?

— Orthodoxe, oui, mais pas de rite oriental, précisa frère Amine, guère étonné de la perplexité des trois journalistes. C'est une longue histoire. L'Eglise copte est la plus ancienne de toutes, et pour ainsi dire la plus orthodoxe, puisque fondée par l'apôtre Marc, moins de dix ans après la mort de Jésus. Mais peu importe, en fin de compte : tous les chrétiens sont des disciples du Christ. Et notre monastère ne fait aucune différence entre eux, tous sont les bienvenus. Le père Jérôme lui-même est catholique.

Ils dépassèrent bientôt le monastère Saint-Bishoy et celui de Deir al-Surian apparut au bout de la piste, telle une arche échouée dans une mer de sable – on disait d'ailleurs que son plan s'inspirait de l'arche de Noé. En approchant, ils distinguèrent les deux hauts clochers, la tour trapue du qasr gardant la porte d'entrée, les petits dômes coiffés de grandes croix à l'intérieur du mur d'enceinte fortifié.

Ils descendirent de voiture, et frère Amine les fit pénétrer dans la cour, déserte à cette heure. Tous les bâtiments du monastère étaient recouverts d'un enduit beige clair, et leurs angles arrondis leur conféraient un aspect organique. La lumière du couchant leur donnait un éclat orangé qui contrastait vivement avec les étendues glacées du continent que Gracie venait de quitter. Elle avait l'impression d'avoir été parachutée sur Tatouïne.

Comme ils se dirigeaient vers la bibliothèque, un moine en sortit et les dévisagea d'un air renfrogné. Gracie supposa que c'était l'abbé.

— Attendez-moi ici, je vous prie, dit aussitôt frère Amine avant de rejoindre son supérieur.

Gracie échangea un regard entendu avec Finch tandis qu'ils observaient les deux hommes de loin.

Peu après, frère Amine revint avec l'abbé, qui ne semblait pas vraiment se réjouir de leur présence.

— Je suis frère Kyrillos, le supérieur de ce monastère, se présenta-t-il sèchement. Je crains que frère Amine n'ait outrepassé ses droits en vous invitant ici.

— Mon père, dit Finch, veuillez accepter nos excuses pour cette arrivée impromptue. Nous n'étions pas au courant du... hum, comment dire... débat qui agitait votre communauté à propos de cette affaire. Loin de nous l'intention de vous déranger. Si vous ne voulez pas de nous, vous n'avez qu'un mot à dire et nous repartirons sans que personne n'en sache rien. Mais je vous demande instamment de garder à l'esprit ces deux points : un, nul n'est au courant de notre présence ici, hormis notre supérieur direct. Donc, vous n'avez pas à craindre de cirque médiatique.

Il marqua un silence pour juger si ses paroles avaient un effet sur l'abbé avant de reprendre :

— Et deux, nous ne sommes ici que pour vous aider, vous et le père Jérôme, à mieux comprendre ces événements extraordinaires. Sans doute savez-vous que nous avons été les témoins directs de la première apparition. C'est uniquement à ce titre que nous sommes ici. Nous ne diffuserons aucun document visuel ou sonore sans votre autorisation expresse.

L'abbé les dévisagea à tour de rôle, puis il adressa un regard de reproche au frère Amine avant de se retourner vers Finch.

— Je suppose que vous désirez parler au père Jérôme ?

— Oui, répondit Finch. Nous aimerions lui raconter ce que nous avons vu, lui montrer nos images. Peut-être saura-t-il les décrypter.

L'abbé hocha lentement la tête.

— Bien, dit-il enfin. Mais j'ai votre parole que vous ne divulguerez rien de votre entretien sans m'en avoir informé au préalable ?

Finch sourit.

— Vous avez ma parole, mon père.

— Alors, suivez-moi.

L'abbé les invita à pénétrer dans le bâtiment le plus récent, une construction en stuc datant des années 1970. Finch et Gracie le suivirent tandis que Dalton s'éloignait. Frère Amine leur avait dit qu'il n'y avait pas de téléviseur au monastère, or ils avaient hâte de voir les images de l'apparition arctique et les réactions à celle-ci.

Gracie et Finch acceptèrent volontiers un verre d'eau et une petite assiette de fromage et de dattes fraîches. Ils eurent à peine le temps d'engager la conversation que Dalton passa la tête à la porte pour leur signaler que tout était prêt.

Ils ressortirent dans la cour. Dalton avait relié son ordinateur à une parabole satellite transportable et s'était connecté au site de leur chaîne. Tous se serrèrent devant l'écran pour regarder le reportage sur l'apparition au Groenland.

Une carte schématique situait celle-ci près du fjord Carlsbad, sur la côte est de l'île, six cents kilomètres au nord du cercle polaire. Venaient ensuite quelques images granuleuses, extraites d'une vidéo d'amateur tournée par une équipe de scientifiques venus étudier les glaciers. L'apparition les avait pris par surprise, et leur nervosité était perceptible. Un glaciologue barbu répondait aux questions d'un présentateur depuis l'université du Colorado.

— D'abord en Antarctique et maintenant au Groenland. Pourquoi, selon vous ? demandait le présentateur hors champ.

Après un décalage de deux secondes dû à la liaison satellite, le chercheur répondit d'une voix bourrue :

— Ecoutez, je ne sais pas de quoi il s'agit ni d'où cela peut venir. Ce que je sais, c'est que ça ne peut pas être un hasard si ce... ce signe se manifeste au-dessus de zones sinistrées, aussi bien cette banquise qui s'effondre en Antarctique que ce glacier. J'étudie ces sites depuis plus de vingt ans, reprit-il en désignant la carte derrière lui. Autrefois, on ne voyait ici que de la neige et de la glace, à longueur d'année. Aujourd'hui, vous voyez plus de bleu que de blanc. Le dégel est si rapide que la région est maintenant couverte de lacs et de rivières. Cette eau, en se frayant un chemin jusqu'au socle rocheux, détache les glaciers de leur base et les fragilise. C'est pour cela qu'ils se sont mis à glisser vers la mer. Si ce phénomène continue, il faut s'attendre à ce que le niveau des océans s'élève d'un mètre. Vous imaginez le désastre. Alors, vous me demandez mon avis sur ce qui se passe ? Je pense que c'est évident. La nature nous envoie un signe, et je crois que nous avons intérêt à le prendre au sérieux avant qu'il ne soit trop tard.

L'interview était suivie d'images filmées à travers le monde : la foule rassemblée sous l'écran géant à Times Square, des images analogues provenant de Londres, de Moscou et d'autres capitales. Cette fois, l'événement avait une ampleur planétaire.

La sonnerie du téléphone satellite fit sursauter Gracie. C'était Ogilvy, qui appelait depuis son portable, comme convenu.

— Je viens d'avoir un coup de fil du Pentagone, l'informa-t-il. Deux gars de l'Agence du renseignement ont débarqué à McMurdo et découvert que vous aviez filé. Ils l'ont mauvaise.

— Que leur as-tu dit ? demanda Gracie, inquiète.

— Rien. On est encore dans un pays libre. Plus ou moins. Mais ils auront tôt fait de remonter votre piste jusqu'au Caire, si ce n'est déjà fait. Vous auriez peut-être intérêt à éteindre vos portables.

— De toute façon, aucun signal ne passe ici. Mais il faut qu'on reste en contact. On est plutôt isolés...

— Vérifie le téléphone satellite toutes les heures. Je t'envoie un SMS s'il y a du nouveau.

La jeune femme fut impressionnée par le sang-froid d'Ogilvy.

— Entendu. De mon côté, je te donne le numéro du monastère, juste au cas où.

— Bien. Vous avez déjà rencontré le père Jérôme ?

— Non, on arrive juste.

— Parle-lui vite, Gracie. Le monde entier nous regarde. Et il faut qu'on garde l'exclusivité.

Gênée, Gracie s'écarta un peu du groupe et reprit à voix basse :

— On doit faire attention, Hal. On ne peut pas annoncer la nouvelle sans un minimum de précautions.

— Comment ça ?

— Je te signale que nous sommes en pays musulman. Je ne suis pas sûre qu'ils réagissent très bien à un signe qui semble annoncer le retour du Christ, qui plus est sur leurs terres.

— Il n'est pas né très loin de là la première fois, observa Ogilvy.

— Hal, je ne plaisante pas. On doit redoubler de prudence. Au cas où tu ne l'aurais pas remarqué, la région n'est pas réputée pour sa tolérance. Je ne voudrais pas mettre le père Jérôme en danger.

— Il n'est pas question de mettre qui que ce soit en danger, rétorqua Ogilvy. Parle-lui, c'est tout. Nous, on se charge du reste.

— Je te rappelle dès que je l'ai vu, promit Gracie, guère rassurée, avant de couper la communication.

Elle se tourna ensuite vers l'abbé et demanda :

— Le documentaire tourné dans la grotte, est-ce qu'on pourrait le voir ?

— Bien sûr. La chaîne nous a envoyé le DVD mais je ne l'ai pas regardé car nous n'avons pas de lecteur.

— Pas de problème, indiqua Dalton en montrant son ordinateur portable.

L'abbé acquiesça avant de se retirer.

— Et si la séquence qui nous intéresse a été coupée au montage ? demanda Dalton, inquiet, à ses amis.

C'était là une éventualité qu'ils préféraient ignorer, car dans ce cas, ils seraient obligés de contacter les réalisateurs pour visionner les chutes. Mais l'abbé interrompit leurs réflexions en réapparaissant avec le DVD. Dalton l'inséra dans l'ordinateur et en parcourut le contenu en avance rapide jusqu'à ce qu'ils voient l'équipe de tournage escalader la montagne et s'approcher de ce qui ressemblait à une porte creusée dans la roche.

— C'est la grotte du père Jérôme, indiqua l'abbé.

Dalton repassa en mode lecture. L'écran montrait à présent l'entrée de la grotte filmée en caméra subjective tandis qu'une voix compassée décrivait les lieux. Puis la caméra se mit à balayer les murs et le plafond.

— Là ! s'exclama Gracie en pointant un doigt vers l'écran.

Dalton mit le DVD en pause, recula de quelques images et redémarra la séquence au ralenti. Tous se penchèrent pour mieux voir. Cela ne durait qu'une seconde, mais il n'y avait aucun doute possible. Dalton fit un arrêt sur image, révélant un symbole formé de cercles concentriques et de rayons divergents. Malgré sa simplicité, il irradiait la même puissance que l'apparition au-dessus de la banquise.

— Quand pourrons-nous voir le père Jérôme ? demanda Gracie à l'abbé.

Il consulta sa montre.

— La nuit va bientôt tomber. Demain, à l'aube ?

Gracie ne put contenir son impatience.

— Mon père, je vous en prie.... Compte tenu des événements, je ne pense pas qu'on puisse attendre. Je crois qu'on devrait lui parler dès ce soir.

L'abbé soutint son regard puis il céda.

— Très bien. Dans ce cas, mettons-nous en route.

Allongé sous un filet de camouflage couleur sable à quatre cents mètres du monastère, Fox Deux observait aux jumelles les cinq personnes en train de remonter dans le monospace.

Son terminal Iridium vibra. Un message s'afficha sur l'écran, lui confirmant que Fox Un et son équipe venaient de se poser. A l'heure pile.

Il remit l'appareil dans sa poche et regarda le monospace s'éloigner dans un panache de poussière.

Quand il fut loin, il plia soigneusement le filet, le rangea dans son sac et rejoignit ses deux hommes, qui l'attendaient à l'écart.

La montagne les rappelait.

31

Woburn, Massachusetts

Le motel était sale et décrépit mais il leur procurait le minimum : quatre murs, un toit, et l'anonymat d'une réception gardée par un fondu de télévision à peu près incapable d'aligner deux mots. Pour l'heure, Matt et Jabba n'en demandaient pas plus : un toit et l'anonymat.

Ça, plus quelques réponses.

Matt était assis par terre, le dos contre le lit, la tête rejetée en arrière. Jabba, quant à lui, ne tenait pas en place. Il faisait les cent pas, ne s'arrêtant que pour regarder dehors.

— Si tu te calmais un peu ? suggéra Matt. Personne ne viendra nous chercher ici. Pas pour l'instant, du moins.

Jabba laissa retomber le rideau crasseux à contrecœur et reprit aussitôt ses déambulations.

— Bon sang, mais assieds-toi, tu me donnes le tournis !

— Désolé, d'accord ? Je suis pas habitué, voilà. Merde, c'est dingue ! D'abord, qu'est-ce qu'on fait ici ? Au lieu d'aller raconter aux flics tout ce que tu sais.

— Ce que je sais, ce n'est rien comparé à ce que les flics croient savoir, et je n'ai pas envie de terminer derrière les barreaux. A présent, sois sympa avec moi et avec la moquette et assieds-toi.

Jabba considéra une chaise branlante qui semblait prête à se désintégrer à la seule perspective d'accueillir son ample postérieur et préféra s'avachir sur le lit. Il saisit la télécommande pour changer de chaîne. Le minuscule téléviseur accroché au mur était assorti à la chambre : basique, fatigué, mais fonctionnel. Matt fixa son regard sur l'écran. L'image avait du grain, le son était nasillard mais il n'en demandait pas plus.

Avec l'apparition au-dessus du Groenland, la frénésie médiatique avait encore monté d'un cran. Tout le monde ne parlait que de ça – blabla dépourvu de la moindre explication, images passées en boucle et résumés d'archives des visions mystiques tout au long de l'histoire, de Fatima à Medjugorje, même si elles faisaient pâle figure en comparaison. Une poignée de mômes prétendait même avoir vu la Vierge dans un champ !

Matt leva les yeux au plafond avec un soupir.

— Raconte-moi de quoi vous avez parlé, Vince et toi.

— De quoi on a parlé ? Ben, de tout. Par quoi veux-tu que je commence ?

— Par hier soir, répondit Matt, à cran. Par votre conversation d'hier soir.

Jabba se pinça l'arête du nez et réfléchit.

— Voyons voir... On regardait ce machin, dit-il en désignant l'écran. Enfin, l'autre. On cherchait à piger comment on pouvait fabriquer un truc pareil.

Matt se redressa.

— T'as dit « fabriquer »... tu veux dire, faire un faux ?

Jabba lui lança un regard étonné.

— Enfin, quoi... Quand tu vois un truc de ce genre, tu commences par te dire que c'est bidonné. A moins de croire que « la vérité est ailleurs »...

— Ce qui, j'imagine, n'est pas ton cas.

— Non. Je veux dire, je ne suis pas non plus obtus. Je suis sûr qu'on nous cache des trucs bizarres. Mais tous ces tordus, au gouvernement ou ailleurs, qui ne pensent qu'à se faire du fric, ça rend cynique. Et puis, on est des scientifiques avant tout. D'instinct, on se pose des questions.

— Donc, Vince et toi, vous avez lancé des idées en l'air. Et ça a donné quoi ?

— Rien, et c'est bien ça le problème. Si c'est un canular, ses auteurs emploient une technologie tout droit sortie de la Zone 51.

Une idée traversa l'esprit de Matt.

— Au fait, c'est quoi votre boulot, à Vince et toi ? Vous avez une expérience quelconque du sujet ?

Jabba hésita avant de répondre, visiblement mal à l'aise.

— On est électroniciens. On conçoit des circuits intégrés, des puces, tout ça.

— Je ne vois pas le rapport…

— Je ne te parle pas d'électronique en kit, ou même d'iPhones, mais de trucs vraiment pointus. Comme les puces RFID – tu te rappelles cette scène dans *Minority Report*, quand Tom Cruise se balade dans un centre commercial et que les hologrammes lui balancent des pubs sur mesure ?

— Pas vraiment. Je ne suis pas beaucoup allé au cinéma, ces derniers temps.

— Dommage, c'est un super film. Du niveau de *Blade Runner*, le seul autre récit de Philip K. Dick qu'Hollywood a réussi à ne pas massacrer. Bref, la partie identification, c'est à notre portée aujourd'hui. Grâce à des puces incorporées au tissu des vêtements, tout ça.

— Ça ne me dit toujours pas quelle expertise ça vous donne.

— C'est pas un vulgaire boulot, c'est une vocation. On vit en plein dedans. Jusque dans nos rêves. Et une partie de notre travail consiste à suivre toutes les avancées, pas seulement celles en rapport direct avec notre domaine. Que ce soit à la NASA, dans la Silicon Valley ou un obscur labo à Singapour. Parce que tout est lié. La percée de quelqu'un d'autre associée à une de tes idées, et c'est tout un pan d'applications inédites qui s'ouvre.

— Ouais… Donc, Vince et toi, vous vous tenez au courant des délires des autres barjos de votre espèce.

— Plus ou moins.

— Mais si ni lui ni toi n'avez été fichus de démêler le pourquoi du comment, en quoi votre conversation aurait-elle constitué une menace ? Vous pourriez avoir mis le doigt sur un point sensible à votre insu ?

Jabba récapitula rapidement sa conversation avec Vince.

— J'en doute. Toutes les hypothèses qu'on a avancées étaient de notoriété publique – du moins entre « barjos », comme tu dis.

— Alors, pourquoi s'en prendre à Vince ? Et qu'est-ce qui le portait à croire que mon frère était impliqué dans cette histoire ?

— Ton frère ? fit Jabba, surpris.

— Vince pensait qu'on l'avait peut-être tué à cause de ça.

— Pourquoi pensait-il une chose pareille ?

— Je n'en sais rien. Ils étaient proches.

— Qui était ton frère ?

— Danny. Danny Sherwood.

Apparemment, le nom avait fait mouche.

— Danny Sherwood était ton frangin ?

— Pourquoi ? Tu le connaissais ?

— Enfin, j'avais entendu parler de lui. L'informatique répartie, c'est ça ? Le Graal des programmeurs... Ton frère y croyait à fond. Vince le vénérait. Il disait que c'était l'informaticien le plus brillant qu'il ait jamais connu. Qu'est-ce qu'il t'a raconté, au juste ?

— Pas grand-chose. Qu'un certain Dominic Reece avait engagé Vince sur un projet. Le nom te dit quelque chose ?

— Ils sont morts dans un accident d'hélico, c'est ça ? Je suis désolé, mon vieux. Vince pensait qu'on les avait assassinés ?

— Peut-être. Ce qu'il m'a dit, c'est qu'ils bossaient sur un projet de biocapteur. Ça te dit quelque chose ?

— Non. Mais Vince était comme cul et chemise avec ton frère. Qui sait s'il ne lui avait pas confié un secret ? Le genre brevets pas encore déposés. Dans notre métier, la moindre fuite peut coûter des milliards.

Matt se massa les paupières. Sur l'écran, le signe mystérieux semblait le narguer. Il avait du mal à en détacher les yeux.

— Ce soir-là, Vince a mis brusquement fin à la conversation.

Jabba acquiesça.

— Quels ont été ses derniers mots ? Tu t'en souviens ?

— C'est moi qui ai eu le dernier mot, pas lui. J'étais en train de lui dire que l'air même semblait s'illuminer. Comme si les molécules s'enflammaient. Sauf que ce n'est pas possible.

Matt scruta l'image granuleuse.

— Et si ça l'était ?

— Enflammer l'air ? Je n'y crois pas trop…

— Et si c'était un laser, un projecteur… un truc qui réclame les talents d'un informaticien hors pair ?

Jabba secoua la tête.

— Non, vraiment, je ne vois pas ce que ça pourrait être. Et si quelqu'un d'autre le savait, il serait en train d'en parler à la télé.

Matt ferma les yeux. Il se sentait épuisé, physiquement et mentalement. Plus de vingt-quatre heures sans sommeil. Et dans l'intervalle, il n'avait pas chômé…

— Ils avaient une raison de vouloir tuer Vince. Et cette raison a quelque chose à voir avec ce qui est arrivé à Danny. Que ce fichu signe soit réel ou pas, il y a quelqu'un derrière.

— Et tu veux découvrir qui.

— Oui.

Jabba le regarda comme une bête curieuse.

— T'es cinglé ? C'est pas le bon plan, mec. Le bon plan, c'est de nous écraser jusqu'à ce que tout ce cirque soit fini. On file se planquer au Canada ou ailleurs et on reste peinards jusqu'à ce que ça se tasse.

Ce fut au tour de Matt de le regarder comme s'il tombait de la planète Mars.

— Tu crois ça ?

Jabba parut désarçonné.

— Qu'est-ce qui te fait croire que t'es plus malin qu'eux ? T'es qui, toi, un ancien flic, un ex-agent du FBI, un dur à cuire des commandos ?

— Tu me ranges du mauvais côté de la barrière, répondit Matt.

— C’est le bouquet, grommela Jabba, levant les yeux au ciel. Sérieusement, mec. Ces gars ne sont pas des rigolos. On parle de types qui liquident les gens par hélicos entiers... Dis, tu m’écoutes ?

Matt secoua la tête. Jabba s’effondra.

— On est foutus, c’est ça ?

Matt ignora la question.

— Peux-tu découvrir qui d’autre se trouvait à bord de cet hélico ? Quelles étaient leurs spécialités ? Et aussi qui les finançait ?

— Comme si j’avais le choix ! soupira Jabba.

Il alla pêcher son ordinateur au fond de son sac à dos.

— Tu penses pouvoir te connecter dans ce bled ?

— Je doute qu’ils aient le Wi-Fi mais...

Jabba brandit son iPhone d’un air triomphant avant de se rembrunir.

— Laisse tomber. Pas question d’utiliser le portable. Et merde !

Il se massa le visage de ses doigts boudinés, réfléchit, puis il releva la tête et annonça :

— Ça dépend de ce que tu cherches. Je peux me connecter pendant quarante secondes maximum. Au-delà, ils nous localiseront.

— T’as vu ça dans *24 heures chrono* ou c’est sérieux ?

— Le premier truc que j’ai fait en achetant ce bidule, c’est le démonter et le bidouiller. Rien que pour faire chier mon opérateur.

— Ce qui signifie ?

— Que je l’ai débridé. Je peux le connecter à mon ordi.

— D’accord. Mais restons prudents. Peut-être que le réceptionniste te laissera utiliser son PC.

— Pourquoi ? T’as besoin de quoi d’autre ?

— D’une petite mise à jour. Pour savoir où se trouvent nos copains en Chrysler.

32

Montagnes du Wadi el Natrun

Le père Jérôme n'était pas du tout tel que Gracie l'imaginait. Elle n'en fut pas autrement étonnée. Elle savait d'expérience que les gens étaient souvent très différents de ce qu'ils paraissaient à la télévision ou au cinéma. Parfois en mieux, mais le plus souvent – surtout depuis la généralisation de l'usage de Photoshop – en pire. Dans le cas du père Jérôme, Gracie s'attendait à ce que les épreuves qu'il avait traversées l'aient marqué. En effet, l'homme était amaigri, d'apparence plus fragile que dans son souvenir. Mais dans la pénombre oppressante de la grotte tout juste éclairée par des bougies et un réchaud de camping, le flamboiement de ses yeux gris-vert était encore plus intense.

— Ainsi, vous n'avez aucun souvenir de votre périple ? lui demanda Gracie. On est pourtant restés plusieurs semaines sans nouvelles de vous.

— Trois mois, répondit le vieillard sans cesser de la fixer. Les trois journalistes avaient été agréablement surpris de ne pas trouver porte close. Au contraire, l'ermite s'était montré chaleureux, accueillant. Il leur avait répondu d'une voix ferme et posée, qui gardait encore quelques traces d'accent espagnol. Gracie avait été conquise d'emblée.

— Je n'avais jamais rien vécu de tel, reprit le père Jérôme. J'ai de vagues souvenirs, des images isolées… Je marche seul, je vois mes pieds fouler le sable, le désert infini autour de moi.

Le ciel bleu, le soleil brûlant, l'air étouffant... Je perçois toutes ces sensations, mais c'est tout. C'est comme des éclairs de conscience sur une ardoise vierge, conclut-il avec un hochement de tête dépité.

Gracie avait décidé de ne pas filmer ce premier entretien. Elle préférait d'abord mettre le vieil homme à l'aise, apprendre à le connaître et, pour être tout à fait honnête, elle appréhendait un peu sa réaction devant les images du signe apparu dans le ciel.

Elle leva les yeux vers le plafond de la grotte et ses innombrables volutes blanches.

— Parlez-moi de tout ça.

Le prêtre contempla pensivement les symboles peints puis la regarda à nouveau.

— Peu après mon installation dans cette grotte, une lucidité nouvelle s'est emparée de moi. J'ai commencé à comprendre les choses. Comme si mon esprit avait été soudain nettoyé de ce qui l'encombrait et l'empêchait de voir réellement. Tout était à présent si limpide... Je n'avais qu'à fermer les yeux pour que des visions m'envahissent. C'était plus fort que moi. Je me suis mis à les coucher sur le papier. Comme un scribe méticuleux, ajouta-t-il avec un faible sourire.

Il indiqua son écritoire, sur laquelle étaient posés plusieurs carnets. D'autres étaient rangés sur le rebord de la fenêtre.

Gracie était fascinée par son naturel : on aurait dit qu'il décrivait un phénomène des plus banals.

— Et ce symbole ? C'est vous qui l'avez reproduit partout, n'est-ce pas ?

Il acquiesça lentement.

— J'ai du mal à l'expliquer. Quand ces idées me traversaient, quand j'entendais cette voix dans ma tête aussi clairement que je vous entends, il me venait cette vision éblouissante. Au bout d'un moment, je me suis surpris à la reproduire, encore et encore. Je ne sais pas ce qu'elle signifie. Mais elle est là, dans mon esprit. Je la vois comme je vous vois. Et elle est de plus en plus nette, de plus en plus resplendissante. Pardonnez-moi de ne pas être plus clair, mais cela dépasse mon entendement.

— Ce signe, se pourrait-il que vous l'ayez vu dans vos rêves ?

Le père Jérôme sourit.

— Non. Il est bien là. Je n'ai qu'à fermer les yeux pour le voir. Tout le temps.

— Donc, reprit Gracie avec une pointe de nervosité, vous ne l'avez jamais vu pour de bon. Pourrait-il s'agir d'un phénomène dont vous auriez été témoin dans le désert et que vous auriez oublié depuis ?

— Quel genre de phénomène ?

— Un phénomène céleste ? avança Gracie après une seconde d'hésitation.

Le prêtre réfléchit quelques instants, puis il acquiesça.

— C'est une possibilité, en effet. Je garde un souvenir tellement flou de cette période...

Gracie regarda Finch, puis l'abbé. Ils semblaient partager son idée. Elle reprit alors, la gorge nouée :

— Mon père, j'aimerais vous montrer quelque chose. Nous l'avons filmé en Antarctique, juste avant de venir vous trouver. Ça me gêne un peu de vous le présenter ainsi, à l'improviste, mais je tiens vraiment à vous le montrer. C'est en rapport avec le symbole que vous avez dessiné.

Elle marqua un temps, guettant sa réaction. Il n'y en eut aucune.

— Etes-vous d'accord ? demanda-t-elle enfin.

— Je vous en prie, répondit simplement le prêtre.

Dalton déposa l'ordinateur devant lui, sur une tablette, puis il orienta l'écran afin que tous puissent voir. Pendant qu'ils regardaient leur montage, Gracie ne quitta pas des yeux le père Jérôme, guettant sur ses traits la moindre trace de surprise, de consternation, peut-être de crainte... Mais non. Il semblait toutefois intrigué. A un moment, il se pencha pour mieux voir, les sourcils froncés. A la fin de la séquence, il se tourna vers eux, perplexe.

— C'est vous qui avez tourné ces images ?

Gracie acquiesça.

— Qu'est-ce que cela veut dire ? demanda le prêtre.

Gracie n'avait pas de réponse. Personne autour d'elle n'en avait non plus. Après une hésitation, elle crut bon d'ajouter :

— Il y a eu une autre apparition semblable depuis. Au Groenland. Il y a quelques heures à peine.

— Une autre ?

— Oui.

Le père Jérôme se leva et prit un de ses carnets sur son écritoire. Il le feuilleta et, ayant trouvé ce qu'il cherchait, resta songeur.

— C'est bien ce que j'ai vu. Et pourtant...

Il se retourna vers ses invités, tenant le carnet ouvert. Gracie hésita avant de tendre la main. Elle examina la page à laquelle il était ouvert puis tourna les autres. Toutes étaient identiques. Remplies d'une écriture fine et ponctuées, çà et là, de représentations plus détaillées du signe. Elle passa le carnet à Finch tandis que le prêtre reprenait :

— Quand je le vois, il... il me parle. C'est comme s'il gravait des mots et des idées dans ma tête. Vous les avez entendus, vous aussi ? demanda-t-il en les fixant de son regard magnétique.

Gracie ne sut quoi répondre. Les autres semblaient aussi gênés qu'elle. L'abbé se leva, posa une main sur l'épaule du père Jérôme puis il suggéra, s'adressant à la jeune femme :

— Peut-être devrions-nous faire une pause. Le temps que le père Jérôme retrouve ses esprits.

— Bien sûr. Nous attendrons dehors.

Les trois journalistes sortirent de la grotte. La nuit était tombée. On se sentait tout petit sous l'incroyable déploiement d'étoiles qui piquetaient le ciel d'un noir d'encre.

Tous semblaient méditer les paroles du prêtre, à la recherche d'une explication rationnelle. Gracie regarda négligemment sa montre et constata que c'était bientôt l'heure de reprendre contact avec Ogilvy.

— Où est le téléphone satellite ?

Finch alla le chercher dans le sac qu'ils avaient posé à l'entrée de la grotte et l'alluma. En quelques secondes, plusieurs messages s'affichèrent. Le premier annonçait en lettres capitales : APPELLE-MOI DÈS QUE POSSIBLE. Il émanait d'Ogilvy.

— On dirait qu'il y a du nouveau, remarqua Finch en tendant l'appareil à Gracie.

Ogilvy répondit à la première sonnerie. Les mots se bousculaient dans sa bouche.

— La BBC vient de diffuser son documentaire…

— Quoi ?

— Tu as bien entendu. Tout le monde est au courant, à présent. Le père Jérôme, le monastère, la grotte, le symbole qu'il a dessiné partout… Au moment où je te parle, toutes les chaînes de la planète repassent les images en boucle, ajouta-t-il avec une nervosité inhabituelle. C'est une bombe qui vient d'exploser, Gracie. Et toi, tu te trouves juste au point d'impact.

33

Boston

Au sortir de l'ascenseur, Larry Rydell avait du mal à se concentrer sur la discussion entre son chef de publicité et le directeur du marketing interactif. Déjà, pendant le déjeuner qu'ils avaient pris à la cantine – cuisine méditerranéenne et sushis, s'il vous plaît –, il avait décroché. Il connaissait bien les deux hommes. Ils appartenaient au comité d'experts de la société qu'il avait fondée vingt-trois ans plus tôt, avant même de quitter Berkeley. D'ordinaire, il appréciait leurs réunions informelles. Depuis quelque temps, toutefois, il se montrait plus distant, plus distrait, et ce jour-là, il avait carrément la tête ailleurs.

Il les quitta sur un signe de main et rejoignit son bureau à grands pas. A la réception, il trouva Mona, sa secrétaire, et les trois assistantes de celle-ci plantées devant les écrans muraux qui diffusaient en permanence les chaînes d'informations internationales.

Mona se retourna et lui fit signe d'approcher.

— Il faut absolument que vous voyiez ça. C'est un documentaire tourné il y a six mois dans un vieux monastère égyptien.

Pris d'un mauvais pressentiment, Rydell regarda. Il réussit à cacher son inquiétude aux quatre femmes en faisant mine de partager leur excitation puis il se retira dans son bureau pour étudier les dépêches au calme. Il connaissait le père

Jérôme, bien sûr – qui ne le connaissait pas ? –, mais il n'avait jamais entendu parler du monastère. Toutes les dépêches qu'il consultait reproduisaient les dessins de la grotte, comme autant de copies conformes du signe mystérieux.

Il se mit à surfer frénétiquement sur le Web, en quête d'une explication cohérente. En vain. Sur tous les écrans, des hordes de commentateurs affichaient leur embarras.

« Ma foi, si ces images sont réelles, si leur origine est bien confirmée, expliquait ainsi un spécialiste reconnu, alors il y a un lien manifeste entre ce phénomène inexpliqué et un homme d'Eglise bien connu qui semble avoir prévu les événements auxquels nous assistons, alors même qu'il s'était retiré dans un des lieux de culte les plus anciens du christianisme... »

Evangélistes et chrétiens régénérés, chacun s'appropriait le signe et prophétisait dessus. Les adeptes des autres religions étaient bien sûr loin de partager cet enthousiasme. Des lettrés musulmans avaient déjà émis des dénonciations vigoureuses. Et ce n'était qu'un début.

Cela ne faisait pas partie du plan.

Rydell tenta de prendre du recul et de s'affranchir de tout préjugé. Il y avait quantité d'explications plausibles. Ils s'attendaient à ce que des excités surgissent de toutes parts pour proférer leurs délires. Mais cette fois, il ne s'agissait pas de cinglés. Il s'agissait du père Jérôme. Le fameux père Jérôme.

Décidément, quelque chose ne collait pas. Une fois encore, il les avait mésestimés.

Maîtrisant sa colère, il décrocha le téléphone et appela Drucker.

Installé dans son bureau de Connecticut Avenue, Keenan Drucker regardait la télévision, fasciné par la rapidité avec laquelle les médias s'étaient emparés de l'affaire et avaient fait monter la sauce. Il fallait sans cesse alimenter cette machine insatiable.

Son regard allait de l'écran mural au portrait de Jackson, son fils défunt, posé sur son bureau. La même douleur le transperçait à chaque fois. Il s'efforçait de le revoir vivant, beau, plein d'énergie, fier de son uniforme, pour empêcher les sordides images de la morgue de revenir le hanter. Mais en vain. La visite qu'il avait faite à la base, accompagné de son épouse, pour identifier le corps, resterait à jamais gravée dans sa mémoire.

Je ferai tout pour que ça ne se reproduise jamais, se promit-il. Il reporta son attention sur l'écran. Délaissant les chaînes d'information, il parcourut les programmes religieux. Si les fidèles exultaient, les prédicateurs se montraient plus prudents. De manière générale, les télévangélistes bottaient en touche, ne sachant comment gérer cette intrusion inattendue dans leur univers de douillettes certitudes.

Typique : ils se sentaient menacés dans leur pré carré, et chacun devait surveiller son voisin, se demandant qui serait le premier à sauter le pas.

« Si cet homme est vraiment l'Elu, affirmait un spécialiste des religions, ces prédicateurs vont se ruer sur lui pour se l'approprier. »

A coup sûr, songea Drucker. Il suffit de les y encourager.

Avec discrétion, s'entend.

Un art dans lequel il était passé maître.

Son BlackBerry bipa. Rydell. Comme de juste.

Il inspira lentement, décrocha.

— Keenan, qu'est-ce qui se passe, bon sang ? dit Rydell d'un ton énervé.

Il était temps de jouer les pompiers, une autre de ses spécialités.

— Pas au téléphone.

— J'aimerais être sûr que ce n'est pas ce à quoi je pense.

— Il faut qu'on parle, martela Drucker. En tête à tête.

Après une pause imperceptible, Rydell reprit :

— Je saute dans le premier avion demain matin. On se retrouve à Reagan à huit heures.

Drucker hocha la tête. Il ne fallait pas être grand clerc pour anticiper la réaction de Rydell. Mais cela l'obligeait à intervenir de son côté.

Maddox décrocha à la seconde sonnerie.

— Où en est-on avec le frère de Sherwood ? demanda Drucker.

— Je m'en charge personnellement.

Drucker plissa le front. Il n'avait pas prévu que l'Obus se mouillerait sans raison grave. Mais pour l'heure il avait d'autres chats à fouetter.

— Trouvez la fille, dit-il simplement avant de raccrocher.

A près de trois mille kilomètres de là, Rebecca Rydell faisait encore la grasse matinée. Il était midi passé mais, dans la résidence mexicaine des Rydell, on était bien au-dessus de ces conventions.

Rebecca avait passé une nuit blanche avec des amis. Ils avaient regardé les dernières informations sur la terrasse avant de gagner la plage pour discuter des événements autour d'un grand feu de joie, en dégustant des crevettes grillées arrosées de margaritas.

De vagues souvenirs de la nuit lui revinrent alors qu'elle s'étirait et respirait le parfum des bougainvillées. Elle aimait dormir les portes-fenêtres ouvertes, préférant être bercée par le bruit du ressac et l'air salé que par le ronronnement clinique de la climatisation. Encore assoupie, elle s'avisa qu'elle avait été tirée du sommeil par des pas discrets derrière la porte.

Celle-ci s'ouvrit à la volée. Elle sursauta en voyant les deux hommes se ruer dans sa chambre. Elle les connaissait, bien sûr : Ben et Jon, les deux gardes du corps imposés par son père chaque fois qu'elle se rendait à l'étranger. Surtout au Mexique. D'ordinaire, ils se faisaient discrets, surtout dans cette ville balnéaire somnolente, si différente de la capitale et de ses kidnappings organisés, ou des territoires des barons de la drogue, plus au nord. Elle les connaissait depuis plus d'un an. Elle les aimait bien et leur faisait confiance, d'où sa surprise devant la soudaineté de cette intrusion : il devait se passer quelque chose de vraiment grave.

— Habillez-vous vite, dit Ben.

Rebecca remonta le drap.

— Que se passe-t-il ?

Ben aperçut une petite robe à fleurs jetée sur la banquette au pied du lit. Il la lui lança.

— Mettez ça. Il faut qu'on se tire.

Quelque chose dans son attitude la mit mal à l'aise. Elle chercha à tâtons son portable posé sur la table de nuit.

— Où est papa ? Est-ce qu'il va bien ?

En deux enjambées, Ben fut sur elle et lui arracha le téléphone.

— Oui. Vous lui parlerez plus tard. Il faut qu'on parte tout de suite.

Il glissa le portable dans sa poche et la regarda fixement.

Tétanisée, elle passa la robe. Les deux hommes s'étaient détournés par pudeur. Elle essaya de se rassurer. C'étaient des pros, formés pour ce genre de situations. Inutile de poser des questions. Elle savait que son père ne recrutait que les meilleurs parmi les meilleurs. Elle était en de bonnes mains. Elle avait même rencontré leur patron, un type un peu inquiétant, chargé de la sécurité de l'entreprise paternelle. Non, tout allait bien se passer.

Elle enfila ses sandales. Quelques secondes plus tard, ils montaient dans une voiture qui se mit à dévaler la route accidentée vers Manzanillo.

Tout va bien se passer, se répéta-t-elle. Même si, dans son for intérieur, une petite voix lui soufflait qu'elle se trompait.

34

Brighton

Matt était garé de l'autre côté de la rue, en retrait de sa cible. Il planquait depuis plus d'une heure, examinant les possibilités qui s'offraient à lui. Aucune n'était très engageante.

Il avait abandonné le RAV4 pour une Toyota Camry crème, un modèle d'avant 1989 et donc dépourvu de fermeture centralisée à distance. La voiture la plus banale qu'il ait jamais volée, plus encore que la Taurus, c'était dire. Pourtant, il culpabilisait un peu. Par sa faute, un certain nombre de personnes allaient avoir des ennuis avec leur assureur. Mais il n'avait pas le choix. Sans doute les propriétaires des voitures en question l'auraient-ils compris s'ils avaient connu ses raisons.

La maison grise qu'il surveillait était tout aussi banale que son véhicule. Une bicoque anonyme, sans doute louée au nom d'une société écran, qui se fondait dans la grisaille du ciel et du paysage environnant. Une étroite allée menait à un garage à l'arrière. La Chrysler était garée à l'extérieur, de même que la fourgonnette – celle dont il s'était échappé.

Il avait du mal à contenir son impatience. Les réponses qu'il cherchait étaient là, à portée de main, mais il était exclu de débarquer en fanfare. Il devait prendre son temps. Observer. Etudier. Echafauder un plan qui ait un minimum de chances de fonctionner sans qu'il y laisse la peau.

Un plan, il en avait élaboré un au motel, avant de venir. Un plan qui lui avait paru convaincant, au moins un temps : prévenir les flics, par un appel anonyme, que les assassins de Bellinger se trouvaient dans la maison. Ils envoyaient une voiture de patrouille. Les policiers – peut-être ceux-là mêmes que Matt avait vus chez Bellinger – frappaient à la porte. Un des membres du commando – pas la fille, puisqu'elle était l'un des « témoins » censés avoir vu Matt poursuivre Bellinger – ouvrait. S'ensuivait un bref échange.

Sur ce, Matt intervenait en balançant dans la maison deux ou trois cocktails Molotov. Peut-être depuis l'arrière. Ou le côté. Il suffisait de trouver une fenêtre. Les flics voudraient sans doute entrer pour éteindre l'incendie, les autres résisteraient. Un comportement suspect, propre à attiser la curiosité de la police, déjà mise en éveil par le coup de fil anonyme. Les flics appelaient des renforts et faisaient le siège de la maison. En enquêtant sur l'incendiaire mystérieux, ils ne manqueraient pas de trouver dans le fourgon des indices liés au meurtre de Bellinger. Et, avec un peu de bol, Matt aurait ensuite les coudées franches.

Ou alors, il ramassait une balle perdue et l'affaire était close. Mais, dans un cas comme dans l'autre, il n'aurait pas répondu à la question essentielle : qu'était-il réellement arrivé à Danny ?

Il s'était donc ravisé et avait opté pour une autre méthode. Peut-être arriverait-il à coincer un des tueurs et à lui faire cracher le morceau. Pour ça, il aurait besoin d'une arme. L'un des deux véhicules pourrait lui en fournir une.

Il n'avait encore vu personne sortir ou entrer, mais la présence des voitures et la lumière au rez-de-chaussée prouvaient qu'il y avait quelqu'un à l'intérieur. Il tenta de se souvenir du nombre d'hommes dont était composé le commando. Quatre ? Sans compter les deux types dans la Chrysler. Ça faisait beaucoup…

La maison voisine semblait inoccupée, si ce n'était la présence d'un sapin de Noël qui clignotait derrière une fenêtre. Une haie de thuyas les séparait. Il pouvait attendre la nuit pour se rapprocher, mais mieux valait ne pas s'éterniser.

Il décida de risquer le tout pour le tout.

Longeant la haie, il gagna l'arrière de la maison et se dissimula derrière la Chrysler. Un coup d'œil à l'intérieur de celle-ci ne lui apprit rien. Le coffre et la boîte à gants pouvaient receler des trésors, mais les portières étaient verrouillées et la voiture probablement équipée d'alarmes dernier cri. Il serait obligé d'aller fouiller sous le capot pour débrancher tout ça. Pas facile sans un minimum d'outillage.

Il se rabattit donc sur la fourgonnette, plus ancienne et par conséquent plus facile à forcer. Il s'apprêtait à fracturer la serrure côté passager quand il entendit un moteur. Il s'accroupit derrière juste au moment où une Mercedes Classe S noire se garait le long de la maison.

La portière s'ouvrit, un homme descendit et se dirigea vers l'arrière du bâtiment. Matt risqua un coup d'œil. Un mètre quatre-vingts, la boule à zéro. Un brin engoncé dans son costard, la démarche assurée, les jambes légèrement arquées, les bras un peu écartés. Sûrement un ancien taulard. Matt connaissait ce genre de clients : pas les plus impressionnants, mais assurément les plus dangereux.

Lorsqu'il se tourna, Matt vit qu'il lui manquait une oreille. Un ancien militaire ? Son allure et sa voiture le désignaient à coup sûr comme le chef du groupe. Comme pour confirmer cette impression, la porte s'entrouvrit à son approche. L'un des hommes jeta un coup d'œil à l'extérieur et s'effaça devant le nouveau venu, qui entra sans même un salut.

Matt réfléchit à toute vitesse. Il importait de s'adapter aux circonstances. Retournant à pas de loup auprès de la Chrysler, il se glissa dessous.

35

Montagnes du Wadi el Natrun

Gracie s'était empressée de répéter à ses compagnons sa conversation avec Ogilvy.

— Ce ne serait pas prudent que vous restiez ici, dit-elle au père Jérôme. Croyez-moi, les camions de reportage sont déjà en route. D'ici l'aube, ça va être le bazar. Au monastère, au moins, vous serez à l'abri en attendant qu'on trouve une solution.

Elle omit d'évoquer devant les trois religieux l'autre danger qui les guettait, autrement plus grave que le harcèlement médiatique. Ils étaient quelques millions de chrétiens, coptes pour l'essentiel, dans une région musulmane à quatre-vingt-dix pour cent. Une région où certains pensaient encore que l'atterrissage sur la Lune était une invention des Américains pour asseoir leur prétendue supériorité, où l'on voyait partout un « complot chrétien » et où l'humiliation des croisades était encore vivace.

La nouvelle laissa le père Jérôme désemparé, mais il ne souleva aucune objection. Il savait trop bien quel degré de sauvagerie pouvaient atteindre les affrontements ethniques ou religieux. Les deux moines partageaient également l'avis de la journaliste.

— Emportons tout ce que nous pourrons, proposa Gracie. Vos carnets, mon père, et tout ce qui a de la valeur à vos yeux. Je ne sais pas dans quel état vous retrouverez cette grotte quand vous y reviendrez.

Prise d'un pressentiment, elle leva les yeux vers les symboles peints, les imaginant déjà profanés, et obtint l'autorisation de filmer leur sortie. Elle demanda à Dalton de faire un panoramique de la grotte et de son plafond tandis que les autres aidaient le prêtre à rassembler ses affaires.

Peu après, ils redescendaient de la montagne sous le ciel étoilé.

36

Brighton

Matt sortait de sous la grosse Mercedes quand il entendit s'ouvrir la porte de la maison.

Il se plaqua contre la portière. Ce devait être le dur en costard. Lui ou un autre, de toute façon, il était mal. La Mercedes bloquait les deux autres véhicules. Pour qu'ils puissent sortir, il faudrait la déplacer. Or elle était garée à l'écart, loin du mur et de la haie. Dès lors, Matt allait fatalement se retrouver à découvert.

Il regrettait à présent de ne pas avoir opté plutôt pour les cocktails Molotov. Mais il est si facile de récrire l'histoire après coup…

Au bruit que faisaient leurs pas, ils devaient être au moins deux. Matt s'aplatit, la joue collée au sol, pour tenter de les apercevoir. Mais la cour était en pente, et il n'entrevit qu'une paire de mocassins noirs – sans doute ceux du malabar – suivie d'une seconde paire de chaussures. Les deux types se dirigeaient vers la Mercedes. Matt entendit le bip de la télécommande suivi du déclic de l'ouverture centralisée.

Il n'avait plus le choix. Il se ramassa sur lui-même, prêt à bondir. La portière côté conducteur s'ouvrit, puis une silhouette contourna l'avant de la voiture. Un type aux pommettes saillantes, coupe en brosse, l'un des deux qu'il avait vus devant chez Jabba. Matt lui sauta dessus avant qu'il ait pu réagir et lui expédia un direct au menton. Le type tenta de riposter. Matt le repoussa provisoirement avec un uppercut.

Il entendit un mouvement et vit du coin de l'œil le malabar glisser la main sous sa veste. Tête-en-brosse avait du mal à tenir debout. Matt l'agrippa par-derrière et le fouilla au corps, espérant trouver une arme. Le malabar avait déjà dégainé.

A force de tâtonner, Matt découvrit un pistolet dans un étui contre la hanche droite de Tête-en-brosse. Il s'en empara et le braqua sur le malabar.

— Reculez ! lança-t-il en agitant le canon de son arme.

Il s'écarta sur la gauche, s'abritant derrière la carrosserie tandis que le malabar levait la main gauche en un geste d'apaisement, sans toutefois cesser de le tenir en joue.

— On se calme, Matt, d'accord ?

— Putain, mais vous êtes qui, enfin ? s'écria Matt, continuant de reculer tout en surveillant les abords de la maison.

— Je suis impressionné que tu aies réussi à venir jusqu'ici, Matt, poursuivait l'autre, cherchant manifestement à lui tirer les vers du nez. En fait, tu m'impressionnes depuis le début.

Matt se trouvait à présent au niveau du coffre de la Mercedes. Le malabar n'avait pas bougé. Au contraire, il essayait de lui barrer la route. Avec son oreille coupée, sa cicatrice en étoile, son crâne en pointe et ses yeux noirs, il avait quelque chose de terrifiant.

— C'est quoi, tout ce bordel ? poursuivit Matt d'une voix rauque. Qu'est-ce qui est arrivé à mon frère ?

Le malabar hocha la tête d'un air condescendant.

— Tu sais quoi, Matt ? Tu te préoccupes trop du passé. Tu devrais penser davantage à l'avenir.

Matt recula encore.

— Qu'est-ce que vous avez fait à Danny ? Est-ce qu'il est encore en vie ?

L'autre ne broncha pas. Il semblait jauger Matt de son regard froid.

— Si tu veux un conseil, laisse tomber. Trouve-toi un trou bien peinard, fourres-y la tête et oublie tout ce que tu as vu. Ou, encore mieux...

Il pressa la détente, sans manifester la moindre émotion.

La balle s'enfonça dans la poitrine du type que Matt tenait devant lui comme un bouclier.

— ... laisse-moi te mettre dans le trou.

Matt sentit Tête-en-brosse tressauter en même temps qu'il ressentait une brûlure au flanc, mais il n'avait pas le temps de vérifier. Il devait rester debout, malgré le brouillard qui se formait devant ses yeux.

Les jambes de Tête-en-brosse se dérobèrent au moment même où le malabar faisait à nouveau feu. Une balle traversa l'épaule de son bouclier humain et frôla l'oreille de Matt, l'éclaboussant de sang et de fragments d'os. Faisant son possible pour maintenir Tête-en-brosse debout, il répliqua aux tirs du malabar, qui s'était abrité derrière la Mercedes. La brûlure à son flanc gauche s'intensifiait à chaque mouvement. Le malabar logea encore une balle dans la cuisse de Tête-en-brosse. Du coin de l'œil, Matt vit deux personnes surgir de derrière la maison, l'arme au poing. Dès qu'elles l'aperçurent, elles se mirent en position de tir, mais elles se trouvaient à découvert. Matt en atteignit une à l'épaule et reconnut alors la fille aux cheveux auburn. Elle tituba et s'effondra tandis que l'autre plongeait derrière la Mercedes. Matt reculait toujours vers la rue, centimètre par centimètre, à l'abri de son prisonnier ensanglanté et sans doute mort, tout en continuant de riposter aux tirs. Bientôt, son chargeur fut vide.

Ses deux adversaires avaient également épuisé leurs munitions et se dirigeaient à présent vers lui. Matt regarda fébrilement autour de lui et constata qu'il n'était qu'à deux pas de la rue. Mobilisant ses dernières forces, il traîna Tête-en-brosse jusque-là, puis l'abandonna sur le trottoir pour filer sans se retourner.

Le pistolet vide à la main, il traversa la chaussée en courant pour s'abriter derrière les voitures garées le long de la rue, en priant pour ne pas recevoir une autre balle avant d'avoir rejoint la Toyota. Il se demanda brièvement si sa blessure était grave, et s'il vivrait assez longtemps pour avoir la réponse à sa question.

37

Monastère de Deir al-Surian

Comme l'avait prévu Gracie, il s'en fallut de peu qu'ils ne soient devancés par les équipes de télévision. Une nuée grandissante de véhicules étaient en train de se rassembler autour du monastère. L'abbé s'employa à calmer les moines, confiant au frère Amine la tâche de parler à la presse. Le jeune moine indiqua aux journalistes massés devant la porte que le père Jérôme ne souhaitait faire aucune déclaration pour le moment et il leur demanda de respecter son intimité. Les reporters protestèrent bruyamment, mais en vain.

Le siège avait commencé.

Le téléphone satellite de Gracie était à présent allumé en permanence. La discrétion n'était plus de mise. Au contraire. Avec Dalton et Finch, ils étaient bien placés pour damer le pion à leurs confrères qui monopolisaient les écrans avec leurs retransmissions en continu. Ils tenaient leur scoop, et moins d'une demi-heure après leur retour, ils émettaient leur premier direct depuis le toit du qasr.

Campée sur la terrasse de l'immense cube couleur sable, Gracie pesa soigneusement ses mots tout en fixant l'objectif de Dalton.

— Il n'a encore fait aucune déclaration, Jack. Comme vous l'imaginez, les événements de ces deux derniers jours l'ont bouleversé. Tout ce que je peux vous dire pour l'instant, c'est que le père Jérôme se trouve bien avec nous au monastère.

— Mais vous lui avez parlé, n'est-ce pas ? demanda Roxberry dans son oreillette.

— Oui, en effet.

— Et que vous a-t-il dit ?

La frustration du présentateur était manifeste, et les réponses dilatoires de Gracie n'amélioraient pas son humeur. Elle avait omis de mentionner qu'ils avaient montré au père Jérôme des images des deux apparitions, et n'avait pas parlé non plus des confidences qu'il leur avait faites dans la grotte. Elle avait préparé son intervention avec Finch, et ils avaient conclu que ce n'était ni le lieu ni l'heure de divulguer des propos qui seraient certainement déformés et sortis de leur contexte. C'était au père Jérôme de décider de ce qu'il souhaitait révéler et du moment où il le ferait. Sitôt qu'il serait remis de ses émotions, ils comptaient lui proposer une interview en direct.

— Il nous a demandé de respecter son besoin de tranquillité, ce qui se comprend aisément.

Gracie sentait Roxberry bouillir.

Elle avait également débattu avec Finch de l'opportunité d'utiliser les images qu'ils avaient filmées dans la grotte. Gracie répugnait à les montrer (elle aurait eu l'impression de trahir la confiance du vieil homme) mais Finch avait insisté. Celles de la BBC avaient fait le tour du monde. En diffusant les leurs, ils ne feraient que confirmer une réalité déjà connue de tous. Gracie avait été forcée d'en convenir.

Elle coupa la liaison, s'attendant à une engueulade de Roxberry, et s'avança jusqu'au bord du toit en terrasse. Elle éprouva un léger vertige en regardant vers le bas. Mais quand elle contempla le paysage désertique au-delà du mur d'enceinte, un autre genre de malaise l'envahit. Une multitude de points lumineux dansaient dans la nuit : les phares des véhicules qui convergeaient vers le monastère. Gracie connaissait assez la région et le zèle religieux de ses habitants pour savoir que la situation pouvait facilement s'envenimer et déboucher sur un carnage. Elle rejoignit Finch et Dalton qui regardaient le direct d'Al Jazeera, filmé depuis l'extérieur du monastère, sur leur ordinateur portable. Soudain très lasse, elle s'assit en tailleur à côté d'eux.

— Ça fait drôle, hein ? leur dit-elle. De se voir comme ça, du dehors.

— Genre prise d'otages à l'envers, renchérit Dalton.

La tête de frère Amine apparut au ras du toit. Il s'approcha d'eux.

— Comment va le père Jérôme ? lui demanda Gracie.

— Il est en pleine confusion. Il cherche le salut dans la prière.

Gracie acquiesça. Elle savait que ce n'était qu'un début. Les dépêches qui défilaient sur l'écran l'attestaient. Les nouvelles du Caire et d'Alexandrie étaient alarmantes. L'opinion était très partagée, même si elle ne détenait encore que des bribes de vérité. D'un côté, on voyait une communauté chrétienne perplexe mais généralement enthousiaste. Dans l'ensemble, ces croyants voyaient dans le père Jérôme une source de renouveau et d'inspiration. De l'autre côté, les musulmans interrogés affichaient dédain ou colère. Gracie nota avec cynisme qu'on avait dû les choisir en fonction de la violence de leur réaction.

Elle se tourna vers frère Amine. Lui aussi semblait inquiet.

— Qu'en pensez-vous ? demanda-t-elle.

Il fixa l'écran quelques secondes avant de lui répondre.

— Je ne comprends pas ce que vous avez tous vu. Je ne comprends pas non plus les visions du père Jérôme, ou le lien éventuel entre les deux. Tout ce que je sais, c'est que l'Egypte n'est pas un pays riche. La moitié de la population est quasi illettrée et vit avec moins de deux dollars par jour. Les gens ne font plus confiance aux hommes politiques. Ils sont fatigués des embouteillages, de la pollution, de l'inflation, de la baisse des salaires et de la corruption. Leur seul réconfort, ils le trouvent dans la foi. C'est pareil dans toute la région. L'identité religieuse passe avant la citoyenneté. Les conflits sectaires sont particulièrement aigus en Egypte. C'est un sujet tabou, pourtant le problème est bien réel. Les incidents se multiplient. Nos frères d'Abou Fana ont été agressés deux fois rien que cette année. La deuxième fois, on les a frappés, fouettés et obligés à cracher sur la croix. L'incompréhension mutuelle règne au sein de la population. Et nous sommes entourés de plusieurs millions de gens qui vivent à moins d'une heure de route d'ici.

Gracie ne put qu'acquiescer. La situation était explosive.

— On a bien fait de ramener le père Jérôme au monastère, ajouta le moine. Mais ça risque de ne pas suffire.

Gracie eut la vision angoissante de deux groupes s'affrontant au pied des murailles. D'un côté, des pèlerins coptes venus écouter la bonne parole, de l'autre, des musulmans prêts à repousser ces blasphémateurs de kâfirs.

— Que fait l'armée ? dit-elle. Elle aurait dû envoyer des hommes pour protéger le monastère.

— Vous avez plus de chances de voir débarquer les forces de sécurité intérieure, répliqua frère Amine, l'air sombre. Elles comptent deux fois plus d'hommes que l'armée régulière, ce qui vous en dit long sur la confiance qui règne dans le pays. Mais, habituellement, le gouvernement ne les envoie qu'une fois que la situation s'est détériorée. En général, leur présence ne fait qu'aggraver les choses. Elles n'hésitent pas à employer la force.

De plus en plus inquiète, Gracie se tourna vers Finch :

— Peux-tu contacter quelqu'un à l'ambassade ?

— Je peux toujours essayer, mais je crois que frère Amine a raison. Mieux vaudrait filer d'ici avant que la situation ne dégénère. Et ça vaut aussi pour le père Jérôme.

Dalton indiqua la foule en contrebas.

— Ça ne va pas être facile...

— Nous avons une voiture et un chauffeur, lui rappela Gracie. Et le calme règne encore. Il faudra partir dès l'aube. On n'aura qu'à déposer le père Jérôme à l'ambassade, après les avoir avertis de notre venue. A eux de se débrouiller ensuite.

— Et s'il ne veut pas partir ? demanda Finch.

Gracie interrogea frère Amine du regard. Il semblait dubitatif.

— J'essaierai de lui parler, mais j'ignore quelle sera sa réaction.

— Je vous accompagne. Il faut que nous réussissions à le convaincre.

Tous deux se dirigèrent vers la trappe. Avant de descendre, Gracie se retourna vers Finch et lui répéta d'un ton décidé :

— Dès l'aube, d'accord ?

Et elle disparut à l'intérieur du qasr.

38

Houston

Le portable du révérend Nelson Darby sonna à l'instant précis où il descendait de sa Lincoln avec chauffeur. L'élégant prédicateur était d'excellente humeur après avoir assisté à la répétition générale d'un spectacle de Noël réunissant cinq cents choristes. Ayant déchiffré le nom de son correspondant, il fit signe à son secrétaire de ne pas l'attendre et s'immobilisa sur le perron du manoir qui abritait le siège de son empire, Valeurs chrétiennes. Un empire dont le vaisseau amiral était le temple de dix-sept mille places tout en verre et acier qu'il avait fait construire, un chantier comparable aux cathédrales européennes de la période gothique.

— Comment ça va, révérend ?

— Roy, quelle bonne surprise !

Darby était toujours heureux d'entendre la voix posée de Roy Buscema. Avec sa quarantaine athlétique, son visage anguleux, son épaisse chevelure brune toujours impeccablement coiffée et ses costumes Brioni, Darby évoquait plus un trader d'avant la crise qu'un prédicateur. Ces deux activités n'étaient d'ailleurs pas sans rapport, puisqu'elles consistaient à brasser des centaines de millions de dollars dans un marché en proie à une compétition féroce.

— Ça fait plaisir de vous entendre. Et de votre côté, quelles nouvelles ?

Buscema, journaliste au *Washington Post*, avait rencontré le révérend à l'occasion d'une interview portrait pour l'édition dominicale du journal. Ç'avait été le début d'une amitié qui s'était renforcée depuis que Darby avait pris part au marathon des primaires présidentielles, l'année précédente. Les conseils de Buscema s'étaient toujours révélés judicieux et, plus d'une fois, il avait fait bénéficier le révérend d'informations confidentielles. Celui-ci avait été converti. Le journaliste savait jauger les gens, et ses pronostics s'avéraient presque toujours exacts, deux qualités inestimables aux yeux d'un prédicateur très engagé dans l'ultradroite chrétienne.

— C'est toujours la folie au journal, répondit Buscema. Mais je ne vais pas m'en plaindre. Au fait, vous avez vu ces trucs qui sont apparus au-dessus des pôles ? Vous en pensez quoi ?

— Pour être honnête, tout cela me laisse perplexe, Roy.

— Je pense que nous devrions en parler sérieusement. Je serai en ville demain. Si vous avez un peu de temps à me consacrer…

— Volontiers, répondit Darby. Passez à la maison. Je suis curieux d'avoir votre opinion.

Compte sur moi, pensa Buscema alors qu'ils convenaient d'une heure. Après avoir raccroché, il consulta son répertoire téléphonique et passa un autre appel, presque identique.

Un troisième appel suivit peu après, ainsi que six autres, soigneusement planifiés et passés par deux hommes ayant des profils similaires au sien, tous adressés à d'influents leaders religieux.

39

Woburn

La balle avait fait moins de dégâts que ne l'avait redouté Matt. Elle était entrée sous la dernière côte inférieure gauche pour ressortir aussitôt. N'empêche, il avait deux trous d'un centimètre dans le flanc. Et comme il était exclu de s'adresser à un médecin ou à un hôpital, il allait falloir recourir aux hypothétiques talents de couturier de Jabba.

Etonnamment, ce dernier se montra à la hauteur. Il ne s'évanouit pas quand Matt entra en titubant dans leur chambre, les vêtements imbibés de sang. Il fila ensuite à la pharmacie la plus proche avec la liste dictée en hâte par le blessé : teinture d'iode, crème anesthésiante, aiguilles et briquet pour les stériliser. Fil de nylon. Antalgiques. Pansements.

Encore plus impressionnant, il avait jusqu'ici réussi à faire trois points de suture sur la blessure d'entrée sans gerber. Il en manquait encore trois. Puis il faudrait s'occuper de l'orifice de sortie.

Ils se serraient dans la minuscule salle de bains de la chambre du motel. Matt était assis par terre, en slip, le dos appuyé au carrelage de la baignoire. Il serrait les dents tandis que Jabba enfonçait l'aiguille dans le bourrelet de peau bordant l'ouverture. La douleur était bien pire qu'après l'impact, quand la blessure était encore fraîche et que les terminaisons nerveuses n'étaient pas encore entrées en action. Il se sentait nauséeux, au bord de l'évanouissement. Il résista en se répétant qu'il suffisait d'être patient, que ce n'était pas pire que les blessures à l'arme blanche qu'il avait déjà subies. Sauf qu'alors il s'était fait recoudre par un vrai médecin utilisant un véritable anesthésique, et pas une crème plus adaptée aux douleurs d'hémorroïdes.

— Ça te paraît bien ? demanda Jabba en tirant sur l'aiguille avec des doigts tremblants.

Matt préféra ne pas regarder.

— C'est toi le fan de films. Tu as dû voir ce genre de scène des centaines de fois.

— Ouais, sauf que je détourne toujours les yeux de l'écran. Sans compter qu'en général, le type se recoud lui-même, crut-il bon d'ajouter.

— Et à la fin il est plein de cicatrices à la Frankenstein. Tandis qu'avec le bon docteur Jabba...

— ... le look Frankenstein est garanti, ironisa l'intéressé en coupant le fil. Alors ?

La suture n'était pas terrible, mais au moins la blessure ne saignait plus.

Matt haussa les épaules.

— J'ai entendu dire que les balafres font craquer les filles. Quand tu en auras fini avec moi, tu pourras repriser ma veste ? J'y tiens, tu vois.

Une demi-heure et sept points de suture plus tard, l'affaire était réglée.

Tout en faisant le ménage, Jabba informa Matt de ses dernières découvertes, plutôt maigres. Il avait filé un pourboire au réceptionniste pour lui emprunter son ordinateur. Utilisant son compte Skype, il avait passé quelques coups de fil pour se renseigner sur les victimes de l'accident d'hélicoptère. Deux autres noms étaient apparus aux côtés de ceux de Danny et Reece : Oliver Serres, un ingénieur chimiste, et Sunil Kumar, un biologiste moléculaire.

— L'un et l'autre étaient des spécialistes de renom, précisa Jabba. Tu sais le plus bizarre ? Jusqu'ici, on avait un électronicien spécialisé en informatique, un programmeur et maintenant, un chimiste. Mais qu'est-ce qu'un biologiste moléculaire vient faire là-dedans ?

Dans son état normal, Matt aurait déjà eu du mal à suivre le raisonnement de Jabba. Etant donné les circonstances, il préféra jeter l'éponge.

— Qu'est-ce que tu en penses, toi ?

— Ces gars bidouillent l'ADN, ils jouent aux Lego avec les briques du vivant. Et ce signe dans le ciel, avec son côté organique... On entre dans la zone floue entre biologie et chimie, la vie et la matière inerte, et ça me fout les jetons. De là à penser que leurs recherches visent à créer une nouvelle forme de vie...

— Toi, tu as trop regardé *X-Files*.

Jabba haussa les épaules.

— Ces biotechniciens, ils se font toujours taper sur les doigts pour être allés jouer dans la cour du bon Dieu. Va savoir ce qu'ils y ont trouvé.

Sans s'expliquer davantage, il ouvrit le robinet d'eau froide, but, puis s'éclaboussa le visage avant de remplir un verre qu'il offrit à Matt.

Entre-temps, la nuit était tombée. Comme Matt avait besoin de repos, Jabba sortit pour acheter des vêtements propres, des cannettes de Coca et des pizzas qu'ils dévorèrent avec appétit en regardant les informations. Les images de la grotte égyptienne étaient diffusées sur toutes les chaînes.

— Ça prend de l'ampleur, nota Jabba d'un ton sinistre.

— On peut compter sur les médias pour ça.

— Ce n'est pas ce que je voulais dire.

— Comment ça ?

— Ces gens... Ils disposent de sacrés moyens. Pense à la manière dont ils ont procédé : d'abord, réunir des cerveaux, les faire phosphorer pendant, mettons, deux ans, puis les liquider... Ou au moins simuler leur mort et les garder au frais quelque part, ce qui est encore plus compliqué. Toujours est-il que personne ne semble avoir la moindre idée de la nature des travaux de ce groupe de scientifiques d'élite, ni de l'identité de leur commanditaire. Une chose est sûre : il y a un gros paquet de fric derrière. Jamais Danny, Reece ou les autres ne se seraient lancés dans un tel projet sans s'être assurés qu'on leur donnerait les moyens de faire leur boulot.

— Admettons. Selon toi, il vient d'où, ce fric ?

— Reece aurait pu lever des fonds à titre personnel. Mais dans ce cas, il devrait en rester une trace.

— Ou alors ?

— Reece travaillait pour une agence gouvernementale, sur un projet ultrasecret. Ça me paraît le plus plausible.

Le visage de Matt s'assombrit. Il avait eu la même idée.

— Des candidats ?

— En premier, le DARPA, l'agence pour les projets de recherche avancée de défense. Ils financent des tas de trucs, depuis les nanotechnologies jusqu'à la guerre virtuelle. Tout ce qui peut nous aider à vaincre l'axe du mal…

— Et en deux ?

— In-Q-Tel, la société de capital-risque de la CIA. Ils ont mis la main sur tout un tas d'entreprises dans les secteurs de pointe, dont certains grands noms de l'Internet que nous utilisons quotidiennement toi et moi.

— Une opération gouvernementale, murmura Matt.

— C'est assez évident, non ? Si notre hypothèse est bonne, s'ils ont vraiment fabriqué tout ça, ils sont sur le point de convaincre toute la planète que le bon Dieu s'adresse à nous. Sans doute par le truchement de ce brave père Jérôme. Qui d'autre pourrait monter un truc aussi gros ?

Pourtant, Matt n'était pas entièrement convaincu.

— Je ne sais pas… Le comportement des types dans la camionnette. Leur planque à Brighton.

— Eh bien ?

— C'est un petit commando. Bien équipé, certes, mais planqué dans un petit pavillon de banlieue. Si c'est une opération clandestine, elle sort carrement des sentiers battus.

— Ce qui est encore pire. Officiellement, ils n'existent pas. Quoi qu'ils fassent, ils ont les mains libres.

Pendant que Matt réfléchissait, Jabba ajouta :

— Faut arrêter de se creuser les méninges. Et disparaître, vite. Sérieux. Je sais, il s'agit de ton frère, mais là, on est dépassés.

Matt était trop fatigué pour penser de manière cohérente. Mais une idée ne cessait de le harceler.

— Oui, mais si Danny est toujours vivant ?

— Tu y crois vraiment ?

Matt se rappela la réaction du malabar quand il lui avait posé la même question, son regard impénétrable.

— Je n'en sais rien, mais si c'est le cas ? Je ne peux quand même pas le laisser tomber.

— D'accord, fit Jabba avec un soupir résigné.

Matt lui demanda ensuite s'il pouvait extorquer quelques minutes de connexion supplémentaires au réceptionniste pour se rendre sur le site du mouchard.

Jabba revint peu après avec plusieurs captures d'écran qu'il tendit à Matt. Le mouchard s'était déplacé quelques minutes seulement après son départ de la maison de Brighton. Prévisible. Des voisins avaient dû signaler les coups de feu. Le quartier grouillait certainement de flics.

Ils avaient donc évacué leur planque en hâte. L'incursion de Matt avait dû bousculer leurs plans. En son for intérieur, il n'en était pas mécontent.

Le mouchard – qu'il avait réussi à transférer sur la Mercedes – était à présent signalé dans le quartier de Seaport.

Matt jeta un coup d'œil au pistolet sur la table de nuit et laissa retomber sa tête sur l'oreiller. Quand il ferma les yeux, la dernière image qu'il emporta avec lui dans son sommeil fut le visage du malabar.

Ce type détenait les réponses qu'il cherchait. D'une manière ou d'une autre, il allait devoir les lui faire cracher.

40

Monastère de Deir al-Surian

A l'aube, la plaine désertique était remplie de véhicules garés n'importe comment autour du monastère et le long de la piste étroite menant à l'entrée de celui-ci.

Il était temps de partir.

Gracie et Finch encadraient le père Jérôme sur la rangée médiane de sièges du taxi. Dalton avait pris place à côté de Youssouf, et frère Amine s'était installé à l'arrière.

Un calme déconcertant régnait derrière les murs. Une tension palpable meublait ce silence, comme dans l'intervalle entre l'éclair et le tonnerre. On entendait quelques chants traditionnels coptes, venant de groupes de fidèles en prière. Au loin, l'agitation était plus prononcée. Des prédicateurs haranguaient la foule, dénonçant le père Jérôme et le signe. Les forces de sécurité demeuraient invisibles et la situation pouvait dégénérer d'un moment à l'autre.

C'était pour cette raison que le père Jérôme avait accepté de les accompagner. Il attirait la foudre. Lui parti, peut-être l'orage pourrait-il être évité.

L'abbé referma la portière du monospace et leur fit un signe de la main à travers la vitre. Il avait l'air inquiet. Le père Jérôme lui rendit son salut, le regard absent. Il semblait encore plus perdu que la veille, dans la grotte.

Sur un geste de l'abbé, deux moines entreprirent d'ouvrir les lourds battants de cèdre massif dont les charnières rouillées craquèrent. La foule poussa une clameur dès qu'elle les vit bouger.

Gracie remua sur son siège, mal à l'aise.

— En piste ! lança Dalton en sortant sa caméra par la vitre.

Le vieux monospace s'élança, franchit la porte et longea le mur du monastère. Presque aussitôt, les gens se mirent à courir à travers champs pour converger sur eux. Lorsqu'ils débouchèrent enfin sur la piste, la foule était devenue compacte. Des bras innombrables se tendaient pour les arrêter. La main sur le klaxon, Youssouf réussit à parcourir encore trente mètres, par sauts de puce, avant d'être immobilisé par une muraille humaine.

Gracie se pencha pour mieux voir la multitude que Dalton embrassait d'un panoramique de sa caméra. Des visages extatiques étaient collés aux vitres fumées du Toyota, scandant le nom du père Jérôme, cherchant à l'apercevoir à l'intérieur, l'implorant de leur parler. Des mains poussiéreuses se plaquaient sur les vitres, secouaient les poignées des portières, tambourinaient sur le toit. Le père Jérôme se tassa sur son siège.

— Il faut faire demi-tour, dit Finch. Regagner le monastère.

— Impossible, répliqua Gracie. On est coincés.

Sur une petite éminence en lisière de la foule, près d'un vieux mur en ruine, trois hommes à bord d'un pick-up bâché observaient la scène à travers de puissantes jumelles de l'armée.

Fox Deux vit le monospace disparaître sous une grappe humaine et décida qu'il était temps d'agir. Il fit signe à ses hommes. Le premier dégagea un coin de la bâche, révélant une sorte de parabole montée sur un trépied.

L'œil collé au viseur, le deuxième homme orienta le disque vers la foule massée autour de la Toyota.

Après une ultime vérification, il pressa un bouton.

Autour du monospace, les gens eurent un imperceptible mouvement de recul, le visage grimaçant de douleur, les mains plaquées sur les oreilles, frappés par une force invisible.

Finch et frère Amine furent les premiers à réagir. Ils crièrent à Youssouf de reculer.

Comme Youssouf hésitait, Gracie le pressa à son tour. A contrecœur, le chauffeur passa la marche arrière et, sans ôter la main du klaxon, entreprit de reculer mètre par mètre. La foule, surprise, lui ouvrit un passage.

— Continuez, continuez, insista Gracie. Jusqu'à la porte !

Le taxi prit de la vitesse. Arrivés à la muraille, ils obliquèrent, toujours suivis par la horde déchaînée. La voie était un peu plus dégagée le long de l'enceinte. Des échauffourées éclataient autour d'eux : les partisans du père Jérôme tentaient d'empêcher les provocateurs islamistes d'intercepter le monospace. Zigzaguant entre les groupes, Youssouf parvint à rejoindre les portes du monastère, qui s'entrouvrirent alors, et à se faufiler à l'intérieur juste avant que les lourds battants ne se referment.

Tous descendirent, secoués, tandis que Dalton continuait de filmer.

— Montons là-haut, dit Gracie à ses deux collaborateurs en indiquant le qasr.

Tandis que Finch allait récupérer l'antenne satellite dans le coffre du Toyota, elle se tourna vers le père Jérôme.

— Je vous en conjure, mon père, rentrez vous mettre à l'abri, loin de la porte.

L'abbé acquiesça, l'air grave, mais le vieux moine semblait avoir l'esprit ailleurs. Il dirigea son regard vers les portes et annonça avec un calme étrange :

— Il faut que je leur parle.

Puis il s'écarta de la voiture et se dirigea vers le qasr.

— Mon père, attendez !

Gracie et les deux moines s'élancèrent derrière lui.

— Il faut que je leur parle, répéta Jérôme en posant le pied sur la première marche de l'étroit escalier de pierre.

Ils le suivirent jusqu'au dernier étage et escaladèrent l'échelle branlante qui donnait accès à la trappe du toit. Peu après, ils étaient tous réunis sur la terrasse.

Les trois journalistes s'approchèrent du bord pour prendre la mesure de la situation. Des centaines de personnes s'étaient massées contre les portes du monastère. Les gens chantaient, criaient, agitaient les mains ou brandissaient le poing, avides de réponses, tandis que derrière eux les échauffourées devenaient plus violentes.

Quand Finch eut obtenu la liaison satellite avec Atlanta, Gracie saisit son oreillette et son micro, révisant mentalement le discours qu'elle allait prononcer devant le monde entier. Debout près de la trappe, le père Jérôme s'entretenait avec les deux moines, qui l'imploraient de ne pas s'exposer, évoquant le risque d'un tireur embusqué. Mais le vieil homme ne voulait rien entendre. Quand il se retourna, son regard croisa celui de Gracie, puis il s'avança vers le bord du toit.

Gracie adressa un regard inquiet à ses deux collègues. Dalton, accroupi, suivait le prêtre avec sa caméra. Finch lui signala qu'ils étaient à l'antenne. Elle saisit le micro mais demeura muette en voyant le père Jérôme se pencher pour embrasser la foule du regard. Une clameur monta soudain vers eux, mêlant acclamations et cris de haine. L'allégresse des partisans du moine ne faisait que redoubler la fureur de ses détracteurs. Les mots *kâfir* – « incroyant » – et *La ilaha illa Allah* – « Il n'est de Dieu qu'Allah » – retentirent sur la plaine tandis que les manifestants se mettaient à lancer des pierres sur le qasr.

Le père Jérôme contemplait toujours cette mer déchaînée. Des gouttes de sueur ruisselaient sur ses joues. Il leva lentement les bras et les ouvrit en un geste qui parut exacerber encore les tensions. Puis il prit la parole en arabe :

— Je vous en prie, arrêtez. Arrêtez et écoutez-moi…

Mais la foule enragée resta sourde à son appel. Malgré les cailloux qui continuaient à pleuvoir autour de lui, il demeura immobile et ferma les yeux, les bras levés vers le ciel.

Soudain, la foule étouffa un cri. Gracie vit les gens lever le doigt, non vers le moine, mais vers le ciel. Se retournant, elle découvrit une boule de feu ondoyante, de six ou sept mètres de diamètre, quelques mètres à peine au-dessus du père Jérôme. Bientôt, elle s'éleva et grossit, prenant une forme à présent familière : une sphère de lumière chatoyante, pareille à un kaléidoscope géant.

Les jets de pierres avaient cessé, tout comme les bagarres et les cris. Le signe miroitant entra en rotation, presque à portée de main.

Dalton s'était allongé tout au bord du toit pour le filmer, Gracie accroupie à ses côtés. A cinq mètres d'eux, le père Jérôme avait rejeté la tête en arrière et contemplait l'apparition avec stupeur. La caméra se tourna vers Gracie, qui resta sans voix. Elle savait que le monde entier était suspendu à ses lèvres, mais elle était incapable d'expliquer ce qu'elle ressentait. Cela dépassait l'entendement. Quand le père Jérôme baissa la tête, elle vit une larme couler sur sa joue. Tout tremblant, il posa les yeux sur elle et parut lui demander : « Est-ce vraiment moi qui fais ça ? » Elle parvint à acquiescer avec un sourire. Soudain, l'expression du vieil homme changea. Se tournant de nouveau vers la foule, il ouvrit les bras, ferma les yeux et sembla absorber l'énergie qui émanait du signe. En bas, les fidèles gardaient le silence, la main tendue dans un vain effort pour effleurer le globe de lumière.

Le père Jérôme demeura ainsi près d'une minute, puis il rouvrit les yeux et lança d'une voix forte et chargée d'émotion, les bras levés vers le ciel :

— Priez avec moi ! Prions tous ensemble !

Et ils prièrent.

Comme une vague qui se répandit lentement jusqu'au bout de la plaine, tous – chrétiens et musulmans, croyants et sceptiques – se prosternèrent, face contre terre, remplis de crainte et d'adoration.

41

Washington

— Mais c'est quoi, ce truc, bordel ? Je croyais qu'on s'était mis d'accord.

Rydell était furibond. Il avait passé la nuit devant la télévision. Les images d'Egypte étaient arrivées peu après minuit, et tandis qu'il arpentait la cabine de son jet privé garé dans un hangar de l'aéroport Ronald Reagan, elles continuaient de le hanter par leur violence.

— On n'a jamais réussi à se mettre d'accord, Larry, observa benoîtement Drucker, bien calé dans son fauteuil. Tu ne voulais rien entendre.

— Alors, tu as pris les devants ?

— Nous avons tous les deux beaucoup investi dans ce projet. Je n'allais pas le compromettre à cause de ton entêtement.

— Mon entêtement ? Tu ne sais pas ce que tu fais, Keenan. As-tu pensé un seul instant aux conséquences ?

— Ça marche, non ?

— Il est encore trop tôt pour le dire.

— Ne sois pas hypocrite, le tança Drucker. Ça te va mal.

— Je ne sais pas si ça marche, mais...

— Ça marche, Larry, insista Drucker. Ça marche parce que c'est ce qu'attendent les gens. On les y a conditionnés depuis des millénaires.

— On n'avait pas besoin de ça.

— Bien sûr que si ! Tu crois peut-être que les gens allaient voir le signe et tout gober, comme ça ?

— Oui, si on leur en avait laissé le temps.

— Pure naïveté. Ce que les gens ne comprennent pas, ils s'empressent de le ranger dans un coin de leur cervelle et bientôt c'est oublié. Non, les gens ont besoin que quelqu'un leur dise en quoi croire. Ça a déjà marché par le passé. Et ça continuera.

— Et ensuite ? Tout ça nous mène où ?

Drucker sourit.

— On le laisse agrandir son troupeau de fidèles. Et faire passer le message.

— C'est intenable, tu le sais parfaitement. Tu es en train de bâtir un château de cartes. Un jour, tout va s'écrouler.

— Pas si le château de cartes en question s'appuie sur une structure existante. Puissante. Durable.

Rydell secoua la tête.

— C'est incroyable. Surtout venant de toi.

— Alors, tu devrais apprécier l'ironie de la situation, rétorqua Drucker. Tu devrais te rasseoir et en rire avec moi au lieu de te ronger les sangs.

— Je n'arrive même pas à comprendre…

Rydell s'interrompit. L'indignation l'étouffait.

— Tu n'as vraiment rien pigé, hein ? Tu ne vois pas à quel point tu te trompes.

— Allons, Larry. Tu connais la chanson. Il existe deux moyens infaillibles d'amener les gens à faire ce qu'on veut : user de la force, ou leur dire que Dieu l'a voulu. Si telle est la volonté divine, ils s'y plieront. Et comme nous ne vivons ni sous Staline, ni sous Mao…

— C'est bien tout le problème, protesta Rydell. C'était censé être la volonté de Dieu, pas celle de ses zélateurs autoproclamés.

— Ça n'aurait jamais marché, Larry. Trop vague. Trop ouvert à l'interprétation. Tu attends des gens qu'ils décryptent tout seuls le message. C'est leur faire bien trop d'honneur. Il leur faut un messager, un prophète. Rien de neuf sous le soleil.

— Alors, tu as créé quoi ? Une sorte de jugement dernier ?

— Presque. Et pourquoi pas ? Une bonne partie de la planète est mûre pour ça. Tous ces discours sur l'Apocalypse et la fin des temps… Autant sauter sur l'occasion.

— Et les autres religions ? Car tu n'ignores pas qu'il y en a d'autres, n'est-ce pas ? Comment crois-tu qu'elles vont accueillir ton messie préemballé ?

— Son message s'adresse à tous.

— Pour les encourager à suivre Jésus ?

— Ma foi, observa Drucker avec un sourire narquois. Ce n'est pas là l'essentiel du message, mais ça pourrait bien en être une des conséquences.

— Et, ce faisant, tu contribues à entretenir cette illusion de masse dont on n'a pas été fichus de se débarrasser depuis des millénaires. Est-ce que tu imagines le pouvoir que tu offres aux politiciens régénérés, aux télévangélistes, à tous ces rapaces égocentriques ? Tu vas faire d'eux des saints ! Et avant qu'on ait pu dire ouf, ils interdiront de nouveau la pilule, l'étude des Evangiles apocryphes deviendra matière obligatoire à l'école, les mômes réciteront des Ave Maria entre deux autodafés des *Harry Potter*, et l'on ouvrira des musées du créationnisme dans tous les patelins. Si c'est ça la contrepartie, je préfère encore le réchauffement planétaire.

— Tu omets un détail. Nous contrôlons le messager. Penses-y, Larry. Nous avons la chance de créer notre propre prophète. Notre messie à nous. Imagine ce qu'on pourrait amener les gens à faire…

Drucker considéra Rydell d'un œil froid avant de poursuivre :

— Tu sais que nous avons raison, et que c'est la seule solution. Ces gens ne lisent pas les journaux. Ils ne font pas de recherches sur Internet. Ils écoutent ce que leur disent leurs prédicateurs – et ils y croient. Avec fanatisme. Sans se poser de questions. Sans se soucier de vérifier le bien-fondé des balivernes qu'on leur fait avaler. Plus c'est gros, mieux ça passe, et aucune armée de penseurs ou de scientifiques bardés de prix Nobel ne les fera changer d'avis. Au contraire, on les considérera comme des envoyés de Satan. Nous avons besoin de ces charlatans pour faire passer notre message. Et quel meilleur moyen pour nous gagner leurs faveurs que de leur servir un nouveau prophète à vendre à leurs ouailles ?

Rydell parut ébranlé. Néanmoins il insista :

— Et le reste du monde ? A t'entendre, nous serions les seuls concernés.

— C'est quand même nous les plus gros pollueurs, non ? Alors, commençons par balayer devant chez nous. Les autres suivront. Notre objectif n'a pas changé, reprit Drucker après un temps de silence. C'est la survie même de l'humanité qui est en jeu. Il s'agit d'empêcher les gens de se fourvoyer.

— En les renvoyant à l'âge de pierre ? En donnant à ces imbéciles une bonne raison de croire à leurs superstitions d'un autre âge ?

Drucker sourit.

— Tu vois ? Tu commences à saisir l'ironie de la situation. Pour le meilleur ou pour le pire, tout ce mouvement a pris une tournure religieuse. Il est question de notre salut, après tout ! Nous sommes tous des pécheurs. Avec nos orgies consuméristes, nous avons profané le jardin d'Eden que nous avait confié le Tout-Puissant. Désormais, il nous faut payer la facture, accepter d'énormes sacrifices, nous flageller en conduisant des voitures minables, tirer un trait sur ces petits luxes qui nous semblaient aller de soi, tout ça pour finir par étouffer nos économies en voulant rectifier le tir. Nous devons vaincre l'Antéchrist qu'est la pollution, trouver la rédemption dans le développement durable avant d'être balayés par l'Apocalypse du changement climatique. Voilà le scénario, Larry. Et la raison en est que les gens croient à ces fables. Ils s'en repaissent. Tôt ou tard, ils en feront une croisade. Et pour qu'il y ait croisade, il faut un prophète pour répandre la bonne parole.

Rydell n'arrivait toujours pas à croire qu'après toutes les discussions qu'ils avaient eues et le consensus auquel

– croyait-il – ils étaient parvenus, le sujet revienne sur le tapis, encore plus brûlant.

— Et les autres… ils partagent ton avis ?

— Sans une hésitation.

— Et où cela nous mène-t-il ? Tu crois vraiment pouvoir mettre le père Jérôme au pas et entretenir éternellement ce mensonge ? Tôt ou tard, quelqu'un découvrira le pot aux roses. Quelque chose finira par foirer et tout se retrouvera sur la place publique. Que ferons-nous alors ?

Drucker haussa les épaules.

— Nous avons pris toutes les précautions.

— Même les meilleurs plans ont une faille. Je croyais que c'était la principale raison pour laquelle que tu avais convenu de ne pas nous embarquer dans cette galère.

— On continuera le temps qu'il faudra, affirma Drucker, inébranlable.

— Et ensuite ?

Drucker réfléchit un instant, avant d'écarter l'objection :

— On trouvera le moyen d'en sortir en beauté.

Rydell soupira, vaincu.

— C'est une erreur, dit-il. Une terrible erreur.

— Prends-le temps d'y réfléchir, Larry, et tu verras que j'ai raison.

Rydell repensa au père Jérôme sur le toit du monastère égyptien, au signe dans le ciel et aux centaines de fidèles prosternés devant lui.

— Même avec les meilleures intentions du monde, reprit-il, je ne veux plus jouer ce jeu. Je ne t'aiderai pas à… renforcer encore ce virus.

— Il faudra pourtant t'y résoudre. Je te rappelle que nous jouons gros tous les deux.

— On était pourtant d'accord, merde ! Le plan, c'était de flanquer la trouille aux gens grâce à quelques apparitions soigneusement choisies, puis de laisser planer le doute, d'entretenir le mystère pour qu'ils croient à un message d'une intelligence extraterrestre. Ainsi, en plus de les amener à réfléchir, on leur aurait ôté de la tête le concept infantile d'un

Dieu personnel, un vieillard à barbe blanche toujours à l'écoute de leurs jérémiades, prompt à édicter des règles ridicules sur la façon convenable de boire, manger, se vêtir ou prier. Si au moins on avait pu leur faire envisager un Dieu ineffable, inexplicable...

— Et les transformer en agnostiques tiédasses, railla Drucker.

— C'était toujours un pas dans la bonne direction, non ?

— Ton idée est noble, Larry. Mais l'homme n'est pas prêt à renoncer à son obsession religieuse. Loin de là. Le fondamentalisme gagne chaque jour du terrain. Et pas seulement chez nos ennemis. Regarde chez nous : pas un seul homme politique qui se dise athée. Pas un. L'an dernier, on avait dix candidats en course pour la présidentielle et pas un seul n'a osé lever la main pour affirmer qu'il croyait à la théorie de l'évolution selon Darwin.

— Et tu contribues à aggraver la situation.

— Si c'est la seule façon de faire entrer le message dans leurs têtes...

— Quitte à faire de ce monde un enfer pour tous les gens sensés. Il faut arrêter les dégâts avant qu'il ne soit trop tard.

— Tu as vu ce qui s'est passé en Egypte. Il est déjà trop tard.

— Il faut arrêter ça, Keenan.

— Je prends acte de notre désaccord.

— J'ai encore mon mot à dire.

— Pas si c'est pour dire n'importe quoi.

— Pour résumer, lança Rydell d'un ton de défi, vous avez juste besoin de moi pour la poussière intelligente.

— En effet, convint Drucker sans se démonter.

— Vous ne pouvez pas vous en passer.

— Tu le sais bien.

Rydell fut déstabilisé par le calme de son interlocuteur.

— Alors ?

— Alors, reprit Drucker d'un air faussement contrit, j'ai dû prendre, disons... une assurance.

— Hein ? Qu'est-ce que tu as fait, espèce de salaud ?

Drucker laissa passer l'orage avant de lâcher :

— Rebecca.

Tétanisé, Rydell sortit son portable de sa poche et pressa une touche pour appeler le numéro de sa fille. Quelqu'un répondit à la deuxième sonnerie. Ce n'était pas Rebecca. Rydell reconnut la voix d'un de ses gardes du corps.

— Ben, où est Becca ?

— Elle est en sécurité, monsieur.

Rydell jeta un regard triomphant à Drucker, qui demeura impassible. Subitement inquiet, il ajouta :

— Passez-la-moi.

— Je ne peux pas, monsieur.

Rydell insista :

— Je vous demande de me la passer.

— Seulement si M. Drucker m'en donne l'ordre, monsieur.

Rydell jeta son téléphone et se rua sur Drucker.

— Où est-elle ?

Drucker bondit de son siège et bloqua le bras de Rydell tout en lui faisant un croche-pied. Le milliardaire tomba lourdement, se cognant la tête contre un fauteuil.

— Elle est en sûreté, dit Drucker en rajustant son veston.

Les joues légèrement en feu, il inspira calmement avant d'ajouter :

— Et elle le restera aussi longtemps que tu t'abstiendras de faire des bêtises. On est d'accord ?

42

Monastère de Deir al-Surian

Dissimulés sous leur filet de camouflage derrière le mur en ruine, Fox Deux et ses hommes observaient la scène aux jumelles.

Caché sous la bâche, le LRAD était prêt à projeter de nouveau une onde sonore. On l'avait peint de couleur sable pour qu'il se fonde le mieux possible dans le décor. Cette fois, le micro directionnel était resté dans son boîtier. L'événement du jour avait consisté en une conversation à sens unique, à la différence des longs dialogues des mois précédents, quand le père Jérôme osait poser des questions, là-haut sur la montagne.

Fox Deux considéra la foule impatiente. Le père Jérôme avait réagi comme prévu quand le signe était apparu au-dessus de lui. Il faut dire qu'on l'avait bien conditionné. Quelques mots savamment choisis, glissés à l'oreille des plus excités, avaient déclenché une réaction en chaîne dès l'apparition de la voiture. Une impulsion à haute fréquence avait ensuite suffi à calmer cette ferveur quand elle n'avait plus été jugée nécessaire.

Fox Deux était toujours aussi impressionné par l'efficacité du LRAD. Le concept était à vrai dire enfantin : projeter une onde sonore concentrée (une sorte de rayon laser acoustique), audible seulement par la ou les personnes qui se trouvaient dans la ligne de l'appareil, aussi précis qu'un fusil à lunette. La personne visée entendait alors des voix ou, dans un contexte de maintien de l'ordre, recevait dans les tympans une salve d'ultrasons d'une intensité insupportable. Réglé au maximum, le dispositif provoquait nausée, vertige, évanouissement et pouvait neutraliser l'adversaire le plus coriace.

Simple mais d'une efficacité redoutable.

La Voix de son Maître, songea Fox Deux.

La puissance de la suggestion était d'autant plus forte que les sujets visés étaient déjà enclins à faire ce qu'on attendait d'eux. C'était précisément le cas ici, d'un côté comme de l'autre. On améliorait encore les performances de l'appareil en soumettant préalablement le sujet à un endoctrinement forcé, comme avec le père Jérôme. On pouvait aussi recourir aux électrochocs, à la privation de sommeil et aux cocktails de tranquillisants. Le but était de désorganiser le cerveau avant d'y implanter des visions, des idées, des sensations et de le conditionner à accepter une réalité alternative – par exemple, entendre la voix de Dieu ou surmonter son humilité pour se croire l'Elu.

Fox Deux balaya avec ses jumelles une portion de désert à deux cents mètres à l'ouest de sa position. Même s'il savait ce qu'il cherchait, il lui fallut près d'une minute pour localiser Fox Un et son unité. Sous leur filet de camouflage, les quatre hommes et leur matériel étaient quasi invisibles. Leur intervention s'était parfaitement déroulée. Il avait eu l'occasion de visionner les images d'un test en plein désert, mais là, en direct, devant une assistance non préparée… Il en était resté baba, tout vieux briscard qu'il fût.

Fox Deux reporta son attention sur le monastère. Il n'allait plus tarder à quitter ce trou une fois pour toutes. Il était temps. Il en avait sa claque de vivre planqué, d'être sur la brèche du matin au soir, de passer des heures à trimbaler son barda dans la montagne, sans jamais de répit. Il avait envie du contact d'une peau de femme, d'un bon barbecue, mais par-dessus tout, il avait envie de se retrouver parmi les gens.

Patience, ce serait pour bientôt.

Mais d'ici là, il devait s'assurer du bon achèvement de sa mission.

43

Woburn

L'odeur de café frais tira Matt d'un sommeil sans rêve. L'esprit encore embrumé, il voulut se redresser trop vite et manqua défaillir. Il fit une nouvelle tentative, cette fois en prenant son temps.

La télé était allumée mais il n'arrivait pas à distinguer les images sur l'écran. Jabba la regardait, assis près de la table basse. Il se tourna vers lui, un gobelet de café fumant dans une main, un beignet entamé dans l'autre. Avec un sourire, il désigna à Matt deux autres gobelets géants et une boîte de beignets sur la table.

— Le petit déj' est servi, annonça-t-il, la bouche pleine.

Matt remarqua alors seulement qu'il faisait grand jour.

— Quelle heure est-il ?

— Bientôt onze heures. Ce qui veut dire que t'es resté dans les vapes pendant plus de seize heures.

Ça n'avait pas été du luxe.

Matt remarqua également deux journaux sur la table. Les titres étaient d'une taille inhabituelle, comme toujours dans le cas d'événements majeurs. En première page, une photo en couleurs de l'apparition voisinait avec des portraits d'archives du père Jérôme.

— « L'aigle s'est posé », cita Jabba d'un ton grave en désignant l'écran avec son beignet entamé.

Dans un silence incrédule, Matt regarda les images filmées en Egypte, puis les reportages qui affluaient du monde entier, montrant les réactions aux événements survenus au monastère.

A Rome, sur la place Saint-Pierre, des dizaines de milliers de personnes s'étaient rassemblées dans l'attente d'un message du pape. A São Paulo, des hordes de Brésiliens en liesse avaient envahi la Praça da Sé devant la cathédrale, en quête eux aussi d'une réponse. Les réactions locales différaient selon la religion de la population et son penchant plus ou moins affirmé pour le surnaturel. Si ces scènes de ferveur collective se répétaient à l'identique dans tout le monde chrétien, du Mexique aux Philippines, il en allait tout autrement ailleurs. En Extrême-Orient, les réactions étaient généralement plus discrètes. Des rassemblements avaient eu lieu en Chine, en Thaïlande et au Japon mais on ne déplorait que des incidents sporadiques. A l'inverse, la poudrière de Jérusalem affichait une tension palpable, avec déjà d'inquiétants signes de divergence entre les trois communautés. Chrétiens, juifs et musulmans avaient envahi les rues, cherchant eux aussi des réponses, sans savoir comment réagir à ce que beaucoup voyaient certes comme un miracle ou une manifestation surnaturelle, mais qui ne correspondait à aucune prophétie de leurs livres sacrés. On constatait le même trouble dans le monde musulman. Des fidèles désemparés se massaient sur les places et devant les mosquées, depuis l'Afrique jusqu'à l'Indonésie en passant par le Moyen-Orient. Comme toujours, les voix modérées étaient couvertes par d'autres, plus véhémentes. On signalait des échauffourées dans plusieurs villes ainsi que des heurts inter- et intracommunautaires.

Jusqu'ici, gouvernements et leaders religieux s'étaient abstenus de toute déclaration publique, à l'exception notable des discours enflammés de quelques fondamentalistes.

Le visage du père Jérôme était omniprésent dans la presse tant nationale qu'internationale. On entendait sa voix sur toutes les ondes, il avait été propulsé au rang de superstar.

Dans toutes les langues, présentateurs et commentateurs essayaient en pure perte de ne pas abuser des superlatifs.

Tandis que Matt déjeunait devant la télévision, Jabba lui résuma les nouvelles de la nuit. La caféine et le sucre accomplirent leur miracle habituel et c'est avec un esprit à peu près lucide qu'il l'écouta. Chaque dépêche, chaque nouveau reportage ne faisait qu'accroître son désarroi devant l'énormité du phénomène auquel ils étaient confrontés.

Quand ils eurent épuisé leur stock de beignets, Jabba baissa le son du téléviseur et informa Matt de ses activités. Il n'avait pas chômé. Moyennant un nouveau pourboire au réceptionniste, il avait poursuivi ses recherches toute la nuit et jusque tard dans la matinée.

Il avait relevé la dernière position du mouchard et imprimé l'itinéraire de la Mercedes. Le papier qu'il tendit à Matt indiquait que la voiture avait quitté le quartier de Seaport peu avant vingt-deux heures. Le signal s'était perdu quelque part dans le centre-ville, sans doute étouffé par les murs de béton d'un parking souterrain. Il était réapparu à sept heures, à Seaport, d'où il n'avait plus bougé.

Jabba avait ensuite tenté d'en savoir plus sur le groupe de chercheurs réunis par Reece et leur mystérieux projet. Les blancs dans les maigres informations qu'il avait pu rassembler en disaient autant, sinon plus, que les faits concrets.

Malgré la confidentialité qui entourait les recherches dans le domaine militaire, il y avait toujours des fuites pour donner ne serait-ce qu'une vague idée de leur ligne directrice. Mais, dans ce cas précis, personne ne savait rien. Le projet avait été mené de bout en bout dans le plus grand secret, ce qui tendait à prouver qu'il se distinguait de tout ce dont Jabba avait jamais entendu parler. Ce black-out prouvait également la puissance et la détermination de ceux qui le dirigeaient dans l'ombre, les rendant d'autant plus redoutables.

Jabba avait quand même réussi à déterrer une vraie pépite, qu'il garda pour la bonne bouche :

— J'ai retrouvé la femme de Dominic Reece, annonça-t-il fièrement à Matt. Peut-être aura-t-elle une idée de ce que son mari et Danny allaient faire en Namibie.

— Où vit-elle ?

— A une demi-heure d'ici, sur la presqu'île de Nahant, répondit Jabba en tendant à Matt un bout de papier avec un numéro de téléphone.

Après un temps de réflexion, Matt acquiesça de la tête.

— Ça me paraît une bonne idée. Mais allons d'abord faire un tour à Seaport.

44

Monastère de Deir al-Surian

Gracie avait présenté des directs presque en continu depuis qu'elle était montée pour la première fois sur le toit du qasr. Toutes les demi-heures, elle se plaçait devant l'objectif de Dalton pour alimenter la planète en nouvelles fraîches, qu'il y en ait ou non. Elle avait la gorge en feu, les jambes en coton, mais c'était sa drogue. Le monde était suspendu à ses lèvres, toutes les chaînes relayaient les informations qu'elle laissait filtrer. Elle se trouvait dans l'œil du cyclone, aux côtés d'un homme qui était peut-être l'envoyé de Dieu.

Depuis l'apparition matinale, la foule avait décuplé et il continuait d'arriver des gens de partout. Pour plus de sécurité, l'abbé et le frère Amine avaient conduit le père Jérôme dans les entrailles du monastère. L'expérience l'avait apparemment bouleversé. Il lui fallait du temps pour digérer les événements.

Depuis l'effacement du signe, un quart d'heure après son apparition, le calme était certes revenu, mais on le devinait précaire. Chaque camp s'était retiré dans son coin et considérait les autres d'un œil méfiant : les chrétiens, les musulmans, ébranlés dans leurs certitudes, qui joignaient à présent leurs prières à celles des précédents, et enfin les intégristes purs et durs qui rejetaient toute idée d'un nouveau prophète et dont la seule présence suffisait à marginaliser les plus modérés de leurs condisciples.

Entre deux directs, les trois journalistes lisaient les dépêches arrivant du monde entier, en particulier celles des correspondants de leur chaîne au Caire. Le premier dignitaire religieux de quelque importance à faire une déclaration officielle avait été le patriarche de Constantinople. Dépourvu de la réputation d'infaillibilité du pape, il avait une autorité somme toute limitée sur le monde divisé des Eglises chrétiennes d'Orient. Cela ne l'avait toutefois pas empêché d'exploiter le glorieux passé de son titre pour manifester son souci de l'environnement, devenu dans sa bouche une responsabilité spirituelle. Il avait donc publié une déclaration invitant tous les peuples du monde à accorder la plus grande attention aux événements et exprimant son désir de rencontrer le père Jérôme.

Pour le moment, le spectacle de la marée humaine qui avait envahi la plaine rendait Gracie de plus en plus inquiète pour leur sécurité. Des violences pouvaient éclater à tout instant. Elle accepta volontiers la citronnade que lui offrait un des moines et alla la déguster à l'ombre, adossée à une partie de leur équipement. Ses deux collègues la rejoignirent, leur verre à la main.

Ils demeurèrent plusieurs minutes silencieux, puis Finch observa, tout en parcourant du regard l'arrangement irrégulier des dômes du monastère :

— C'est quand même incroyable, non ? La façon dont tout peut basculer d'une seconde à l'autre...

— Et dire qu'hier encore, on se les gelait au pôle Sud ! s'exclama Dalton. Qu'est-ce qui nous est arrivé ?

— Le scoop de notre vie, voilà ce qui nous est arrivé, constata Gracie.

— Ça, tu l'as dit, acquiesça Dalton avec un sourire narquois qui n'échappa pas à Gracie.

— Comment ça ?

— C'est quand même bizarre, non ? On aurait pu facilement passer à côté. Imagine... Si tu n'avais pas accepté de parler à frère Amine, là-bas sur le bateau, s'il n'avait pas réussi à nous convaincre, on ne serait pas là en ce moment. Comment faut-il appeler ça ? La chance ? Le destin ?

Gracie écarta l'idée après un bref instant de réflexion.

— Si on n'était pas venus, d'autres auraient hérité du scoop à notre place, voilà tout.

— En es-tu si sûre ? Et si les Anglais n'avaient pas filmé les fresques du père Jérôme ? Cette foule ne serait pas là, lui ne serait jamais monté sur ce toit et le signe ne serait pas apparu. C'est à se demander s'il est le premier ou s'il y a en eu d'autres avant lui.

— D'autres quoi ?

— Tu sais bien, des illuminés. Des cinglés qui entendent des voix, barbouillent les murs de graffitis ou remplissent des carnets entiers avec leurs divagations. Et s'il y en avait eu d'autres dans son genre, tout aussi authentiques, mais que personne n'en ait rien su ? Pense aussi au timing : pourquoi maintenant ? L'humanité aurait eu grand besoin d'un signe à d'autres moments de l'histoire. Juste avant Hiroshima, par exemple, ou pendant la crise des missiles cubains.

— La citronnade te rend toujours aussi lucide ? railla Gracie.

— Ça dépend de ce que les bons moines mettent dedans, rétorqua Dalton.

Au même moment, frère Amine passa la tête par la trappe du toit. Il semblait soucieux.

— Venez, s'il vous plaît. Il y a quelque chose que j'aimerais que vous entendiez.

Gracie se releva d'un bond.

— Où ça ?

— En bas. Dans la voiture. Descendez tout de suite.

Ils le suivirent jusqu'au taxi de Youssouf, qui était resté garé près de la porte. L'abbé arriva en même temps qu'eux. Les portières étaient ouvertes. Debout à l'extérieur, Youssouf et deux moines tendaient l'oreille vers l'autoradio qui diffusait un bulletin d'informations en arabe. Ils paraissaient accablés.

Un autre chef religieux était en train de faire une déclaration, et même si Gracie ne comprenait pas l'arabe, le ton enflammé de l'orateur était assez éloquent.

— C'est un imam du Caire, précisa frère Amine d'une voix qui tremblait légèrement. Un des plus excités du pays.

— Il a l'air en rogne, remarqua Dalton.

— Il l'est. Il dit à ses fidèles de ne pas se laisser abuser par ce qu'ils voient. Que le père Jérôme est un *hila*, une création du Grand Satan américain, voire un émissaire de *Shaitan* en personne. Quoi qu'il en soit, ils doivent le considérer comme un faux prophète envoyé semer la peur et le doute chez les vrais croyants.

Frère Amine écouta de nouveau puis il ajouta :

— Il leur dit encore d'accomplir leur devoir de bons musulmans et de se rappeler les enseignements de la vraie foi.

— A savoir ? demanda Finch.

— Il réclame la tête du père Jérôme. Et ce n'est pas une figure de style.

45

River Oaks, Houston, Texas

— Je vous avoue ma perplexité, dit le pasteur en reposant son verre de bourbon. Enfin, c'est quoi, ce cirque ? Ce n'est pas censé se passer ainsi.

— Quoi donc ?

— La fin des temps, Roy.

Les deux hommes étaient assis l'un en face de l'autre dans le jardin d'hiver, une serre aussi vaste qu'un pavillon de banlieue, qui ressemblait pourtant à une cabane de jardin à côté de l'imposante demeure du pasteur. La piscine visible à travers les vitres biseautées attendait sous une bâche des jours plus cléments. On apercevait également un court de tennis derrière une rangée de peupliers, en bordure de la propriété.

Même s'ils s'étaient vus une centaine de fois au cours de l'année écoulée, Roy Buscema portait toujours sur son hôte le regard d'un entomologiste. Le révérend Nelson Darby était un spécimen fascinant : alors qu'il était à la pointe de la modernité pour tout ce qui relevait de la technologie et des pratiques commerciales, sa lecture des Ecritures semblait remonter au Moyen Age. Cet homme aux manières affables et au ton mesuré défendait ardemment les valeurs de l'extrême droite et prônait l'intolérance. A chacune de leurs rencontres, Darby s'était toujours montré charmant et prévenant, à cent lieues du prédicateur grandiloquent, toujours prompt à menacer son auditoire des flammes de l'Enfer, qu'il devenait sitôt monté en chaire. Il était par ailleurs toujours tiré à quatre épingles, en homme élégant qui savait apprécier les belles choses. Heureusement pour lui, Dieu – du moins, d'après les textes qu'Il avait daigné transmettre aux hommes – se plaisait à avoir des serviteurs prospères, et de ce côté-là, le pasteur était en tout point exemplaire.

Sa propriété se nichait au bout d'une route ombragée de River Oaks, en surplomb du golf. La grande maison blanche à colonnades, quoique imposante, évitait le mauvais goût. Darby était particulièrement fier de son jardin d'hiver, conçu par un spécialiste londonien qui lui avait envoyé toute une équipe de charpentiers par avion. Il aimait y recevoir, loin des yeux et des oreilles de sa petite armée de collaborateurs toujours affairés. En plus d'impressionner ses visiteurs, l'endroit l'inspirait. C'était là qu'il avait écrit ses sermons les plus enflammés, dans lesquels il fustigeait les homosexuels, l'avortement, le préservatif, la recherche sur les cellules souches, et les supposées origines musulmanes de certain candidat à la présidence. Le scoutisme féminin (soupçonné d'être le cheval de Troie du féminisme honni), les jeux de rôle et Bob l'éponge lui-même n'étaient pas à l'abri de ses flèches empoisonnées.

Ce jour-là, pourtant, son inspiration était parasitée par les pensées confuses qui l'avaient envahi.

— Ce n'est peut-être pas la fin des temps, suggéra Buscema.

— Bien sûr que non, rétorqua le pasteur d'un ton bourru. C'est trop tôt. Aucune des prophéties des Ecritures ne s'est encore réalisée.

Darby se pencha vers son visiteur, le fixant d'un regard inquisiteur, l'œil brillant, et, coupant l'air d'un geste sec des deux mains, comme il en avait l'habitude en chaire, il lui asséna :

— La Bible nous dit que le Messie ne reviendra qu'après que la terre d'Israël aura accueilli l'ultime bataille entre les enfants de Dieu et les armées de l'Antéchrist. Or, on attend encore que les Israéliens atomisent l'Iran et commencent pour de bon le grand nettoyage.

— Dieu nous adresse un message, Nelson, dit Buscema d'un air pensif. Il a fait apparaître un signe – deux, même – au-dessus des calottes polaires. Et il nous a envoyé un messager.

— Un Arabe. Catholique, en plus !

— Le père Jérôme n'est pas arabe, Nelson, mais espagnol.

Darby écarta l'objection d'un geste :

— C'est tout comme. Ça reste un catholique.

— Et alors ? Vous imaginiez quoi ? Que le Messie reviendrait sous les habits d'un luthérien ?

— Je ne sais pas, moi. Mais un *catholique* ?

— Qu'importe. Il s'agit d'un chrétien, et pas n'importe lequel. Il a vécu tous ces derniers mois en ermite, dans une grotte proche d'un monastère en Egypte, laquelle fait partie de la Terre promise. Jésus lui-même s'est caché dans cette vallée lorsqu'il était traqué par les Romains.

— Et cette histoire de coptes ?

— Le monastère où réside le père Jérôme est certes copte, mais lui-même ne l'est pas. D'ailleurs, que savez-vous des coptes ?

— Pas grand-chose, avoua Darby.

— Ce sont les chrétiens d'Egypte. Ils représentent à peine dix pour cent de la population, mais ce sont les plus anciens occupants de la région. Ils étaient là bien avant les invasions arabes du VIIe siècle. Ce sont les chrétiens les plus authentiques qui se puissent trouver, Nelson, insista Buscema. Vous savez quand même qui a fondé l'Eglise copte ?

— Non....

— L'apôtre Marc. Oui, celui de l'Evangile. Il s'est rendu dans la région environ trente ans après la mort du Christ et il n'a pas eu beaucoup de mal à en convertir les habitants : ces gens croyaient déjà en l'au-delà depuis des millénaires. La différence, leur a dit Marc, c'est que la vie éternelle n'était pas réservée aux pharaons. Pas besoin d'être momifié, enseveli sous une pyramide et veillé par des hordes de prêtres accomplissant des rituels bizarres. Non, tout le monde avait droit au paradis, à condition de croire en Dieu et de lui demander la rémission de ses péchés. C'est ainsi que ça a commencé. En réalité, une grande partie du symbolisme chrétien s'inspire de l'Egypte antique. Songez à la croix ansée, symbole de la vie éternelle. Songez au culte voué au soleil – le dieu Râ – dont on trouve la trace dans le nom donné au jour du Seigneur dans toutes les langues anglo-saxonnes : *sunday, Sonntag...* La vallée dans laquelle s'est caché le père Jérôme est elle-même un lieu sacré. Les monastères qu'on trouve là-bas sont les plus anciens au monde. Ils abritent quelques-uns des premiers textes sacrés : des évangiles rédigés aux IVe et Ve siècles. Des centaines de manuscrits inestimables, certains même pas encore traduits. Qui sait ce qu'on y découvrira. C'est un endroit profondément imprégné de christianisme, Nelson. Quant au père Jérôme, tout a déjà été dit sur lui. Dieu n'aurait pu rêver meilleur porte-parole.

Darby acquiesça à contrecœur, obligé d'admettre le bien-fondé de la démonstration à laquelle venait de se livrer son conseiller.

— Mais pourquoi maintenant ? Et pourquoi les signes sont-ils apparus au-dessus des pôles ?

— Peut-être Dieu a-t-il voulu nous avertir qu'il nous accordait un sursis, hasarda Buscema. Qui sait ? Il se pourrait que les gens préfèrent ce message aux prophéties apocalyptiques dont vous les menacez à longueur de sermon.

Darby ne broncha pas.

— C'est ce que nous dit la Bible, Roy. A la fin des temps, seuls seront sauvés ceux qui auront accepté Jésus-Christ comme sauveur. Et puis, vous n'allez pas me dire que vous croyez toutes ces fariboles sur les gaz à effet de serre qui entraîneraient un nouvel âge glaciaire ?

— Je ne serais pas aussi affirmatif que vous, répondit évasivement Buscema.

— Foutaises ! rétorqua Darby. La fin des temps, c'est la guerre qui nous l'amènera, Roy. Un conflit nucléaire entre le bien et le mal. Notre-Seigneur a créé cette terre. Et si vous

vous rappelez ce qui est écrit dans la Genèse, Il l'a contemplée et a dit : « C'est bien. » Ce qui veut dire qu'Il était satisfait de Son œuvre. Alors, comment imaginer que de ridicules petits bonshommes puissent fiche en l'air Sa création rien qu'en poussant la climatisation de leur 4 × 4 ? Impossible ! Il ne laisserait jamais passer ça.

— Tout ce que je dis, répondit Buscema sur un ton apaisant, c'est qu'un signe est apparu juste au-dessus des points critiques signalant l'imminence d'un changement climatique. Et je viens de consulter les derniers sondages.

Darby manifesta aussitôt un vif intérêt :

— Que disent-ils ?

— Les gens sont attentifs.

Darby poussa un soupir las :

— Je parie que ces imbéciles d'écologistes sont en train de jubiler.

— « La Terre est celle du Seigneur, avec toutes ses richesses », cita Buscema d'un ton léger.

Darby se rembrunit.

— Merci de me le rappeler, Roy.

— C'est dans la Bible, Nelson. « Le Seigneur Dieu créa l'homme et le mit dans le jardin d'Eden pour y travailler… *et en prendre soin.* » Les gens se soucient de l'état dans lequel ils laisseront la planète à leurs enfants.

— Ils sont malavisés. De quoi parlons-nous ? Sommes-nous en train de dire que la planète est sacrée ? Que nous devons vénérer la nature ? C'est une pente dangereuse. On n'est pas des Peaux-Rouges, quand même !

Buscema sourit. Darby était intelligent, aucun doute là-dessus. Et c'était un redoutable débatteur, qui savait captiver un auditoire. Cela expliquait que des milliers de fidèles aient affronté chaque dimanche les embouteillages pour se laisser galvaniser par ses sermons, que des millions de téléspectateurs aient suivi assidûment leur retransmission, et qu'en dépit de ses raisonnements primaires et truffés d'inepties – comme le fait d'imputer les attentats du 11 Septembre à la communauté homosexuelle –, il ait réussi à bâtir un empire qui comprenait un réseau international de plus de dix mille églises, une école, une université, un centre de conférences, vingt-trois stations de radio et une vingtaine de magazines.

— Ça ne va pas jusque-là, reprit Buscema. Il s'agit seulement de pointer les conséquences néfastes des désirs impies de l'homme. Et c'est notre devoir de le prendre par la main pour l'amener sur la voie du salut. Si je ne m'abuse, vous défendez le droit à la vie ? Eh bien, c'est à ça que se résume le problème : à la sauvegarde de la vie sur cette planète.

Darby poussa un soupir, visiblement gêné par la tournure prise par la conversation.

— Pourquoi aucun des guignols de Washington n'a-t-il encore rien dit ? demanda-t-il.

— Ils le feront, affirma Buscema avec l'air de celui qui en savait long.

— Vous avez entendu quelque chose ?

— Ce n'est pas du bidon, Nelson. Ils le savent. Simplement, ils cherchent comment gérer au mieux la situation.

Darby fit une grimace qui, malgré le Botox, creusa les rides au coin de ses yeux.

— Pardi, ils s'inquiètent pour les mêmes raisons que moi, reprit-il. On se fatigue à construire quelque chose, et quand on récolte enfin le fruit de ses efforts, un type se pointe et vous demande de l'appeler « chef ».

— Ce qui est fait est fait, Nelson. On n'y peut rien. Je veux juste vous éviter de rater le coche.

— Que devrais-je faire, selon vous ?

Buscema n'hésita qu'une fraction de seconde :

— Prendre le train en marche. Tant qu'il est encore temps.

— Vous voulez que j'accorde ma bénédiction à cet imposteur ?

Buscema acquiesça.

— D'autres sont sur le point de le faire.

— Qui donc ?

— Schaeffer. Scofield. Entre autres.

Buscema savait que la seule évocation de ses principaux rivaux dans la course au sauvetage des âmes ferait réagir Darby. L'un des deux avait même poussé l'affront jusqu'à élever un temple géant sur le territoire du patron de Valeurs chrétiennes !

A voir l'expression de Darby, l'argument avait fait mouche.

— Vous en êtes sûr ?

Buscema acquiesça d'un air mystérieux. Un peu, oui, pensa-t-il. Je leur ai parlé juste avant de venir chez toi.

— Ce type est un putain de catholique, Roy, gémit Darby.

— Qu'importe, rétorqua sèchement Buscema. Vous devez l'appuyer, et sans états d'âme. Ecoutez, vous avez déjà un train de retard. Vos confrères qui ont signé la pétition contre le réchauffement climatique il y a deux ans sont déjà sur le coup.

Buscema faisait allusion aux quatre-vingt-six pasteurs qui, malgré la vigoureuse opposition de certains de leurs coreligionnaires, avaient signé ce qu'on avait appelé « l'Initiative évangélique pour le climat ». Certaines personnalités éminentes, comme le président de la National Association of Evangelicals, tout en s'abstenant de la soutenir officiellement, avaient approuvé l'initiative en privé.

— Mais quid de ce signe qui se manifeste à tout bout de champ ? insista Darby. Ce serait une croix, ça passerait encore, mais là...

— Son aspect n'a aucune importance. Tout ce qui compte, c'est qu'il soit apparu et que tout le monde l'ait vu. Vous êtes à côté de la plaque, Nelson. Catholique, protestant, juif, musulman, bouddhiste et même scientologue, ces clivages ont perdu toute pertinence. Vous avez raison, ce n'est pas une croix. Mais ce n'est pas non plus une étoile de David, un croissant ou tout autre symbole lié à une religion quelconque. Ce pourrait être l'amorce d'un mouvement sans précédent à l'échelle planétaire. Pour le moment, il ne s'agit encore que d'un homme et d'un signe dans le ciel. Mais les foules s'y rallient en masse. Tout peut basculer d'un instant à l'autre. Il faut vous décider très vite si vous voulez rester dans le coup. Sinon, vous risquez de vous retrouver devant des prie-Dieu vides. Ce serait moche, non ?

— Alors, est-ce qu'il a mordu ? demanda Drucker.

La voix de Buscema jaillit du haut-parleur du téléphone de la Lexus.

— Quelle question ! fit le journaliste d'un ton ironique. Il a plongé tête baissée. Ça faisait presque peine à voir.

— Vous comptez revoir Schaeffer ?

— Il m'a laissé deux messages depuis notre dernier entretien. Pareil pour Scofield. Je vais les laisser mariner un peu avant de les rappeler.

Drucker eut un sourire satisfait. Apparemment, ils avaient ferré un gros poisson. Avec un peu de chance, la pêche serait miraculeuse.

46

Boston

Matt et Jabba avaient garé la Toyota Camry aux sièges maculés de sang devant un immeuble de bureaux situé dans le quartier de Seaport.

Matt avait rabattu sur son visage la visière de sa casquette de base-ball et remonté le col de son blouson. Assis sur le siège passager, il observait l'immeuble avec une colère froide. C'était un vulgaire cube de cinq étages en verre et en céramique, avec un vaste parking côté rue. Aucun logo sur la façade : sans doute les bureaux étaient-ils répartis entre différents locataires, au gré de la conjoncture économique. Un fin manteau de neige recouvrait l'asphalte et les branches des arbres du parking.

Ils attendaient depuis une demi-heure et n'avaient vu entrer jusque-là qu'une personne. Pas trace du malabar à la Mercedes.

Si les antalgiques avaient endormi la douleur, la blessure de Matt le lançait au moindre mouvement et il éprouvait toujours un léger vertige, sans doute dû à l'hémorragie. Mais il avait mieux à faire qu'écouter son corps.

— Je descends jeter un coup d'œil, dit-il à Jabba.

Il tendit la main vers la poignée et grimaça.

— Mauvaise idée, mec, dit Jabba. Déjà, tu ne devrais pas être là. Tu t'es vu ?

— Juste un coup d'œil, promit Matt.

Mais, alors qu'il ouvrait la portière, Jabba le retint par l'épaule.

— J'y vais, moi.

Matt secoua la tête.

— J'y vais, répéta Jabba. Si je ne suis pas revenu dans cinq minutes, appelle les flics, ajouta-t-il en glissant son iPhone dans la main de Matt. Bon Dieu, j'aurais jamais cru prononcer un jour une phrase pareille !

— Tâche de ne pas trop te faire remarquer, lui dit Matt d'un air grave.

Jabba lui lança un regard en coin :

— Y a des moments, mec, j'ai l'impression que tu me connais vraiment pas.

Une fois descendu de voiture, Jabba regarda à gauche et à droite, puis il traversa le parking en surjouant la décontraction. Par chance, personne n'était là pour le voir.

Il disparut dans l'immeuble et en ressortit moins d'une minute plus tard.

— Eh bien ? demanda Matt.

Jabba lui sourit mais son attitude démentait ce calme apparent. Il avait le souffle court, le visage couvert de sueur.

— Pas de réceptionniste. La plaque à l'entrée indique cinq bureaux, un par étage. Le troisième semble inoccupé, ou alors ils ont eu la flemme de mettre leur nom. Mais je crois savoir lequel nous intéresse. J'ai juste un truc à vérifier sur le Net.

— OK. Fais-le d'ici.

— Quoi ? Tu veux que je me serve de mon téléphone ?

— Ouais.

— Mec, ils pourraient nous repérer. Mon iPhone a un GPS intégré… Autant dire qu'on leur mâcherait le travail.

— Tant mieux. Vas-y. Et reste en ligne assez longtemps pour qu'ils puissent te localiser.

Jabba en resta bouche bée.

— Tu veux délibérément nous faire repérer ?

— Oui.

— Mais pourquoi ?

— J'ai envie de m'amuser un peu avec eux.

— C'est mon téléphone perso, mec. Tout ce qu'ils sauront avec certitude, c'est que j'étais ici.

— Ils savent qu'on est ensemble.

Vaincu, Jabba renonça à protester et sortit son portable. Il regarda ensuite sa montre, alluma son MacBook et le connecta au téléphone. Pendant quelques secondes, ses doigts dansèrent sur les touches du clavier, puis il orienta l'écran vers Matt.

Celui-ci découvrit la page d'accueil du site d'une entreprise appelée Centurion, dont la devise était : « L'assurance d'un avenir meilleur ». Un diaporama enchaînait les vues d'une raffinerie sur fond de soleil couchant, d'une résidence protégée par des grilles, d'un convoi de véhicules blindés, toujours dans le même environnement désertique. La dernière diapo montrait un type à l'air résolu en tenue paramilitaire, négligemment appuyé à une mitrailleuse de gros calibre.

La fiche de présentation décrivait Centurion comme une « société de sécurité et de gestion des risques, avec des bureaux aux Etats-Unis, en Europe et au Moyen-Orient », et précisait qu'elle était « sous contrat avec le gouvernement américain et accréditée auprès de l'ONU ». Jabba cliqua sur le lien « direction » et un portrait en noir et blanc d'un certain Brad Maddox s'afficha sur l'écran. Le malabar à la Mercedes était le fondateur de la boîte et son P-DG. La légende de la photo résumait sa longue et brillante carrière dans les Marines et sa reconversion comme « consultant en matière de sécurité ».

— Aïe ! fit Jabba.

Il promena un regard inquiet autour de lui, répugnant visiblement à s'attirer les foudres d'un personnage tel que Maddox.

— Quatre-vingt-cinq secondes. S'il te plaît, est-ce qu'on pourrait se déconnecter et décoller fissa ?

Matt était occupé à relire le CV de Maddox. Arrivé au bas de la page, il lâcha :

— Vas-y.

Jabba éteignit son portable tandis que Matt démarrait.

— Alors ? demanda-t-il.

Matt hocha imperceptiblement la tête, le regard lointain.

— Alors, au moins, on est fixés, maintenant.

— Ce type est à la tête d'une armée de mercenaires, geignit Jabba. Et nous, tout ce qu'on a, c'est une Toyota blanche et un flingue au chargeur vide.

— On va avoir besoin d'une remise à niveau, lui concéda Matt. Mais voyons d'abord ce que la femme de Reece a à nous dire.

— Tu es sûr ?

Maddox n'avait pas crié. Il était même d'un calme étonnant compte tenu de l'information que venait de lui délivrer son contact à la NSA. Mais son mécontentement n'en transparaissait pas moins dans sa voix.

— Absolument, lui répondit son interlocuteur. On a capté le signal du téléphone de Komlosy. Il est resté actif un peu plus d'une minute.

Maddox gagna la fenêtre de son bureau. Rien d'anormal dehors. Un calme glacial régnait sur le parking et dans la rue.

Deux apparitions impromptues de Sherwood en l'espace de deux jours. Et la seconde, à deux pas de son bureau.

Le type était doué. Un peu trop à son goût.

— Ça s'est produit quand ?

— A l'instant.

Maddox fulminait.

— Vous pouvez le pister avec son téléphone éteint ? demanda-t-il.

— Le contrat de Komlosy indique qu'il possède un appareil 3G. S'il le rallume assez longtemps, je pourrai y télécharger un petit logiciel espion qui me permettra de le suivre, même une fois éteint.

— Il me faut mieux que ça.

— On y travaille. Mais d'ici là, mon mouchard nous balancera des données chaque fois qu'il rallumera son portable. Il ne nous faudra pas longtemps pour le localiser.

— Préviens-moi dès qu'il le rallumera, ordonna l'Obus. Et télécharge ce logiciel dès que possible.

Il coupa la communication, regarda sa montre et se tourna de nouveau vers la fenêtre, l'air rogue.

47

Monastère de Deir al-Surian

— Il n'y a donc personne pour nous tirer de là ? râla Dalton. Et la sixième flotte, qu'est-ce qu'elle fout ?

Les trois journalistes, frère Amine et l'abbé s'étaient regroupés au pied du qasr. Les épaisses murailles du monastère laissaient filtrer la rumeur de la foule, à laquelle se superposait le discours haineux de l'imam retransmis par l'autoradio du taxi, odieux appel au meurtre repris en écho par des centaines de transistors, au-delà de l'enceinte.

— Ça aurait une sacrée gueule, ironisa Finch. Les troupes américaines accourant pour récupérer le nouveau prophète des chrétiens au milieu d'un océan de musulmans en furie. De quoi ramener le calme à coup sûr.

— Il faut qu'on évacue le père Jérôme, déclara Gracie.

— D'accord, mais comment ?

— On pourrait faire venir un hélicoptère ?

— Qui se poserait où ? rétorqua Finch. L'espace entre les bâtiments du monastère est trop étroit.

Gracie indiqua le sommet du qasr.

— Pourquoi pas là-haut ?

Finch secoua la tête.

— Le toit ne résisterait pas, et je ne crois pas non plus qu'on pourrait l'hélitreuiller. Il est trop âgé et quand bien même, il ferait une cible trop facile.

Dalton se retourna vers le donjon, l'air piteux.

— On fait quoi, alors ? demanda-t-il. On se barricade ? Au fait, ce truc fonctionne encore ? ajouta-t-il en désignant le pont-levis au deuxième étage du qasr.

— Non, malheureusement, répondit l'abbé. Nous ferions mieux d'attendre ici l'arrivée des forces de sécurité. Elles ne devraient plus tarder. En outre, il n'y a pas que des musulmans dehors. Les nôtres sont nombreux aussi. S'il le faut, ils défendront le père Jérôme.

— Je n'en doute pas, reprit Gracie, mais je préférerais que le père Jérôme sorte d'ici avant de devoir en arriver là.

— Il y a peut-être une autre issue, dit alors frère Amine.

Tous les regards convergèrent aussitôt vers lui.

— Laquelle ? demanda Gracie.

— Le tunnel.

— Un tunnel ? Où mène-t-il ?

— Au monastère le plus proche, Saint-Bishoy.

Frère Amine se tourna vers l'abbé comme pour lui demander de confirmer ses propos. Kyrillos acquiesça et expliqua :

— Ce tunnel est encore plus ancien que notre monastère. Avant celui-ci, il n'y avait ici que le désert et la grotte souterraine dans laquelle le moine Bishoy aimait à se retirer. Confrontés à d'incessantes menaces d'agression, les moines de Saint-Bishoy se ménagèrent une issue en creusant un tunnel qui débouchait dans la grotte. Les années passèrent, le danger reflua, et on construisit une petite chapelle au-dessus de la grotte. Chapelle qui devint finalement ce monastère.

— Vous pensez que le tunnel est toujours praticable ? s'enquit Finch.

— Aucun de nous n'y est descendu depuis plusieurs années mais, la dernière fois, il l'était. Depuis, il n'y a eu aucun tremblement de terre ni glissement de terrain dans la région.

Gracie eut une moue sceptique à l'adresse de Finch. D'un autre côté, ils n'avaient pas le choix.

— En supposant qu'on puisse emprunter ce souterrain jusqu'au bout, dit-elle, il nous faudra une voiture à notre point d'arrivée.

L'abbé réfléchit puis regarda Youssouf qui fumait nerveusement en écoutant la radio. Il s'approcha et lui dit quelques mots en arabe. Youssouf répondit et l'abbé se retourna vers Gracie :

— Son beau-frère est également chauffeur de taxi. Si vous voulez bien lui prêter votre portable, il l'appellera et celui-ci vous attendra à Saint-Bishoy.

— Parfait, mais après ? intervint Dalton. On ira où ? A l'ambassade ?

— Ce serait la même chose qu'ici, remarqua Amine. Peut-être pire. Il serait préférable que le père Jérôme quitte le pays.

— Plus facile à dire qu'à faire, objecta Finch. A-t-il au moins un passeport ?

— Mieux vaut le faire sortir incognito, dit Gracie. Si quelqu'un le reconnaît, ça va compliquer la situation.

— Il n'aura qu'à utiliser mon passeport, proposa l'abbé. En soutane, avec le capuchon rabattu, il devrait passer sans problème. Et frère Amine sera avec vous pour détourner les questions.

Gracie quêta du regard l'avis de Finch. Celui-ci acquiesça après un bref instant de réflexion.

— Ça vaut le coup d'essayer. J'appelle Washington pour savoir combien de temps il leur faut pour nous envoyer un avion. Quelle est la longueur de ce tunnel ? Cinq cents mètres ?

— Peut-être un peu plus, répondit l'abbé.

Finch fronça les sourcils.

— On ne va pas pouvoir trimbaler tout notre matériel sur cette distance. On n'emportera que le strict nécessaire.

A la radio, le ton de l'imam était encore monté d'un cran. Des images de violence alimentée par l'intolérance religieuse revinrent à l'esprit de Gracie : la prise de l'ambassade américaine à Téhéran, l'incendie de celle du Danemark à Beyrouth, les décapitations en Irak et en Afghanistan… Elle n'avait pas envie de faire les gros titres de cette manière.

Elle se retourna vers les deux moines :

— On ferait bien de ne pas tarder. Vous devriez parler au père Jérôme.

— Je m'en charge, déclara Amine.

Et il s'éloigna, suivi par l'abbé.

— Ils vont essayer d'évacuer le père Jérôme, annonça Buscema à Darby.

— Déjà ?

— Mon contact à la rédaction de la chaîne vient de m'appeler. Leur équipe est toujours sur place. Ce sont eux qui vont s'en charger.

— Evidemment, ironisa Darby. Ce scénario ne peut que faire grimper le taux d'audience. Et comment comptent-ils procéder ?

— Ils se démènent pour obtenir un avion.

— Et où pensent-ils l'emmener ?

— Je l'ignore. Je ne crois pas qu'ils le sachent non plus. Tout ce qu'ils veulent, c'est le sortir de là avant que ces cinglés ne le taillent en pièces.

Darby réfléchit quelques secondes, puis il soupira :

— Qu'ils l'amènent ici.

— Ici ?

— Oui. Les Etats-Unis sont bien le pays de Dieu, non ?

— Ça ne va pas être simple, objecta Buscema. Tout le monde va le réclamer. Vous avez vu les rassemblements sur la place Saint-Pierre ?

— Le pape n'a pas encore fait connaître sa position, n'est-ce pas ?

— Non. Le Vatican n'est pas spécialement réputé pour la rapidité de ses réactions.

— Alors, où pourrait-il bien aller ? En France ? ricana Darby.

— En Espagne, peut-être. Après tout, c'est son pays natal. D'un autre côté, les Anglais sont toujours prompts à dérouler le tapis rouge aux persécutés de tout poil.

— Pas question. Il faut qu'on l'amène ici. Sans compter, comme je l'ai dit, qu'il fait grimper l'audience. Nos concitoyens brûlent d'entendre son message.

— Le gouvernement n'a encore fait aucune déclaration officielle.

— A la bonne heure ! Ça me laisse une chance de les devancer et de le sauver des griffes de ces païens de la côte Est.

Nous y voilà, songea le journaliste. Et il demanda, feignant l'étonnement :

— Vous voulez prendre l'affaire en main ?

— Dieu nous envoie un message. Je vais faire en sorte que le monde le reçoive cinq sur cinq.

Buscema reprit après un temps de réflexion :

— Si le département d'Etat donne le feu vert à l'ambassade – comme il le fera certainement –, alors, ce sera fichu. Si vous devez agir, c'est maintenant.

— Vous ne serez pas déçu, assura le pasteur.

Après avoir descendu leur matériel du toit du qasr, les trois journalistes entreprirent de le trier. Le tunnel était long, étroit et poussiéreux, et ils craignaient de ne pouvoir tout transporter. Ils arrêtèrent leur choix sur la caméra, le kit de transmission en direct et l'essentiel des carnets du père Jérôme. Dalton avait déjà renoncé à son équipement de tournage aérien quand l'abbé leur annonça avoir réquisitionné plusieurs moines pour leur servir de porteurs.

Finch avait appelé Ogilvy, qui s'était aussitôt mis en quête d'un avion susceptible de les évacuer sans poser de questions. Ils devraient encore franchir le barrage de la douane, mais Finch savait que les contrôles de la police de l'air étaient moins rigoureux pour un vol privé que pour un vol commercial. Encore fallait-il qu'ils parviennent à l'aéroport... Mais ils avaient déjà connu des situations autrement critiques.

Tandis qu'il bouclait son sac à dos, Finch se fit la réflexion que Dalton n'avait pas tort : sans le documentaire de la BBC, rien de tout cela ne serait arrivé. Il se demanda ensuite par quel miracle la foule qui bloquait le taxi de Youssouf s'était brusquement écartée, leur permettant de rejoindre le monastère.

Il eut subitement envie d'appeler le producteur anglais du documentaire. Il regardait sa montre quand Dalton s'écria d'un ton impatient :

— Bon sang, qu'est-ce qu'ils fabriquent ? Il faut qu'on se tire d'ici.

— Je croyais qu'Amine et l'abbé étaient allés chercher le père Jérôme ?

— Je vais voir si je les trouve, proposa Gracie.

Elle traversa la cour en direction des petites cellules des moines. Finch la regarda s'éloigner puis il s'épongea le front et décida de profiter de ce retard pour contacter le producteur anglais. Après avoir vérifié qu'il ne risquait pas de le réveiller en appelant à ce moment de la journée, il prit l'émetteur satellite et chercha son téléphone dans sa poche.

— T'aurais pas vu mon BlackBerry ?

— Non, répondit Dalton. Pourquoi ?

Tout en fouillant dans son sac à dos, Finch expliqua :

— J'ai réfléchi à ce que tu as dit tout à l'heure, et j'aimerais passer un coup de fil aux auteurs du docu de la BBC.

— Alors, prends le téléphone satellite. Le réseau ne passe pas ici.

— Je sais, petit malin. Mais j'ai besoin d'accéder à mon répertoire.

Dalton réfléchit quelques secondes.

— La dernière fois que je t'ai vu avec, c'était là-haut, dit-il en désignant le sommet du qasr.

— J'ai dû le poser pour remballer nos affaires et l'oublier. Je remonte en vitesse.

Laissant là le cameraman, Finch traversa la cour et disparut à l'intérieur du qasr.

Comme lors de ses visites précédentes, il lui fallut un instant pour s'accoutumer à l'obscurité de la salle basse dépourvue de fenêtres. En tâtonnant, il se dirigea vers l'escalier et gravit les marches étroites.

Le qasr était comme toujours désert. Certaines salles servaient à stocker des provisions, car il y régnait une fraîcheur relative du fait de l'absence de lumière et de l'épaisseur des murs. D'autres étaient abandonnées depuis des années, sinon des siècles. Finch finit par atteindre l'échelle de bois menant au toit.

Son BlackBerry était bien là, abandonné sur le sol poussiéreux derrière un petit conduit de cheminée en stuc. Finch le ramassa. Il fut tenté de s'approcher du bord de la terrasse pour contempler une dernière fois la foule, mais il se ravisa. Ayant retrouvé le numéro du producteur anglais, il prit le téléphone satellite et l'appela.

Gareth Willoughby était un globe-trotter respecté dont l'impressionnante filmographie couvrait une large palette de sujets. Finch tomba sur son répondeur. Il lui exposa brièvement la situation et lui demanda de le rappeler au plus vite.

Après un dernier regard au désert, il entreprit de redescendre. Il posait le pied sur le dernier barreau de l'échelle quand il entendit un chuchotement provenant d'une des cellules situées derrière la chapelle. A peine quelques mots, prononcés par une voix d'homme, mais qui lui firent dresser l'oreille. Sans faire de bruit, il s'écarta de l'échelle et, en se guidant sur la voix qui se répercutait dans le dédale des salles vides, emprunta un couloir étroit qui le conduisit à une pièce donnant sur l'extérieur. S'il ne distinguait rien des paroles de l'homme, il fut étonné de l'entendre s'exprimer en anglais.

Il s'arrêta sur le seuil de la cellule et se pencha vers l'intérieur. L'homme était seul. C'était un moine, vêtu, comme les autres, d'une soutane noire à capuchon brodé. Celui-ci était rabattu sur sa tête et il tournait le dos à Finch.

Il avait un téléphone portable collé à l'oreille.

— Nous devrions partir d'ici dix minutes, un quart d'heure, disait-il. Ça ne devrait pas prendre plus de vingt minutes.

Après une pause, il ajouta : « D'accord », puis il coupa la communication.

Finch se raidit en reconnaissant la voix, et ce mouvement suffit à trahir sa présence. Le moine se retourna.

C'était frère Amine.

L'atmosphère devint pesante. Le regard de Finch était irrésistiblement attiré par le téléphone – celui-ci avait quelque chose de bizarre. Se ressaisissant, il esquissa un sourire timide.

— Je... j'avais oublié mon téléphone sur le toit...

Le moine ne dit rien. Il ne lui rendit pas non plus son sourire.

Le regard de Finch se posa de nouveau sur le téléphone et il comprit soudain ce qui avait attiré son attention : ce n'était pas un banal portable mais un téléphone satellite, avec son antenne repliable si caractéristique. En plus, un module de cryptage était fixé à sa base.

48

Nahant, Massachusetts

— Dom vivait d'abord pour son travail, dit Jenna Reece à ses visiteurs. Même quand les enfants étaient là, on ne le voyait presque jamais, et quand il était là, ça ne faisait guère de différence. Son esprit était ailleurs, à son laboratoire.

Elle avait reçu Matt et Jabba dans le salon atelier de sa maison de Nahant, une petite ville à vingt-cinq kilomètres au nord de Boston, posée sur une mince presqu'île reliée à la côte par un étroit cordon de sable. La maison de style hollandais, entièrement rénovée, faisait face à l'Océan. Après la disparition de son mari, Jenna Reece avait vendu leur appartement en ville pour y vivre toute l'année et transformer le salon en atelier de sculpteur.

— J'imagine que votre frère était pareil ? demanda-t-elle à Matt. Toujours absorbé par son travail… Et regardez où ça les a menés.

Elle haussa les épaules, résignée, et se pencha pour caresser son chien, un golden retriever étendu à ses pieds. Un petit sapin clignotait dans un coin de la pièce, près de portes coulissantes ouvrant sur une terrasse.

Matt acquiesça solennellement.

— Que savez-vous du projet sur lequel ils travaillaient quand ils sont morts ?

Jenna Reece eut un rire sans joie.

— Pas grand-chose. Dom n'était pas très loquace, surtout avec une écervelée telle que moi ! On ne peut pas dire que j'aie l'esprit scientifique. Il était rare que je lui pose des questions sur son travail, et vous savez sûrement aussi bien que moi à quel point lui et son équipe aimaient à s'entourer de secret... En tout cas, tant qu'ils n'étaient pas prêts à annoncer de nouvelles découvertes dont ils pouvaient se glorifier. Pour ma part, j'ai toujours trouvé cette attitude un brin parano... En même temps, je comprends qu'on ne veuille pas parler de ces choses-là autour d'un café.

Matt se trémoussa sur son siège, mal à l'aise.

— Madame Reece...

— Vous pouvez m'appeler Jenna.

— Jenna... J'ai une chose à vous demander mais vous risquez de trouver ma question bizarre et...

Il se tut, attendant un encouragement.

— Matt, vous avez fait tous ces kilomètres pour me voir, alors j'imagine que ce doit être important. Allez-y, posez-moi votre question.

— Bien, fit Matt, soulagé. Je voulais juste savoir... Avez-vous vu le corps de votre mari ?

Jenna Reece cligna plusieurs fois des yeux, puis elle se pencha de nouveau pour caresser son chien. Dehors, les vagues frappaient les rochers sous la terrasse avec la régularité d'un métronome.

— Non, reprit-elle après un long silence. Pas entier, en tout cas. Mais vous connaissez les circonstances de leur mort...

Matt l'interrompit pour éviter que d'autres images pénibles remontent à sa mémoire :

— Je sais. Mais êtes-vous sûre que c'était bien lui ?

Le regard de Jenna Reece se perdit dans le lointain.

— Tout ce qu'ils ont pu me montrer, c'était sa main, lâcha-t-elle enfin d'une voix étranglée.

Elle ferma les yeux. Quand elle les rouvrit, ils étaient mouillés de larmes.

— C'était bien la sienne. Sa main gauche. L'alliance s'y trouvait encore. Je n'ai pas eu le moindre doute.

— Vous en êtes sûre ? insista Matt.

Jenna Reece acquiesça :

— Il avait de si jolies mains... Avec des doigts fins, comme ceux d'un pianiste. Ça m'avait frappée lors de notre rencontre. Bien sûr, elle avait été... Mais je sais que c'était la sienne.

Elle sourit vaillamment.

— Pourquoi cette question ?

— Eh bien, il ne restait rien de mon frère, alors je me demandais... J'espérais qu'il ait pu s'agir d'une erreur, biaisa-t-il.

— Vous pensez que votre frère pourrait être encore en vie ?

Elle avait si aisément lu en lui qu'il ne put qu'acquiescer.

Elle lui sourit avec chaleur.

— J'aimerais pouvoir vous aider à vous forger une certitude, mais je ne peux vous parler que de mon Dom.

Matt acquiesça, soulagé de ne pas avoir à s'expliquer davantage. Il revint à la raison initiale de leur visite.

— Savez-vous pour qui travaillait Dom ?

— Il ne me l'a jamais confié. Pourtant, ce projet le passionnait. Je connaissais la chanson : ses découvertes allaient bouleverser notre mode de vie. C'est ce que disent tous les chercheurs, non ? Et j'imagine qu'ils n'ont pas entièrement tort. Voyez Internet, le téléphone portable ou la voiture électrique. Mais avec ce projet... c'était autre chose. De toute évidence, ç'aurait dû être le couronnement de sa carrière. D'habitude, quand il avait bouclé le montage financier d'un de ses projets, il m'emmenait fêter ça dans un grand restaurant. Mais là, non. Ne vous méprenez pas : il était enthousiaste, mais cela allait bien au-delà. C'était comme s'il avait entamé une nouvelle page de sa vie. Comme s'il avait eu une mission à accomplir. Dès lors, il est devenu encore plus secret. Je ne le voyais presque plus. Jusqu'au jour...

Elle détourna la tête.

— Donc, vous ignorez qui le finançait ? insista Matt. Il n'a jamais rien laissé échapper à ce sujet ?

— Je ne sais pas si je dois vous en parler…

— Je vous en prie, Jenna. Il faut que je sache. Cela concerne aussi mon frère.

Après l'avoir considéré un instant, elle soupira.

— Il n'a évoqué qu'une seule fois son commanditaire devant moi, et encore de manière fortuite : c'était Rydell.

Jabba saisit la balle au bond.

— Larry Rydell ?

— Oui. Je ne sais pas pourquoi, mais personne n'était censé être au courant. Pour tout dire, j'ai été étonnée et même furieuse de son absence aux obsèques. D'accord, je n'ai pas à me plaindre, tout le monde a été très correct avec moi, jusqu'à la compagnie d'assurances, mais quand même…

Jabba regarda Matt. Celui-ci connaissait Rydell de nom, comme tout le monde, mais il ne voyait pas en quoi son implication dans le projet de Reece revêtait une telle importance.

Jabba insista :

— Vous en êtes sûre ?

— Oui, acquiesça Jenna.

Jabba se tourna vers Matt, et celui-ci comprit à son expression qu'ils n'avaient pas besoin d'en savoir plus.

49

Monastère de Deir al-Surian

— Tiens, vous avez un téléphone satellite ? s'entendit demander Finch.

Le moine resta muet, se contentant de le fixer.

— C'est marrant, poursuivit Finch. Parce que je pensais justement que tout l'intérêt de vivre ici était de s'isoler du monde, pour mieux se concentrer sur Dieu... Pourtant, vous avez un téléphone satellite.

Frère Amine esquissa un sourire.

— En effet, confirma-t-il. Et il est équipé d'un module de cryptage. Je sais que vous l'avez remarqué. Ce n'est sans doute pas le premier que vous voyez, dans votre métier.

Finch s'efforça de minimiser sa découverte.

— Vous savez, on en voit de plus en plus. C'est quand même plus sûr, non ? Avec tous ces scanners...

Il laissa sa phrase en suspens pour récapituler l'enchaînement des faits qui l'avaient conduit dans la minuscule cellule, et soudain, il comprit qu'il courait un grave danger.

Le moine fit un pas vers lui.

— Que faites-vous ? demanda Finch, inquiet.

— Je suis désolé, dit frère Amine en continuant d'avancer.

Finch tenta de rejoindre l'escalier mais à peine avait-il franchi le seuil de la cellule que le moine se jeta sur lui et lui colla son genou dans le bas-ventre. Finch se plia en deux et perdit ses lunettes. Quand il se retourna, les mains levées pour se protéger, le poing de son adversaire l'atteignit juste sous l'oreille avec la force d'une massue. Il s'effondra.

Dans une sorte de brouillard, il vit le moine se pencher au-dessus de lui et, après un instant d'hésitation, l'attraper par le bras et le hisser sur son épaule.

— Où est Finch ? demanda Gracie en promenant son regard autour de la cour du monastère.

A ses côtés, Dalton était également prêt au départ. L'abbé et le père Jérôme les avaient rejoints, ainsi que les moines réquisitionnés pour transporter leur matériel.

Dalton leva la tête vers le sommet du qasr, mit ses mains en porte-voix et cria :

— Finch, on n'attend plus que toi ! Magne-toi, vieux !

Pas de réponse.

— Tu es sûr qu'il est monté là-haut ? s'enquit Gracie.

Dalton acquiesça.

— Il devrait être revenu depuis longtemps. Il allait juste chercher son BlackBerry.

— Je vais voir ce qu'il fabrique, dit Gracie, inquiète.

Elle avait presque atteint la porte du qasr quand un bruit à peine perceptible et une ombre projetée sur le sol à sa gauche la firent se retourner. Elle n'eut que le temps de s'écarter avant que le corps de Finch ne s'écrase sur le sable à quelques pas d'elle.

50

Banlieue de Boston

— Tout se tient, affirma Jabba, excité comme une puce. Rydell a les fonds, il a l'expertise technique et c'est un écolo pur et dur. Le seul problème, c'est : comment fait-il ?

— Peu importe, répliqua Matt.

Ils avaient regagné le continent et repris l'autoroute pour rentrer à Boston. Jabba avait dit à Matt tout ce qu'il savait de Rydell – son prosélytisme en faveur des énergies renouvelables, les pressions qu'il exerçait sur les élus de Washington pour qu'ils prennent enfin au sérieux la question du réchauffement climatique, son soutien affiché aux opposants à la politique environnementale calamiteuse du gouvernement précédent. Tout en l'écoutant, Matt s'imaginait déjà confondant Rydell et apprenant de sa bouche même le sort de Danny.

— Comment se fait-il que tu en saches autant sur ce type ? demanda-t-il à Jabba.

Celui-ci lui lança un regard en coin.

— T'es pas sérieux, mec ? D'où tu sors, enfin ?

Matt haussa les épaules.

— Comme ça, reprit-il, ce Rydell a vraiment cru pouvoir créer une nouvelle religion « verte » ?

— On est tous programmés pour croire, et ce dès la naissance. Impossible d'y échapper. En plus de pouvoir compter sur la crédulité innée des gens, Rydell a à sa disposition les dernières innovations technologiques et des fonds quasi illimités.

— Alors, il aurait monté toute cette histoire pour sauver la planète ?

— Pas la planète. L'homme. George Carlin [1] l'a dit : la planète s'en tirera. Elle a déjà connu pire. Elle était là bien avant nous et sera toujours là après notre disparition. Non, c'est nous qu'il faut sauver.

Matt regarda dehors. Le trafic avait sensiblement augmenté à l'approche du pont de Noël. Il se retourna vers Jabba :

— Crois-tu que Danny et les autres savaient sur quoi ils travaillaient en réalité ?

— Je n'en sais rien. Ils devaient bien être conscients de la puissance qu'ils avaient entre les mains. La question n'est pas de savoir si Reece et Rydell les ont mis au courant, mais s'ils savaient depuis le début. S'ils se sont engagés dans ce projet en toute connaissance de cause.

Matt secoua la tête dans un geste de dénégation.

— Danny était ton frère, reprit Jabba. Qu'est-ce que tu en penses ? Tu crois qu'il aurait pu marcher dans un plan pareil ?

— Un canular de cette ampleur, consistant à arnaquer des millions de gens ? Non, je ne crois pas.

— Même en étant convaincu que c'était pour la bonne cause ?

La réponse à cette question-là était moins évidente. Danny n'était pas plus croyant que son frère, malgré les efforts de leurs parents. Il n'avait donc pas agi par conviction religieuse. Matt ne se rappelait pas non plus qu'il ait été spécialement préoccupé par les problèmes écologiques, pas plus du moins que la moyenne des gens sensés et cultivés. En tout cas, il n'y avait rien de militant chez lui. Cela dit, les deux frères avaient

1. Célèbre humoriste, acteur et scénariste américain, qui s'attira les foudres de la censure et des ligues de vertu par ses sketches acerbes sur la religion. Il fut le premier animateur de l'émission télévisée *Saturday Night Live*.

longtemps été séparés après les déboires de Matt avec la justice, et en définitive, qui pouvait se targuer de connaître son prochain ?

Matt s'aperçut que Jabba le regardait d'un air hésitant.

— Quoi ?

— Sans vouloir te blesser, ça fait quand même deux ans... Si Danny n'a pas délibérément choisi de disparaître, je ne vois pas comment ils auraient pu le garder au secret aussi longtemps. Il aurait bien trouvé le moyen de faire passer un message à l'extérieur, tu ne crois pas ?

— Pas si les gens qui le retiennent connaissent leur boulot.

— Mais quand même, deux ans...

Le cœur de Matt se serra. Que valait-il mieux ? Découvrir que Danny était mort ou qu'il participait de son plein gré à une entreprise qui avait conduit à l'assassinat de son meilleur ami et à voir son propre frère accusé de ce meurtre ?

— Impossible, conclut-il. Jamais Danny ne se serait compromis de la sorte. Pas en connaissance de cause, en tout cas.

— Si tu le dis...

Après ça, Jabba n'insista plus.

Au bout de quelques kilomètres, Matt proposa :

— Et si on faisait un nouveau point sur l'emplacement de la voiture de Maddox ?

— D'accord, mais on devrait éviter d'utiliser ça, répondit Jabba en montrant son iPhone.

— Tu n'as qu'à rester en ligne le moins longtemps possible. Quarante secondes, ça devrait suffire, non ?

— Disons plutôt trente.

Jabba se connecta au site du mouchard. S'étant déjà enregistré, il n'eut pas besoin de s'identifier. Deux secondes plus tard, une carte s'affichait à l'écran.

— Il est garé dans un coin appelé Hanscom Field, annonça Jabba. C'est un petit aérodrome entre Bedford et Concord. Maintenant, je me déconnecte avant qu'on puisse nous localiser.

Après avoir éteint son téléphone, il jeta un coup d'œil à sa montre et précisa :

— Vingt-six secondes au total.

Un aérodrome... Qu'est-ce que Maddox allait faire là-bas ? D'un autre côté, Matt trouvait tentante l'idée de le surprendre sur un terrain qui n'était pas le sien. Même avec cette circulation, il ne leur faudrait pas plus de quarante minutes pour se rendre là-bas.

— C'est à la sortie de la 95, n'est-ce pas ?

— Oui, confirma Jabba à contrecœur.

— On refait un point dans un quart d'heure, d'accord ? Pour s'assurer qu'il n'a pas bougé.

Jabba acquiesça d'un air morose et se tassa dans son siège, redoutant le pire.

Maddox rempocha son portable avec une grimace et se remit à scruter le ciel, guettant l'avion. Mais il avait déjà l'esprit ailleurs.

Il avait reçu trois appels coup sur coup. Le premier était plutôt anodin : le logiciel pirate avait tenu ses promesses et signalé leurs cibles juste au nord de la ville. Le deuxième lui annonçait que les cibles en question avaient changé d'itinéraire pour prendre l'autoroute de Concord, ce qui aurait dû lui mettre la puce à l'oreille. Le troisième appel était franchement préoccupant : les cibles roulaient à présent sur la nationale 95, à moins de huit kilomètres de l'aérodrome.

Maddox ne croyait pas plus au hasard qu'aux coïncidences. Or, c'était la deuxième fois que Matt parvenait à le repérer. Soit il était clairvoyant, soit il avait une source d'information inconnue de Maddox.

Il reconstitua la chaîne des événements depuis sa première rencontre avec Matt Sherwood, en tenant compte de ce qu'il savait des talents de l'individu, et ses réflexions l'amenèrent à poser un regard soupçonneux sur sa voiture.

Il se rembrunit. Il n'avait plus le temps de la faire inspecter, ce qui voulait dire qu'il allait devoir l'abandonner. Cette conclusion le mit en rogne. C'est qu'il l'aimait, cette bagnole. Un coup d'œil à sa montre : l'avion allait se poser d'un instant à l'autre.

Il promena son regard autour de lui. Le terrain était paisible, comme d'habitude. Il décida que le moment était venu de mettre un terme définitif aux intrusions de Matt Sherwood et fit signe à deux de ses hommes.

— Je crois qu'on ne va pas tarder à avoir de la visite.

Puis il leur exposa ce qu'il attendait d'eux.

51

Monastère de Deir al-Surian

— Finch !

Gracie se laissa tomber au sol près de son ami, livide. Finch gisait à plat ventre sur le sable du désert tandis que le nuage de poussière qu'il avait soulevé en heurtant le sol retombait lentement autour de lui.

Elle tendit une main vers lui sans oser le toucher.

— Est-ce qu'il… ? commença Dalton, qui s'était précipité à ses côtés.

Il n'y avait pas de blessures apparentes, pas de sang visible. Le spectacle n'en était pas moins horrible. La tête, qui avait dû heurter le sol en premier, formait un angle impossible avec le corps. Un bras était plié vers l'arrière et les yeux fixaient sans le voir le sol aride.

— Mon Dieu, Finch, sanglota Gracie.

D'abord indécise, elle palpa doucement la carotide, cherchant un signe de vie qu'elle savait ne pas trouver, puis elle se retourna vers Dalton, les yeux embués de larmes.

Celui-ci, tremblant, posa une main sur son épaule. Les moines, restés légèrement en retrait avec l'abbé et le père Jérôme, se mirent à murmurer des prières. Gracie ôta sa main du cou de Finch, arrangea délicatement une mèche de cheveux tombée sur son front, lui caressa la joue. Elle aurait voulu lui fermer les yeux mais n'osait pas toucher ses paupières. Devinant un mouvement dans son dos, elle se retourna et vit le père Jérôme s'avancer vers elle. Le saint homme s'agenouilla à ses côtés sans cesser de fixer le corps du producteur.

Qu'est-il en train de faire ? pensa-t-elle avec un frisson.

Fascinée, elle le regarda placer ses mains au-dessus du cadavre et fermer les yeux pour une prière silencieuse. Un bref instant, l'espoir absurde d'assister à un miracle, de voir le père Jérôme ressusciter son ami, l'effleura. Elle tenta de toutes ses forces de se raccrocher à ce rêve, guère plus fou après tout que les événements dont elle avait été le témoin depuis quelques jours, mais presque aussitôt, devant le corps brisé de Finch, la froide logique qui l'avait toujours guidée reprit le dessus. Une peine immense l'envahit.

Le père Jérôme rouvrit les yeux et traça le signe de la croix au-dessus de la tête de Finch. Puis il tourna vers elle un regard empli de tristesse et lui prit les mains.

— Je suis navré.

Gracie perçut qu'il se sentait coupable de n'avoir rien pu faire. Elle acquiesça sans un mot. Puis le père Jérôme se releva et alla rejoindre frère Amine et l'abbé. Ce dernier posa une main sur son épaule et lui murmura des paroles de réconfort. Gracie leva les yeux vers le sommet du qasr. L'arête couleur sable du toit en terrasse tranchait vivement sur le bleu du ciel. On aurait dit une carte postale ou une illustration de livre d'art, d'une perfection presque déconcertante.

— Comment a-t-il pu tomber ? demanda-t-elle à Dalton.

— Je n'en sais rien, répondit celui-ci. Tu crois qu'on lui a tiré dessus ?

Gracie lui lança un regard horrifié et retourna s'accroupir près du corps. Après une hésitation, elle le retourna sur le dos avec précaution et l'examina sans trouver la moindre blessure.

— On dirait que non, constata-t-elle. D'ailleurs, je n'ai pas entendu de coup de feu. Et toi ?

— Moi non plus.

Dalton reporta son attention vers le sommet du qasr et dit :

— Peut-être s'est-il penché pour nous dire qu'il avait retrouvé son portable et…

Il laissa la phrase en suspens.

Gracie scruta le sol et aperçut le téléphone satellite, à moitié enfoui dans le sable, à quelques pas du corps. Puis elle repéra un petit boîtier noir au pied du mur : le BlackBerry de Finch. Elle alla le ramasser et en essuya la poussière tout en s'efforçant de reconstituer les derniers instants de son ami. Finch venait de retrouver son téléphone sur la terrasse, il s'approchait du bord pour… pour faire quoi ? Jeter un dernier coup d'œil ? Faire un signe à la foule ? Elle aurait voulu pouvoir remonter le temps, l'empêcher de monter là-haut.

— Qu'est-ce qu'on fait, maintenant ? demanda-t-elle.

— Il faut qu'on y aille, répondit Dalton d'une voix blanche.

— Et Finch ? On ne peut pas l'abandonner comme ça !

— On ne peut pas l'emmener avec nous. C'est impossible.

Après une demi-seconde de réflexion, elle dut s'avouer à contrecœur qu'il avait raison.

Elle se tourna alors vers l'abbé. Celui-ci hocha gravement la tête, lui évitant de formuler la question qui lui brûlait les lèvres :

— Nous allons prendre soin de lui jusqu'à ce qu'il soit possible de le rapatrier.

Se taisant, il dirigea son regard vers le taxi et le petit groupe d'hommes regroupés autour de l'autoradio dont la rumeur monotone semblait à présent chargée de menaces.

— Vous devriez y aller maintenant, reprit l'abbé. Comme il était prévu.

Pendant que Gracie et Dalton rassemblaient leurs affaires, un petit groupe de moines, aidés de Youssouf, déposèrent le corps de Finch sur une civière improvisée – une vieille porte qu'ils avaient enlevée de ses gonds – pour le transporter à la chapelle. Quatre de leurs frères se chargèrent du reste du matériel des journalistes et la petite troupe s'enfonça dans la fraîcheur et la pénombre du monastère sur les talons de l'abbé.

Ils dépassèrent l'entrée de l'église de la Vierge puis le réfectoire pour atteindre un vieil escalier qui s'enfonçait dans les ténèbres.

— A partir d'ici, vous aurez besoin de lampes, les informa l'abbé.

Les moines allumèrent plusieurs lanternes à gaz qui projetaient une clarté blanchâtre sur les marches. Ils descendirent lentement, soulevant une fine poussière qui sentait le moisi et prirent pied dans un couloir qui desservait deux caves à huile d'olive. C'était là qu'au XIXe siècle on avait redécouvert quelques-uns des plus vieux livres connus, apportés au monastère par des moines qui avaient fui les persécutions en Syrie et à Bagdad au VIIIe siècle.

Au bout du passage, une vieille porte en bois vermoulu donnait sur la grotte de saint Bishoy. L'abbé la poussa et les fit entrer dans un espace guère plus grand qu'une cellule. Gracie leva sa lanterne vers le plafond voûté, fait de pierres grossièrement taillées, mais elle n'y trouva rien pour appuyer la légende qui prétendait que le saint ermite poussait la dévotion jusqu'à attacher ses cheveux à une chaîne suspendue à la voûte de la caverne pour être sûr de rester éveillé en attendant que le Christ lui accorde une vision.

— Par ici, dit l'abbé.

La lanterne de Gracie éclaira une seconde porte, encore plus basse, à gauche de la première. Deux moines aidèrent l'abbé à l'ouvrir. Gracie s'approcha et découvrit l'entrée d'un tunnel étroit (il ne faisait guère plus d'un mètre cinquante de haut sur moins d'un mètre de large) qui absorbait tel un trou noir la pâle clarté de leurs lanternes.

— Que Dieu vous accompagne, dit l'abbé au père Jérôme.

A tour de rôle, ils baissèrent la tête et se glissèrent dans le passage. Gracie fermait la marche. Elle hésita un instant, répugnant encore à abandonner Finch, puis après un dernier sourire à l'abbé, elle s'enfonça à son tour dans les ténèbres oppressantes.

52

Bedford

Matt ralentit quand, à la sortie d'un bois, ils découvrirent une poignée de bâtiments bas, assoupis en bordure d'une vaste pelouse enneigée.

Il glissa un regard en coin à Jabba avant d'inspecter les alentours.

Il n'y avait pas d'autre voiture en vue et l'endroit semblait tranquille. Ils dépassèrent au ralenti l'entrée d'une petite base aérienne. Une sentinelle solitaire s'ennuyait ferme dans sa guérite à côté d'une barrière rouge et blanche. La base partageait sa piste avec l'aérodrome civil voisin. Ce qu'ils pouvaient voir de ses installations leur parut austère et vétuste à côté des deux bâtiments luxueux destinés à une clientèle huppée qui voyageait en jet privé pour s'épargner les retards et les contrôles de sécurité draconiens de l'aérodrome civil.

La route aboutissait au terminal de celui-ci, qui ne donnait pas non plus l'impression d'une activité frénétique. Elle longeait l'aérogare en formant une boucle autour du parking des voyageurs. Matt y compta une dizaine de véhicules.

Les hangars se dressaient sur leur droite, à l'opposé du parking. L'absence apparente de mesures de sécurité pouvait surprendre dans l'Amérique de l'après-11 Septembre. Une simple clôture grillagée d'à peine deux mètres cinquante de haut séparait la piste de la route. On aurait presque pu toucher les appareils garés tout autour des hangars. Des portails grillagés coulissants, larges comme deux véhicules, fermaient l'accès au terrain proprement dit. Là encore, ni guérite ni gardien. Juste un lecteur de carte à puce, et un interphone pour les visiteurs non accrédités.

— Vérifie encore, demanda Matt à Jabba. Il faut qu'on localise précisément ce salopard.

— On est trop près, protesta Jabba.

— Ne reste pas connecté plus de quarante secondes et tout ira bien.

— Tu ne crois pas que ton optimisme béat pourrait expliquer en partie tes séjours répétés derrière les barreaux ?

— Non. A l'époque, j'étais juste imprudent.

— C'est rassurant, soupira Jabba en rallumant ordinateur et iPhone.

Il fit un zoom rapide sur la carte qui s'affichait à l'écran avant de se déconnecter. Le mouchard se trouvait quatre cents mètres plus loin, à l'extrémité de la piste, au-delà du second hangar et d'un bâtiment plus petit qui évoquait un cube en béton.

— Qu'est-ce qu'il fait là-bas ? demanda Jabba.

— Soit il est venu prendre l'avion, soit il attend l'arrivée de quelqu'un.

En se retournant, Matt aperçut un petit jet privé qui passait derrière les hangars et roulait vers la position supposée de la Mercedes.

Son instinct lui dictait de réagir vite. Il songeait à forcer le premier portail quand il vit que le second, le plus proche du mouchard, était en train de s'ouvrir. Il se crispa, mais ce n'était ni la Chrysler ni la Mercedes. Seulement un minibus qui attendait pour sortir que le portail ait fini de coulisser.

Il écrasa l'accélérateur, et la Toyota s'élança dans un crissement de pneus. Il était encore à quatre-vingts mètres du portail quand le minibus s'y engagea. Soixante quand celui-ci eut dégagé le passage. Quarante quand le portail, parvenu en butée, amorça sa fermeture. Vingt quand il fut à mi-course. Il était d'ores et déjà trop tard pour passer.

Au lieu de ralentir, Matt attendit d'être à quinze mètres de la grille pour donner un brusque coup de volant à gauche, puis il le redressa brutalement tout en accélérant. Les amortisseurs crièrent grâce tandis que la voiture se retrouvait en équilibre sur deux roues. Mais Matt avait obtenu ce qu'il désirait : la Toyota fonçait perpendiculairement à la grille. Il se glissa dans l'étroit intervalle, éraflant au passage le côté droit de la carrosserie contre la barrière.

Ils étaient à présent dans la place.

L'Obus observa la manœuvre d'atterrissage du Cessna Citation X qui vint s'immobiliser près du rideau d'arbres et des deux voitures.

L'avion était magnifique. Ses deux moteurs Rolls-Royce lui permettaient de frôler Mach 1, ce qui voulait dire qu'il pouvait emmener douze passagers de New York à Los Angeles en moins de quatre heures et avec un confort inouï. Pas étonnant que ce soit le chouchou des grosses fortunes du moment – stars d'Hollywood, nouveaux riches russes… et télévangélistes. Ces humbles serviteurs du Seigneur, tels Kenneth et Gloria Copeland, dont les armées de fidèles s'étaient cotisées pour rassembler les vingt millions de dollars nécessaires à l'achat du Citation customisé qui leur aiderait à suivre les directives du Très-Haut et à diffuser plus efficacement Sa parole.

Ce n'était pas la première fois que l'Obus donnait un rendez-vous tout au bout de la piste de Hanscom Field, à l'écart des regards indiscrets. C'était l'endroit idéal pour embarquer ou débarquer certains clients sensibles : célébrités éclaboussées par un quelconque scandale ou désireuses de se cacher après une opération de chirurgie esthétique ratée, personnages hauts placés se livrant entre eux à des transactions secrètes.

Cette fois-là, il s'agissait d'autre chose.

Tandis que les réacteurs de l'appareil se taisaient, une voix crépita dans son oreillette.

— Une Toyota Camry blanche vient d'entrer par la grille sud. Je crois que ce sont nos gars.

Maddox approcha son poignet de ses lèvres pour parler dans le micro intégré à son bouton de manchette.

— Bien reçu. Ne les lâche pas. Et neutralise-les une fois le colis débarqué.

Il se dirigea vers l'avion au moment où la porte s'ouvrait, tout en surveillant les environs du coin de l'œil. Rien de suspect. Il reporta ensuite son attention sur l'appareil, d'où venaient d'émerger Rebecca Rydell et ses deux gardes du corps.

Matt tourna à gauche et longea l'arrière du premier hangar. Parvenu au coin, il s'arrêta et recommença à rouler au pas. Ayant descendu sa vitre, il entendit l'avion couper ses moteurs à quelque distance. Il accéléra légèrement pour rejoindre le second hangar. D'après la carte toujours affichée sur l'écran de Jabba, il n'y avait plus que la piste entre eux et la Mercedes.

Ils étaient à présent à une centaine de mètres du cube en béton dépourvu de fenêtres. La queue de l'avion dépassait de l'arrière du bâtiment, ainsi que le hayon d'un 4 × 4 Dodge Durango. Deux jets et quelques monomoteurs de tourisme étaient garés entre le hangar et le cube en béton. Ils seraient utiles pour masquer leur progression jusqu'au cube. De là, ils auraient une meilleure vue et Matt pourrait plus facilement intervenir. Il sortit son flingue et le posa sur ses genoux.

— Tu n'as pas oublié qu'il est vide, dis ? demanda Jabba, l'air inquiet.

— Eux n'en savent rien, répondit Matt. Du reste, je n'ai pas l'intention de m'en servir.

Jabba ne parut guère rassuré.

— Tu peux descendre et m'attendre ici, si tu veux.

Jabba considéra les abords de la piste puis se retourna vers Matt.

— Finalement, je crois que je vais rester. Ça manque un peu d'animation par ici, si tu vois ce que je veux dire.

Le pistolet calé sur ses genoux, Matt embraya en douceur. Ils roulèrent au ras des avions garés et s'immobilisèrent derrière le cube en béton, en réalité un transformateur entouré d'une clôture métallique. Matt avança juste assez pour apercevoir l'avion sans trop s'exposer.

Deux hommes encadrant une jeune fille blonde et bronzée descendaient de l'appareil.

Jabba se pencha, bouche bée.

— Waouh !

— C'est vraiment pas le moment, le houspilla Matt.

— Non, c'est pas ce que tu crois : c'est la fille de Rydell.

Matt accorda aussitôt davantage d'attention à la jeune fille. Elle posa le pied sur la piste et jeta des regards hésitants autour d'elle pendant que les deux hommes la conduisaient auprès de Maddox. Celui-ci échangea quelques mots avec eux avant de les conduire vers le 4 × 4. Alors qu'il ouvrait la portière arrière, son regard balaya la piste et s'arrêta sur Matt. Ce dernier tressaillit. Pas Maddox. En réalité, il ne semblait pas le moins du monde surpris. Ce qui ne pouvait signifier qu'une seule chose.

Le brusque contact d'un canon d'arme à feu contre la tempe de Matt vint confirmer ses soupçons.

53

Monastère de Saint-Bishoy, Wadi el Natrun

Une demi-heure après leur entrée dans le tunnel, Gracie, Dalton, le père Jérôme, frère Amine et leurs quatre sherpas en soutane débouchaient dans la cave du monastère voisin. Quelques moines inquiets, prévenus par leur abbé, étaient là pour les accueillir.

Gracie déposa son sac à dos, frotta la poussière de ses vêtements et s'étira tandis que l'abbé était déjà aux petits soins pour le père Jérôme. Elle se sentait hébétée. Petit homme âgé et trapu, l'abbé Antonius semblait abasourdi par la présence du moine faiseur de miracles, mais surtout dépassé par les événements. Il serra longuement les mains du père Jérôme de ses doigts ridés et tremblants, en répétant : « Dieu soit loué, vous allez bien. »

Ils empruntèrent ensuite l'escalier qui menait au réfectoire du monastère, où on leur offrit de l'eau fraîche. Ils savourèrent ce répit avant de ressortir dans la douceur du jour finissant. Bien que plus petit, le monastère avait les mêmes couleurs, la même atmosphère que celui qu'ils venaient de quitter. Bien des primats de l'Eglise copte y avaient séjourné, dont le dernier en date, Chenouda III. L'endroit en lui-même était imprégné de légende. Le corps de saint Bishoy – « sublime », en copte – y reposait, dans un cercueil de bois protégé par un caisson en plexiglas. On disait qu'il était demeuré intact jusqu'à nos jours, ce qui était bien sûr invérifiable, mais les fidèles prétendaient qu'il passait parfois le bras à travers son cercueil pour leur serrer la main, manifestement pas découragé par les lois de la physique. Du reste, la magie ne se limitait pas à son cas. Non loin de là, et conservée dans des conditions analogues, on pouvait voir la dépouille d'un autre moine, Paul, dont on disait qu'il s'était suicidé – avec succès – à sept reprises.

Le taxi du beau-frère de Youssouf, un Volkswagen Sharan fatigué, les attendait à l'ombre d'un bâtiment coiffé de plusieurs dômes, qui servait occasionnellement de retraite à Chenouda III.

— Vous êtes sûr qu'on ne risque rien dehors ? s'inquiéta Gracie.

— Il règne un calme relatif par ici, l'informa l'abbé Antonius. Les foules ne s'intéressent pas à nous. Enfin, pas jusqu'ici, ajouta-t-il avec un sourire gêné. Venez voir !

Ils laissèrent le chauffeur et les moines entasser leur matériel dans le coffre pour suivre l'abbé. Celui-ci leur fit traverser la cour du monastère jusqu'à un escalier extérieur étroit et sinueux qui menait au sommet du mur d'enceinte.

— Regardez, leur dit l'abbé. Mais soyez prudents : on ne sait jamais.

Gracie et Dalton risquèrent un œil par-dessus la crête du mur. Le même tapis de voitures et de camions recouvrait la plaine entre les deux monastères, mais l'attention générale se concentrait sur celui qu'ils venaient de quitter. Ce qui signifiait qu'ils avaient une chance raisonnable de fuir.

Ils redescendirent, remercièrent l'abbé et montèrent en voiture. Dalton et Gracie encadraient le père Jérôme à l'arrière tandis que frère Amine prenait le siège du passager. Gracie sentit sa gorge se nouer quand la porte du monastère s'entrouvrit. Le monospace s'engagea dans le désert en roulant au ralenti.

Il n'y avait que quelques véhicules garés de chaque côté de la route d'accès au monastère. Des hommes discutaient par petits groupes en fumant. Lorsqu'ils approchèrent du premier, Gracie se tourna vers le père et rabattit son capuchon sur sa tête. Impassible, leur chauffeur continua d'avancer au pas, et les hommes ne leur jetèrent qu'un regard distrait.

Gracie soupira. Plus ils s'éloignaient du monastère et moins il y avait de véhicules garés le long de la route. Elle estima que dans quelques minutes la voie serait entièrement libre. Ils n'avaient pas fait cent mètres que la piste obliquait vers la gauche en contournant un vieux mur effondré près d'un bosquet de palmiers. D'autres voitures s'étaient arrêtées là, et des hommes étaient alignés contre le mur, en plein soleil. Gracie sentit renaître son inquiétude quand leur chauffeur dut ralentir pour slalomer entre les véhicules garés au hasard. Un homme marchait sur le bord de la piste dans leur direction. Au moment où ils le croisèrent, ce que Gracie redoutait arriva : l'homme jeta un coup d'œil à l'intérieur de l'habitacle au moment précis où le père Jérôme tournait la tête vers lui pour regarder distraitement dehors.

L'homme parut frappé de stupeur. Le premier instant de surprise passé, il se mit à trottiner à leur hauteur, les deux mains plaquées sur la vitre du taxi.

— Il a reconnu le père Jérôme, s'exclama Gracie. Foncez !

Leur chauffeur écrasa l'accélérateur. Le moteur du monospace rugit. L'homme tenta de rester à leur hauteur mais il fut bien vite semé. Pour autant, ils n'étaient pas encore tirés d'affaire. En se retournant, Gracie vit l'homme se précipiter vers le petit groupe rassemblé sous les arbres, en criant et en agitant frénétiquement les bras pour attirer l'attention. Juste avant que le tas de bagages à l'arrière du taxi et le nuage de poussière sur la piste ne le lui cachent complètement, il lui sembla qu'il portait les mains à ses oreilles avant de s'effondrer. Mais il n'était pas question qu'ils s'arrêtent pour s'enquérir de son sort. Le chauffeur garda le pied au plancher et, un quart d'heure plus tard, ils fonçaient sur l'autoroute. La voie semblait à présent libre jusqu'à l'aéroport.

Puis le téléphone satellite de Gracie sonna.

Après s'être armée de courage, elle s'apprêtait à appeler Ogilvy pour lui annoncer la mort de Finch et crut que c'était lui qui l'avait devancée. Mais quand elle prit l'appareil, elle ne reconnut pas le numéro affiché. Le préfixe lui indiqua toutefois qu'il appartenait à un portable américain.

— Allô ?

— Mademoiselle Logan ? Nous ne nous sommes pas encore rencontrés mais je suis le révérend Nelson Darby. Et je pense pouvoir vous aider.

Fox Deux regarda le monospace blanc s'éloigner avant de braquer ses jumelles sur l'homme à terre. Il se tordait toujours de douleur, les mains plaquées sur les oreilles. Bien.

Il s'en était fallu d'un cheveu mais ils avaient prévu le coup. L'agitateur en avait pour un moment avant de se rétablir. Ils lui avaient envoyé une bonne décharge, par précaution. Fox Deux était même surpris qu'il n'ait pas perdu connaissance. Mais l'essentiel était qu'il n'aille nulle part et qu'il se taise, du moins pour un moment. Ils n'en demandaient pas davantage.

Il fit signe à ses hommes de lever le camp. Toujours aussi rapides et silencieux, ils éteignirent et bâchèrent le LRAD avant de se mettre en route et de suivre le monospace à bonne distance. Ils avaient hâte de rentrer enfin au pays.

54

Bedford

L'homme gardait le canon de son arme pointé sur la tempe de Matt.

— On se calme.

La voix était atone, le bras ferme. De la main gauche, il récupéra le pistolet posé sur les genoux de Matt et le glissa dans sa ceinture. Matt était furieux. Occupé à observer l'avion et Maddox, il n'avait pas vu son agresseur approcher par-derrière. Un deuxième type avec la même allure que le premier – costume sombre, chemise blanche ouverte, lunettes noires – surgit de derrière le cube de béton. Lui aussi visait la tête de Matt avec son arme – un P14-45, assez puissant pour arrêter un rhinocéros en pleine course.

Matt se mit à réfléchir à toute vitesse. Le système de vidéosurveillance avait dû enregistrer leur présence, les gorilles de Maddox ne pouvaient donc pas prendre le risque de les tuer sur place. D'un autre côté, ils pouvaient toujours leur faire quitter les lieux discrètement, soit à bord de leurs propres véhicules, soit, plus simplement encore, en embarquant avec eux dans la Toyota et en obligeant Matt à les conduire sous la menace d'une arme jusqu'à un endroit tranquille où ils n'auraient plus qu'à les éliminer.

Il devait donc à tout prix les empêcher de monter.

Ce qui ne lui laissait que quelques secondes pour agir.

Rapide comme l'éclair, il empoigna le bras qui pointait le pistolet sur sa tempe. Le coup partit à quelques centimètres de son visage, le laissant à moitié sourd, et la balle étoila le pare-brise. Matt crut entendre Jabba hurler, mais il devait les débarrasser du premier gorille avant de venir à son secours. Il écrasa l'accélérateur et donna un brusque coup de volant à droite. La voiture fit une embardée, entraînant le premier homme – dont il immobilisait toujours le bras – et projetant l'autre contre le grillage qui entourait le transformateur avant qu'il ait pu tirer. Le type ouvrit la bouche mais le flot de sang qui en jaillit étouffa son cri avant de tacher le capot blanc de la Toyota.

Voyant son complice mal en point, le premier homme se débattit furieusement, cherchant à pointer son arme vers Matt. Un second coup partit, frôlant également le visage de Matt, et fila sous le nez de Jabba avant de sortir par la vitre ouverte. Le gorille tendit la main gauche vers sa ceinture, cherchant à récupérer le pistolet qu'il avait pris à Matt. Celui-ci braqua à fond à droite, passa la marche arrière et écrasa de nouveau l'accélérateur. La Toyota fit un bond, déséquilibrant l'agresseur, qui glissa à terre. L'arrière de la voiture percuta le mur de béton tandis que la roue avant gauche roulait sur les jambes du tireur. Le type hurla et lâcha l'arme, qui tomba aux pieds de Matt. La Toyota s'élança en avant dans un crissement de pneus.

Matt jeta un coup d'œil vers l'avion. Les deux gardes du corps encadrant la fille de Rydell couraient vers eux, l'arme à la main. Pied au plancher, il roula jusqu'au portail par lequel ils étaient entrés, l'enfonça, et poursuivit en direction du rideau d'arbres.

— Ils savaient qu'on allait venir, hurla-t-il à Jabba.

— Quoi ? Mais comment ?

— Ils ont dû localiser ton téléphone.

— Impossible. Il n'est pas resté allumé assez longtemps.

— C'est la seule explication.

— Je te dis que c'est impossible ! s'entêta Jabba. Et je ne l'ai pas depuis assez longtemps pour qu'ils aient pu y télécharger un logiciel espion...

Matt lui arracha son iPhone des mains. Il s'apprêtait à le lancer par la vitre mais Jabba s'y cramponna avec l'énergie du désespoir.

— Non ! Ne fais pas ça ! Toute ma putain d'existence est là-dedans. Laisse-moi juste une seconde.

Matt le fusilla du regard mais céda.

Jabba fouilla les vide-poches, le cendrier, la boîte à gants. Dans celle-ci, il trouva une liasse de papiers retenus par ce qu'il cherchait : un trombone. Après l'avoir déplié, il l'introduisit dans un minuscule orifice du boîtier de l'iPhone, ouvrant une trappe. Il en sortit la carte SIM et la brandit sous le nez de Matt.

— Plus de carte SIM, plus de signal. En gros, ce téléphone est mort.

Après un temps d'hésitation, Matt haussa les épaules.

Il venait de tuer deux hommes. Il aurait dû se sentir mal, mais, après tout, c'était eux ou lui. Il n'aurait peut-être pas autant de chance la prochaine fois.

Jabba regardait droit devant lui sans dire un mot. Au bout d'un moment, il demanda :

— Qu'est-ce qu'on fait maintenant ?

— A ton avis ? répliqua Matt.

Jabba le dévisagea puis il soupira :

— Rydell ?

— Oui, Rydell.

55

Wadi el Natrun

— Je crois savoir que vous êtes pressés de fuir, reprit Darby sur un ton détaché.

— Pardon ? fit Gracie, prise de court.

Dalton se pencha vers elle et articula une question muette.

— Vous avez besoin d'un moyen de transport, mademoiselle Logan, observa Darby avec suffisance. Et je peux vous en proposer un.

Gracie ne savait quoi penser de cet appel. Le nom de Darby lui était familier, bien sûr, même si elle était loin de compter parmi les fans du pasteur. Mais pour l'heure, c'était bien le cadet de ses soucis. Elle bredouilla :

— Comment… qui vous a donné ce numéro ?

— Oh, j'ai beaucoup d'amis. Des amis haut placés. Je suis certain que vous le savez. Mais tout ce qui importe pour le moment, c'est de vous tirer de ce mauvais pas, vous et mon très estimé confrère. Acceptez-vous mon aide ?

La jeune femme s'efforça de laisser la proposition de côté pour tenter de relier toutes les bribes d'information dont elle disposait. Finch avait appelé Ogilvy, qui était censé leur trouver un avion mais n'avait pas donné de nouvelles depuis. De son côté, elle n'avait même pas eu le temps de lui apprendre la mort de Finch. Elle ne savait même pas ce que celui-ci avait pu lui dire au juste, ni quelle était leur destination. L'ambassade américaine du Caire ? L'aéroport ? Dans leur hâte de fuir le monastère, ils n'avaient pris aucune décision. Tout s'était passé si vite... Les décisions, c'était le domaine de Finch, or il n'était plus là.

Elle tenta d'en apprendre davantage :

— Vous pensiez à quoi ?

Elle devina le sourire du révérend.

— Chaque chose en son temps. Le père Jérôme est bien à vos côtés ?

— Oui, répondit-elle, consciente que c'était la seule chose qui intéressait Darby.

— Pensez-vous pouvoir quitter le monastère sans risque ?

Gracie préféra rester évasive.

— Oui. Nous avons trouvé une issue.

— Parfait. Quand ce sera fait, je vous demanderai de gagner l'aéroport d'Alexandrie.

— Pourquoi Alexandrie ?

Comme Dalton lui lançait un regard interloqué, elle lui fit signe de patienter.

— Pour vous, ce n'est pas plus loin que Le Caire, et surtout, la ville est beaucoup plus calme. Un avion sera sur place dans deux heures. Combien de temps vous faut-il pour vous y rendre ?

Alexandrie... Un choix logique. Un aéroport plus petit, à l'écart des grandes routes commerciales, donc moins de chances de se faire repérer.

— Il devrait nous falloir moins que ça.

— Parfait. Je vais vous donner mon numéro. Rappelez-moi dès que vous êtes en route.

— Où comptez-vous nous emmener ?

— A votre avis ? Dans le seul endroit où nous pouvons garantir la sécurité du bon père : chez nous. Vous rentrez au pays, mademoiselle Logan. Au pays de Dieu. Et vous pouvez me croire, les gens ici vont être fous de joie de vous revoir !

56

Brookline, Massachusetts

L'obscurité gagnait du terrain, repoussant le soleil d'hiver sur l'horizon, quand Matt ralentit pour se garer au bord de la route.

Ils se trouvaient au milieu des bois, sur une portion de route peu fréquentée. Devant eux, deux bornes de pierre marquaient l'entrée des services municipaux de Brookline, entre la forêt de Dane Park et les chênes qui bordaient le terrain de golf voisin. Matt aperçut un bâtiment bas avec un garage attenant, un peu à l'écart de la route. Quelques voitures étaient rangées le long du chemin d'accès, marqué de plaques de neige sale. L'endroit n'était pas très animé, ce qui convenait parfaitement à Matt.

Après avoir fui l'aérodrome, ils avaient commencé par se débarrasser de la Toyota cabossée et maculée de sang en l'abandonnant sur le parking d'un centre commercial. A la place, ils avaient volé une Pontiac Bonneville vert foncé tout aussi banale et qui semblait presque au bout du rouleau.

Matt avait ensuite voulu se procurer des munitions. Son statut de fuyard l'empêchait d'entrer dans une armurerie, et, Jabba n'ayant pas de permis de port d'arme, il ne pouvait en acheter pour lui. Ils étaient donc retournés à Quincy, où Sanjay avait accepté de les recevoir chez lui, à bonne distance de sa supérette. Il avait apporté à Matt deux boîtes de balles, de la gaze à pansements et un peu d'argent liquide. Matt aurait bien voulu lui demander une autre arme, voire le fusil à pompe qu'il gardait toujours chargé derrière son comptoir, mais il ne pouvait faire courir de tels risques à son ami.

Ils s'étaient servis de l'ordinateur de Sanjay pour trouver l'adresse personnelle de Rydell – celui-ci habitait une grande maison à Brookline – et Matt en avait profité pour consulter des portraits de l'homme qu'ils recherchaient. Puis ils s'étaient remis en route et, une fois sur place, avaient repéré les environs avant de surveiller la propriété de Rydell.

Ils n'avaient pas eu longtemps à attendre.

La Toyota Lexus avec chauffeur de Rydell s'était engagée dans l'allée peu après dix-sept heures. En la voyant, Matt avait été tenté de passer à l'action, mais il s'était ravisé, jugeant que Jabba et lui ne faisaient pas le poids face au chauffeur et au garde du corps assis à ses côtés.

Ils avaient donc repris leur surveillance, s'assurant que Rydell ne quittait pas les lieux. Au bout d'un moment, Jabba était descendu de voiture, laissant le volant à Matt.

« Rappelle-toi, avait dit ce dernier : si les choses tournent mal, ne va pas trouver les flics. Ne te fie à personne. Continue d'agir comme tu le fais depuis le début, d'accord ?

— En essayant de sauver ma peau, c'est ça ? Dans ce cas, débrouille-toi pour que les choses ne tournent pas mal.

Matt avait souri.

« Je te dis à bientôt. »

Puis il avait démarré pour retourner se garer devant les services municipaux.

Il vérifia une nouvelle fois son arme et la glissa sous son blouson. Il vida dans sa poche une des boîtes de balles, s'assura que la voie était libre et gagna à pied le bâtiment des services municipaux.

Il avait repris des antalgiques, ce qui lui permettait de marcher sans trop de peine. Il emprunta le chemin d'accès, dépassa les voitures garées puis l'entrée des fournisseurs et celle du personnel au moment où deux employés en sortaient. Il les salua d'un vague signe de tête en marmonnant « Comment va ? » et poursuivit jusqu'au garage à l'arrière du bâtiment.

Plusieurs bennes à ordures y étaient rangées côte à côte. Deux mécanos travaillaient sur une autre, garée un peu à l'écart. L'un d'eux releva la tête à l'entrée de Matt. Celui-ci le salua tranquillement, comme si sa présence allait de soi, puis il gagna le fond du garage d'un pas qui se voulait assuré. Du coin de l'œil, il vit le mécanicien se remettre au travail. Sur le mur du fond, Matt remarqua un tableau affichant la composition des équipes ainsi qu'un boîtier métallique destiné aux clés. Il n'était pas verrouillé. Ce n'était guère étonnant : les bennes à ordures ne figurent pas parmi les véhicules les plus convoités.

L'étiquette sur chaque clé correspondait aux trois derniers chiffres de la plaque d'immatriculation. Matt en choisit une, se dirigea discrètement vers la benne et grimpa dans la cabine. Après avoir jeté un coup d'œil autour de lui, il mit le contact. La cabine se mit à vibrer. Il débraya, passa la première et appuya doucement sur l'accélérateur. Le gros engin s'ébranla et le mécano leva de nouveau la tête. Matt s'arrêta à sa hauteur, baissa la vitre :

— Vous avez bientôt fini ? Steve m'a dit qu'il avait du mal à passer la troisième sur celui-ci, lança-t-il au culot, citant un des prénoms aperçus sur le tableau.

L'autre le regarda, perplexe, mais avant qu'il ait pu répondre, Matt ajouta :

— Ça doit venir de l'embrayage. Je fais un petit tour, je serai revenu dans dix minutes.

Un coup d'œil dans le rétro lui indiqua que le mécano était retourné à ses occupations.

Peu après, Matt s'engageait sur la route et dirigeait la benne orange vers la propriété de Rydell.

Installé dans sa bibliothèque, Larry Rydell broyait du noir dans son fauteuil, un verre de scotch à la main.

Les salauds, pensa-t-il. Si jamais ils touchent à un cheveu de Rebecca... Il baissa les yeux vers son verre. Jamais il ne s'était senti aussi impuissant.

Sa fortune et sa puissance lui permettaient de contrer n'importe quelle OPA hostile. De même, au Sénat, lors de débats particulièrement houleux, il avait toujours essuyé les pires attaques sans broncher. Il en était arrivé à un point où il se croyait intouchable. Pourtant, il était désemparé face aux crapules qui tentaient de pervertir son idéal.

Il avait beau tourner et retourner dans sa tête les paroles de Drucker, il n'y trouvait toujours aucun sens. Au départ, ils avaient tous la même vision du monde, ils faisaient la même analyse des dangers qui menaçaient l'humanité – et l'Amérique. Ils éprouvaient les mêmes frustrations devant les blocages idéologiques.

Alors, quelle mouche les avait piqués de vouloir fabriquer un nouveau messie, au risque de renforcer les illusions de masse qui étaient la plaie de cette planète ?

Décidément, ça ne tenait pas debout. Pourtant, il l'avait vu de ses yeux, et Drucker le lui avait confirmé. Les traîtres !

Il revit soudain Rebecca juste avant son départ pour le Mexique. Il aurait voulu l'y rejoindre pour les vacances – il regrettait amèrement que ses nombreuses activités ne lui aient pas permis de passer plus de temps auprès d'elle – mais ça n'avait pas été possible. Il ne pouvait s'absenter au moment où le plus grand projet de toute son existence entrait dans sa phase de réalisation. Dieu merci, elle avait tu sa déception. Comme toujours. Elle s'était habituée à avoir pour père une légende, pour le meilleur comme pour le pire... Le temps était venu d'y remédier, si on lui en laissait la chance.

Il fallait qu'il la tire des griffes de ses ravisseurs et la cache en lieu sûr. Plus rien n'avait d'importance à côté de ça, pas même l'avenir de la planète. Après l'avoir sauvée, il s'emploierait à mettre un terme à ce cirque avant qu'il ne prenne trop d'ampleur.

Oui, mais comment ? Vers qui se tourner ? Des années auparavant, il avait confié à cette vipère de Maddox le soin de protéger tant sa personne que ses affaires. C'était Maddox qui avait choisi son chauffeur, son garde du corps, ceux de sa fille, et jusqu'à l'équipage de son yacht ! C'était lui et sa société qui assuraient la sécurité de ses entreprises, filtraient ses mails et ses appels. Et bien sûr, c'était Drucker qui le lui avait recommandé. « Concentre toutes les responsabilités entre les mêmes mains, lui avait-il conseillé. Celles d'un homme de confiance. Un des nôtres. »

Apparemment, Maddox était dans le secret dont on l'avait écarté, lui. Ils s'étaient joués de lui depuis le début.

Il jeta son verre contre le mur, près de la grande cheminée. Les éclats retombèrent sur le tapis. Au même moment, il entendit un bruit de moteur dehors. Curieux, il s'approcha de la fenêtre.

Matt repéra Jabba au moment de s'engager dans l'allée menant à la propriété de Rydell. Le gros chimiste lui indiqua que la voie était libre, avant de retourner sous les arbres. Matt accéléra à fond.

Les trois cents chevaux de la benne rugirent. Bientôt, il distingua la grille de la propriété sur sa gauche et poussa le moteur à fond. Dans les derniers mètres, il braqua au maximum et les quinze tonnes de la benne enfoncèrent la grille en acier, l'arrachant de ses gonds.

Il remonta l'allée, soulevant le gravier sous ses roues. La grande maison (presque un manoir) était visible derrière un rideau d'arbres vénérables, au sommet d'une butte paysagée. Elle comportait deux ailes et un vaste garage en annexe. L'allée décrivait une boucle devant l'entrée. Pas trace de la Lexus ni du garde du corps.

Sans lever le pied, Matt se dirigea vers la porte d'entrée. Au dernier moment, un grand type costaud – il crut reconnaître le gorille qui accompagnait le chauffeur de la Lexus –

se précipita dehors. Ses yeux s'agrandirent quand il vit la benne lui foncer dessus, puis il porta la main à son holster.

Matt fonça droit devant lui, coupant à travers le parterre central, et percuta le garde du corps avant qu'il ait eu le temps de tirer une seule balle. Le type s'aplatit contre le pare-brise, l'éclaboussant de sang, avant de disparaître entre la calandre et la porte d'entrée.

Dans une explosion de briques, de verre et de bois, la benne jaillit dans un hall majestueux et s'immobilisa. Matt laissa tourner le moteur, saisit son arme et descendit de la benne au moment précis où un autre gorille surgissait d'une porte latérale, l'arme au poing. Profitant de l'effet de surprise, Matt l'abattit de deux balles. Puis il contempla ce qui restait du hall et cria :

— Rydell !

Puis il s'enfonça dans la maison, pointant son pistolet devant lui. Il inspecta le salon et la salle multimédia adjacente. Il s'apprêtait à entrer dans la cuisine quand une porte s'ouvrit sur sa droite. La tête de Rydell apparut dans l'embrasure.

Matt le reconnut d'emblée, malgré la stupéfaction qui déformait ses traits. Son visage paraissait plus émacié que sur les photos, mais c'était bien lui.

Matt leva son arme et l'empoigna par l'épaule.

— Allons-y !

Il le poussa sans ménagement vers le hall. Rydell resta bouche bée en découvrant la benne au milieu des décombres et le trou béant dans la façade. Soudain, Matt entendit des pas derrière eux : un autre gorille accourait. Dopé à l'adrénaline, Matt dirigea aussitôt son arme vers lui et l'abattit.

Plaquant Rydell contre l'arrière de la benne, il lui indiqua l'intérieur avec le canon de son pistolet.

— Grimpe !

— Quoi, là-dedans ? s'exclama Rydell, paniqué.

— Monte, je te dis ! insista Matt en pointant son arme sur le visage de l'homme.

Rydell n'hésita qu'une fraction de seconde. Quand il fut tassé au fond de la benne, Matt enfonça le bouton de compactage. Le piston hydraulique descendit lentement, repoussant son prisonnier vers les entrailles du véhicule.

Matt relâcha le bouton de façon à bloquer le piston à mi-course et remonta dans la cabine. Un autre gorille en costume foncé, armé d'un gros calibre, apparut. Il tira plusieurs balles qui traversèrent le pare-brise et frappèrent la tôle derrière Matt. Celui-ci baissa la tête, enclencha la marche arrière et enfonça l'accélérateur. La benne s'arracha aux décombres et reprit l'allée de gravier. L'homme le suivit, continuant à tirer, mais ses balles éraflaient à peine l'épaisse carrosserie. Matt redressa l'engin et repartit en première. Du pot d'échappement sortit un panache noir rageur – c'était sans doute la première fois que le moteur était traité de la sorte – puis la benne rejoignit l'allée et dévala la pente.

Elle avait presque atteint la route quand un gros 4 × 4 de la police avec sirène et toute une rangée de gyrophares surgit devant elle. Le passage était trop étroit pour leur permettre de se croiser, et le conducteur le savait. Il tenta de se déporter, mais trop tard. La benne lui enfonça le flanc, le projetant vers les arbres comme un palet de hockey. Un second 4 × 4 n'eut pas plus de chance. Juste avant la route, Matt l'emboutit par l'arrière et l'expédia vers le bas-côté.

Il ralentit au débouché de l'allée, le temps de récupérer Jabba, et repartit pleins gaz, le cerveau en ébullition. Il tenait Rydell, ce qui était bien, et il était toujours en vie, ce qui était encore mieux.

57

Washington

Dommage, songea Keenan Drucker.

Il aimait bien Rydell. L'homme restait un atout dans leur jeu, et rien ne serait arrivé sans lui. Le terme de visionnaire était galvaudé mais, dans le cas de Rydell, il prenait tout son sens.

Tout avait commencé à Davos, en Suisse.

Un dîner de gala, des couverts à deux cent mille dollars. Au menu, bœuf d'Aberdeen et gelée au champagne rosé. Une banale réunion de gens riches et célèbres, dignes représentants de cette élite planétaire qui aspirait à résoudre les grandes crises mondiales. Des égotistes mal dans leur peau ou des philanthropes bien intentionnés qui se rencontraient non seulement pour apaiser leur sentiment de culpabilité en distribuant trois sous à quelques milliers de pauvres mais aussi dans l'espoir de créer ainsi un cercle vertueux qui sauverait des millions de vies.

Rydell et Drucker étaient restés jusque tard dans la nuit, à évoquer ensemble les données statistiques sur le réchauffement planétaire. Quatorze mille véhicules nouveaux immatriculés chaque jour en Chine. Une centrale électrique mise en service chaque semaine en Inde et en Chine pour répondre aux besoins énergétiques d'un secteur industriel florissant. Le monde développé de plus en plus dépendant des énergies fossiles. Aux Etats-Unis, le Congrès qui offrait toujours plus d'avantages fiscaux aux compagnies gazières et pétrolières. Les campagnes de désinformation de toutes ces entreprises qui incitaient les gens à se voiler la face pour éviter les choix difficiles... Chaque nouvelle étude ne faisait que confirmer que la réalité dépassait de loin les prévisions les plus alarmistes.

Les deux hommes étaient tombés d'accord pour dire que la planète allait bientôt atteindre un point de non-retour, et que l'opinion persistait à l'ignorer.

La question était : que faire ?

Tout au long de leur conversation, Drucker n'avait pu se défaire de l'impression que Rydell le jaugeait et cherchait à tester sa motivation. Il sourit intérieurement en se rappelant comment son interlocuteur s'était finalement démasqué. Désignant le luxueux décor autour d'eux, Drucker lui avait dit :

« Tout ça, c'est bien beau, mais ça n'y changera pas grand-chose. Le monde politique, le monde des affaires, personne n'a envie de bouleverser l'ordre établi. Satisfaire les électeurs et les actionnaires, voilà leur unique préoccupation. La croissance. Les gens ne veulent pas vraiment que ça change, surtout si ça doit leur coûter quelque chose. Le prix du pétrole a quadruplé depuis le siècle dernier, et pourtant rien n'a changé. Tout le monde s'en fout. Le message lénifiant des multinationales du pétrole, c'est ça que les gens ont envie d'entendre.

— Peut-être le ciel devrait-il nous adresser un autre genre de messages », lui avait alors glissé Rydell avec une lueur exaltée dans le regard.

Tout était parti de là.

Au début, Rydell avait semblé se cantonner à la théorie. Mais la théorie était bientôt passée dans l'ordre du possible, puis le possible était devenu réalisable.

Drucker avait tout de suite imaginé quantité d'applications pratiques à l'invention de Rydell et de son équipe. Par exemple, elle pouvait constituer une arme pour contrer toutes sortes de menaces de manières diverses mais toujours spectaculaires. Le problème était que Rydell ne voulait rien entendre. Pour lui, il n'y avait qu'une seule vraie menace.

Drucker n'était pas de cet avis. Il y en avait beaucoup d'autres, autrement plus dangereuses et prioritaires. Car si Drucker était un citoyen du monde conscient de ses responsabilités, il restait, d'abord et avant tout, un patriote.

Le monde musulman devenait de plus en plus violent et hardi. Il fallait le contenir. Drucker doutait qu'on puisse jamais convertir les musulmans, les amener à renier leur religion. Mais il y avait bien d'autres façons d'exploiter la technologie de Rydell. A un moment, Drucker avait caressé l'idée de fomenter une guerre totale entre sunnites et chiites.

La Chine devenait elle aussi de plus en plus préoccupante. Pas du point de vue militaire mais sur le plan économique, ce qui était pire. Et, avec elle, ce n'était pas un message d'ordre spirituel qui pourrait changer les choses. Drucker avait encore bien d'autres motifs d'inquiétude, en rapport direct avec son pays et les menaces qui avaient coûté la vie à son fils unique. Dans tous les cas, la méthode consistait à utiliser comme appât le message sur le réchauffement climatique. C'était là une cause qui transcendait les différences de race ou de religion, et à laquelle tout le monde pouvait adhérer. Le message secondaire – le plus important – infiltrerait les esprits à leur insu.

Drucker avait défini sa stratégie avec soin. Le climat général du pays jouait en sa faveur. Soixante-dix pour cent des Américains croyaient aux anges, au ciel, à l'au-delà et aux miracles. Mieux encore, ils étaient plus de quatre-vingt-douze pour cent à croire en un Dieu qui s'intéressait à leurs drames intimes et dont on pouvait solliciter le secours. Pour concevoir ses plans, Drucker s'était par ailleurs inspiré des travaux de psychologues et d'anthropologues distingués sur l'architecture mentale de la foi. Tout d'abord, le leurre devait être assez étrange pour captiver les gens et se graver dans leur mémoire, mais pas au point d'être rejeté. Il devait en outre susciter une résonance émotionnelle afin que la croyance s'installe. Les religions recouraient à des rituels élaborés pour exacerber ces émotions : cathédrales obscures emplies de cierges, chants et cantiques, prosternations à l'unisson... Avec sa composante quasiment mystique, le mouvement écologiste remplissait toutes ces exigences. L'enjeu n'était plus d'affronter notre propre mortalité mais celle de la planète entière.

En outre, le moment était bien choisi. L'humanité n'avait jamais été confrontée à autant de dangers menaçant chaque jour son existence même : crises environnementale et économique, terrorisme, dissémination nucléaire, grippe aviaire, OGM, nanotechnologies, grand collisionneur de hadrons... Toutes les conditions étaient réunies pour favoriser l'émergence d'un sauveur, d'un messie qui annoncerait l'avènement d'une ère nouvelle, et le phénomène n'était pas propre au christianisme.

Mais il avait beau examiner la question sous tous les angles, Drucker revenait sans cesse buter sur la même certitude : on ne pourrait pas abuser éternellement les gens. Tôt ou tard, il y aurait des fuites. Pour cette raison, il avait finalement décidé d'inclure cette éventualité dans sa stratégie, ce qui s'était révélé un coup de maître.

Tout était en place. Il avait recruté les partenaires indispensables à la mise en œuvre de son projet. Il ne lui restait plus qu'à attendre un événement suffisamment spectaculaire pour susciter une résonance émotionnelle. Celui-ci finirait nécessairement par se produire. La planète était en ébullition. Les catastrophes naturelles s'enchaînaient. Et, en effet, l'occasion attendue s'était présentée au moment opportun, comme un don du ciel.

Un des aspects les plus réjouissants du plan de Drucker était le rôle qu'il avait attribué aux médias dans sa réalisation. Il ne faisait aucun doute qu'ils fonceraient tête baissée dans le panneau. Car, au moins dans la phase initiale du projet, il était question de la sauvegarde de la planète, un thème qui leur était cher.

Dommage, songea de nouveau Drucker. Il aurait préféré que Rydell le suive. Il avait bien tenté de le convaincre du caractère indispensable d'un messager, d'un prophète. Ils en avaient longuement débattu, mais Rydell n'avait rien voulu entendre. Drucker regrettait également d'avoir dû enlever Rebecca. Il la connaissait depuis des années, l'avait vue grandir pour devenir une jeune femme séduisante et indépendante. Mais il n'avait pas eu le choix. Rydell était trop passionné. Jamais il n'accepterait de compromis. Il était devenu le pion à sacrifier pour assurer le succès final de l'entreprise.

Le téléphone de Drucker sonna et le nom de l'Obus s'afficha sur l'écran. L'homme grâce auquel tout avait pu se faire. Le marine aguerri qui avait perdu une oreille en Irak, dans la boucherie qui avait coûté la vie au fils de Drucker.

Celui-ci décrocha.

Les nouvelles n'étaient pas bonnes.

58

Brookline, Massachusetts

Le compacteur hydraulique se releva en gémissant. Presque aussitôt, une odeur pestilentielle émana des entrailles du camion, bien que la benne fût vide. Matt arrêta le volet à mi-course et se pencha à l'intérieur.

— Dehors ! ordonna-t-il.

Rydell sortit en titubant et en abritant ses yeux du soleil.

La benne était garée dans une ruelle déserte, parallèle à une artère commerçante, à proximité de la Pontiac.

Rydell puait. Ses vêtements étaient déchirés, il était couvert de bleus après avoir été bringuebalé dans la benne vide. Une méchante éraflure lui striait la joue gauche. Il dut s'appuyer à la carrosserie, le souffle court.

Matt lui laissa quelques secondes puis il pointa vers lui l'arme perdue par un des tueurs à l'aérodrome.

— Qu'avez-vous fait à mon frère ?

Rydell regarda tour à tour Matt et Jabba, qui se tenait, mal à l'aise, un peu en retrait, puis il ferma les yeux.

Matt répéta sa question. Rydell leva la main pour lui demander un répit. Au bout d'un moment, il rouvrit les yeux et marmonna :

— Votre frère ?

— Danny Sherwood. Que lui est-il arrivé ?

Rydell grimaça, cherchant visiblement ses mots.

— Pour autant que je sache, il va bien, dit-il enfin. Mais cela fait plusieurs semaines que je ne l'ai pas vu.

Matt accusa le coup.

— Alors, il est vivant ?

— Oui.

Matt se tourna vers Jabba. Ce dernier surmonta son inquiétude pour lui adresser un signe de tête encourageant.

— Je suis désolé, poursuivit Rydell. Nous n'avions pas le choix.

— Bien sûr que si, rétorqua Matt. Ça s'appelle le libre arbitre. Donc, le signe, tout le bazar, c'est vous ?

— C'était moi.

— C'*était* ?

— Les autres, mes partenaires... Disons qu'ils m'ont... mis sur la touche.

— Que s'est-il réellement passé en Namibie ?

— C'est là-bas que nous avons procédé au dernier test. Mais il n'y a jamais eu d'accident d'hélicoptère. Ce n'était qu'une mise en scène.

— Donc Reece et les autres... eux aussi sont en vie ?

— Non.

Rydell reprit après une hésitation :

— Ecoutez, je n'étais pas d'accord. Ce n'est pas ma façon de procéder. Mais je n'étais pas tout seul. Et les autres ont réagi... de manière excessive.

— Les autres ? Quels autres ?

— Les gars de la sécurité.

— Maddox ?

Rydell manifesta de la surprise en entendant Matt prononcer ce nom.

— Il s'est débarrassé d'eux quand ils ont cessé de vous être utiles ?

— Ça ne s'est pas passé ainsi, objecta Rydell. Personne dans l'équipe n'était au courant de nos véritables plans, pas plus Reece que votre frère. Et quand j'en ai enfin parlé à Reece, il n'a rien voulu entendre. J'ai cru qu'avec le temps j'arriverais à le convaincre. Ensuite, les autres l'auraient suivi.

Mais Maddox s'est interposé et… il s'est mis à tirer. Comme ça. Personne n'a pu l'arrêter.

— Et Danny ?

— Il a tenté de fuir.

— Et depuis, vous le gardez prisonnier.

Rydell acquiesça.

— C'est lui qui a conçu l'interface de traitement. Elle fonctionne à la perfection mais elle est très sensible aux variations de température ou de pression atmosphérique. Il était plus sûr de l'avoir sous la main.

— Donc, vous l'avez gardé en vie durant tout ce temps pour l'utiliser maintenant.

Rydell acquiesça de nouveau.

— Pourquoi a-t-il continué à vous obéir ? Il devait bien se douter que vous le tueriez, une fois l'opération achevée. A moins que… Il n'agissait pas de son plein gré, c'est ça ?

— Non, admit Rydell. Nous… ils l'ont fait chanter.

— Comment ?

— En menaçant de s'en prendre à vos parents, puis à vous. Ils lui ont dit qu'ils vous feraient renvoyer en prison et s'assureraient que vous y subissiez les pires sévices.

Matt sentit la colère l'envahir.

— Mes parents sont morts.

— Danny l'ignore.

Matt tourna les talons, le visage fermé. La confession de Rydell l'avait ébranlé. Son petit frère, vivant deux années d'enfer dans une cellule, isolé du monde, contraint de mettre son intelligence au service d'une entreprise qu'il réprouvait et endurant tout cela pour le protéger, lui.

Après tout ce qu'il avait déjà fait pour lui.

Puis Matt songea à ses parents, anéantis par l'annonce de la mort de Danny, et il eut envie de mettre Rydell en charpie.

Jabba, qui jusque-là s'était bien gardé d'intervenir, s'approcha soudain de Rydell et lui demanda presque timidement, comme s'il n'arrivait pas encore à croire qu'il se trouvait bien là, face à l'un de ses dieux, même s'il s'agissait d'un dieu déchu :

— Comment procédez-vous ?

Rydell se détourna sans un mot.

— Répondez-lui ! ordonna Matt.

Rydell regarda tour à tour les deux hommes, puis il dit :

— Avec de la poussière intelligente.

— De la poussière intelligente ? Ce n'est pas... je veux dire, je croyais que...

Assailli par un flot de questions, Jabba se tut quelques secondes avant de reprendre :

— Quelle taille ?

— Un tiers de millimètre cube.

Jabba en resta bouche bée. D'après tous les renseignements dont il disposait, une telle chose était impossible.

L'idée de la poussière intelligente avait jailli du cerveau d'informaticiens et d'électroniciens sur le campus de l'université de Berkeley, vers la fin des années 1990. Elle était simple : de minuscules puces de silicium presque invisibles à l'œil nu et bardées de capteurs, suffisamment légères pour rester en suspension durant des heures, recueillaient et transmettaient des données en temps réel sur leur environnement sans qu'on les détecte. L'armée avait été aussitôt intéressée, attirée par la perspective de semer au-dessus d'un champ de bataille des capteurs pas plus gros que des grains de poussière pour repérer les mouvements de troupes. On pouvait également avoir l'idée d'en répandre dans le métro pour détecter les menaces chimiques ou biologiques, ou sur une foule de manifestants pour les surveiller à distance.

En théorie, la fabrication de telles puces était possible. En pratique, on n'en était pas encore là, du moins officiellement. Le problème n'était pas de miniaturiser des capteurs, mais des processeurs pour analyser les données, des émetteurs pour les relayer et, surtout, la pile au lithium alimentant le dispositif en énergie. Quand on ajoutait tous ces éléments, les particules pas plus grosses qu'un grain de poussière se transformaient en grappes très peu discrètes, de la taille d'une balle de golf.

Il était évident que l'équipe de Rydell avait réussi à surmonter ces obstacles, dans le plus grand secret.

— Vous travailliez pour le DARPA, n'est-ce pas ?

— Reece, oui. Mais le jour où il a découvert comment passer au stade concret de la fabrication, c'est moi qu'il est venu trouver, pas eux. Ce soir-là, on a veillé jusqu'au milieu de la nuit, imaginant toutes les applications possibles de son invention. L'une d'elles s'est rapidement imposée à nous.

— C'est là que les biocapteurs interviennent ?

— Non, ça, ce n'était qu'un écran de fumée.

— Mais enfin, comment faites-vous ? Vous employez des drones pour larguer les puces ?

— De simples bombes. On les tire comme des feux d'artifice.

— Pourquoi n'entend-on pas de détonation ?

— On se sert de lanceurs à air comprimé, comme à Disneyland.

— Et les puces ? Comment s'activent-elles ? Et qu'est-ce que vous utilisez comme source d'énergie ? Des capteurs solaires ? Ou carrément des radioéléments ?

Détecter, trier puis transmettre des données consommait beaucoup d'énergie. L'une des pistes envisagées par les chercheurs était de recouvrir chaque puce d'un isotope radioactif pour lui assurer une autonomie maximale.

Rydell secoua la tête.

— Avec notre système, les puces n'ont pas besoin d'une source d'énergie embarquée.

— Elles marchent comment, alors ?

— C'est ça, l'idée de génie de Reece : elles s'alimentent mutuellement. On les active depuis le sol avec un puissant signal électromagnétique, qu'elles convertissent en énergie et se répartissent selon leurs besoins.

La réponse de Rydell déclencha une nouvelle salve de questions de la part de Jabba :

— Mais comment s'activent-elles ?

— Au moyen d'une simple réaction chimique. Ce sont des particules hybrides, capables de s'activer et de se désactiver à la demande pour adopter la forme de notre choix, un peu comme des parachutistes exécutant des figures en chute libre. Elles se consument au bout d'un quart d'heure, mais ça suffit amplement.

Jabba semblait avoir du mal à reconstituer le puzzle.

— Mais elles doivent se déplacer au moindre souffle d'air. Et pourtant, le signe restait stable !

Il avança une explication, sans trop y croire :

— Un système d'autopropulsion ?

Rydell lança vers Matt un regard empli de remords avant de répondre :

— C'est là que Danny intervient avec son programme de traitement réparti.... Il serait plus juste de parler d'un réseau d'intelligence artificielle massivement répartie. Il a conçu un système optique à base de réflecteurs prismatiques. C'est ce qui permet aux puces de communiquer en utilisant un minimum d'énergie. Elles sont littéralement douées de vie. Dès qu'une puce activée s'écarte un peu trop des autres, elle s'éteint et celle qui vient prendre sa place s'active à son tour, de telle sorte que le signe apparaît immobile alors même que les particules de poussière qui le composent bougent sans arrêt. Si vous ajoutez à cela que nous désirions que le signe palpite pour donner une impression de vie, il fallait une puissance de calcul phénoménale, concentrée dans une machine de la taille d'un grain de poussière. Nous n'y serions jamais arrivés sans Danny.

— Et donc, vous aviez d'excellentes raisons de le garder prisonnier, ironisa Matt.

— Vous croyez que ça a été facile ? rétorqua Rydell. Vous croyez peut-être qu'il s'agissait d'une simple lubie de ma part ? J'ai tout misé là-dessus, et sans doute cela me coûtera-t-il la vie.

— C'est bien possible, acquiesça sèchement Matt.

— Je n'avais pas le choix. Il fallait réagir. Le phénomène nous échappe et tout le monde s'en moque.

— Quoi, le réchauffement climatique ? intervint Jabba. C'est la raison de tout ça ?

— Quoi d'autre, à votre avis ? s'emporta Rydell. Vous n'avez toujours pas pigé, hein ? Les gens ne se rendent pas compte que chaque fois qu'ils montent dans leur voiture, ils contribuent à tuer la planète. Ils assassinent leurs propres petits-enfants. Nous approchons du point de non-retour. A ce moment-là, il sera trop tard pour réagir. La Terre connaîtra un bouleversement climatique et c'en sera fini de nous. Et ça arrivera plus vite qu'on ne le pense. Dans moins d'un siècle, les gens vivront dans un environnement complètement dégradé et ils se demanderont pourquoi leurs parents n'ont rien fait pour empêcher cela, malgré tous les signaux d'alerte. Eh bien, moi, j'agis. Ce serait criminel de ne rien faire.

— Alors, vous avez décidé de tuer un tas de braves types rien que pour attirer l'attention générale ?

— Je vous l'ai dit, ça ne faisait pas partie du plan.

— N'empêche que vous continuez à le défendre.

— Que vouliez-vous que je fasse ? Que je gâche des années de labeur pour dénoncer Maddox et ses hommes ?

— Ça ne vous a même pas traversé l'esprit ?

Rydell réfléchit avant de secouer la tête.

Matt le fixa d'un air éloquent, jusqu'à ce qu'il détourne les yeux.

— Et le père Jérôme, dans tout ça ? demanda alors Jabba. Il est dans le coup, lui aussi ?

— Je n'en sais rien. En tout cas, il ne faisait pas partie du plan initial. Tout ça, c'est leur idée. Il faudra que vous leur demandiez.

— Il ne peut quand même pas tremper là-dedans ! s'insurgea Jabba. Pas lui !

— Peu importe, le coupa sèchement Matt. Moi, tout ce que je veux, c'est récupérer Danny.

Il se tourna vers Rydell et l'interrogea :

— Où est-il ?

— Je n'en sais rien. Je vous l'ai dit, je suis sur la touche.

Matt leva son arme et la pointa sur le front du milliardaire.

— Faites encore un effort.

— Je vous dis que je n'en sais rien ! s'exclama Rydell. Mais à la prochaine apparition du signe, vous le trouverez sur place.

— Quoi ?

— C'est pour ça qu'on avait besoin de lui vivant, expliqua Rydell. Pour procéder aux microajustements en temps réel.

— Il faut qu'il soit sur place ? s'enquit Jabba. Il ne peut pas commander la procédure à distance ?

— Il le pourrait, mais la transmission de données n'est pas totalement sécurisée sur de si longues distances, sans compter que le moindre décalage temporel pourrait tout compromettre. Mieux vaut qu'il opère sur place, surtout si on souhaite que l'apparition se prolonge.

— Alors, il était là-bas, en Antarctique ? s'exclama Matt. Et en Egypte, aussi ?

— En Antarctique, oui, confirma Rydell. Pour l'Egypte, je ne sais pas. Encore une fois, ça ne faisait pas partie du plan initial. Mais d'après ce que j'en ai vu à la télé, j'imagine qu'il y était. Il doit se trouver à moins de huit cents mètres du signe. C'est la portée du transmetteur.

Une sirène se fit entendre au loin. Matt se crispa. Par l'étroite ouverture de la ruelle, il vit passer le gyrophare d'une voiture de police.

Il était temps de déguerpir. Il se tourna vers Jabba :

— Il faut qu'on bouge.

D'un mouvement du canon de son arme, il incita Rydell à les précéder.

— On y va.

— Où ça ?

— Je n'en sais rien, mais vous venez avec nous.

— Je ne peux pas, protesta Rydell. Ils...

— Vous venez avec nous. Point. Ils ont Danny. Je vous ai. Ça me paraît un marché équilibré.

— Jamais ils ne l'échangeront contre moi. Ils ont besoin de lui. Bien plus que de moi. A tout prendre, ils préféreraient encore me voir mort.

— Peut-être, mais s'ils ne vous ont pas encore tué, ça veut dire que vous leur êtes utile, vous aussi.

A en juger par l'expression de Rydell, il avait marqué un point. Mais bien vite, celui-ci se reprit.

— Je ne peux pas venir avec vous. Ils détiennent ma fille.

— C'est ça, ricana Matt.

Ce type était un fieffé menteur, ce qui, a posteriori, laissait planer un sérieux doute sur ses révélations.

— Je vous dis qu'ils retiennent ma fille !

— Arrêtez vos conneries !

— Ecoutez-moi ! Ils l'ont enlevée au Mexique, et ils la gardent en otage pour s'assurer que je ne ferai pas de vagues. Il ne faut même pas qu'ils sachent que je vous ai parlé. Ils la tueraient aussitôt.

Matt hésita, soudain désarçonné, et Jabba s'approcha.

— Peut-être qu'il dit vrai, mec.

Puis, s'adressant à Rydell :

— Je crois qu'on a vu votre fille, il y a deux heures. Maddox et ses hommes l'ont débarquée sur un petit aérodrome près de Bedford. On a cru que c'étaient ses gardes du corps.

— Ils ont votre fille, et vous pensiez juste avoir été mis sur la touche ? reprit Matt d'un ton lourd de mépris. Moi, à votre place, j'y verrais la preuve que vous êtes carrément devenus ennemis. Cette fois, on y va.

Rydell, visiblement ébranlé par ses paroles, répéta faiblement :

— Je ne peux pas. Ils la tueraient.

Matt laissa éclater sa colère.

— Ça, vous auriez dû y penser avant, au lieu de regarder ailleurs quand vos copains se faisaient dégommer.

— Combien de fois devrai-je vous le répéter ? gémit Rydell. Je n'étais pas d'accord. Et même si je voulais vous aider, ce serait impossible. Pas tant qu'ils ont ma fille en otage. Faites de moi ce que vous voulez, mais je ne vous suivrai pas.

Matt leva son arme mais Rydell recula, jetant des regards affolés autour de lui.

— Stop ! ordonna Matt. Je ne plaisante pas.

Rydell avait presque atteint l'entrée de la ruelle.

Matt hésita. S'en apercevant, le milliardaire lui adressa un petit signe de tête, comme pour s'excuser, avant de se précipiter vers la rue.

— Merde ! s'exclama Matt en s'élançant à sa suite, suivi de Jabba. Rydell !

Sa voix résonna contre les murs de brique. A leur tour, ils atteignirent la rue. Matt s'immobilisa. Quelques piétons s'étaient figés, surpris par son apparition soudaine, une arme à la main. Derrière eux, Rydell reculait toujours, les bras ouverts en un geste d'apaisement.

Matt décida qu'il y avait trop de regards fixés sur lui. Rydell allait lui échapper et il n'y pouvait rien.

— On se tire d'ici, dit-il à Jabba avant de tourner les talons pour aller chercher la Pontiac.

Il avait perdu Rydell, mais Danny était en vie, et pour l'heure c'était l'essentiel.

59

Alexandrie, Egypte

La décision d'éviter l'aéroport du Caire se révéla finalement judicieuse, même si Gracie redoutait de devoir se livrer au genre d'exercice normalement dévolu à Finch : en ce cas précis, faire passer le père Jérôme au nez et à la barbe d'un douanier égyptien qui pouvait se montrer trop zélé, sexiste, anti-Américain, voire une combinaison des trois.

L'avion les attendait quand ils arrivèrent. Darby avait tenu sa promesse. Ils se rendirent au bureau de l'aviation civile pour accéder à la piste sans passer par l'aérogare, en tâchant de cacher le vieux moine. Il suffirait que quelqu'un le reconnaisse pour qu'éclate une émeute. L'employé qui les reçut se trouva être copte – il y avait à peine une chance sur dix pour que cela arrive – et, qui plus est, pratiquant. Quelques minutes plus tard, leurs passeports étaient tamponnés, les portes grandes ouvertes, et ils escaladaient l'échelle de coupée du jet affrété en hâte. Il avait été décidé que leur chauffeur attendrait le décollage de l'avion pour avertir l'abbé Kyrillos qu'il pouvait annoncer que le père Jérôme avait quitté le monastère, en espérant que cela suffirait à apaiser la foule rassemblée au pied des murailles.

Gracie commença à se détendre quand les roues du Gulfstream 450 quittèrent la piste. Bientôt l'appareil avait atteint son altitude de croisière. Mais le soulagement de la jeune femme fut de courte durée, et l'image de Finch gisant sur le sable, mort, revint rapidement la hanter.

Le chagrin l'envahit.

— J'aurais tant voulu ne pas le laisser là-bas, confia-t-elle à Dalton, assis face à elle. Ça me bouleverse de le savoir encore là-bas, alors que nous…

— On n'avait pas le choix, affirma Dalton. C'est ce qu'il aurait voulu qu'on fasse.

— Mourir ainsi, après tout ce qu'on a vécu ensemble… Toutes ces guerres, ces catastrophes…

Accablés, ils gardèrent un moment le silence, puis Dalton reprit :

— Il faut qu'on prévienne les autres, chez nous.

Gracie acquiesça sans un mot.

— De toute façon, il faut qu'on indique une heure approximative d'arrivée à Ogilvy, ajouta le cameraman. Je vais demander au pilote s'il peut nous connecter à la rédaction.

Il allait se lever, mais Gracie l'arrêta.

— Pas tout de suite, d'accord ? Restons encore quelques minutes entre nous.

— Bien sûr.

Dalton jeta un coup d'œil vers le coin cuisine, à l'arrière de la cabine, et reprit :

— Je vais voir s'ils ont du café. Tu en veux ?

— Oui, merci… Et si c'était possible, je ne refuserais pas deux doigts de whisky.

L'homme qui se faisait appeler frère Amine regarda Dalton se lever pour gagner le fond de la cabine. Il le salua de la tête au passage puis reporta son attention sur le hublot.

Il avait commis son premier meurtre en mission, même s'il avait déjà tué en bien d'autres occasions. La guerre civile avait transformé beaucoup de jeunes Serbes en machines à tuer. Le conflit terminé, certains avaient réussi à réendosser leur costume de brave type sans histoire tandis que d'autres avaient pris goût à cet aspect caché de leur personnalité. Et certains, comme Dario Arapovic, avaient appris au passage que les talents qu'ils avaient acquis à Vukovar ou ailleurs étaient très recherchés. La région demeurait instable, la paix n'était qu'une pause provisoire dans le Grand Jeu. Un jeu auquel des hommes comme Maddox prenaient une part active, un jeu dans lequel quelqu'un comme Dario était très convoité, et récompensé en proportion de ses talents. Jamais il n'avait regretté son choix, car si Dario avait été fier de contribuer à construire l'avenir de sa patrie, le rôle qu'avait choisi de lui confier Maddox dans un combat d'une tout autre envergure lui apportait encore plus de satisfaction.

Il aurait préféré ne pas devoir tuer le producteur. Le risque de se faire démasquer était élevé, tout comme celui de compromettre la réussite d'un projet qui s'était jusqu'ici déroulé sans anicroche. L'équipe de la télévision avait joué son rôle à la perfection, mais la mort de Finch avait tout fichu en l'air. Ils agissaient en vrais professionnels, suivant une procédure bien rodée, et le producteur avait été un rouage essentiel de ce mécanisme. Lui disparu, une porte s'était ouverte sur l'inconnu. Ses coéquipiers allaient lui trouver un remplaçant, sans doute un dur à cuire qui ne se laisserait peut-être pas manipuler aussi facilement.

Mais il n'avait pas eu le choix. Jamais Finch ne se serait satisfait d'une explication bancale à la présence du téléphone satellite, encore moins un modèle doté d'un module de cryptage.

Il se retourna pour observer la femme. Tassée dans son fauteuil, elle regardait par le hublot. Il savait que la disparition de son producteur ne la ferait pas renoncer. C'était une pro, elle aussi. Et comme tous les pros, elle était pleine de ressources, d'ambition, et possédait la faculté de surmonter des tragédies comme la mort d'un ami pour accomplir sa tâche.

Tant mieux. Elle avait encore un rôle à jouer dans leur projet. Un rôle important.

Une demi-heure après le décollage du Gulfstream, un autre appareil avait pris son envol pour le suivre à une distance d'environ trois cents kilomètres.

Le Boeing 737 avait volé pour différentes compagnies aériennes au cours de ses vingt-six années de service, mais aucune de ses missions n'avait été comparable à celle qu'il effectuait à présent.

Il transportait dans ses soutes un émetteur acoustique longue portée, des conteneurs remplis de poussière intelligente, des lanceurs à air comprimé ultrasilencieux ainsi que du matériel certes moins sophistiqué, mais tout aussi performant : des fusils de précision, des armes de poing équipées de silencieux, des poignards de combat, des tenues de camouflage. Les sept occupants de la cabine n'étaient pas moins exceptionnels. Six étaient des combattants surentraînés, rompus aux conditions climatiques extrêmes. Le dernier détonnait : il n'était pas spécialement entraîné et ne partageait pas non plus la détermination des autres.

Danny Sherwood n'était là que sous la contrainte.

Il était prisonnier depuis bientôt deux ans. Deux ans de tests et d'attente, deux ans d'inquiétude aussi, à échafauder des plans d'évasion presque aussitôt abandonnés. Si on lui avait laissé la vie sauve, c'était parce qu'on avait besoin de lui pour mener à bien le projet. Et, à présent, celui-ci était entré dans sa phase active.

Il ignorait comment tout cela allait finir. Il n'avait entendu que des bribes de conversation. Il pensait avoir une vague idée de leur plan, sans aucune certitude. Il avait envisagé de le saboter, en modifiant son logiciel pour faire apparaître un emblème Coca-Cola géant en lieu et place du signe ésotérique qu'ils avaient conçu. Mais ils le tenaient à l'œil et se seraient sans doute aperçus de la supercherie avant qu'il ait pu agir. Il savait aussi qu'en se rebellant, il aurait signé son arrêt de mort, ainsi sans doute que celui de Matt et de ses parents. Alors, il se contentait d'en rêver, tout en sachant qu'il n'en ferait jamais rien. Il n'était pas un combattant. Il n'était pas un dur.

A sa place, Matt aurait réagi tout autrement. Seulement voilà, il n'était pas son frère.

Il regrettait parfois que son instinct de survie ait pris le dessus au moment où la Jeep basculait dans le vide. Regrettait d'avoir lâché le volant, poussé la portière et de s'être jeté dehors au moment où le sol se dérobait sous les roues avant de la voiture. De s'être accroché de toutes ses forces au bord de la falaise, les yeux levés vers l'oiseau mécanique qui s'apprêtait à fondre sur lui et l'emporter...

Voilà pourquoi il se retrouvait attaché sur un siège de cet avion qui l'emmenait Dieu sait où, à se demander quand son cauchemar prendrait fin.

60

Framingham, Massachusetts

Les hamburgers étaient copieux, juteux et grillés à souhait, les frites excellentes, les Cocas à la température idéale et servis dans des verres. C'était le genre de dîner roboratif propre à faire resurgir le souvenir de jours meilleurs et qui incitait à différer les conversations sérieuses.

Matt et Jabba étaient assis l'un en face de l'autre dans un petit restaurant de Framingham. L'endroit était assez éloigné de Brookline et assez animé pour qu'ils s'y sentent relativement en sécurité. Ils avaient déjà dévoré chacun un hamburger sans échanger plus de dix mots. Ils venaient de vivre une journée difficile, qui faisait suite à une autre. Ils avaient vu un homme se faire couper en deux, un autre se faire broyer les jambes sous les roues d'une voiture. Des balles avaient sifflé à quelques centimètres de leur visage. Matt avait tiré sur plusieurs hommes, et en avait sans doute tué quelques-uns. Quand il se repassait le film des événements, il avait du mal à se reconnaître. Tout lui paraissait irréel, comme s'il avait été spectateur et non acteur. Mais la réalité reprit le dessus dès qu'il songea au seul point positif de cette journée : son petit frère était en vie.

Derrière la caisse enregistreuse, un petit téléviseur fixé au mur était allumé en sourdine. Il était réglé sur une chaîne locale qui repassait un épisode ancien des *Simpson* que Jabba connaissait par cœur mais dont Matt se contrefichait. Enfin, le générique de fin laissa place à une série de spots publicitaires tous plus niais les uns que les autres, suivie du journal du soir. Les derniers événements survenus en Egypte faisaient les gros titres.

La serveuse s'empressa de monter le son, mais les images à elles seules étaient éloquentes. Un bandeau défilant au bas de l'écran indiquait que le père Jérôme était resté invisible depuis l'apparition du signe, un peu plus tôt dans la journée. Une autre dépêche précisait que selon des sources non confirmées, il aurait quitté le monastère pour une destination inconnue. Experts et journalistes se répandirent ensuite en hypothèses, se demandant s'il avait pris la direction de Jérusalem, du Vatican, ou s'il était simplement retourné chez lui, en Espagne.

Des foules ferventes étaient toujours massées sur la place Saint-Pierre, à São Paulo et dans quantité d'autres villes. Le monde entier retenait son souffle, guettant la prochaine apparition du père Jérôme. Des violences sporadiques étaient signalées au Pakistan, en Israël et en Egypte, où les croyants, toutes religions confondues, descendus dans la rue pour proclamer leur fidélité au père Jérôme s'étaient heurtés à des groupes d'intégristes. Les forces antiémeutes étaient intervenues, des voitures et des boutiques avaient été incendiées, et partout on avait déploré des morts.

— Où qu'ils aient amené le moine, déclara soudain Matt, c'est là qu'on trouvera Danny.

— Tu veux aller en Egypte ?

— Si mon frère y est, oui.

Les épaules de Jabba s'affaissèrent. Il prit une dernière bouchée avant de repousser son assiette, s'essuya la bouche et regarda Matt. Leurs destins étaient à présent liés, et il connaissait déjà assez bien son compagnon pour deviner à son expression que quelque chose le tracassait.

— C'est quoi, le problème ? demanda-t-il.

Après un instant de réflexion, Matt lui confia :

— On a besoin de Rydell. Ses anciens associés l'ont mis sur la touche. Ils tiennent sa fille. Il a vraiment les boules. Ce qui me fait dire qu'on pourrait sans doute se servir de lui pour récupérer Danny.

— Pas tant qu'ils auront sa gosse, lui rappela Jabba.

— Peut-être qu'on peut remédier à ça.

— Allons, mec, faut pas rêver.

— Elle s'est fait piéger, tout comme nous. Elle n'y est pour rien. Crois-tu que l'histoire va bien se terminer pour elle ? Que son cher papa va se rabibocher avec ses ravisseurs ? Ils ont besoin d'elle pour obliger Rydell à filer doux. Quand ils en auront terminé, ils se débarrasseront du père et de la fille.

Devant le silence de Jabba, Matt poussa son avantage :

— Tu trouves ça normal que Maddox et ses troupes de choc la retiennent prisonnière comme la princesse Leïa ?

Jabba sourit malgré lui.

— Ecoute, ce n'est pas en me citant *Star Wars* que tu vas...

— Il faut qu'on fasse quelque chose, l'interrompit Matt. Et qui sait ? Peut-être que Danny et la fille de Rydell sont retenus au même endroit.

— Ne me dis pas que tu crois ça ?

— Non, pas vraiment, concéda Matt. Tu as peut-être une meilleure idée ? ajouta-t-il avec un petit sourire.

Jabba dut s'avouer vaincu.

— Même si c'était le cas, la tienne serait certainement plus marrante.

Trois heures plus tard, Maddox reçut un nouveau coup de fil de son contact à la NSA.

— Je viens d'avoir un signal, l'informa l'homme de Fort Meade. Très bref. Moins de vingt secondes.

— Ils doivent se douter qu'on les piste.

— Certainement. Ils redoublent de prudence. Mais pas encore assez.

— Où sont-ils ?

— Au même endroit.

La balise GPS avait localisé l'iPhone de Jabba dans un petit centre commercial à la sortie de Framingham.

— Parfait. Tenez-moi informé. En temps réel. On progresse.

Maddox coupa la communication et passa un nouvel appel. On décrocha avant même la fin de la première sonnerie.

— Tu es encore loin ?

— Je devrais y être dans moins de dix minutes, répondit l'agent.

— Très bien. On vient d'avoir un nouveau signal. Ils n'ont pas bougé. Ils sont sans doute dans un motel. Tu me tiens au courant.

61

Boston

La suite présidentielle au cinquième étage du Four Seasons était ce qu'on faisait de mieux dans le genre, mais Rydell aurait aussi bien pu se trouver dans un motel miteux avec un lit massant en panne. Il tentait d'appréhender une réalité nouvelle pour lui.

Il était retourné chez lui après avoir échappé à Matt. Mais l'endroit grouillait de policiers armés – sans oublier Maddox. Ce dernier lui avait conseillé de raconter à la police qu'on avait tenté de l'enlever. Rydell avait prétendu que ses agresseurs étaient encagoulés et qu'il avait réussi à leur échapper pendant son transfert de la benne à ordures à un autre véhicule. Ensuite, voulant éviter les paparazzis, il s'était réfugié à l'hôtel. Que ses avocats se débrouillent !

Maddox avait placé deux de ses hommes à l'entrée de la suite, ce qui mit Rydell en colère. Mais tant qu'ils détenaient sa fille, il ne pouvait rien faire.

« S'ils ne vous ont pas encore tué, ça veut dire que vous leur êtes utile », lui avait dit Matt. Utile à quoi, au juste ? Quand il avait menacé Drucker en lui faisant remarquer qu'ils ne pourraient rien faire sans lui, ce dernier avait acquiescé. Mais ce n'était pas vrai. Ils avaient la technologie. Ils savaient où était fabriquée et stockée la poussière intelligente. Et ils avaient Danny.

Ils n'avaient plus besoin de lui.

Pourtant, ils n'avaient pas chargé Maddox de l'éliminer, ce qui raviva ses doutes quant aux intentions cachées de Drucker. Ils s'étaient lancés dans ce projet comme des frères d'armes, réunis par la même cause. Etait-ce toujours le cas ? Et si leurs intentions divergeaient à présent, ils avaient créé un messager qui faisait de l'ombre au message lui-même. Le récent changement de centre d'intérêt des médias en était la preuve.

Il n'était plus question de Dieu, mais de Son porte-parole.

Jamais Drucker n'aurait commis une telle erreur. A moins qu'il n'ait eu un autre message à faire passer. « Imagine ce qu'on pourrait amener les gens à faire », lui avait-il dit. Un autre indice confirmait ses pires craintes, suggéré par une remarque de Matt : « Vous êtes carrément devenus ennemis. » Rydell comprit soudain qu'il avait raison. Ils détenaient Rebecca. Il était inutile de se bercer d'illusions, ils étaient bel et bien ennemis.

Son portable sonna. C'était Drucker. Il en vint rapidement au fait :

— Qu'est-ce que tu leur as dit ?

— Tout ce qui intéressait Sherwood, c'était de savoir ce qui était arrivé à son frère, répondit prudemment Rydell.

— Et... ?

— Je lui ai dit qu'il était encore en vie. Mais que j'ignorais où il se trouvait. Puis j'ai réussi à prendre la fuite.

— Rien d'autre ? reprit Drucker après un silence.

— Ne t'en fais pas, il se moque de ce que vous fabriquez. Il ignore même votre existence.

— Cela vaut mieux pour Rebecca, lui rappela Drucker, glacial. Bien ! Reste à l'hôtel et fais ton possible pour éviter la presse. On va peut-être devoir te trouver une planque plus discrète en attendant que tu puisses retourner chez toi.

Rydell coupa la communication et repensa à Rebecca. Les paroles de Matt résonnaient encore dans sa tête. Il avait raison. Ses ex-alliés étaient devenus ses ennemis. Et Matt Sherwood était peut-être à présent son seul recours.

62

Au-dessus de la Méditerranée orientale

La mer s'étendait à perte de vue, tapis bleu cobalt tendu jusqu'au bord du ciel. A gauche, le soleil caressait l'horizon. Gracie posa la tête contre le hublot pour s'immerger dans la contemplation apaisante du paysage. Elle avait beau prendre l'avion aussi souvent que d'autres le métro, jamais elle ne se lassait du spectacle offert par la Terre et les nuages vus du ciel. L'émotion qu'elle éprouvait alors confinait au mysticisme.

La voix suave du père Jérôme la tira de sa rêverie :

— Comment vous sentez-vous ?

Elle le regarda. Il lui semblait complètement irréel de se trouver là, à ses côtés, après tout ce qu'elle l'avait vu faire.

— Un peu perdue, avoua-t-elle avec un vague sourire. Ce qui n'est pas dans mes habitudes.

— Vous avez de la chance, dit-il.

Elle remarqua alors qu'il semblait mal à l'aise et se tenait un peu voûté. Elle s'empressa de lui indiquer le siège libéré par Dalton. Il accepta volontiers son invitation à s'asseoir, à l'instant même où le cameraman revenait.

— Je suis désolé, j'ai pris votre place...

— Non, pas de problème, répondit Dalton en tendant un café à Gracie. De toute façon, il faut que j'aille parler au pilote, ajouta-t-il avant de s'éloigner vers l'avant de l'avion.

— Vous disiez que j'avais de la chance ? reprit Gracie.

— Moi, je ne sais que trop ce que c'est de se sentir perdu. Depuis mon départ du Soudan, j'ai l'impression d'aller à la dérive. Et les derniers événements n'ont fait que renforcer ce sentiment.

Elle se pencha vers lui et lui glissa :

— Qu'est-ce que vous ressentiez là-haut, sur le toit du monastère ? Est-ce que vous contrôliez ce qui arrivait ?

— Tout cela me déconcerte autant que vous. Il n'y a qu'une seule chose qui me paraisse évidente.

— Laquelle ?

— Si j'ai eu la chance d'être choisi, alors je dois surmonter mes doutes et accepter la grâce de Dieu. Je ne dois pas me dérober. Rien de tout cela ne se produit sans raison. Et vous, qu'en pensez-vous ?

— Je n'en sais rien. Mais c'est étrange de vivre un tel événement, d'en être le témoin direct, et de le voir ensuite repris par tous les médias de la planète. D'avoir des preuves tangibles de ce phénomène inexpliqué... ce miracle, j'imagine... Au lieu de... (Elle hésita, choisissant ses mots.) Au lieu de textes à l'authenticité discutable, datant de deux millénaires.

— Discutable ? répéta le père Jérôme.

— Je dois être honnête avec vous, mon père. Je ne crois pas en Dieu. Je ne parle pas seulement de la Bible ou de l'Eglise, ajouta-t-elle, un peu gênée.

Le prêtre ne parut pas s'offusquer de ses propos.

— J'imagine que ça vient de mes parents. Eux non plus n'y croyaient pas.

Le père Jérôme acquiesça.

— Le problème est que – encore une fois, ne le prenez pas en mal, mon père – les rares fois où je me suis rendue à l'église, je n'ai jamais vu de religieux qui m'inspire confiance. J'ai toujours eu l'impression qu'ils ne faisaient pas ce métier pour de bonnes raisons, et aucun d'eux n'a jamais réussi à répondre honnêtement et de façon convaincante aux questions les plus simples que j'ai pu leur poser.

— Comme ?

— Combien de temps avez-vous à me consacrer ? plaisanta-t-elle.

D'un sourire, il l'invita à poursuivre.

— Toujours est-il que dès que j'ai été en âge de réfléchir par moi-même, j'en suis venue à partager l'opinion de mes parents. Du simple point de vue historique, rien ne colle dans la Bible. Le jardin d'Eden, la résurrection des morts… Tout ça, ce ne sont que des mythes. Bien ficelés, certes, mais des mythes quand même. J'ai pourtant essayé. Je voulais croire, connaître ce réconfort. Mais plus je lisais, plus j'approfondissais mes recherches, plus je prenais conscience que tout cela n'était qu'un ramassis de contes à dormir debout réunis il y a deux mille ans par des gens qui espéraient asseoir leur domination sur une foule crédule et inculte. N'oublions pas que quinze cents ans plus tard, on en était encore à brûler des sorcières. Alors, imaginez à l'époque… Mais aujourd'hui, alors que nous avons dressé la carte du génome humain et envoyé des sondes spatiales à l'extrême limite du système solaire ?

Elle soupira et reprit :

— Puis voilà que ce truc surgit de nulle part et, soudain, je ne suis plus sûre de rien.

Le père Jérôme hocha la tête avec un calme étudié.

— Ne pas croire à telle ou telle religion, c'est parfaitement compréhensible. Surtout pour une femme cultivée comme vous. En outre, elles ne peuvent pas toutes avoir raison, n'est-ce pas ?

Il sourit et redevint brusquement sérieux :

— Mais votre incroyance est bien plus fondamentale. Vous me dites que vous ne croyez pas en Dieu…

Gracie soutint son regard, puis acquiesça.

— Non. Je n'y ai jamais cru. Du moins, jusqu'à ces derniers jours. Maintenant, je ne sais plus que croire. Ou ne pas croire.

— Mais auparavant ? Pourquoi ne pas croire en Dieu, en dehors de toute religion ? L'idée de quelque chose de merveilleux, d'inconnaissable, tout simplement.

— La logique. Tout se ramène en somme à l'histoire de la poule et de l'œuf. Notre unique raison de croire en Dieu est de tenter d'expliquer d'où nous venons. Et où nous allons. Mais ça ne marche pas : s'il y a un créateur, alors il aurait fallu un créateur pour le créer lui-même, et ainsi de suite. Ça ne tient pas. Et puis ma mère est morte, poursuivit Gracie avec une tristesse soudaine. J'avais treize ans à l'époque. Cancer du sein. Elle avait eu une rémission de cinq ans, puis le crabe l'a emportée en dix jours. Je trouvais inimaginable que quelqu'un ait pu créer une telle horreur, ou détruire quelqu'un d'aussi adorable que ma mère.

Cette confession avait embué les yeux de la jeune femme.

— Je suis désolé, dit le père Jérôme.

— C'était il y a longtemps. Vous savez, là-bas, au monastère... Quand je vous ai vu vous pencher au-dessus de Finch, j'ai cru un instant que...

— Que j'allais le ressusciter ?

— Oui.

Le père Jérôme acquiesça, comme s'il s'était fait la même réflexion.

— Moi-même, je n'étais pas certain de ce qui allait arriver, ni de ce que j'étais capable de faire.

— C'est justement ce qui m'échappe. A un moment donné, une force que nous ne comprenons pas – appelons-la Dieu, si vous voulez – se révèle à nous, porteuse d'espoir, exaltante, merveilleuse... Et l'instant d'après, la crème des hommes meurt bêtement. J'ai cru revivre la disparition de ma mère. C'était tout aussi incompréhensible. A l'époque, j'avais parlé à deux ou trois pasteurs. Tous m'ont servi la même rengaine, sur l'air de « Elle est maintenant auprès de Dieu », ou « Il nous met à l'épreuve »...

Le père Jérôme hocha pensivement la tête.

— Si ces pasteurs n'ont pas su vous aider, c'est qu'ils étaient eux-mêmes perdus. Ils tiennent toujours aux gens le même discours qu'il y a cinq siècles. Mais entre-temps, l'homme a évolué. Pas les religions, et c'est bien là le problème.

— Mais comment réconcilier religion et modernité ? objecta Gracie. Tenez, un exemple : croyez-vous en l'évolution ? Ou bien pensez-vous que les hommes et les dinosaures se partageaient la planète il y a six mille ans, après qu'elle eut été créée en six jours ?

Le père Jérôme sourit :

— J'ai vécu en Afrique, mademoiselle Logan... J'ai visité des sites de fouilles, vu des fossiles, étudié les sciences. Bien sûr que je crois en l'évolution. Il faudrait être un parfait idiot pour ne pas y croire. Ça vous surprend ?

Gracie rit de bon cœur :

— Ça, vous pouvez le dire !

— Pourtant, il n'y a aucune raison. Cela dit, les religieux dans votre pays sont tellement occupés à combattre la science et les séductions de l'athéisme qu'ils en ont oublié le rôle véritable de la religion. Dans notre Eglise – celle d'Orient –, comme dans le bouddhisme ou l'hindouisme, le but de la religion n'est pas d'offrir des théories ou des explications. Nous acceptons que le divin soit inconnaissable. Mais pour beaucoup de rationalistes comme vous, c'est devenu un choix : les faits *ou* la foi. La science *ou* la religion. Vous ne devriez pas avoir à choisir.

— Mais les deux ne sont pas compatibles.

— Bien sûr que si ! Le problème vient de vos pasteurs et de vos scientifiques qui n'arrêtent pas de se marcher sur les pieds, sans comprendre que science et religion servent des buts différents. La science nous permet de comprendre comment fonctionne le monde qui nous entoure. Mais nous avons aussi besoin de religion. Non pour élaborer des théories fumeuses destinées à contredire la science, mais pour répondre à un tout autre besoin : le besoin de sens. Un besoin fondamental pour nous autres humains, et qui transcende la science. Vos savants auront beau construire tous les supercollisionneurs ou les supertélescopes qu'ils voudront, ils n'y répondront jamais. Quant à vos pasteurs, ils ne comprennent pas que leur tâche consiste à vous aider à trouver le sens de votre vie, au lieu de se comporter en fanatiques acharnés à convertir le reste du monde à leur vision d'une existence dictée par des règles rigides. Dans votre pays, comme dans les pays musulmans, la religion est devenue un mouvement politique. « Dieu est avec nous », voilà le message qu'on prêche dans vos églises. C'est très efficace pour rassembler des foules, et remporter des élections, bien sûr. Tout le monde se réclame de Lui à un moment ou à un autre.

— Comme ils se réclament de vous à présent.

— Croyez-vous ?

— Nous ne sommes pas dans cet avion par hasard, non ? Cela dit, vos fidèles risquent d'être aussi surpris que je le suis moi-même. Vous êtes beaucoup moins dogmatique que je l'aurais imaginé. Bien plus ouvert. C'est même incroyable.

Le prêtre sourit :

— J'ai vu tant de choses... J'ai vu de braves gens faire preuve de générosité, et d'autres commettre les pires atrocités. Et c'est ce qui fait de nous des êtres humains. Le libre arbitre... Nos existences sont conditionnées par la façon dont nous nous comportons avec notre prochain. Et Dieu n'est rien de plus que cela : nous sentons Sa présence chaque fois que nous devons faire un choix. Tout le reste n'est... qu'artifice.

— Mais vous êtes un prêtre chrétien, comme l'atteste la croix que vous portez autour du cou. Comment pouvez-vous dire ça ?

Le père Jérôme regarda la jeune femme d'un air pensif avant de demander :

— Quand le signe est apparu dans le ciel, avez-vous vu une croix ?

— Euh... non.

Il sourit, un peu gêné, et sans un mot, ouvrit les mains comme pour dire : « Tout juste. »

63

Framingham

La Chrysler entra sur le parking du motel aux environs de minuit. Deux hommes en descendirent : costume sombre, chemise blanche ouverte, l'allure décidée. Un troisième était resté au volant, sans couper le moteur. Ils n'avaient pas l'intention de s'attarder.

Les deux hommes pénétrèrent dans le hall. Il était désert, ce qui n'avait rien d'étonnant. La ville n'était pas réputée pour son activité nocturne. Assis derrière le comptoir de la réception, un employé hispanique plus tout jeune fixait du regard les images sautillantes d'un match de foot retransmis à la télévision. Le premier type le héla. Sa dégaine et son expression intimidante eurent tôt fait de tirer le réceptionniste de sa torpeur. Le visiteur sortit de sa poche trois objets qu'il lui colla sous le nez : deux photos d'identité – celles de Jabba et Matt – accompagnées d'un billet de cinquante dollars.

Le réceptionniste hocha la tête et, d'une main tremblante, empocha le billet. Puis il expliqua au visiteur que les deux hommes qu'il cherchait avaient réservé un peu plus tôt dans la soirée une chambre qu'ils avaient occupée deux heures avant de régler la note et de repartir.

Ils les avaient ratés.

Le type fronça les sourcils. Jugeant qu'il ne tirerait rien de plus du réceptionniste, il ressortit. S'ils avaient réglé la chambre, cela voulait dire qu'ils ne comptaient pas revenir.

Mais pourquoi louer une chambre pour deux heures ? Peut-être y avait-il eu un imprévu que leurs écoutes téléphoniques ne leur avaient pas permis de déceler. Mauvais, ça. Cela signifiait qu'ils disposaient d'un autre moyen pour communiquer avec l'extérieur.

Avant de remonter en voiture, il embrassa du regard le parking. Rien de suspect. Puis il appela son patron. Furieux, celui-ci lui ordonna de regagner la planque et d'y attendre les instructions.

Dès qu'ils furent assis, le chauffeur sortit du parking et s'éloigna sans remarquer, à bonne distance, la Pontiac verte qui venait de démarrer pour les prendre en filature.

Matt et Jabba ne quittaient pas des yeux les feux arrière de la Chrysler. Il était tard, les voitures étaient rares, ce qui augmentait les risques de se faire repérer. Ils devaient redoubler de vigilance.

Ils avaient appâté leurs poursuivants en allumant brièvement le portable de Jabba. L'apparition de la grosse Chrysler avait confirmé les soupçons de Matt : Maddox avait réussi à les localiser, malgré les précautions qu'ils avaient prises. Il avait décidé d'en tirer parti pour les piéger.

La Chrysler tourna à droite sur Cochituate Avenue puis s'engagea sur l'autoroute. La circulation était un peu plus dense sur celle-ci, ce qui rendait la Pontiac moins repérable mais compliquait un peu la filature. Heureusement, Matt était un expert.

Ils n'avaient pas la moindre idée de ce qu'ils découvriraient une fois leur gibier parvenu à destination. Comme il l'avait avoué à Jabba, Matt doutait que les trois hommes les mènent à Danny, mais il y avait une mince chance pour qu'ils trouvent Rebecca Rydell. L'équipe de Maddox semblait assez restreinte. On pouvait très bien imaginer que, pour se simplifier la tâche, ils aient décidé de garder leur otage dans leur planque.

Ils quittèrent l'autoroute pour la nationale 95, qu'ils empruntèrent sur trois kilomètres avant d'en sortir à Weston. Matt laissa la Chrysler reprendre un peu d'avance tandis qu'ils sillonnaient la banlieue résidentielle. Les voitures se faisaient de plus en plus rares, et Matt craignait que leurs proies ne les repèrent dans leur rétroviseur.

La Chrysler finit par s'immobiliser dans une allée obscure. Matt avait déjà éteint ses phares et s'était garé à deux maisons de là. Il coupa le moteur et attendit. Les trois hommes descendirent de voiture. Après avoir verrouillé celle-ci et jeté un rapide coup d'œil aux alentours, le chauffeur rejoignit ses deux compagnons à l'intérieur d'un petit pavillon d'un étage.

Matt connaissait bien ce genre de maison – il avait grandi non loin de là, à Worcester. Elles avaient à peu près toutes le même plan : une entrée communiquant avec le salon, la cuisine à l'arrière, l'escalier au milieu, desservant deux ou trois chambres et une ou deux salles de bains à l'étage. Plus un sous-sol. L'endroit idéal pour enfermer des prisonniers.

L'étage comme le rez-de-chaussée étaient plongés dans l'obscurité. Un rai de lumière provenant de l'arrière filtrait par la porte-fenêtre du séjour.

Matt adressa un signe de tête à Jabba. Il y avait un autre véhicule garé dans l'allée. Le 4 × 4 noir aperçu à l'aérodrome.

Fini de rigoler. Il était temps de jouer les invités-surprises.

Par chance, ils n'étaient pas venus les mains vides.

Les occupants de la Chrysler se trouvaient dans la cuisine à l'arrière de la maison. Tout en fumant et en vidant des cannettes de Coca, ils évoquaient les événements de la journée. Ils ne s'attendaient pas à du nouveau pendant la nuit.

Mais il y eut soudain un craquement assourdissant.

Cela venait du salon. Le bruit caractéristique d'une vitre qui se brisait, puis un objet massif heurta le mur avant de retomber au milieu d'une pluie d'éclats de verre.

Les hommes de la Chrysler se levèrent précipitamment tandis que leur chef s'élançait le premier vers le salon, l'arme au poing. Il ordonna à un de ses compagnons de rester dans la cuisine. Un deuxième alla se poster au pied de l'escalier, devant la porte de la cave, tandis que le troisième lui emboîtait le pas.

Le salon possédait une grande baie vitrée protégée par un store dans sa partie basse. Le chef s'abstint d'allumer, comptant sur la pénombre filtrant du couloir. Le plancher était jonché d'éclats de verre qui crissaient bruyamment sous ses pas. Il s'arrêta et vit un trou énorme au milieu de la baie vitrée. Intrigué, il scruta le sol et découvrit une énorme pierre au pied du mur du fond. Il en était encore à s'interroger sur son origine quand un autre objet, encore plus gros, pénétra par le même trou, le manquant de justesse. Il se retrouva couvert d'éclats de verre et un liquide à l'odeur âcre l'éclaboussa quand l'objet toucha le sol. Il regarda celui-ci, stupéfait. Un jerrycan d'essence en plastique rouge. Sans bouchon, ce qui expliquait qu'il se soit en partie vidé.

Il se précipita afin de relever le bidon avant qu'il ne finisse de se vider et se retrouva trempé. Il remarqua alors qu'on avait grossièrement transpercé le plastique. Impossible d'empêcher l'essence de se répandre. Au même moment, un troisième projectile vola vers lui. Celui-ci était enflammé.

Matt observa les ombres qui dansaient dans le salon avant d'allumer son briquet. De l'autre main, il tenait une bouteille en plastique remplie d'un mélange d'huile et d'essence. Une mèche faite d'un bout de chiffon imbibé d'essence était coincée dans le goulot. Deux autres cocktails Molotov étaient posés à ses pieds.

Il devait agir avant que l'adversaire ait eu le temps de comprendre ce qui lui arrivait. Il alluma son cocktail Molotov et le lança par la vitre brisée. Un éclat de lumière jaillit derrière les stores, suivi presque aussitôt d'une boule de feu. Il entendit un cri de panique, alluma la mèche du deuxième cocktail, le jeta à son tour par l'ouverture, puis saisit le troisième et courut jusqu'à l'arrière de la maison.

L'homme poussa un cri quand ses vêtements prirent feu. Il se mit à courir en tous sens, cherchant à éteindre les flammes à mains nues, tandis que son compagnon lui tournait autour, impuissant. S'il est relativement facile d'éteindre de l'essence, l'huile de moteur, elle, colle comme du goudron, et produit des flammes plus denses. L'incendie gagna bientôt le plancher.

— Fais quelque chose ! hurla l'homme en se roulant sur le sol pour tenter d'étouffer les flammes, inconscient de la futilité de son geste.

Les éclats de verre le cisaillaient, rendant la douleur intolérable. Son complice ôta sa veste et s'approcha à pas prudents. Un épais nuage de fumée grise et suffocante avait envahi la pièce. Cela empestait l'huile, la chair et les cheveux brûlés. Le troisième homme, celui qui était resté près de l'escalier, venait d'entrer à son tour et contemplait le spectacle, horrifié. Il chercha autour de lui de quoi étouffer les flammes mais la pièce était vide : ni tapis, ni rideaux, ni housses...

— Putain, mais qu'est-ce qui se passe ? cria le quatrième depuis le fond de la maison.

— La cuisine ! s'écria soudain le deuxième homme.

Et, s'adressant au troisième :

— File nous couvrir !

Mais il était trop tard.

Le quatrième homme s'était avancé jusqu'au seuil de la cuisine, pour voir ce qui se passait. Il entendait les cris, voyait les flammes et la fumée qui sortait du salon, chassée par le courant d'air. Saisi de panique, il quitta un instant des yeux la porte arrière.

Plaqué contre le mur de la maison, Matt surveillait l'intérieur de la cuisine par la fenêtre. Il reconnut l'un des deux gorilles qui encadraient Rebecca à sa descente de l'avion. Il alluma alors la mèche du dernier cocktail Molotov, recula de trois pas et le lança de toutes ses forces contre la vitre. La bouteille traversa celle-ci et se fracassa contre le mur à quelques centimètres de l'homme. Les flammes jaillirent. D'un coup de pied, Matt défonça la porte et cueillit le type par surprise. Celui-ci eut à peine le temps de se retourner qu'il lui avait logé deux balles dans la poitrine.

Sans hésiter, Matt s'enfonça dans la maison, cherchant une porte fermée à clé. Il se demanda si son frère avait été détenu entre ces murs et contint sa colère pour se concentrer sur Rebecca Rydell. Comme il l'avait supposé, la porte sous l'escalier était fermée à double tour. Quelqu'un criait derrière et tambourinait contre elle tout en essayant en vain d'actionner la poignée. La voix appartenait à une femme.

Mais, avant de la secourir, Matt devait régler leur compte aux deux tueurs restants. Il venait de dépasser l'escalier lorsqu'un homme sortit du salon, sans doute pour porter secours à son copain resté dans la cuisine. Là encore, Matt crut reconnaître un des hommes de l'aérodrome. Il se jeta au sol juste avant que l'autre ne tire. Les balles s'enfoncèrent dans le mur. Matt riposta, le blessant à la cuisse. Quand il s'effondra, Matt, accroupi au pied du mur, lui tira deux balles dans la poitrine.

Après une brève pause, il jeta un regard vers l'escalier. Sans doute n'y avait-il plus personne à l'étage. Il reporta ensuite son attention sur la porte du salon, d'où s'échappaient toujours de la fumée et des flammes. Les cris du chef résonnaient encore à ses oreilles. S'il ne voulait pas être brûlé vif, le dernier homme allait devoir sortir.

C'est alors qu'il entendit les sirènes qui se rapprochaient. C'était bien le moment ! Sitôt après la première explosion, il avait dit à Jabba d'appeler les secours, jugeant qu'il aurait le temps d'investir la maison avant l'arrivée des pompiers... Il attendait toujours que le quatrième type sorte, décidé à jouer le tout pour le tout, mais il entendit soudain un fracas de verre brisé. Il avait préféré fuir par-devant, à travers la baie brisée.

Matt songea avec horreur à Jabba dehors, seul et sans arme. D'un autre côté, on pouvait espérer que l'agitation aurait attiré des voisins dans la rue.

Il attendit encore quelques secondes avant de s'approcher de la porte de la cave.

— Hé ! Qu'est-ce qui se passe ? cria Rebecca Rydell. Faites-moi sortir !

— Ecartez-vous de la porte, ordonna Matt. Je vais tirer sur la serrure.

Après avoir laissé à la jeune femme le temps de reculer, il fit feu. La serrure était ancienne, le bois vermoulu, et le résultat dépassa ses espérances. La porte fut pulvérisée. Il acheva de dégager le passage et descendit un escalier de bois. Tout au fond de la cave, il découvrit une jeune fille au teint hâlé qui semblait terrorisée.

— Filons d'ici ! cria-t-il pour couvrir le crépitement de l'incendie.

Elle n'hésita qu'une seconde avant de se précipiter à sa suite.

Ils sortirent en hâte devant des voisins effarés et croisèrent dans leur fuite un camion de pompiers qui venait de s'engager dans l'allée. Matt chercha des yeux la Pontiac verte et constata avec horreur qu'elle n'était plus là où ils l'avaient garée. Affolé, il pressa le pas, imaginant le pire. Puis il aperçut Jabba, étendu immobile sur le trottoir.

Un couple se trouvait à ses côtés. Tandis que l'homme le palpait, la femme, paralysée de terreur, plaquait ses mains sur sa bouche.

— Jabba !

Matt se jeta au sol à côté de son ami.

Dans l'obscurité, il était impossible de dire où il était blessé, mais une flaque de sang s'étalait sous lui. Il avait du mal à garder les yeux ouverts. Dès qu'il vit Matt, il tenta de parler et fut pris d'une quinte de toux.

— Est-ce que tu l'as ? parvint-il enfin à dire d'une voix étranglée.

— Elle est ici, avec moi, répondit Matt en s'écartant pour permettre à son compagnon de voir la jeune fille qui s'était approchée. Ne parle pas, reprit-il en saisissant la main du blessé. Tiens bon, d'accord ? Tout va bien se passer.

Puis, se retournant vers le couple :

— Appelez les secours ! Tout de suite !

La femme se précipita vers sa maison. Matt resta auprès de Jabba, se maudissant de l'avoir entraîné dans cette histoire.

Enfin, après une attente interminable, l'ambulance arriva et des infirmiers hissèrent Jabba sur une civière.

— Est-ce qu'il va s'en tirer ? demanda Matt, inquiet.

Il n'obtint pas de réponse. Après avoir chargé Jabba à l'intérieur, les infirmiers refermèrent les portières de l'ambulance, qui disparut bientôt dans la nuit.

Entendant une autre sirène – celle de la police, cette fois-ci –, Matt chercha Rebecca Rydell des yeux. Assise dans l'herbe, elle tremblait comme une feuille.

— Venez, lui dit-il.

Et il lui tendit la main pour l'emmener loin des badauds qui contemplaient le sinistre, tout en priant en silence pour son nouvel ami.

64

Houston, Texas

— Où sont-ils à présent ? demanda Buscema.

Le révérend Darby se trouvait dans son bureau. Il était tard mais il ne tint pas rigueur au journaliste de ce coup de fil. Après tout, c'était grâce à lui qu'il avait été tenu au courant du sort du père Jérôme. Il éprouvait aussi un certain plaisir à pouvoir discuter avec la seule personne dans tout le pays – en dehors de ses associés – à être dans le secret.

— Ils devraient se poser à Shannon pour faire le plein dans une heure et demie, répondit-il.

— Ce qui les fait arriver ici vers quelle heure ?

— Disons aux alentours de six heures du matin, heure locale.

— Vous auriez peut-être intérêt à retarder un peu leur atterrissage.

— Pourquoi ?

— Cela dépend de ce que vous voulez faire, réfléchit tout haut Buscema. Si vous voulez rester discret, autant le faire débarquer à la sauvette…

— A moins de créer un événement médiatique autour de son arrivée, acheva Darby à sa place. J'y songeais justement. Il mérite d'être reçu en fanfare. Après tout, cet homme est l'envoyé de Dieu. Accueillons-le à bras ouverts, et montrons à ce pays et au monde entier où se trouve le véritable cœur moral de l'Amérique.

— Je peux organiser une fuite, suggéra Buscema. Donnez-moi simplement un minimum d'indications.

Darby pensa à l'arrivée du pape, un an plus tôt, sur la base aérienne d'Andrews. Le tapis rouge, les militaires en uniforme de parade, le président et son épouse accueillant le Saint-Père au bas de la passerelle... Puis il se remémora les images plus anciennes, en noir et blanc, des Beatles débarquant à Kennedy en 1964... La foule en délire tassée contre les barrières. Les piaillements ininterrompus. Les flashs qui crépitent, les femmes qui s'évanouissent... Il fallait plutôt quelque chose dans ce goût-là.

Il sourit. Ce serait un moment déterminant pour le pays et surtout pour lui-même.

J'éclipserai le président, pensa-t-il. Et ce n'est qu'un début.

— Je vous laisserai tout le temps dont vous aurez besoin, promit-il à Buscema.

— Surtout qu'avec la foule, vous allez avoir besoin d'un service de sécurité à la hauteur.

— Ce n'est pas un problème, le gouverneur fait partie de mes ouailles.

— Et pour le reste ? Où en êtes-vous des préparatifs de votre prêche de Noël ?

— Le stade est loué. Il faudra se dépêcher mais on sera dans les temps. On fait venir une pléiade de vedettes. Croyez-moi, Roy, je vais offrir à ce pays un Noël qu'il n'est pas près d'oublier.

Buscema se tut, sachant que son silence allait exciter la curiosité du révérend.

— Qu'y a-t-il ?

— Je m'interrogeais seulement sur le message qu'il convient de faire passer.

— C'est-à-dire ?

Buscema laissa échapper un soupir.

— J'ai entendu des plaintes. Venant d'autres pasteurs et chefs spirituels.

— Je sais, grogna Darby. On a été assaillis de coups de fil depuis que la nouvelle est devenue publique. J'ai même été contacté par des pasteurs de Californie ! Le gouverneur lui-même veut être de la partie.

— Ce ne serait peut-être pas une mauvaise idée de partager la tribune, reprit Buscema. Cela donnerait encore plus de retentissement à l'événement.

— C'est moi qui l'ai fait venir ici, objecta Darby. Moi qui l'ai fait sortir de là-bas.

— Et c'est vous qui l'accueillerez au bas de la passerelle, le rassura le journaliste. Vous, et personne d'autre.

— Seulement, le gouverneur insiste pour être là aussi. Je vois mal comment refuser.

— L'essentiel est qu'il n'y ait pas d'autre homme d'Eglise que vous à l'aéroport. C'est cette image que retiendra le monde. Mais par la suite, il serait habile de vous montrer généreux en invitant d'autres responsables religieux pour le grand jour. Notre pays n'a pas de pape, pas de guide spirituel. Pourtant les Américains ont besoin qu'on les inspire, qu'on leur donne le sentiment d'appartenir à un grand tout, surtout à l'heure actuelle. Il ne s'agit pas d'un de vos prêches habituels. Cette fois, vous vous adresserez au pays tout entier. Vous ne pouvez pas monter seul sur scène, mais c'est à vous de négocier les termes du contrat. Et en tendant une main bienveillante, vous ne ferez que renforcer votre image d'hôte aimable… et de leader.

Le plus dur est fait, songea Buscema sitôt après avoir raccroché. Il ne lui restait plus qu'à attendre de voir si Darby allait accepter de partager la vedette. Un sacrifice pas évident pour un enfant gâté, qui plus est affligé d'un complexe messianique.

Il décrocha de nouveau son téléphone et composa un autre numéro. Apparemment, son correspondant attendait son appel.

— C'est parti, dit simplement Buscema. Organisez la fuite.

65

Shannon, Irlande

Le Gulfstream était garé près du hangar d'entretien, à l'écart du terminal. Gracie faisait les cent pas autour de l'appareil, l'oreille collée à son téléphone. Elle ne s'inquiétait pas d'être repérée. Il faisait nuit noire, et il n'y avait pas un chat, excepté les employés chargés de refaire le plein.

Il faisait beaucoup plus froid en Irlande qu'en Egypte, mais c'était un froid revigorant, d'autant plus appréciable qu'elle s'entretenait au téléphone avec l'abbé Kyrillos et revivait la mort de Finch dans tout ce qu'elle avait de sordide.

L'abbé appelait depuis le taxi de Youssouf, qui le ramenait du Caire où il avait confié la dépouille de leur ami à l'ambassade des Etats-Unis. Ils avaient eu du mal à rejoindre la capitale. De violentes échauffourées avaient éclaté autour du monastère dès que le départ du père Jérôme avait été rendu public. Des hordes de policiers avaient débarqué et finissaient tout juste d'évacuer les derniers manifestants, mais les mêmes incidents avaient eu lieu à Alexandrie, au Caire et dans d'autres villes de la région.

Gracie vit Dalton approcher en agitant son BlackBerry. Elle remerciait l'abbé quand celui-ci se rappela un ultime détail :

— Je suis également désolé pour les lunettes de votre ami. Un de nos frères les a cassées accidentellement. Nous avons rangé la monture dans sa poche.

Dalton était déjà à sa hauteur et articula : « Ogilvy ». Ça semblait urgent. Elle leva un doigt pour le faire patienter.

— Pardon, mon père, reprit-elle. Vous parliez des lunettes de Finch ?

— L'un de nos frères a marché dessus sans le faire exprès. Elles étaient restées dans le qasr et, comme vous le savez, il y fait très sombre. Je suis néanmoins confus. C'est le genre d'objet personnel auquel tiennent les proches. Vous voudrez bien présenter mes excuses à son épouse ?

— Bien sûr. Et merci pour tout, mon père. Je vous rappellerai des Etats-Unis.

Elle coupa la communication et prit le BlackBerry.

La nouvelle que lui apprit Ogilvy lui fit aussitôt oublier les lunettes de Finch.

— Quelqu'un a annoncé que le père Jérôme allait débarquer aux Etats-Unis, lui dit-il sans préambule.

— Il y a eu une fuite ? Comment est-ce possible ?

— Je n'en sais rien. L'info est tombée il y a une demi-heure et tout le monde l'a déjà reprise.

Prise d'un soudain accès de paranoïa, Gracie crut voir des paparazzis surgir de l'ombre.

— Ils savent qu'on est ici ?

— Non, la dépêche n'en fait pas mention. Tout ce qu'elle dit, c'est que le père Jérôme a quitté l'Egypte et qu'il doit débarquer à Houston. Pas un mot non plus de Darby.

— Alors, il faut qu'on se pose ailleurs.

— Pourquoi ?

— Parce que ça va tourner à l'émeute dès que les gens le verront.

— J'ai appelé Darby. Il m'a dit avoir obtenu le concours de la police. Ils vont sécuriser la piste et fournir une escorte motorisée. Tout se passera bien.

— Tu parles sérieusement ?

— Je te signale que tous les journalistes du pays voudraient être à ta place. Penses-y. Sur toutes les télés, on te verra descendre de l'avion aux côtés du père Jérôme. Et

Darby tient absolument à vous avoir tous les deux, Dalton et toi, pour couvrir l'événement. Du reste, je me rends là-bas par le prochain vol. Alors, détends-toi, et tenez-vous prêts. Ce sera le plus gros scoop de toute ta carrière.

66

Boston

— P'pa ?

Le cœur de Rydell se mit à battre à coups redoublés.

— Où es-tu ? demanda-t-il, partagé entre espoir et crainte. Tu vas bien ?

— Oui, répondit Rebecca. J'ai été libérée. Tout va bien. Ne quitte pas...

Il y eut des bruits dans l'écouteur du téléphone, puis la dernière voix que Rydell s'attendait à entendre résonna dans son oreille :

— Vous êtes seul ?

Matt Sherwood ! La panique gagna le père de Rebecca.

— Où êtes-vous ? Qu'avez-vous fait ?

Matt ignora ses questions.

— Votre fille est en lieu sûr. Vous pouvez sortir sans escorte ?

— Je n'en sais rien. Je... je peux toujours essayer.

— Faites-le, ordonna Matt. Tout de suite. Et retrouvez-nous devant l'endroit où vous avez invité Rebecca pour ses dix-huit ans.

Sur ce, il raccrocha, laissant Rydell désemparé. Rebecca était-elle à présent l'otage de Matt ? Il ne savait trop ce qu'il préférait, la savoir entre les mains de Matt ou celles de Maddox. Sa seule certitude était que Drucker n'avait plus prise sur lui à présent. Sauf s'il décidait de remplacer la fille par le père. Il était temps de fuir.

Il appela la réception de l'hôtel.

— Ici Rydell. J'aurais besoin de votre service de sécurité. Autant d'hommes que vous pourrez m'en envoyer. J'ai l'impression que mes gardes du corps mijotent quelque chose. Il faut me protéger.

Il raccrocha sans attendre la réponse du réceptionniste, récupéra son portefeuille, mit son manteau et se chaussa. Puis il s'approcha de la porte et regarda par l'œilleton. Les deux gorilles de Maddox étaient postés sur le seuil. Ils avaient l'air de s'ennuyer. Au bout d'une dizaine de secondes, il entendit le bruit de l'ascenseur. Quatre hommes se ruèrent hors de la cabine et foncèrent vers sa porte. Il vit les gorilles s'avancer vers eux, les bras levés en un geste d'apaisement.

Rydell saisit sa chance au vol. Il ouvrit brusquement la porte et se précipita dehors, désignant les deux gardes interloqués aux vigiles de l'hôtel :

— Arrêtez-les ! Ils ont essayé de m'enlever ! Aidez-moi à leur échapper !

Les vigiles hésitèrent, tout comme les hommes de Maddox. Quand enfin ceux-ci réagirent et voulurent dégainer, ceux-là s'interposèrent, menaçants. Rydell fila sans demander son reste et se glissa dans l'ascenseur. La descente lui parut durer une éternité. Sitôt les portes ouvertes, il s'élança dehors, traversa le hall en coup de vent, sortit et héla le premier taxi qui passait, disant juste au chauffeur de démarrer immédiatement. Après lui avoir fait faire quelques détours pour semer d'éventuels poursuivants, il lui indiqua sa destination.

Il n'y avait qu'un saut jusqu'au TD Garden. A cette heure tardive, la circulation était fluide. Alors que le taxi allait s'engager sur le parking du stade, Rydell aperçut Matt, de l'autre côté de la rue, appuyé à une berline noire. Il demanda au chauffeur de le déposer à l'entrée, puis il attendit qu'il soit parti pour rejoindre Matt. Il avait presque traversé la rue quand la portière arrière de la voiture s'ouvrit et que sa fille se précipita vers lui.

Il la serra dans ses bras et se retourna vers Matt, toujours adossé à la voiture, bras croisés. Rydell saisit fermement la main de Rebecca et s'approcha.

— C'est vous qui avez fait ça ?

C'était plus un constat qu'une question.

— Mon ami est à l'hôpital dans un état grave, lui répondit sèchement Matt. Il a pris une balle. Je veux que vous passiez un coup de fil pour vous assurer qu'on s'occupe bien de lui.

— Bien sûr, dit Rydell en saisissant son téléphone.

— Il lui faut également une protection. Vous avez quelqu'un sous la main ?

— J'ai le numéro de l'inspecteur de police qui est venu chez moi. Je peux l'appeler.

— Faites-le.

Rydell appela sans lâcher la main de sa fille. Ce ne fut pas long. En général, son seul nom suffisait à accélérer les choses.

On lui dit que Jabba était encore en salle d'opération et que les médecins réservaient leur pronostic. Rydell raccrocha et en informa Matt.

— Il est entre de bonnes mains. Il recevra les meilleurs soins, lui promit Rydell.

— J'espère bien.

Rydell hésita avant de reprendre :

— Je suis désolé pour votre ami. Jamais je ne pourrai assez vous remercier de ce que vous avez fait.

— C'est juste que je n'aime pas beaucoup vos copains et leur sale manie de séquestrer des gens.

— Et... ? fit Rydell, s'attendant au pire.

Sherwood les considérait-il tous les deux comme ses prisonniers à présent ?

— Et rien du tout. Mon copain s'est fait descendre et vos amis détiennent toujours mon frère. J'ai pensé que vous m'aideriez peut-être à y remédier.

Rydell se tourna vers Rebecca, indécis, et lut à la fois de la perplexité et une accusation dans son regard.

— Ils le ramènent aux Etats-Unis, lâcha-t-il finalement.

— Qui ? demanda Matt.

— Le père Jérôme. Il a quitté l'Egypte. Il est dans un avion.

— Destination ?

— On parle de Houston. L'information vient d'être rendue publique. Ils vont fatalement faire apparaître le signe au-dessus de lui, et vous aurez de bonnes chances de trouver votre frère dans les parages. Vous aviez raison, concéda-t-il après une brève pause, il semble que je leur sois encore utile. Mais à quoi, je l'ignore. Ce que je croyais être leur plan initial a changé, manifestement. Tout tourne autour du moine, à présent.

— Qui est susceptible de connaître la vérité ? insista Matt.

— Les autres.

— Il me faut des noms.

— Un seul suffit : Keenan Drucker. Au départ, c'est son idée. Lui, il saura.

— Et où puis-je le trouver ?

— A Washington. Au siège de son cercle de réflexion, le Centre pour la liberté des Américains.

A cet instant, le BlackBerry de Rydell sonna. Il jeta un coup d'œil à l'écran et leva un visage soucieux vers Matt.

Celui-ci le questionna du regard.

Rydell eut un signe de tête affirmatif : quand on parle du loup...

Il prit l'appel.

— Bon sang, mais qu'est-ce que tu fiches ? Où es-tu passé ? attaqua Drucker.

— On fait des heures sup, Keenan ?

— Qu'est-ce que tu fabriques, Larry ?

— Je récupérais ma fille, lâcha Rydell.

Comme Drucker restait sans voix, il ajouta :

— Je me suis dit que tant que j'y étais, j'aurais pu appeler le *New York Times* et avoir une petite conversation avec eux.

— Et pourquoi ferais-tu une chose pareille ?

— Parce que j'ignore ce que vous êtes en train de mijoter, mais je suis à peu près sûr que ça n'a plus grand-chose à voir avec notre projet initial.

Drucker soupira :

— J'ai commis une erreur, d'accord ? Je n'aurais jamais dû faire enlever Rebecca. J'en suis parfaitement conscient, et tu m'en vois désolé. Mais avoue tu ne m'avais pas trop laissé le choix. Toi et moi, dans le fond, on désire la même chose.

— Tu ne fais pas tout ça pour sauver la planète, Keenan. Tu le sais aussi bien que moi.

— On désire la même chose, répéta Drucker sans se laisser démonter.

— Quoi donc ?

Après un bref silence, Drucker reprit :

— Retrouvons-nous quelque part, où tu voudras, et je te dirai le fond de ma pensée. Après, tu décideras si tu souhaites toujours faire retomber les foudres sur nous.

Le regard de Rydell passa de Matt à Rebecca. Que Drucker marine donc un peu... Après tout, il était en train de mettre en péril tout ce qui avait du prix pour lui.

— Je vais y réfléchir, répondit-il sèchement avant de raccrocher.

— Qu'est-ce qu'il voulait ? demanda Matt.

— Me parler. Me convaincre de jouer leur jeu.

Matt acquiesça et désigna le téléphone de Rydell.

— Il se pourrait qu'ils vous suivent à la trace.

— Comment ça ?

— C'est comme ça qu'ils nous ont retrouvés, par le biais du portable de mon ami. Pourtant, il faisait attention à ne l'allumer que brièvement.

Rydell ne parut pas surpris outre mesure.

— C'est grâce à un autre de nos gadgets, expliqua-t-il. Un espiogiciel qu'on a développé pour la NSA. Mais ne vous faites pas de souci : mon portable est vacciné contre.

— Qu'est-ce que vous comptez faire ? demanda Matt.

— Je n'en sais rien, avoua Rydell.

Il n'avait pas eu le temps d'échafauder un plan. Mais les possibilités qui s'offraient à lui étaient peu nombreuses. Tout était en train de s'effondrer autour de lui. Néanmoins, la libération de Rebecca avait bouleversé la donne. Sa sécurité passait avant tout.

— On ne peut pas rester ici, dit-il enfin. Pas à Boston. Où que nous allions, la presse finira par nous retrouver, et Maddox aussi.

Après quelques secondes de réflexion, Matt reprit :

— Vous n'avez pas envie de voir le résultat de votre travail ?

— Pourquoi pas, après tout ? s'exclama Rydell. Allez, partons d'ici !

67

Houston

La foule était visible depuis les airs.

Toutefois Gracie ne la repéra pas immédiatement. Tandis que le jet décrivait une boucle à l'approche du petit aéroport, elle remarqua seulement une masse compacte qui contrastait avec l'herbe rase bordant le gris des pistes. Ce furent les embouteillages qui lui mirent la puce à l'oreille. Toutes les routes secondaires menant à l'aérogare étaient encombrées de véhicules. Garés, bloqués, abandonnés en travers de la chaussée, telles des briques de Lego jetées en tous sens. Le flot se répandait jusque sur les bas-côtés et dans les champs. Le périphérique lui-même était saturé dans les deux directions sur plusieurs kilomètres. Les gens laissaient leur voiture pour gagner l'aérodrome à pied, comme des fans de rock convergeant vers le lieu d'un festival. Ils arrivaient de tous les côtés et se dirigeaient vers l'extrémité nord-ouest de la piste.

Darby avait expliqué à Gracie que le chef de la police leur avait demandé d'éviter les grands aéroports, Hobby et Bush Intercontinental, pour se rabattre sur Ellington. L'aérodrome, surtout utilisé par l'armée, ne possédait même pas de terminal. Il se réduisait en réalité à deux pistes et une rangée de hangars affectés aux garde-côtes, à la NASA et à la fameuse Garde nationale aérienne du Texas, où George Bush Jr avait été affecté lors de la guerre du Vietnam, prêt à intervenir au cas où le Viêt-công aurait lancé une attaque contre

Houston. Il présentait en outre l'avantage d'être habitué à recevoir des manifestations publiques telles que des meetings aériens.

Gracie était cependant prête à parier qu'il n'avait encore jamais rien connu de comparable.

Le jet se posa sans encombre, obliqua vers la gauche et roula une centaine de mètres avant de s'immobiliser devant un vaste hangar aux portes grandes ouvertes. Le commandant de bord coupa les réacteurs et bientôt leur sifflement laissa place à la rumeur de la foule, un mélange d'applaudissements et de vivats assez intense pour traverser les parois de la cabine pressurisée et les triples vitrages des hublots.

Gracie regarda le père Jérôme. Il avait le visage crispé et luisant de sueur. Elle posa sa main sur la sienne et lui adressa un sourire encourageant.

— Tout va bien se passer, lui dit-elle. Tous ces gens sont venus vous souhaiter la bienvenue.

Il acquiesça, apparemment déjà résigné à son nouveau rôle. Cette attitude raviva le malaise que Gracie avait déjà ressenti sur le toit du monastère. Elle regarda Dalton, qui préparait sa caméra.

— Tu es prête ? lui demanda-t-il.

— Non, répondit-elle avec un sourire hésitant.

Nelson Darby attendait sur la piste vide, enivré par la clameur qui montait de la foule. Il était habitué aux grands rassemblements. Son église accueillait plus de dix mille fidèles chaque dimanche, et moitié plus lors des fêtes. Mais là, c'était différent. En temps normal, il était l'étincelle, le catalyseur. La foule buvait son énergie et réagissait à son signal. Mais la multitude massée derrière les barrières de sécurité n'avait pas besoin de la moindre incitation. Sur sa gauche, un groupe scandait un cantique en se trémoussant. Et le père Jérôme n'était même pas encore apparu au sommet de la passerelle !

Le pasteur se tourna vers le gouverneur, raide comme un piquet à ses côtés, et lui sourit, puis il se pencha vers Buscema et lui murmura :

— Bon plan, amigo.

Buscema se contenta d'acquiescer sans un mot, les yeux fixés sur la porte de la cabine qui venait de s'entrouvrir.

Un rugissement monta de la foule quand elle s'ouvrit en grand. La passerelle escamotable descendit vers le sol et trois des assistants de Darby déroulèrent un tapis rouge.

Négligeant ses hôtes, le révérend Darby se leva et se dirigea vers l'avion. Il se retourna légèrement pour saluer la foule et lui adresser un sourire éclatant. La horde des spectateurs pressés contre les barrières installées en hâte par la police rugit de plaisir en voyant le prédicateur se placer au bas des marches. Le gouverneur le suivit et imita son geste, sans réussir à susciter le même enthousiasme.

A l'intérieur de l'avion, le père Jérôme lissa sa soutane et gagna à petits pas l'avant de la cabine. L'air un peu perdu, il se tourna vers Gracie. Amine s'approcha et lui prit la main, la serrant entre les siennes.

— Tout va bien se passer, promit-il au vieux moine.

Celui-ci inspira profondément, se redressa et hocha la tête.

— On peut commencer à tourner ? demanda Gracie en indiquant Dalton et sa caméra.

Frère Amine consulta le père Jérôme du regard avant d'acquiescer. Gracie mit son oreillette en place, approcha le BlackBerry de ses lèvres et donna le signal de départ à Roxberry.

Le père Jérôme se pencha pour franchir la porte et s'arrêta en haut de la passerelle tandis que Dalton le filmait de dos. La réaction de la foule fut immédiate. Un raz-de-marée de ferveur religieuse les submergea. Le père Jérôme resta interdit, parcourant du regard l'océan de visages à ses pieds. Gracie se dévissa le cou pour mieux voir. La foule s'étendait à perte de vue. Certains brandissaient des banderoles, les autres levaient les mains. Il y avait des cris, des pleurs, des chants. De tous côtés on voyait des caméras et des camions émetteurs équipés d'antennes satellites géantes. Deux hélicoptères tournaient au-dessus d'eux.

Le père Jérôme leva une main, puis l'autre dans un geste plein d'humilité. Tous les yeux étaient à présent tournés vers le ciel, guettant l'apparition du signe. Le père Jérôme avait lui aussi relevé imperceptiblement la tête. Après un dernier regard à frère Amine et à Gracie, il descendit les marches et se retrouva dans les bras du révérend Darby.

Gracie et Dalton le suivirent et s'écartèrent discrètement.

— Tu nous reçois toujours ? demanda la jeune femme à Roxberry.

— Et comment ! fit la voix du présentateur dans l'oreillette. Continuez comme ça.

Elle regarda le révérend qui tenait la main du prêtre dans les siennes en lui parlant à l'oreille. La foule fut longue à s'apaiser, mais quand enfin le silence revint, il avait une qualité surnaturelle. L'un des assistants de Darby tendit alors un micro à celui-ci.

— Très chers frères et sœurs, commença le prédicateur de sa voix grave et sonore, soyez tous les bienvenus au nom de Jésus-Christ, Notre-Seigneur. Merci encore d'être venus accueillir un visiteur d'exception, le père Jérôme.

Il avait insisté sur le nom tel un bateleur de foire, déclenchant un rugissement dans l'assistance.

— Comme vous le savez tous, demain est un jour spécial. Demain, c'est le jour de Noël, un temps de fête qui revêt une importance pour nous tous. Et pourtant... pourtant... cette année, ce sera aussi l'occasion de réfléchir aux temps troublés que nous traversons, réfléchir à ce que nous aurions pu faire pour améliorer la situation, réfléchir à ce que l'avenir nous réserve. Jusqu'à ces derniers jours, je vous avoue que j'avais du mal à garder espoir. Alors, comme beaucoup parmi vous, j'ai prié. J'ai prié Dieu de protéger notre grande nation, de nous épargner le jugement que nous méritons sans doute pour nos nombreux errements, comme la mort de ces millions d'enfants à naître. J'ai prié Dieu de nous accorder Sa miséricorde en dépit de nos péchés. Qu'Il nous pardonne d'avoir laissé nos scientifiques manipuler les cellules souches et les accélérateurs de particules, d'avoir laissé nos enfants aux mains des anarchistes pervers qui contrôlent à présent l'éducation publique et les divertissements d'Hollywood. Quand une grande nation comme la nôtre connaît des temps difficiles, la seule chose qu'elle puisse faire est de s'en remettre à Dieu, afin qu'Il la guide et lui redonne vie.

Il laissa à ses paroles le temps de pénétrer les esprits, alors que seuls quelques « Amen » et « Loué soit le Seigneur » ponctuaient le silence, puis il reprit, couvant la foule d'un regard bienveillant.

— Mais vous savez quoi ? Je crois que Dieu a entendu nos prières, et qu'Il nous a envoyé une bouée de sauvetage. Cette bouée, c'est un homme profondément croyant, un homme qui a voué toute sa vie à ses frères humains. Aussi, je vous demande de vous joindre à moi pour accueillir comme il le mérite le père Jerôme ! conclut Darby, déclenchant un nouveau tonnerre d'acclamations.

Le père Jérôme embrassa la foule immense du regard, puis il jeta un coup d'œil à Gracie, qui se tenait à côté de Dalton, son micro devant ses lèvres. Elle lut de nouveau le doute sur les traits du prêtre, comme sur le toit du qasr avant l'apparition.

Darby posa une main sur l'épaule du moine, ramenant son attention vers la foule.

— J'ai maintenant une requête à présenter au père Jérôme. Je suis sûr que vous l'appuierez, car cette invitation vient du cœur, celui du Texas et celui de la nation tout entière.

Se tournant alors vers le vieil homme, il poursuivit :

— Je sais que vous êtes fatigué, je sais que vous avez vécu des journées difficiles, mais je vous le demande au nom des personnes ici rassemblées et au nom du pays tout entier : nous ferez-vous l'honneur de diriger un service religieux demain ?

Il y eut un tonnerre de vivats et d'applaudissements. Darby leva les mains pour calmer le vacarme qui allait crescendo avant de se retourner vers le père Jérôme et de lui fourrer son micro sous le nez. Le vieillard hésita, puis il murmura :

— Bien sûr.

— Il a dit oui ! rugit Darby.

Et la foule explosa de nouveau.

Le pasteur ajouta, ouvrant les bras :

— Vous êtes tous invités, sans exception. Passez la journée en famille. Partagez la dinde et chantez des cantiques. Puis, le soir venu, rendez-vous à six heures à Reliant Park. Nous avons largement la place de vous accueillir tous.

Darby salua de la main la foule en délire avant de passer un bras autour des épaules du moine afin que les photographes puissent immortaliser cet instant. Puis il entraîna le vieil homme vers le hangar situé sur leur droite.

— Nous nous écartons à présent de la foule, commenta Gracie à l'antenne. Il semble que nous nous dirigions vers... vers un hélicoptère, acheva-t-elle en entendant le bruit caractéristique des pales de l'appareil. Le père Jérôme va sans doute quitter les lieux par la voie des airs, la seule possible. J'imagine que nous allons perdre la liaison, mais nous continuerons de filmer et nous vous transmettrons les images sitôt que nous aurons atterri.

Darby, deux de ses assistants, le père Jérôme, le frère Amine et les deux journalistes s'entassèrent dans la cabine. Moins d'une minute plus tard, ils s'élevaient dans les airs et, après avoir survolé la foule, se dirigeaient droit vers la ville, suivis par deux hélicoptères de la télévision.

68

Houston

Matt et Rydell avaient le regard rivé au grand écran plasma du salon VIP de l'aéroport. Le milliardaire avait emprunté le jet d'une relation d'affaires, qui les avait déposés à Houston avant de poursuivre sa route vers Los Angeles pour confier Rebecca aux bons soins d'un ami de longue date. Il s'était arrangé pour leur obtenir l'usage exclusif du centre d'affaires de l'aéroport de Hobby, où ils avaient jugé plus prudent d'attendre que la situation s'apaise en ville.

Le direct de Grace Logan fut suivi d'images filmées par les caméras installées en lisière de l'aéroport d'Ellington. La vision de l'hélicoptère qui s'envolait déprima Matt. Il avait espéré voir le signe apparaître au-dessus du faux prophète, révélant par là même la présence de son frère.

Une vue aérienne retransmise par un des hélicoptères s'afficha à l'écran. Matt se laissa retomber contre le dossier du canapé et ferma les yeux.

— Le Reliant Stadium… C'est là que jouent les Texans de Houston, non ?

— Voyons la météo pour demain, dit Rydell en pianotant sur son BlackBerry.

— Pourquoi ?

— Le stade possède un toit escamotable. S'il est prévu qu'il fasse beau, ils l'auront ouvert. C'est indispensable s'ils désirent faire apparaître le signe.

Ils restèrent ensuite un moment silencieux. Matt éprouvait un regain d'optimisme. Il se rapprochait de Danny, et jusqu'ici, il avait plutôt bien tiré son épingle du jeu.

— Danny ne sera pas facile à repérer, ajouta Rydell. Le stade est vaste.

— Peut-être n'aura-t-on pas besoin d'en passer par là. Drucker vous a bien dit qu'il voulait discuter ?

— Aux dernières nouvelles, il se trouvait encore à Washington... A moins qu'il ne soit également descendu à Houston pour être aux premières loges.

— Appelez-le. Dites-lui que vous êtes ici s'il désire toujours vous parler. Et insistez pour qu'il rapplique sans tarder s'il n'est pas déjà en route.

Après réflexion, Rydell parut trouver l'idée bonne.

— Il risque de se douter de quelque chose, objecta-t-il néanmoins.

Matt haussa les épaules.

— Il voudra quand même vous voir. Par précaution, c'est nous qui choisirons le lieu de rendez-vous. Et puis, on n'a pas vraiment le choix. Appelez-le.

— Vous en êtes sûr ?

Matt acquiesça.

— Attirez-le ici. Ce salaud a certainement des tas de choses à nous raconter.

69

River Oaks, Houston

Les abords de la propriété de Darby étaient entièrement bouclés par la police, qui n'en autorisait l'accès qu'aux seuls résidents. Le terrain de golf à l'arrière de la maison était également contrôlé. Des policiers accompagnés de chiens parcouraient le green, prêts à parer à toute intrusion. Le gouverneur avait également mis la Garde nationale en état d'alerte, au cas où des renforts s'imposeraient.

L'hélicoptère se posa sur le parking du country-club et ses occupants furent transférés, sous escorte policière, jusqu'à la résidence privée du révérend. Une longue caravane de camions régie surmontés de paraboles se formait déjà au-delà du cordon policier. Des groupes d'adorateurs hystériques s'étaient massés derrière les barrières, avides d'entrevoir même un court instant l'envoyé de Dieu. Deux cinglés avaient infiltré leurs rangs et déliraient sur l'imminence de la fin du monde, mais leur discours incohérent était couvert par les cantiques.

On conduisit les nouveaux venus à un pavillon attenant au bâtiment principal. Dalton et Gracie étaient logés au rez-de-chaussée, à côté de frère Amine, tandis que le père Jérôme occupait une chambre à l'étage.

Ogilvy, qui se trouvait à Houston, avait demandé à son équipe de lui fournir des rapports réguliers. Gracie et Dalton avaient offert aux téléspectateurs une visite guidée du domaine, mais ils n'avaient pas réussi à soutirer une parole au père Jérôme, qui s'était retiré dans ses appartements sitôt arrivé.

A la fin de la retransmission en direct, Dalton partit pour l'aéroport afin de récupérer sa caméra volante et le reste du matériel.

Gracie regagna leur chambre et s'effondra sur le lit. Les derniers jours avaient été épuisants et c'était loin d'être fini. Elle venait de s'assoupir quand elle entendit une sonnerie.

Elle pêcha son BlackBerry dans sa poche, mais cela ne venait pas de lui. En fouillant son sac, elle distingua la lueur bleutée d'un écran de portable. C'était celui de Finch.

L'écran indiquait que l'appel émanait d'un certain Gareth Willoughby. Elle mit quelques secondes à identifier le nom : c'était le producteur du documentaire de la BBC.

Elle prit l'appel.

L'annonce de la mort de Finch prit Willoughby au dépourvu. Il expliqua qu'il ne le connaissait pas personnellement et avait simplement décidé de lui retourner son appel. Après un silence gêné, Gracie dit :

— J'imagine que vous étiez contents quand on vous a accordé l'autorisation de filmer la grotte du père Jérôme.

Willoughby parut troublé.

— Que voulez-vous dire ?

— Si on vous l'avait refusée, ou si vous n'aviez pas insisté, qui sait ce qui serait advenu… Ce qui est sûr en tout cas, c'est que nous ne serions pas allés en Egypte.

— De quoi parlez-vous ? Ce sont eux qui nous ont approchés !

Cet aveu piqua au vif la curiosité de Gracie.

— Quoi ?

— Nous nous trouvions en Egypte pour réaliser un documentaire, mais nous ne recherchions pas spécialement le père Jérôme. A vrai dire, nous ignorions même tout de sa présence là-bas.

— Dans ce cas, comment l'avez-vous rencontré ?

— On peut appeler ça une heureuse coïncidence. A ce moment-là, nous nous trouvions à Saint-Bishoy. Vous savez, le monastère voisin de celui des Syriens...

— Oui, je le connais.

— Alors que nous faisions des emplettes dans une échoppe, nous tombons sur un moine du monastère des Syriens. On se met à bavarder, et il nous dit que le père Jérôme s'est retiré dans un de leurs ermitages. Et qu'il a un comportement bizarre, comme s'il était possédé, mais dans le bon sens du terme. Ça ne pouvait pas mieux tomber pour nous.

— Attendez une seconde, le coupa Gracie. Je pensais que tout le monde était au courant de la présence du père Jérôme dans cette grotte.

— La nouvelle ne s'est répandue qu'après notre documentaire, rectifia Willoughby. Jusque-là, tout le monde ignorait où il était. On l'a même cru mort. Si on y réfléchit, toute cette histoire est le fruit du hasard.

— Comment ça ?

— Pour commencer, jamais nous n'aurions rencontré ce moine sans notre responsable des programmes. On lui doit une fière chandelle.

— Pour vous avoir donné le feu vert ?

— Non, pour nous avoir confié ce reportage. Au départ, c'était son idée.

— Vous voulez dire que c'est votre chaîne qui vous a envoyés en Egypte ?

— Vous savez comment ça se passe d'habitude : on propose des sujets jusqu'à ce que l'un d'eux soit accepté. A ce moment-là, on s'accorde sur un budget et sur un planning, et on se met au travail. Cette fois-là, ça a été différent. Personnellement, j'avais envie de parler des prophètes de l'Apocalypse que vous affectionnez tant dans votre pays. C'est alors que notre responsable des programmes a sorti de son chapeau un projet de coproduction avec des partenaires américains, et que nous avons hérité d'une commande sur une approche comparative de la spiritualité en Orient et en Occident.

C'était aussi dans l'air du temps et le budget était confortable. Mais si je puis me permettre, mademoiselle Logan, pourquoi toutes ces questions ?

Gracie fut aussitôt sur la défensive. Elle préféra mentir :

— Oh, pour rien. J'essaie simplement de mieux comprendre les raisons qui nous ont amenés à partir pour l'Egypte, avec tout ce qui s'est ensuivi. Une dernière chose : le moine qui vous a parlé du père Jérôme, vous vous rappelez son nom ?

— Mais bien sûr. Un gars plutôt intéressant, d'ailleurs, qui avait traversé pas mal d'épreuves. Originaire de Croatie. Il s'appelait Amine. Frère Amine.

Gracie se sentit perdre pied, engloutie dans un trou noir où résonnaient la voix de Willoughby et des éléments épars qui lui revenaient à présent.

Elle s'efforça de les mettre en ordre, évitant les pensées qui l'attiraient vers le gouffre. En vain. Il était inutile de se voiler la face : on leur avait menti.

Elle se remémora leur conversation avec frère Amine dans le taxi venu les chercher à l'aéroport du Caire. Le moine avait prétendu que les documentaristes britanniques les avaient harcelés pour rencontrer le père Jérôme et qu'ils avaient fini par céder devant leur insistance. Un mensonge, de toute évidence.

La question était : pourquoi ?

Son pessimisme inné lui soufflait des explications toutes plus alarmantes les unes que les autres. Et de cet entrelacs de pensées sinistres et contradictoires émergea un autre extrait de dialogue.

Elle prit son téléphone, consulta le journal des appels reçus et rappela un des numéros qui s'affichaient. On répondit à la troisième sonnerie. Gracie reconnut la voix de Youssouf, le chauffeur de taxi. Il était tard en Egypte, mais elle ne semblait pas l'avoir réveillé.

— Youssouf, dit-elle, quand l'abbé m'a appelée depuis votre portable, alors que vous reveniez du Caire, il a dit quelque chose à propos de l'endroit où on avait retrouvé les lunettes de mon ami. Vous vous rappelez ?

— Oui, bien sûr, répondit Youssouf, intrigué.

— Il a dit qu'il faisait sombre, et que c'était pour ça qu'on avait marché dessus. Elles se trouvaient donc à l'intérieur du qasr ?

Youssouf réfléchit quelques secondes avant de répondre :

— Oui, près de la trappe d'accès au toit. Elles ont dû tomber de sa poche quand il est monté.

— Vous en êtes sûr ?

— Tout à fait, confirma le chauffeur. L'abbé me l'a dit.

Finch était myope comme une taupe. Gracie l'imaginait mal montant sur le toit sans ses lunettes, surtout pour y chercher son BlackBerry.

Elle raccrocha. Ils avaient un problème. Son premier réflexe fut d'appeler Ogilvy.

— Il faut qu'on se voie, lui dit-elle en surveillant la porte de la chambre. Il y a quelque chose qui ne tourne pas rond.

70

Houston

Matt embrassa d'un regard méfiant le hall de l'hôtel, cherchant d'éventuels vigiles et caméras de surveillance, avant de le traverser à pas lents. Puis il rebroussa chemin pour se diriger vers le café installé en façade. Il nota mentalement la disposition de la salle, le style et le nombre des clients avant de chercher l'entrée de service.

Il était en avance. Le rendez-vous entre Rydell et Drucker était prévu deux heures plus tard. Drucker devait encore se trouver dans l'avion mais, de toute façon, leur plan était de ne lui révéler le lieu de leur rencontre qu'après son arrivée. Matt avait néanmoins jugé plus prudent de repérer l'endroit avant qu'un des gorilles de Drucker n'ait eu l'occasion d'y mettre les pieds. Il savait que l'homme ne viendrait pas seul. Avec un peu de chance, Maddox l'accompagnerait. Et même s'il risquait de se retrouver en infériorité numérique, Matt gardait sur eux un avantage : il n'avait pas besoin de se cacher. Il n'hésiterait pas à exhiber une arme et à la coller sur la tempe de Drucker au beau milieu de la salle, au risque de provoquer un mouvement de panique. Il n'avait rien à perdre. Il attendrait que Rydell ait tiré les vers du nez à son interlocuteur, et alors, il interviendrait.

C'était bien sûr plus facile à dire qu'à faire. Pourtant, étrangement, Matt bouillait d'impatience.

A six rues de là, Gracie s'entretenait avec Ogilvy au Sam Houston Park. Dalton était resté chez Darby pour vérifier l'état de la caméra volante qu'il avait récupérée à l'aéroport. Elle s'était abstenue de lui faire part de ses réflexions, jugeant inutile de l'alarmer pour rien ou d'éveiller des soupçons.

Ils se trouvaient au pied d'une fontaine en bronze. Quelques promeneurs flânaient, profitant du calme de l'endroit. Gracie, elle, ne tenait pas en place tandis qu'elle rapportait à son patron ses conversations avec Youssouf et Willoughby.

Ogilvy ne semblait pas partager son inquiétude. Il la dévisageait, impassible, derrière ses fines lunettes.

— Ce sont des gens humbles, Gracie, remarqua-t-il d'un ton insouciant. Ainsi donc, ce frère Amine n'a pas voulu admettre qu'il avait vendu la mèche au sujet du père Jérôme ? Sans doute espérait-il passer à la télé, lui aussi. Mais pour rien au monde il n'admettrait qu'il n'a pas su résister aux sirènes de la publicité.

— A d'autres, Hal ! Il nous a menti sans montrer la moindre gêne. Et les lunettes de Finch, comment expliques-tu ça ?

— Justement, leur oubli pourrait expliquer sa chute.

— On aurait dû les retrouver à côté de lui, ou sur le toit, à l'extrême rigueur. Mais à l'intérieur du donjon ? Comment serait-il monté sur le toit sans elles ?

— Il a pu les faire tomber et les casser lui-même avant de monter.

— Et il les aurait laissées là ? Non, ça ne tient pas debout.

Ogilvy soupira. Il semblait s'impatienter.

— Où veux-tu en venir, au juste ?

— Nous nous retrouvons avec deux mensonges sur les bras. Ça commence à sentir mauvais.

— A cause d'un moine incapable d'admettre qu'une caméra le fait bicher et d'un autre qui cherche une excuse pour sa maladresse ?

— Il faut trouver un moyen de parler directement à l'abbé, pour qu'il nous dise où se trouvaient réellement les lunettes.

Il faut aussi enquêter sur ce frère Amine. Il est croate, d'accord, mais d'où vient-il au juste ? Depuis combien de temps vit-il dans ce monastère ? Il a joué un rôle essentiel dans cette histoire. Sans lui, nous ne serions jamais allés en Egypte.

— Mais enfin, qu'est-ce qui te prend ? demanda Ogilvy, visiblement mécontent.

— Comment ça ?

— Tu es en voie de décrocher le scoop du siècle. Si tu continues dans cette voie, tu vas finir par braquer le père Jérôme et le frère Amine contre nous. Tu n'as pas le droit de tout foutre en l'air, pour toi comme pour nous. Alors, si tu oubliais un peu les théories du complot pour te concentrer sur ton sujet ?

— Hal, je te dis qu'il se passe quelque chose de pas clair. Toute cette histoire n'a été qu'une succession d'heureux « hasards ». Réfléchis un peu : comme par hasard, nous nous trouvions sur place pour filmer le jour où la banquise s'est rompue. Merde, je ne serais jamais allée en Antarctique si tu ne me l'avais pas suggéré pendant qu'on préparait...

Soudain, la dernière pièce du puzzle se mit en place.

— Oh, mon Dieu ! s'exclama Gracie. Tu étais dans le coup, toi aussi...

Au moment où elle prononçait ces mots, elle perçut dans le regard d'Ogilvy une lueur fugitive qui lui confirma ses doutes.

— Gracie, tu es ridicule, dit-il après une seconde d'hésitation.

Mais elle n'écoutait plus. Elle lisait à présent en lui comme dans un livre ouvert.

— Tu es dans le coup, hein ? Allez, avoue-le ! Dis-le avant que je le crie pour que tout le monde en profite.

— Gracie !

— C'est une imposture, n'est-ce pas ? Tout ce foutu bazar. Une vaste arnaque...

— Les gens nous regardent. Evite de te donner en spectacle.

Elle écarta brutalement la main qu'il tendait vers elle dans un geste apaisant et recula. Son cerveau tournait à cent à l'heure.

— Tu m'as embobinée. Depuis le début. Ce voyage en Antarctique, ton soutien inconditionnel... Du bidon !

Elle le fusilla du regard. Les questions se bousculaient dans sa tête.

— Mais qu'est-ce que vous mijotez au juste ? Vous simulez une révélation ? L'avènement d'un nouveau messie ? C'est ça, hein ? Vous voulez convertir le monde ?

Ogilvy jetait des regards gênés autour de lui.

— Qu'est-ce que tu vas t'imaginer ? lui souffla-t-il, s'efforçant de garder son calme. Quand même, tu me connais !

— Alors, pourquoi ? s'entêta-t-elle. Ne viens pas me raconter que tu fais ça pour sauver la planète !

Ogilvy parut soudain changer de tactique.

— Peut-être que si, dit-il d'une voix pleine de ferveur. Mais d'abord et avant tout, il s'agit de sauver notre pays.

Gracie sentit poindre une ultime révélation.

— La mort de Finch était-elle accidentelle ? demanda-t-elle.

Ogilvy ne répondit pas assez vite.

— Bon Dieu, Hal ! s'écria-t-elle, horrifiée. Dis-moi si la mort de Finch était ou non un accident. Dis-le !

— Bien sûr que oui, lui assura-t-il.

Mais l'instinct de Gracie lui disait le contraire, et encore une fois, elle trouva la confirmation de ses soupçons dans le regard d'Ogilvy.

— Je ne te crois pas !

Et soudain, alors qu'elle reculait toujours, elle cessa de voir les joggeurs et les passants innocents qui l'entouraient pour remarquer deux hommes en costume sombre, le cheveu ras, postés chacun à une extrémité de la place sur laquelle se dressait la fontaine.

Sur un signe de tête d'Ogilvy, ils commencèrent à se rapprocher, coupant toute retraite à la jeune femme.

— Merde, Hal, mais qu'est-ce que tu fais ?

— Seulement ce que je dois faire, répondit-il presque sur un ton d'excuse.

Gracie tourna les talons et courut droit vers un des deux hommes tout en appelant à l'aide. Elle tenta de l'esquiver mais il l'intercepta. L'autre arriva sur elle deux secondes plus tard, tandis que le premier l'immobilisait d'une clé au bras. En se débattant, elle décocha au premier un coup de pied qui l'atteignit au tibia. Etouffant un cri, il la gifla. Etourdie, elle sentit qu'on lui plaquait un tampon de gaze sur le nez. Presque aussitôt, ses forces l'abandonnèrent. Elle entrevit une dernière fois la fontaine de bronze, puis les dalles sous ses pieds, avant de sombrer dans le silence et l'obscurité.

71

Situé à côté du hall d'un hôtel cinq étoiles du centre de Houston, le Grove Café semblait le lieu de rencontre idéal : un endroit ouvert, fréquenté, qui donnait une impression de sécurité.

Rydell trouva Drucker déjà installé devant une table basse, près de la baie vitrée qui donnait sur la rue. L'après-midi touchait à sa fin, le ciel était dégagé et quelques passants flânaient sur le trottoir.

Tandis que Rydell s'asseyait, Drucker sortit de son attaché-case un boîtier noir, de la taille d'un livre de poche et doté de deux petites diodes, qu'il posa délibérément au milieu de la table.

— Au cas où tu aurais eu l'idée saugrenue d'enregistrer cette conversation, expliqua-t-il.

Il enfonça un petit bouton et les diodes s'allumèrent. Rydell remarqua que deux clients jusqu'alors en grande conversation téléphonique jetaient des regards perplexes à leur portable et pianotaient frénétiquement sur les touches pour tenter de récupérer un signal.

Avec un sourire entendu, Drucker cacha son brouilleur sous sa serviette. Une serveuse s'approcha mais Rydell la renvoya d'un signe de tête. Ils n'étaient pas là pour prendre le thé.

— Je m'étonne que tu te sois déplacé jusqu'ici, commença Drucker. Tu voulais juger du résultat par toi-même ?

Rydell ignora la question.

— Qu'est-ce que tu mijotes, Keenan ?

Drucker poussa un soupir et considéra Rydell comme un professeur se demandant quoi faire d'un élève dissipé.

— Tu aimes ce pays ? dit-il au bout d'un moment.

— Pardon ?

— Tu aimes ce pays, oui ou non ?

— Qu'est-ce que ça vient faire ici ?

Drucker écarta les mains.

— Contente-toi de répondre.

Rydell plissa le front.

— Bien sûr, que j'aime mon pays.

Drucker hocha la tête d'un air satisfait.

— Moi aussi, je l'aime, Larry. J'ai consacré toute ma vie à le servir. Et c'était un grand pays. Les Japonais, les Chinois… ils étaient bien loin, à peine visibles dans notre rétroviseur. Nous avons envoyé un homme sur la Lune pour la première fois il y a quarante ans. Quarante ans ! Nous étions le porte-drapeau de la modernité. C'est nous qui montrions au reste du monde comment la science, la technologie et les idées neuves pouvaient contribuer à l'amélioration de notre existence. Nous qui posions les bases de la société du XXIe siècle. Et où en sommes-nous aujourd'hui ? Que sommes-nous devenus ?

— Nous sommes plus pauvres, dit Rydell.

— Plus pauvres, plus méchants, plus gros… plus cons. Quand tous les autres vont de l'avant, nous, nous reculons. Nous avons perdu notre place de leader. Et tu sais pourquoi ? demanda Drucker en pointant furieusement l'index vers Rydell. La faculté de diriger. Voilà ce que nous avons perdu. Jadis, nous élisions des présidents qui nous bluffaient par leur intelligence, leur connaissance du monde. Des hommes qui étaient une source d'inspiration, que le reste du monde respectait, qui nous rendaient fiers de nous. Des hommes qui avaient une vision.

— On en a un aujourd'hui, objecta Rydell.

— Et tu crois qu'on est tirés d'affaire pour autant ? rétorqua Drucker. Réfléchis un peu. On vient de passer huit années avec pour président un prospecteur raté dont je n'aurais même pas voulu pour laver ma voiture... Huit années d'incompétence criminelle et d'arrogance débridée qui ont mis notre pays à genoux. Et crois-tu qu'on en ait tiré la moindre leçon ? Rien du tout, oui ! Merde, il a fallu la crise économique du siècle pour qu'on remporte cette victoire à l'arraché. Ce n'était pas un raz-de-marée, Larry, loin de là. Près de la moitié du pays a voté pour qu'on continue sur la même voie. On a été à deux doigts d'avoir pour vice-présidente une femme qui est convaincue que les Pierrafeu reflètent la vérité historique, qui n'a eu de passeport que l'année précédant l'élection, qui a dû prendre un mois de congé avant sa première interview, le temps qu'on la mette à peu près au courant de la marche du monde, qui est persuadée du retour imminent de Jésus et qui pense que nos petits gars sont en Irak pour accomplir l'œuvre de Dieu... Tout ça pour seconder un homme de soixante-douze ans miné par le cancer ! Aussi ridicule, aussi dingue que ça puisse paraître, on y a échappé de justesse, Larry, et nous ne sommes pas à l'abri d'une rechute. Et sais-tu pourquoi on est passés à deux doigts de ce désastre ?

Rydell songea au père Jérôme et commença à entrevoir où Drucker voulait en arriver.

— Parce que Dieu est de leur côté ?

— Parce que Dieu est de leur côté, répéta gravement Drucker.

— Du moins, c'est ce qu'ils prétendent, ironisa Rydell.

— Il n'en faut pas plus. Nous élirons à la magistrature suprême le pire crétin, le pire champion de la médiocrité, pourvu qu'il ait Dieu dans son équipe. Nous lui confierons la responsabilité de la nourriture que nous ingérons, des maisons où nous vivons, de l'air que nous respirons, nous lui donnerons le pouvoir d'atomiser les autres pays et de détruire la planète, quand bien même il ne serait pas fichu de prononcer correctement le mot « nucléaire ». Et nous le ferons sans l'ombre d'une hésitation, aussi longtemps qu'il prononcera la formule magique : « Je crois. » Qu'il clamera haut et fort qu'il porte Jésus dans son cœur. Qu'il se targuera de lire dans le cœur d'un président russe au lieu de s'adresser à des experts. Nous avons eu des présidents qui fondaient leurs choix politiques sur la foi, pas sur la raison. Et je ne parle pas de l'Iran ni de l'Arabie saoudite... Je parle de l'Amérique, du renouveau évangélique qui balaie le pays tout entier. Nous avons des présidents qui fondent désormais leurs décisions politiques sur le livre de l'Apocalypse, Larry. L'Apocalypse !

Drucker s'arrêta pour reprendre son souffle et guetta la réaction de Rydell avant de reprendre :

— Il fut un temps où nous étions un grand pays. Un pays prospère que le reste du monde enviait. Puis on a porté au pouvoir un type convaincu que la Russie était l'empire du mal et que nous vivions les prophéties de l'Armageddon. On nous a déniché un gars qui avait trouvé Jésus mais n'était pas foutu de lire un bilan, et les mêmes ont déclenché des guerres au nom de Dieu et en faisant massacrer nos enfants... Pendant ce temps-là, la moitié de la population continue d'aller à l'église tous les dimanches et en ressort tout sourire, en brandissant le drapeau de la nation de son rédempteur.

— Je sais que tu es en colère à cause de ton fils, l'interrompit Rydell, mais...

— En colère ? Pas seulement en colère, Larry. Je suis fou de rage, oui ! Ne te méprends pas. Ce n'est pas moi qui dorloterai nos troupes. Le boulot d'un soldat, c'est de risquer sa vie pour défendre son pays. Jackson savait ce qu'il faisait quand il s'est engagé. Mais notre pays n'a jamais été en danger là-bas. Cette guerre n'aurait jamais dû avoir lieu. Jamais ! Sa seule et unique raison d'être, c'est qu'on était dirigés par un incapable souffrant d'un complexe d'infériorité vis-à-vis de son papa, doublé d'une pulsion messianique. Et il est hors de question que ça puisse se reproduire.

Rydell se rapprocha. Il savait combien Drucker avait aimé son fils, savait les espoirs qu'il avait fondés sur lui. Il devait marcher sur des œufs.

— Je suis avec toi, Keenan, tu le sais. Je suis de ton côté. Mais ce que tu es en train de faire...

Drucker l'interrompit d'un geste, comme s'il avait deviné la suite.

— On ne peut pas laisser cette situation s'éterniser, Larry. On en est au point où il est devenu impossible à un homme politique d'être élu s'il se dit favorable au darwinisme. Les diplômes universitaires sont devenus un stigmate, l'adjectif « élitiste » une insulte. Dans l'Amérique du XXIe siècle, la foi l'emporte sur la compétence et la raison. Elle remplace le savoir, le débat et la réflexion. Elle s'est substituée à tout. Il faut changer cet état d'esprit. Redonner toute leur place à l'éducation, l'intelligence. Mais on ne peut pas raisonner avec ces gens. Tu le sais aussi bien que moi. Tu ne peux pas débattre avec quelqu'un qui te prend pour un agent de Satan. Jamais ils n'accepteront de compromis. Pour eux, cela équivaudrait à se compromettre avec le diable, et aucun bon chrétien ne l'accepterait. Non, la seule issue est de rendre cette attitude ringarde, de ridiculiser ces bondieuseries politiciennes. Il faut priver ces incapables de l'instrument qui leur permet de remporter les élections. Nous aurons gagné le jour où il paraîtra aussi déplacé de s'avouer créationniste que de défendre l'esclavagisme aujourd'hui. Il faut jeter la religion dans les poubelles de l'histoire, et pour cela, il faut agir vite. Ce pays est littéralement maraboutée, Larry. Tu as vu les statistiques comme moi : soixante pour cent des gens croient à l'existence historique du Déluge et de l'arche de Noé. Soixante pour cent ! Soixante-dix millions d'évangélistes, soit un quart de la population, fréquentent deux cent mille églises dont la majorité des pasteurs appartiennent à des organisations ultraconservatrices, et ce sont ces types qui leur disent de quel côté voter. Et ça ne va pas en s'améliorant. L'illusion se répand. Tous les deux jours, une secte ouvre un nouveau mégatemple. Tous les deux jours !

Drucker riva sur Rydell un regard enflammé.

— Tu crois que le réchauffement planétaire est le principal danger qui nous menace ? Mais le danger dont je te parle est déjà là, lui ! On y a peut-être échappé de peu avec la récente élection, mais ne te fais pas d'illusions, ils sont toujours là, prêts à frapper de nouveau. Dans leur esprit, ils mènent une véritable guerre contre la laïcité, une croisade pour arracher le royaume de Dieu aux infidèles, nous sauver du mariage homosexuel, de l'avortement et des recherches sur les cellules souches. Et tel que ça se présente, ils sont bien partis pour réussir. Un jour ou l'autre, ces combattants de la foi feront entrer un télévangéliste à la Maison-Blanche. Ce jour-là, nous aurons au Sénat une bande de cinglés qui affronteront une autre bande d'allumés au Moyen-Orient, chaque camp étant convaincu que Dieu l'a chargé de démontrer son erreur à l'adversaire. Avant longtemps, ils se balanceront des bombes atomiques sur le coin de la figure. Et moi, je ne veux pas que ça se produise.

— Et tu comptes y arriver en leur offrant un prophète, histoire de les exciter un peu plus ?

Drucker eut une expression énigmatique.

— Oui.

— Là, je ne comprends plus. Tu leur offres sur un plateau un authentique faiseur de miracles propre à les fédérer.

— Absolument.

— Tu veux réunir toutes les autorités religieuses autour de lui pour qu'elles lui emboîtent le pas ?

— Oui.

Cette fois, Drucker avait esquissé un sourire satisfait. Rydell fronça les sourcils.

— Et à ce moment-là, tu l'amèneras à modifier son message ?

— Non, déclara Drucker. Mieux que ça. Je retirerai le tapis de sous ses pieds.

Rydell le fixa, bouche bée.

— Vous allez dénoncer la supercherie ?

— Tout juste. On le laisse faire son numéro pendant quelques semaines ou quelques mois. On fait monter la sauce jusqu'à ce que tous les pasteurs du pays l'aient reconnu comme étant l'authentique messager de Dieu et aient répandu sa parole. Puis, quand tout le monde aura mordu à l'hameçon, on le démasquera. On leur montrera ce qu'est en réalité le signe.

— Et vous les confronterez à leur crédulité, dit Rydell, tentant d'imaginer les conséquences d'une telle révélation.

— Les prédicateurs se seront tellement couverts de ridicule qu'ils oseront à peine remonter en chaire. Les fidèles auront la nette impression de s'être fait avoir, ce qui les incitera peut-être à douter de l'ensemble des foutaises qu'on leur sert à l'église. On assistera à une remise en cause générale de la religion. Et, à l'avenir, les gens y réfléchiront à deux fois avant de suivre aveuglément n'importe quel messie.

Rydell avait le tournis. Lui-même avait désiré convertir le monde à sa cause, mais Drucker allait trop loin. Il secoua la tête d'un air désabusé.

— Tu ne feras qu'attiser leur fanatisme.

— Possible, acquiesça Drucker sans se démonter.

— Et tu pourrais bien provoquer une guerre civile, voire une guerre mondiale.

— Oh, ça, j'en doute.

— Tu plaisantes ? Tu vas faire un tas de mécontents, qui chercheront un responsable. Tu crois pouvoir t'en sortir en leur disant : « Hé, mais on a fait ça pour votre propre bien » ? Le pays est déjà divisé. Vous n'allez qu'accentuer ce clivage. Et je ne te parle pas des répercussions dans le reste du monde... Tu as vu ce qui s'est passé au Pakistan, en Egypte, en Israël et en Indonésie. Il n'y a pas que les chrétiens pour avoir gobé l'hameçon. Toutes les autres religions s'entre-déchirent déjà pour revendiquer l'authenticité du phénomène. Imagine la colère de tous ces gens quand ils découvriront que l'Oncle Sam était derrière tout ça... Vous allez finir par déclencher la guerre que vous vouliez éviter.

— Ma foi, s'ils sont bornés au point de vouloir poursuivre sur la voie de l'autodestruction, c'est qu'ils sont irrécupérables, rétorqua Drucker. On a déjà eu une guerre à cause de l'esclavage. Peut-être faudra-t-il recommencer. Si c'est inévitable, autant en passer par là rapidement et reconstruire un monde plus sain sur les décombres de l'ancien.

Rydell en resta sans voix.

— Ma parole, vous êtes vraiment devenus dingues, toi et les autres. Vous avez perdu tout sens de la mesure.

— Pas du tout.

— Vous ne pouvez pas faire une chose pareille, Keenan.

— Non, concéda Drucker. Pas sans un bouc émissaire.

La lumière se fit brusquement dans l'esprit de Rydell.

— Moi. C'est pour ça que vous avez besoin de moi.

Drucker acquiesça, impavide.

— J'avais besoin d'un pigeon. D'un individu aux motivations radicalement différentes des nôtres, qui ne soit en aucune façon lié à la politique politicienne de ce pays. L'idée, c'est d'expliquer toute cette histoire par le geste désespéré d'un génie visionnaire dont le seul but était de sauver la planète. Et qui sait ? Peut-être qu'en fin de compte, cela contribuera à sensibiliser les gens au réchauffement climatique.

— Alors que c'est bien le cadet de tes soucis, observa Rydell.

— Tu te trompes, Larry, je suis sensible à ce problème. Mais je ne vois pas comment on peut y remédier d'une manière réaliste. Il me semble qu'on a plus de chances de sauver les ours polaires en rétablissant la raison qu'en conduisant la société Hummer à la faillite.

— La question n'est pas de sauver les ours polaires ou la forêt équatoriale, Keenan. C'est un problème de justice sociale pour tous les habitants de cette planète.

— La justice sociale consiste à libérer les gens des griffes des sorciers et de la superstition, affirma Drucker.

Rydell s'épongea le front. Il avait brusquement l'impression d'étouffer.

— Et comment tout cela était-il censé se terminer pour moi ? Par un « suicide » ?

Drucker acquiesça.

— Sitôt la supercherie dévoilée. Je suis désolé, Larry, ajouta-t-il avec un soupir, mais j'espère que tu comprendras la logique de mes actes et que, au fond de toi, tu admettras qu'il fallait bien en passer par là.

Rydell haussa les épaules.

— J'espère que tu ne seras pas déçu si je te dis que je ne marche plus dans la combine.

— Je t'en prie, Larry, ne me prends pas pour un imbécile.

Larry regarda Drucker, attendant la suite, et se figea soudain devant son air impassible.

— Tu vas avoir une attaque, lui expliqua Drucker d'un ton détaché. Une attaque grave. En fait, elle va se produire plus tôt que tu ne le penses. Peut-être ici même, dans ce café. Devant tous ces gens. Tu te retrouveras dans le coma. Durant cette phase, nous... nous altérerons ta personnalité, comme nous l'avons fait avec le prêtre. Nous te rendrons plus réceptif à nos projets. Puis, le moment venu, nous t'aiderons à mettre fin à tes jours, après que tu auras laissé derrière toi une émouvante confession détaillée pour expliquer tes actes.

Drucker parut observer la réaction de son interlocuteur avant de conclure :

— Tu entreras dans la légende, Larry, si cela peut te consoler.

Rydell sursauta brusquement en prenant conscience de la présence d'un des hommes de Drucker juste derrière lui. Il tourna la tête vers l'entrée de la salle. Deux autres hommes en noir venaient d'apparaître. Une seule solution s'offrait à lui : filer le moins discrètement possible, dans l'espoir de bouleverser leurs plans. Il allait se lever quand il remarqua autre chose dehors, dans la rue. Une fourgonnette blanche à l'arrêt, sa porte coulissante ouverte. A l'intérieur, deux silhouettes encadraient une sorte de disque sur pied. Il n'eut pas le temps de s'arracher à son fauteuil. Une onde sonore dévastatrice éclata sous son crâne, submergeant toutes ses terminaisons nerveuses. Avec un hurlement strident, il se leva d'un bond devant les clients effarés. Ses jambes se dérobèrent sous lui et il s'effondra, secoué de spasmes.

Les hommes de Drucker se précipitèrent pour l'aider à se relever et le faire sortir en évitant tout mouvement brusque, jouant à la perfection leur rôle de gardes du corps bien entraînés. L'un d'eux prit même soin d'appeler un médecin. En quelques secondes, ils se retrouvèrent dans l'ascenseur.

Les portes se fermèrent avec un chuintement et la cabine descendit aussitôt vers le parking en sous-sol de l'hôtel.

72

Matt sursauta en voyant Rydell projeté hors de son fauteuil par une force inconnue et se tordre sur la moquette du restaurant en vomissant. Il n'y avait eu aucun bruit, aucun mouvement. On aurait dit qu'il avait reçu un énorme coup de poing invisible.

Assis un peu à l'écart, derrière le piano à queue, Matt attendait le moment propice pour intervenir quand c'était arrivé. Mais il avait été devancé.

Il se leva, dégainant son pistolet, et fonça vers la sortie. Il vit Drucker s'éloigner vers la droite, flanqué de deux de ses hommes, tandis que Rydell avait été emmené vers la gauche. Matt s'immobilisa sur le seuil du café. Il y avait trop de monde dans le hall de l'hôtel. Il avait laissé échapper sa chance. Il jeta un coup d'œil au témoin lumineux au-dessus des portes de l'ascenseur et constata que Rydell avait été conduit au garage en sous-sol.

Il traversa le hall en trombe et fonça vers l'escalier de service, qu'il dévala quatre à quatre. Six volées de marches plus bas, il faisait irruption dans le garage, juste à temps pour voir un fourgon gris foncé virer sur les chapeaux de roues et emprunter la rampe de sortie. Le déclic d'une portière sur sa gauche lui fit tourner la tête : un voiturier descendait d'un gros 4 × 4 Chrysler qu'il venait de garer. Sans plus réfléchir, Matt lui arracha les clés, s'assit au volant, démarra, et fonça vers la rampe.

Il émergea dans le crépuscule. Un coup d'œil de chaque côté de l'avenue lui permit de localiser le fourgon qui s'éloignait vers l'ouest, à trois cents mètres environ. Il accéléra et, après un gymkhana entre les voitures qui circulaient dans les deux sens, le rattrapa. Il entreprit de le suivre, en ayant soin de laisser une voiture entre eux. Deux rues plus loin, une grande pancarte verte annonçait l'entrée de l'autoroute. Matt savait qu'il devait agir avant, s'il ne voulait pas risquer d'être repéré ou de les perdre de vue. Ou, pire, de se laisser mener jusqu'à leur destination, où ils auraient l'avantage du terrain.

La chaussée, aussi large qu'une autoroute, était bordée à gauche par une rangée de jeunes arbres et à droite par une enfilade de colonnes de granit. Matt se glissa dans la file de droite et tenta de regarder au-delà du prochain carrefour. La disposition des lieux lui était plus favorable. A droite, une douzaine de marches basses et larges conduisaient au perron d'un bel immeuble de bureau en pierre de taille.

Matt écrasa l'accélérateur. Le 4 × 4 dépassa la voiture intercalée pour venir se rabattre sur l'aile avant gauche du fourgon, le projetant vers la droite. Le conducteur écrasa la pédale de frein, mais il allait encore trop vite. Le fourgon escalada les marches et acheva sa course contre l'un des piliers de l'immeuble.

Matt s'arrêta et descendit du 4 × 4 pour gravir le talus, pistolet au poing.

Le choc avait été violent. De la vapeur s'échappait du radiateur, et l'avant du fourgon s'était encastré dans le pilier. Matt se demanda dans quel état il allait récupérer Rydell. En tout cas, les deux types assis à l'avant n'étaient pas au mieux de leur forme.

Des badauds faisaient déjà cercle autour du fourgon accidenté mais ils reculèrent en découvrant l'arme de Matt. Celui-ci les ignora et contourna l'épave, scrutant les vitres. Gagnant l'arrière du véhicule, il frappa une des portes avec le canon de son pistolet et retira prestement la main, s'attendant à recevoir une grêle de balles à travers la tôle. Mais non. Il s'approcha, manœuvra la poignée et regarda à l'intérieur, son arme toujours pointée devant lui.

Rydell était couché sur le sol, secoué mais vivant. Il avait les mains attachées par des liens en nylon. Matt reconnut un des hommes aperçus à l'hôtel, le visage en sang. Le voyant, celui-ci tenta de se redresser et chercha son pistolet à tâtons. Matt lui logea une balle en plein cœur.

En approchant de Rydell, il découvrit une femme à plat ventre. Elle aussi avait les mains liées dans le dos. Il monta dans la cabine et, avec précaution, la retourna sur le dos. Après avoir arraché la bande de ruban adhésif qui couvrait sa bouche, il reconnut Gracie Logan, la journaliste qui avait couvert les apparitions du signe pour la télévision. Il chercha son pouls. Elle était vivante. Au contact de sa main, elle frissonna et ouvrit les yeux.

— Où sont… ? Qui… ? bredouilla-t-elle.

— Donnez-moi la main, dit Matt en glissant le P14 dans sa ceinture.

Il l'aida à se relever et à prendre appui sur son épaule.

— On y va, dit-il à Rydell.

Ils redescendirent le talus, traversant le petit groupe de badauds stupéfaits pour rejoindre le 4 × 4. Matt installa la journaliste à l'arrière, remonta au volant, Rydell à sa droite, et démarra.

Il vit dans le rétroviseur que Gracie reprenait lentement ses esprits.

— Ça va ? lui demanda-t-il.

Elle avait le regard dans le vague, comme au sortir d'une cuite carabinée.

— Dalton… bredouilla-t-elle enfin. Il faut que je le sorte de ce piège.

— Qui ça ?

Elle se mit à fouiller dans ses affaires.

— Mon portable… Où est-il ? Il faut que j'appelle Dalton, il est en danger.

Matt avisa une rangée de cabines téléphoniques sur le trottoir et s'arrêta. Il aida Gracie à descendre.

— Où allons-nous ? Où dois-je lui dire de nous rejoindre ?

— De qui parlez-vous ?

— De mon cadreur. Ils doivent être également à ses trousses.

— Où se trouve-t-il en ce moment ?

— Chez Darby.

— Darby, le télévangéliste ?

— Oui… Non. Je ne sais plus. Il est allé à l'aéroport. Oui, c'est ça… Ça me revient, à présent. Quoi qu'il en soit, il a son portable sur lui. Qu'est-ce que je dois lui dire ? demanda-t-elle en décrochant le combiné.

— De se cacher en lieu sûr. Dites-lui d'éviter à tout prix la maison du prédicateur. On le rappellera pour lui dire où nous retrouver.

Elle composa le numéro, puis s'interrompit et regarda Matt d'un air désemparé.

— Au fait, qui êtes-vous ?

— Téléphonez d'abord. On aura le temps d'en parler plus tard.

73

Matt, Gracie, Dalton et Rydell étaient à présent réunis dans la chambre du motel. Une semaine plus tôt, en dehors des deux journalistes, aucun d'eux ne se connaissait. Ils vivaient dans des univers parfaitement distincts. Puis tout avait changé, leurs existences avaient basculé, et ils se retrouvaient entassés dans cette chambre exiguë, à se demander comment rester en vie.

Dalton était le dernier arrivé. Ils avaient passé les deux premières heures à s'informer mutuellement de leurs aventures, reconstituant le puzzle pièce par pièce. La conversation, particulièrement dense, n'avait connu qu'une interruption, quand Rydell avait appelé Boston pour prendre des nouvelles de Jabba. L'opération avait réussi et, même si le chimiste avait perdu beaucoup de sang, les médecins restaient optimistes.

— Bon, et maintenant, on fait quoi ?

Dalton était encore sous le choc d'une double révélation : Finch avait été assassiné et le suspect probable était un moine avec qui ils avaient sympathisé.

— Je n'arrête pas de repenser au père Jérôme, dit Gracie. Il se doutait que quelque chose clochait. Ça se lisait sur son visage.

Puis, se tournant vers Rydell :

— Vous savez ce qu'on lui a fait ?

— J'ignore les détails sordides, répondit le milliardaire, mais Drucker a parlé de drogues, d'implantation de souvenirs fictifs, de modifier la personnalité pour la rendre plus réceptive.

— Charmant, fit Dalton en grimaçant.

— Il disait entendre des voix, là-haut sur la montagne, observa Gracie. Il pensait que Dieu lui parlait.

Rydell hocha la tête, pensif.

— Ils ont dû le soumettre à un LRAD, un émetteur acoustique à longue portée. C'est le même appareil qu'ils ont utilisé contre moi à l'hôtel. Il peut émettre un faisceau sonore focalisé, un peu comme un fusil à lunette qui enverrait des sons – ou des voix – à la place des projectiles. C'est par son truchement qu'ils lui parlaient.

Gracie rompit le silence qui s'était installé pour demander à Rydell :

— Vous pensiez vraiment vous en tirer comme ça ?

Elle était encore sous le coup de la trahison d'Ogilvy et de la mort de Finch.

— Je devais agir, tenta de se justifier le milliardaire. Les gens sont trop passifs. Ils n'écoutent la voix de la raison que lorsqu'il est trop tard. Ils ne veulent pas se voir dicter leur conduite par des écologistes radicaux en parkas et pataugas, mais ils ne prennent pas non plus le temps de lire ou d'écouter les spécialistes. Regardez la crise financière. Cela fait des années que les experts nous mettaient en garde. Buffett [1] avait qualifié les produits dérivés d'« armes financières de destruction massive ». Personne ne l'a écouté. Et tout s'est effondré du jour au lendemain.

Il regarda ses compagnons tour à tour, comme s'il faisait appel à leur compréhension, à défaut de leur compassion, avant de poursuivre :

— Je ne pouvais pas rester les bras ballants. Le réchauffement climatique, c'est autrement plus grave que de voir sa retraite divisée par deux ou de perdre sa maison. Le risque, c'est que la planète devienne invivable.

1. Warren Buffett. Richissime homme d'affaires américain, investisseur et économiste de tendance démocrate, surnommé l'« oracle d'Omaha ».

— Comme disait Finch, tout est dans la dénomination, remarqua Dalton. L'expression « réchauffement climatique » est un peu trop faible. Il vaudrait mieux parler d'« ébullition climatique ».

— Ou de géocide, renchérit Rydell.

Ils acquiescèrent sans un mot. C'est à nouveau Gracie qui rompit le silence en demandant :

— Indépendamment du fait que Drucker veuille vous désigner comme bouc émissaire, vous partagez toujours son point de vue ?

Rydell réflechit quelques secondes avant de hocher douloureusement la tête.

— Je suis d'accord avec son diagnostic. L'histoire nous a maintes fois prouvé que mêler religion et politique n'apporte que la destruction, et je ne doute pas qu'il y ait là un danger bien plus grave que tous ceux auxquels les lois sur la sécurité intérieure sont censées apporter une réponse. Mais je ne suis pas d'accord avec la solution qu'il préconise, et encore moins avec ses méthodes. Drucker a perdu la raison, et on n'en a pas fini avec lui. Qui sait quel message il a décidé de mettre dans la bouche du père Jérôme. Il pourrait l'amener à dire ou à faire ce qu'il veut, et le monde entier est à son écoute.

— Il faut l'en empêcher, dit Gracie. Nous devons divulguer tout ce que nous savons.

— Non, intervint Matt, jusque-là assis dans un coin de la chambre. D'abord, je dois arracher mon frère à leurs griffes et le mettre en sécurité quelque part. Ensuite, libre à vous de faire la une du *New York Times*.

— Mais vous avez entendu ce qui se prépare, Matt. La messe est prévue pour demain. Ça va être un truc énorme, retransmis dans le monde entier. Et vous avez vu les réactions des foules. Les gens sont prêts à s'entredéchirer. Les esprits s'échauffent un peu plus à chaque heure qui passe. Si on attend la fin du meeting pour révéler le pot aux roses, il sera peut-être trop tard.

— Nous ferons plus ou moins leur boulot si nous dévoilons tout à ce moment-là, objecta Dalton. C'est bien leur plan, non ?

— Je sais, ce n'est pas la solution idéale, mais il faut agir vite.

— Ils ne peuvent rien dévoiler tant qu'ils n'auront pas mis la main sur Rydell, remarqua Matt. Ils doivent absolument faire retomber la responsabilité de tout ça sur quelqu'un.

S'adressant directement à l'homme d'affaires, il ajouta :

— Sans compter que tant qu'ils ne vous auront pas mis hors circuit, ils courent le risque de vous voir rendre publique votre propre version des faits. Or ils ont encore des détails à régler avant de pouvoir révéler au monde qu'il s'agit d'un coup monté.

— Ce qu'ils feront tôt ou tard, de toute manière, répliqua Gracie. Ils ne peuvent pas continuer comme ça indéfiniment, au risque d'ouvrir une voie royale aux chrétiens fondamentalistes.

Sa remarque fit réfléchir Matt. Même si sa principale motivation était de récupérer son frère sain et sauf, il commençait à entrevoir que des considérations bien plus vastes étaient en jeu.

— Nous disposons d'une petite fenêtre de tir, observa-t-il enfin. Ils n'agiront pas avant d'avoir trouvé le moyen de se dégager de toute responsabilité. Ça nous laisse un peu de temps pour tenter de retrouver Danny. Vous ne pouvez pas me demander de le laisser tomber. Pas si près du but.

Tous se regardèrent, puis Gracie acquiesça.

— De toute façon, finit-elle par admettre, le pays entier est déjà prêt à gober leur histoire. Demain soir, il sera devenu plus difficile de faire machine arrière, mais… on peut attendre jusque-là. Enfin, je vous ferai remarquer qu'aucun de nous ici ne serait encore en vie sans Matt. On lui doit bien ça.

Voyant que ses compagnons l'approuvaient, elle reprit :

— Bon, alors, comment procède-t-on ?

— Pour quoi faire ?

— Pour retrouver Danny.

Devant l'étonnement de Matt, elle lui adressa un petit sourire, puis, le tutoyant soudain :

— Eh bien quoi, tu croyais qu'on allait vous laisser tomber, ton frère et toi ?

Matt se tourna vers les deux autres et lut sur leur visage un soutien inconditionnel.

— On peut supposer qu'ils feront apparaître un signe au-dessus du père Jérôme, d'accord ?

— Ça ne fait aucun doute, acquiesça Gracie.

— Alors, c'est à ce moment-là que nous interviendrons.

Ils passèrent une nuit blanche à étudier des plans et des photos du stade récupérés sur Internet, cherchant à deviner d'où Danny et son équipe allaient opérer.

Puis, aux premières lueurs du jour, la télévision commença à diffuser des images de la foule qui convergeait vers le lieu du meeting, à pied ou en voiture, et ils surent qu'ils n'avaient d'autre choix que de se joindre à elle.

Ils chargèrent leur maigre matériel à l'arrière du 4 × 4. Cela fait, Matt vit Gracie contempler le soleil levant, debout sur le seuil de leur chambre. Il la rejoignit.

— Ça va ?

Elle hocha la tête avant de détourner de nouveau les yeux.

— C'est étrange de se dire que notre pays est à ce point divisé, dit-elle enfin. Depuis quand sommes-nous devenus si haineux ? Si intolérants ?

— Sans doute depuis que des imposteurs avides de pouvoir ont décidé que la religion pourrait les aider à remporter les élections.

Elle rit avant de se rembrunir.

— A quoi penses-tu ? demanda Matt.

— Le père Jérôme… c'est vraiment un type bien. J'imagine ce qu'ils ont dû lui faire subir.

— Ça ne va pas être simple pour lui quand la supercherie aura été révélée, fit Matt, songeur.

— Tout son système de valeurs va se trouver balayé, ajouta Gracie.

— Je crois qu'il y a pire à redouter pour lui. Vous allez devoir le mettre à l'abri, ou il va se faire massacrer.

— Quoi qu'on fasse ou ne fasse pas, on est fichus.

Matt haussa les épaules.

— On n'a pas vraiment le choix. Il faut agir.

— Tu as raison, admit Gracie à contrecœur.

— Je tenais à te remercier de m'avoir soutenu.

— Je te dois la vie.

— N'empêche, je sais que ça n'a pas dû être facile pour toi de renoncer au scoop de ta carrière. Si tu balançais tout ce que tu sais, tu deviendrais une immense vedette.

— Tu me crois superficielle à ce point ?

— Pas superficielle... Juste ambitieuse et réaliste.

— Ma minute Woodward et Bernstein, ironisa-t-elle, évoquant les deux journalistes à l'origine du scandale du Watergate. Imagine : toute ta vie tu as attendu un moment tel que celui-ci, tu as tout fait pour qu'il arrive, et le jour où il se produit enfin...

— Quand la vérité éclatera, tout changera pour toi, tu le sais. Mais pas forcément à ton avantage.

Elle soutint son regard.

— J'en suis consciente.

Il lui adressa un petit sourire encourageant :

— Voyons déjà comment se passe cette journée. On avisera ensuite.

74

En tout début de matinée, toutes les routes menant à Reliant Park étaient déjà bloquées. Un embouteillage comme on n'en avait jamais vu, s'étendant sur des kilomètres à la ronde, autour du plus vaste complexe sportif et culturel du pays.

La journée était magnifique et, dès midi, la température dépassait les vingt-sept degrés. Tous les parkings étaient bondés – ceux du stade, de l'Astrodome, du palais des congrès ou de la salle de spectacles, vingt-six mille places au total, toutes occupées. Mais l'invasion motorisée ne s'arrêtait pas là. Elle s'étendait à l'immense terrain vague de quarante hectares où se dressait l'Astroworld avant sa démolition en 2006.

Les gens arrivaient en voiture, à pied, par tous les moyens de transport possibles. MetroRail avait affrété des rames supplémentaires. Les équipes de tournage installaient leurs paraboles et leurs caméras, cherchant le meilleur angle de vision. Les hélicoptères de la police tournoyaient dans le ciel, s'efforçant de faire régner un semblant d'ordre dans ce chaos.

Les portes du stade fermèrent peu après midi. Soixante-treize mille personnes s'étaient déjà entassées sur les gradins et dans les tribunes après avoir passé de longues heures à attendre la fouille à l'entrée. Certains en étaient même venus aux mains. Quelques fidèles hystériques et furieux avaient tenté de forcer les barrages. On s'était battu pour des places de parking. Mais, dans l'ensemble, les gens étaient plutôt calmes et disciplinés. La police faisait de louables efforts pour encadrer et guider les pèlerins. Darby avait par ailleurs fourni une petite armée de volontaires pour assurer l'ordre à l'extérieur et le placement de ceux qui avaient réussi à entrer. Ils distribuaient des bouteilles d'eau et des tracts à la gloire de l'empire du pasteur. Sur les parkings, ceux qui n'avaient pas trouvé de place à l'intérieur faisaient contre mauvaise fortune bon cœur. On improvisait des pique-niques dans une ambiance festive. Au menu : sandwichs à la dinde et cantiques. Des familles entières, des gens de toutes origines se retrouvaient pour une célébration unitaire, et l'écho des chants de Noël planait au-dessus des carrosseries multicolores.

Ils étaient partis tôt, ne faisant qu'un bref arrêt à une station-service pour s'acheter des casquettes de base-ball et des lunettes noires bon marché. Ils se retrouvèrent pourtant dans un embouteillage. Ils dépassèrent une grande pancarte qui proclamait : « Retrouvons-nous chez moi dimanche, après le match – signé : Dieu ». Peu après, la silhouette du stade apparut au loin, à l'écart de l'autoroute. Matt en oublia aussitôt sa fatigue. Même à cette distance, on voyait que le toit était ouvert, ce qui signifiait qu'il y avait de fortes chances pour que le signe apparaisse. Il se sentait déjà plus proche de Danny, ce qui le réconforta après les épreuves qu'il venait de traverser.

Matt et Gracie laissèrent Rydell et Dalton dans le gros 4 × 4 pour terminer à pied. A l'approche de Reliant Park, Matt embrassa du regard l'immense complexe. En essayant de reproduire le raisonnement de Drucker et de ses complices, ils étaient parvenus à la conclusion que le signe allait apparaître dans l'enceinte du stade. Dans ce cas, le transmetteur qui activait les puces se trouvait forcément à l'intérieur, et les canons à air comprimé, loin de la foule : même s'ils étaient silencieux, quelqu'un aurait pu voir les conteneurs à poudre intelligente projetés vers le ciel.

Il était également probable que le signe allait s'élever pour être visible de l'extérieur, ce qui limitait les emplacements possibles pour le transmetteur. Restait à savoir si Danny et sa console de commande se trouveraient à proximité dudit transmetteur ou des lanceurs, voire carrément ailleurs. Compte tenu de leur faible nombre et de la foule, ils savaient qu'ils auraient déjà du mal à concentrer leurs efforts sur les deux premières hypothèses, même si, dans le cas des lanceurs, les possibilités d'implantation étaient somme toute limitées.

Ils décidèrent donc de se séparer. Pendant que Matt et Gracie passeraient le stade au peigne fin, cherchant le transmetteur, Rydell et Dalton tenteraient de localiser les lanceurs aux abords du stade.

Bravant la cohue, ils firent patiemment la queue et réussirent à pénétrer dans l'enceinte peu avant la fermeture des grilles. De leur côté, Rydell et Dalton finirent par rejoindre le parking le plus éloigné, près du centre des congrès, et réussirent à loger le 4 × 4 près de la clôture, où il serait moins repérable.

Dès leur entrée, Matt et Gracie furent happés par le bruit et l'ambiance électrique. D'une taille vertigineuse, le stade était semblable à un cirque romain tout de verre et d'acier. Le toit grand ouvert offrait une vision étourdissante du ciel limpide. Des dizaines de milliers de personnes s'entassaient sur les gradins, parlant, riant, chantant. Des couples se tenaient par la main ou portaient leurs enfants sur leurs épaules. La foule réunissait dans une même ferveur les hommes mûrs en costume et les ados branchés, les yuppies en polo et pantalon kaki et les plombiers en bleu de travail, les bourgeoises permanentées et les hôtesses de bar coiffées d'un stetson. Noirs, Blancs, Hispaniques, tous impatients de découvrir le nouveau messie, reprenaient en chœur les gospels diffués par la sono.

On avait dressé une vaste scène au milieu du terrain, au pied de laquelle s'affairaient journalistes et photographes. Toutes les chaînes de télévision allaient retransmettre en direct l'entrée du père Jérôme. Matt regarda l'horloge lumineuse. Treize heures. Les festivités étaient censées commencer à dix-sept heures. Etant donné le périmètre qu'ils avaient à inspecter, cela ne leur laissait pas tant de temps que cela. Et si la foule leur offrait une couverture, elle ne leur facilitait pas la tâche. Il leur avait fallu une éternité rien que pour parvenir à la galerie circulaire principale, et malgré sa haute taille Matt avait du mal à se repérer dans cette marée humaine.

Il se mit à scruter les gradins en contrebas, espérant apercevoir un appareil si petit qu'on aurait pu le dissimuler dans un bagage à main.

— Par où commence-t-on ? demanda Gracie.

Il haussa les épaules, accablé par l'ampleur de la tâche. Ils devaient impérativement rétrécir le champ de leurs recherches. Les gradins étaient interrompus par trois rangées de loges couvertes. Il tenta de visualiser le cône invisible du faisceau laser chargé d'activer la poudre intelligente, l'apparition du signal puis son ascension, et arrêta son attention sur les rangées de loges. Il élimina celles du haut : l'auvent du toit aurait créé un angle mort, empêchant de contrôler le signe au-dessus du stade. Restaient les loges du bas et celles réservées au club, situées entre les deux. Il compta trois rangées par tribune, soit un total de six.

— Par là, dit-il en indiquant les loges médianes.

Gracie acquiesça et se dirigea à sa suite vers les escaliers.

Après avoir fixé les pales du Draganflyer, Dalton ajusta le harnais de la caméra embarquée. Tout en travaillant, il ne pouvait s'empêcher de jeter des regards méfiants autour de lui. L'idée qu'on ait pu assassiner Finch de sang-froid continuait de le hanter. Les milices, les émeutes en Afrique ou au Moyen-Orient, il connaissait. Mais des tueurs en robe de moine qui se faufilaient derrière vous pour vous pousser dans le vide… Il réprima un frisson.

Après une ultime vérification de la télécommande, il consulta sa montre. Plus que trois heures. Ils avaient décidé de n'utiliser la caméra volante qu'après l'apparition du signe. Pas question de risquer qu'un pèlerin excité, un flic ou même un des hommes de Drucker n'abîme leur précieux gadget. En attendant de pouvoir agir, Rydell et lui étaient convenus de faire une tournée d'inspection des différents parkings.

Les véhicules et les spectateurs se pressaient aux abords du stade. Dalton tenta de chasser de son esprit l'image de Finch tombant dans le vide et se mit en route.

Keenan Drucker regarda sa montre – encore deux heures. Il se rembrunit : la situation lui échappait.

L'évasion de Rydell avait porté un rude coup à son plan. Le pire, c'était que Drucker n'arrivait pas à deviner les intentions de son ex-ami. Allait-il agir sur un coup de tête, au risque d'y perdre la vie, ou allait-il retrouver ses esprits et tâcher de trouver une issue honorable ?

Drucker fondait tous ses espoirs sur la seconde hypothèse, qui lui permettrait également de se ressaisir et de trouver une solution de remplacement. Cela devenait urgent.

Il contempla le portrait de son fils sur son bureau. Il avait l'impression de trahir sa mémoire.

Cette fois je ne te décevrai pas, pensa-t-il en serrant les poings.

La voix de Maddox résonna soudain dans le haut-parleur du téléphone. Il paraissait aussi désemparé que son patron.

— Il faudrait passer à la phase d'exécution de notre plan, dit-il.

— Impossible, grommela Drucker. Pas avec Rydell dans la nature. Toujours aucune trace de sa fille ?

— Non. Un avion l'a déposée à Los Angeles. Depuis elle n'a utilisé ni son portable, ni ses cartes de crédit.

Drucker soupira.

— Tout ce qui intéresse Sherwood, c'est de retrouver son frère. Il va forcément le chercher. Vous êtes prêts ?

— Nous le sommes.

— Alors, finissez le travail, conclut Drucker avant de raccrocher.

75

Il était cinq heures passées, le meeting allait commencer, et Matt et Gracie n'avaient toujours rien trouvé.

L'inspection des loges n'était pas une sinécure. La plupart avaient été réservées soit aux relations de Darby, soit aux journalistes, le reste se répartissant entre les invités des prédicateurs auxquels le révérend avait proposé de partager la scène avec lui. Leur accès était étroitement contrôlé par des videurs en polo noir rompus à toutes les astuces des resquilleurs. En jouant de son charme, Gracie réussit toutefois à embobiner quelques-uns des VIP et à pénétrer dans leur loge avec eux, traînant Matt dans son sillage. Ils avaient pu visiter quarante-cinq loges, sans succès.

Ils achevaient l'inspection de celles réservées au club sportif quand la musique s'éteignit. Les lumières décrurent. Les invités debout jouaient des coudes pour mieux voir. Matt et Gracie se rapprochèrent du balcon. Les cent choristes du révérend Darby montèrent sur scène en chantant « Que la Lumière soit ». Les soixante-dix mille spectateurs applaudirent avant de reprendre en chœur, bientôt imités par les dizaines de milliers de personnes massées à l'extérieur du stade.

Matt était inquiet. Le père Jérôme allait apparaître d'un instant à l'autre, et ils n'avaient toujours pas trouvé trace de Danny ou de ses geôliers. Leur temps était compté. Il décida de sacrifier les gradins et de limiter les recherches aux rangées de loges du deuxième niveau. Il y en avait trente-neuf de chaque côté.

Le cantique s'acheva et Darby entra en scène, salué par un tonnerre d'applaudissements. Son sourire radieux s'étala sur tous les écrans géants.

— Bienvenue dans la maison du Christ, lança-t-il d'une voix sonore.

La foule surexcitée lui répondit de même.

Matt et Gracie regagnèrent la galerie. Une demi-heure plus tard, ils n'avaient guère progressé. Dans l'intervalle, deux autres pasteurs s'étaient succédé sur scène, prononçant des sermons enflammés qui avaient galvanisé l'auditoire. Entre deux prêches, le chœur accompagnait des stars du rock chrétien. Matt et Gracie se dirigeaient vers la galerie numéro deux quand la jeune femme sursauta et se réfugia derrière son compagnon.

— Que se passe-t-il ?

— Ogilvy, murmura-t-il. Il est là, juste devant.

Matt serra les poings.

— C'est lequel ?

— Le type bien habillé près de la buvette. Cheveux grisonnants, lunettes sans monture, costume clair.

Matt scruta la foule qui se bousculait le long de la galerie et aperçut entre deux têtes une silhouette qui correspondait à la description de Gracie.

Saisissant la main de la jeune femme, il se fraya un chemin à travers la cohue. Il perdit Ogilvy de vue mais le retrouva à quinze mètres d'eux, se dirigeant vers les loges. Matt pressa le pas, cherchant une ouverture dans la foule compacte, et ce faisant bouscula deux grands fermiers qui revenaient de la buvette. L'un d'eux renversa de la bière sur sa chemise et le repoussa avec colère.

— Fais gaffe, connard. T'as le feu au cul ?

Matt se raidit, prêt à répliquer, mais Gracie le retint.

— On se calme, mon grand ! dit-elle.

Puis, se tournant vers le fermier, elle lui adressa son plus beau sourire.

— Allons, messieurs. Si on oubliait nos querelles pour profiter des sermons ? Après tout, c'est Noël.

Le fermier réfléchit et acquiesça à contrecœur. Matt reprit la main de Gracie et s'enfonça de nouveau dans la foule, mais Ogilvy s'était éloigné. Il eut beau se dévisser le cou, se hausser sur la pointe des pieds, rien n'y fit. L'homme avait disparu.

A l'extrémité du parking rouge, Rydell et Dalton écoutèrent avec un frisson la foule entonner les cantiques. Certains avaient apporté un petit téléviseur portatif et des groupes s'étaient formés autour des écrans pour écouter les sermons auxquels ils répondaient par des « Amen ».

Rydell promena son regard sur les toits des voitures, puis il leva les yeux vers le ciel. Les dernières lueurs du jour avaient disparu à l'horizon.

— Envoyons l'hélico. On ne peut plus attendre.

Dalton sortit l'appareil du 4 × 4 et le posa au sol. Il vérifia le projecteur, puis bascula la caméra vidéo HD en mode nocturne avant de lancer le moteur. L'appareil s'éleva rapidement avec le ronronnement discret d'un ventilateur de bureau et disparut dans le ciel nocturne.

Rydell regarda de nouveau autour d'eux et avisa soudain des bâtiments bas, de l'autre côté de l'autoroute.

— Commençons par là-bas, proposa-t-il en indiquant du doigt la direction.

Puis il reporta son attention vers le stade, dont l'alignement nord-sud lui donna une idée.

— Envoyez-le plutôt par là, reprit-il en désignant la limite nord du stade.

Il regarda sur l'ordinateur portable de Dalton les images infrarouges transmises par la caméra embarquée. Malgré leur aspect spectral, elles étaient d'une précision étonnante.

— Ne quittez pas cet écran des yeux, ajouta-t-il.

— Et merde, gronda Matt. On l'a perdu.

— Peut-être la chaîne a-t-elle réussi à obtenir une loge, suggéra Gracie. Auquel cas le transmetteur pourrait bien être là.

— Logique. Mais comment le savoir ? Je n'ai vu de liste des invités affichée nulle part.

— On n'aura jamais le temps, soupira Gracie.

A cet instant, les cantiques cédèrent la place à une fanfare tonitruante et les lumières baissèrent encore. Un silence oppressant envahit le stade, puis Darby réapparut, déclenchant une nouvelle ovation. Au bout d'une minute, il leva une main apaisante et demanda à la foule :

— Vous êtes prêts ?

Une clameur unanime s'éleva :

— Oui !

— Alors, je vous prie d'accueillir notre invité comme on sait le faire à Houston. Ouvrez grand votre cœur au père Jérôme !

Tout le public se leva d'un même mouvement et c'est dans un tonnerre d'applaudissements et d'acclamations qu'apparut la frêle silhouette du vieux moine. Il avançait d'un pas hésitant, visiblement impressionné. Son image agrandie et démultipliée par les écrans vidéo le faisait paraître encore plus minuscule. Le crépitement des flashs l'accompagna jusqu'au centre de la scène, où il salua Darby d'un petit signe de tête courtois. Le révérend l'invita à s'approcher du micro avant de reculer dans l'ombre.

Matt et Gracie s'étaient immobilisés, stupéfiés par l'intensité de la réaction de la foule. Gracie observa le visage du prêtre sur les écrans. Des gouttes de sueur perlaient à son front. Toute l'assistance se taisait à présent, suspendue aux lèvres du messager de Dieu. Le vieil homme inclina un peu la tête, déglutit et dit enfin :

— Merci à tous d'être venus pour m'accueillir ici ce soir.

— Amen ! répondit la foule.

Il y eut de nouveaux applaudissements.

Tandis que le père Jérôme entamait son sermon, une idée traversa l'esprit de Matt. Il se tourna vers Gracie :

— Il faut que j'appelle Rydell.

Gracie avait sur elle le portable de Dalton. Elle composa le numéro de celui de Rydell et passa l'appareil à Matt.

Rydell décrocha aussitôt.

— La caméra embarquée a décollé ? demanda Matt d'un ton pressant.

Rydell jeta un coup d'œil à l'écran de l'ordinateur.

— Elle survole à l'instant même le centre médical, au nord du stade. On n'a rien trouvé jusqu'à présent.

— Que se passerait-il si jamais la liaison vidéo traversait le faisceau du transmetteur ? le coupa Matt.

— Il l'interromprait à coup sûr.

— Pas au point d'empêcher l'hélico de voler, si ?

Rydell réfléchit une seconde.

— Le signal laser pourrait interférer avec les ordres de la télécommande et on perdrait alors le contrôle de l'hélico au moment où il croiserait le faisceau. En plus, on risquerait de cramer les circuits, ajouta Rydell, s'attirant un regard inquiet de Dalton.

— Il faut tenter le coup, reprit Matt. Envoyez l'hélico vers nous. C'est notre seule chance de trouver la source du signal.

— OK, répondit Rydell. Espérons seulement qu'il y parviendra entier.

Se tournant vers Dalton, il indiqua :

— Vers le stade.

Dalton manœuvra le joystick pour effectuer un demi-tour. Derrière lui, Rydell avait les yeux rivés à l'écran.

Soudain il s'exclama :

— Vous avez vu ?

Il indiqua l'angle supérieur gauche de l'écran.

— Il y avait quelque chose, là, sur ce toit. Vous pourriez faire pivoter la caméra vers l'arrière ?

— Elle ne peut filmer que devant elle. En revanche, je peux faire décrire un demi-tour à l'appareil. Seulement, on approche du sommet des tribunes et je vais manquer de visibilité.

— D'accord, continuez. On verra au retour.

— Si cet engin est encore en état de voler, s'inquiéta Dalton.

Matt et Gracie scrutaient le ciel à travers l'ouverture rectangulaire du toit tandis que le père Jérôme poursuivait son sermon.

— Il se prépare, dit-elle en indiquant la scène.

Matt baissa les yeux, le portable toujours collé à l'oreille.

— Grouillez-vous, les mecs !

— On y est presque, fit Rydell d'une voix tendue.

Sur scène, le père Jérôme venait de rejeter la tête en arrière tout en élevant lentement les bras. Un frisson parcourut la foule et tous levèrent les yeux.

— Priez avec moi, implora le père Jérôme. Priez Dieu pour qu'il nous envoie un signe, qu'il guide nos pensées et nous aide à accomplir Sa volonté.

Un murmure s'éleva de toutes parts. Soudain la foule retint un cri : une boule de lumière d'environ trois mètres de diamètre venait d'apparaître au-dessus du prêtre. Les flashs recommencèrent à crépiter tandis que l'apparition s'élevait avec majesté. A mi-hauteur du stade, elle s'immobilisa, puis se dilata pour revêtir la forme à présent familière d'une immense sphère étincelante.

Le silence gagna l'assistance alors que le globe entrait en rotation. Puis une vague d'euphorie déferla sur le stade et une clameur jaillit de toutes les poitrines. Au milieu des amen et des alléluias, on voyait les fidèles agiter les bras ou se signer. Il y eut des évanouissements, des cris d'hystérie, mais la plupart se contentèrent de regarder, le visage ruisselant de larmes de joie.

Matt en eut la chair de poule. C'était la première fois qu'il assistait au phénomène en direct, et son intensité lui coupa le souffle. Il dut se répéter qu'il n'avait rien de surnaturel, que c'était en partie l'œuvre de Danny.

Il lui semblait sentir la présence toute proche de son frère.

— Où est l'hélico ? souffla-t-il dans le portable.

— Au-dessus du stade, annonça Rydell. Il vient d'aborder le côté nord.

76

En scrutant l'obscurité, Matt parvint à localiser le minuscule engin volant.

— OK, faites-le descendre plus bas que le signe et commencez à tourner autour du stade dans le sens inverse des aiguilles d'une montre. Prévenez-moi dès que vous relevez une interférence.

— Entendu, dit Rydell.

Dalton et Rydell gardèrent les yeux rivés sur l'écran tandis que l'appareil plongeait dans l'enceinte du stade avant de tourner autour du signe.

— C'est parti, murmura Dalton.

Le téléphone toujours collé à l'oreille, Matt s'efforçait de ne pas perdre de vue le petit appareil qui venait d'entamer une boucle le long des gradins. Gracie, de son côté, surveillait l'entrée de la loge la plus proche, redoutant la présence d'Ogilvy.

Dans tout le stade, la foule, fascinée, continuait de contempler le signe. Matt lui-même avait du mal à ne pas se laisser distraire par l'énorme sphère chatoyante pour rester concentré sur le minuscule point noir de l'hélicoptère.

La caméra volante avait presque atteint l'extrémité sud de la rangée des loges est quand Rydell s'exclama :

— On capte quelque chose. Merde, on l'a perdu.

En se dévissant le cou, Matt vit l'hélicoptère piquer subitement du nez, comme si son moteur était tombé en panne.

Il reporta aussitôt son attention sur les loges qu'il survolait au moment de sa chute. C'étaient les toutes dernières, à l'angle sud-est des tribunes.

— Vite !

Saisissant la main de Gracie, il fonça vers la galerie et les escalators.

— Merde ! s'exclama Dalton lorsqu'il perdit le contrôle du Draganflyer.

L'image à l'écran se figea et fut aussitôt remplacée par de la neige accompagnée d'un sifflement strident. Puis elle réapparut, leur permettant d'assister en direct au plongeon de l'appareil en direction de la foule.

— Putain, il va tuer quelqu'un ! s'écria Dalton.

— Redressez, bordel ! hurla Rydell.

— J'aimerais bien !

Cadrés en gros plan, on distinguait à présent les visages horrifiés des spectateurs découvrant qu'un engin étrange fonçait droit sur eux... Puis l'hélicoptère se rétablit miraculeusement, passa au ras des têtes et remonta prendre position près du toit.

Dalton poussa un soupir de soulagement.

— Rappelez-moi qui a eu cette brillante idée ? demanda-t-il d'une voix tremblante à Rydell.

— Beau travail ! fit celui-ci en lui donnant une tape sur l'épaule.

Les deux hommes s'écartèrent du 4 × 4 pour contempler le ciel au-dessus du stade quand une onde de choc traversa la foule sur le parking : le sommet du signe venait d'apparaître, mince croissant de lumière argentée surgissant au ras du toit.

Matt sauta de l'escalator au niveau deux et se précipita vers les loges, Gracie sur ses talons. La galerie était entièrement dégagée devant eux. Tout le monde était occupé à regarder le miracle qui se déroulait au-dessus de la pelouse. Videurs et vigiles avaient également disparu, sans doute pour jouir du spectacle depuis les loges.

La loge qu'ils avaient localisée se trouvait à l'extrémité sud de la galerie. Matt s'en approchait quand des exclamations lui parvinrent depuis les loges. Au même moment, un homme surgit de celle-ci et marcha droit vers lui tandis que, dans son dos, Gracie lui criait de faire attention.

Le type avait des cheveux grisonnants, des lunettes sans monture, un costume gris clair, et l'air pas spécialement commode. Ogilvy sursauta lui aussi en apercevant Matt. Sans lui laisser le temps de réagir, ce dernier se jeta sur lui et le plaqua violemment contre la paroi de la galerie. Ce faisant, il sentit la douleur de sa blessure se réveiller, mais il l'ignora pour terrasser son adversaire d'un coup de poing dans le creux des reins. Ogilvy se plia en deux.

— Ils sont dans laquelle ? lui souffla Matt d'une voix rauque en l'obligeant à avancer devant lui.

Ogilvy paraissait groggy.

— Laquelle ? répéta Matt.

Toutes les loges étaient grandes ouvertes et, à l'intérieur, les invités se pressaient au balcon. Il y avait de fortes chances pour que celle qu'ils recherchaient soit fermée, avec peut-être même un vigile en faction. Ils atteignirent bientôt l'extrémité de la galerie. En effet, la dernière loge était close. Matt frappa à la porte, glissant à Ogilvy :

— Demandez-leur bien gentiment d'ouvrir.

Un grondement s'éleva à l'intérieur :

— Oui ?

Ogilvy déglutit et bredouilla d'un ton faussement dégagé :

— C'est moi, Ogilvy.

Au bout de quelques secondes, la porte s'entrebâilla. Matt souleva Ogilvy avant de le projeter contre le battant, tel un bélier humain. La porte s'ouvrit en grand et l'homme placé derrière la reçut en plein visage. Matt se rua à l'intérieur, tenant toujours Ogilvy devant lui. Deux autres hommes l'attendaient, pointant des pistolets avec silencieux vers la porte. Sans ralentir, Matt traversa la pièce en quelques enjambées. Ogilvy tressauta sous l'impact de plusieurs balles mais, avant que les tireurs aient pu se ressaisir, Matt était déjà sur eux. Il poussa Ogilvy sur le premier, se jeta sur le second, déviant son arme d'une main tout en lui donnant un coup de coude dans la mâchoire. Il y eut un bruit d'os brisé. Matt se retourna, tenant toujours le bras du deuxième homme et l'obligeant à viser son collègue. Les deux canons se retrouvèrent face à face. Matt fut le premier à réagir, pressant le doigt du tireur sur la détente. La balle transperça le cou de son adversaire, faisant jaillir une gerbe de sang. Celui-ci tira néanmoins et la balle siffla aux oreilles de Matt avant de s'encastrer dans la cloison.

Comme l'homme qu'il retenait se débattait, Matt le mit hors d'état de nuire d'un coup de coude dans la gorge. Au même moment, Gracie hurla son nom. Il se retourna et vit le premier garde, celui qui avait reçu la porte en plein visage, se relever. Il s'apprêtait à récupérer son arme quand Gracie se jeta sur lui et le bouscula. L'homme leva machinalement le bras pour la repousser, mais ces quelques précieuses secondes suffirent à Matt. Manœuvrant toujours le bras du tireur placé derrière lui, il l'obligea à tirer deux balles qui atteignirent son collègue en pleine tête.

Ayant repris son souffle, il lui arracha son arme, qu'il expédia d'un coup de pied à l'autre extrémité de la loge. Gracie se releva, choquée, et s'approcha de lui.

En regardant autour de lui, il s'aperçut soudain que la loge était entièrement vide. Pas d'émetteur. Pas de tableau de commande. Et, bien sûr, pas de Danny. Il s'était fait piéger. Ses ennemis l'attendaient de pied ferme et Ogilvy leur avait servi d'appât. L'émetteur devait être à proximité.

Atterré, Matt vit Gracie s'approcher de la baie vitrée qui courait du sol au plafond de la loge. Le signe se trouvait à présent au ras de l'ouverture du toit. Sur la scène, le père

Jérôme, les bras écartés, murmurait une prière. Toute l'assistance était restée debout.

Une vibration attira l'attention de Matt. Le portable de Dalton. Il prit l'appel.

— Je crois qu'on les tient, annonça Rydell. Venez vite.

77

— Où ça ? demanda Matt.

— Il y a un bâtiment côté nord, près de l'entrée du parking rouge, expliqua Rydell. Ce pourrait être un hôtel – on aperçoit une piscine. Il y a quatre hommes sur le toit. Ce sont eux qui ont les lanceurs.

Matt se retourna vers la baie vitrée. Le signe était à présent bien au-dessus du stade. Rydell leur avait indiqué qu'il pouvait rester environ un quart d'heure en suspension avant de se dissoudre. Dans quelques minutes, il aurait disparu, et Danny avec lui, si toutefois les hommes de Drucker l'avaient amené avec eux.

— Où êtes-vous ?

— A l'extrémité est du parking, près du centre des congrès.

Matt se remémora la disposition des lieux d'après le plan téléchargé la veille sur Internet.

— Donc, si je sors par la porte nord..

— Vous traversez le parking tout droit et vous trouverez le bâtiment en question environ cinq cents mètres plus loin.

— Restez en ligne et tenez-moi au courant.

Il se retourna ensuite vers Gracie :

— Ils ont localisé les lanceurs.

En enjambant les corps des hommes de Drucker, il récupéra deux de leurs armes, qu'il glissa dans sa ceinture.

— Retourne m'attendre à la voiture avec les autres, dit-il à la jeune femme.

— Tu ne vas pas y aller tout seul ! protesta-t-elle.

— Je n'ai pas le choix.

Dalton et Rydell fixaient de nouveau l'écran de l'ordinateur. Ils étaient sans doute les seules personnes à des kilomètres à la ronde à ne pas regarder directement la sphère. Rydell consulta sa montre. Comme il s'y attendait, le signe se mit à pulser, tel un cœur qui bat, avant de s'évanouir. Un immense soupir monta de la foule, suivi aussitôt de quelques « Loué soit Dieu » et « Amen ».

Il regarda l'écran. Les hommes sur le toit s'apprêtaient à lever le camp. Il connaissait leur efficacité. En moins d'une minute, ils avaient remballé leur matériel et quitté la terrasse.

— Vite, vite, marmonna-t-il en se dévissant le cou pour tenter d'apercevoir l'entrée nord du stade, comme si, à cette distance, il avait la moindre chance de repérer Matt. Puis il se retourna vers le bâtiment caché derrière un rideau d'arbres et prit une décision soudaine.

— Les armes sont dans la boîte à gants, n'est-ce pas ? demanda-t-il à Dalton.

Avant que ce dernier ait pu répondre, il avait sorti le P14.

— Qu'est-ce que vous faites ? s'inquiéta le cadreur.

Le regard de Rydell passa du stade au toit du bâtiment, puis il tendit son téléphone à Dalton.

— Je vais aider Matt. Vous, restez près de la voiture.

Et avant que Dalton ait pu protester, il avait filé.

Une fois sorti du stade, Matt avança droit devant lui, suivi de Gracie. Parvenu au parking, il s'arrêta pour se repérer puis indiqua à la journaliste l'emplacement approximatif du 4 × 4.

— Ils devraient être par là-bas, au fond.

Elle acquiesça et disparut.

Matt piqua un sprint, esquivant les groupes de fidèles comme un rugbyman fonçant vers l'essai. Moins d'une minute plus tard, il arriva devant la clôture du parking. Hors d'haleine, il se figea en découvrant Rydell qui l'attendait.

— Je me suis dit que vous auriez peut-être besoin d'un coup de main, dit le milliardaire en écartant son blouson pour lui montrer le pistolet glissé dans sa ceinture.

Avec un sourire, Matt releva le bas de sa chemise pour lui donner un aperçu de son arsenal personnel. Puis il porta le téléphone à son oreille.

— Du nouveau ?

— Aucun mouvement, répondit Dalton. Mais le parking côté sud est bondé. Ils ont dû se garer de l'autre côté... Ne quittez pas. J'aperçois un, deux, trois... non, quatre types qui sortent de l'immeuble et se dirigent vers une fourgonnette garée le long des arbres, à l'extrémité du parking.

Matt rangea le téléphone dans sa poche. Indiquant le pistolet argenté, il demanda à Rydell :

— Vous savez vous en servir ?

— Je me débrouillerai.

Matt acquiesça et s'éloigna en direction des arbres.

Ils enjambèrent la clôture basse entourant le parking et coupèrent à travers les buissons pour rejoindre le bâtiment. Une enseigne au néon leur confirma qu'il s'agissait d'un hôtel de la chaîne Holiday Inn. La terrasse était noire de monde. Ils longèrent la piscine et contournèrent l'hôtel par la droite pour déboucher sur le parking.

Matt se tapit à l'angle du bâtiment et regarda. Le parking était vaste et mal éclairé, de sorte qu'on distinguait à peine ses confins. Il compta une rangée de voitures, une allée, puis deux autres rangées, une seconde allée et enfin une dernière rangée de véhicules. Il aperçut le toit de la fourgonnette, tout à droite. L'avant était tourné vers l'hôtel, l'arrière vers des arbres. D'un signe de tête, Rydell lui confirma que c'était bien la fourgonnette qu'ils cherchaient. Matt repéra à proximité plusieurs silhouettes qui se déplaçaient dans la pénombre. L'une d'elles soulevait un gros tube pour le passer à un complice invisible.

Matt sentit son estomac se serrer. Danny était peut-être là, à moins de cinquante mètres.

Il sortit ses deux pistolets et en confia un à Rydell.

— Il sera plus silencieux que votre pétoire. Faites un large détour par la gauche. De mon côté, je couperai par la droite. Et gardez la tête baissée.

Rydell acquiesça et se glissa derrière les voitures.

Matt se rapprocha du fourgon, courant en zigzag à l'abri des autres véhicules, sans jamais quitter sa cible des yeux. En approchant, il entendit claquer une portière et vit l'un des hommes se diriger vers l'arrière. Les autres demeuraient invisibles. Matt se rapprocha encore, passa la tête au-dessus de la voiture garée devant lui, tenant son pistolet à deux mains, mais les hommes de Maddox avaient disparu. Tous ses sens en alerte, il scruta l'obscurité et perçut un froissement de feuilles sur sa droite. Un type émergea de la végétation, traînant Rydell avec lui, le canon d'un pistolet à silencieux collé à la tempe du milliardaire. Matt tressaillit, hésitant sur la conduite à tenir, quand il sentit quelque chose de froid et dur dans son dos.

— Lâche ton arme, dit une voix.

Ils les attendaient. Durant une fraction de seconde, l'idée de résister lui traversa l'esprit, puis un coup sec derrière l'oreille le jeta à genoux. Sa vue se brouilla. Il crut voir une silhouette descendre du fourgon. Maddox. Et il n'était pas seul. Il traînait quelqu'un par le cou tout en le menaçant d'une arme. Matt plissa les yeux pour mieux voir, mais il avait déjà deviné qu'il s'agissait de Danny.

Matt se força à se relever et vit son frère lui adresser un sourire qu'il lui rendit, même si leur situation était loin d'être brillante.

Maddox n'avait manifesté aucune surprise en voyant Matt. En revanche, il écarquilla les yeux en découvrant Rydell.

— Voyez-vous ça ! s'exclama-t-il. Et dire qu'il y a des gens qui ne croient pas au père Noël !

Les yeux rivés à l'écran, Gracie vit Matt et Rydell lâcher leurs armes, vaincus. Quelques secondes plus tard, deux autres silhouettes descendaient du fourgon, dont une qui semblait tenir quelque chose à la main.

— Qu'est-ce que c'est ? gémit la jeune femme. Une arme ?

— Attends, dit Dalton.

Il manœuvra le Draganflyer à l'aide du joystick, et le bras tendu de Maddox apparut en gros plan. Sans aucun doute, c'était bien une arme à feu qu'il pointait vers Matt et Rydell.

— Désolé, frangin, dit Danny. J'ai pas pu te prévenir.

— T'en fais pas pour ça.

Matt vit que son frère avait les mains liées.

— Et lui, qu'est-ce qu'il fiche ici ? reprit Danny en fusillant Rydell du regard.

— Il fait pénitence, répondit Matt.

— C'est un peu tard, vous ne croyez pas ? reprit Danny, s'adressant à Rydell. A moins que vous n'ayez aussi le pouvoir de ressusciter les morts ?

Le milliardaire demeura silencieux.

Maddox déplaçait le canon de son arme de gauche à droite, menaçant successivement ses deux otages.

— Désolé de devoir écourter vos retrouvailles, lança-t-il d'un ton brusque, mais il faut qu'on y aille. Si tu disais adieu à ton boulet de frangin, mon petit Danny ?

Tout en visant Matt, il lui lança avec une note de respect dans la voix :

— Ce fut un plaisir de faire ta connaissance, gamin. Tu t'es vraiment bien démerdé.

— Pas assez, répliqua Matt.

— Non, crois-moi, t'as fait du bon boulot.

Maddox releva le canon de son pistolet de quelques centimètres, visant la tête de Matt. Celui-ci se raidit. Mais soudain, Maddox chancela : un objet noir surgi de l'obscurité venait de heurter son bras. Il lâcha son arme et hurla quand les pales en fibre de carbone de l'hélicoptère miniature taillèrent dans sa chair et ses muscles, faisant jaillir un flot de sang.

Tandis que l'hélicoptère radiocommandé allait s'écraser à l'arrière du fourgon resté ouvert, Matt planta son coude dans l'estomac du gorille derrière lui, criant à Rydell de faire de même. Puis il se retourna pour maîtriser son agresseur. Les deux hommes roulèrent au sol. Matt tenta d'arracher l'arme de son adversaire, mais celui-ci ne voulait pas lâcher prise. Ils se battirent comme deux chiens affamés se disputant un os jusqu'à ce qu'un coup parte. La balle atteignit l'homme de Maddox en plein ventre.

Rydell avait plus de mal avec son adversaire. Celui-ci parvint à l'attirer vers lui et à le mettre K.-O. d'un coup de tête. Comme Matt se relevait, il pivota vers lui, le menaçant de son arme.

Il y eut deux détonations assourdies, et l'homme s'écroula. Matt cligna les yeux sans comprendre, puis il vit Danny qui serrait dans son poing l'arme de Maddox. Un mince filet de fumée s'échappait du silencieux. Danny considéra le corps inerte, puis il tourna vers Matt un regard incrédule. Il allait dire quelque chose quand Matt hurla :

— Attention !

Mais il était trop tard. Maddox s'était relevé. Il se jeta sur Danny tandis que Matt plongeait pour récupérer l'arme du mort. Il la saisit avant que Maddox ait pu récupérer son pistolet. Les deux hommes se dévisagèrent une fraction de seconde, puis Maddox se jeta derrière le fourgon.

Matt écarta brutalement son frère pour se lancer à sa poursuite, mais la nuit avait déjà avalé Maddox. Dépité, il tira deux coups au jugé, sans conviction.

Un silence pesant régnait sur le parking. Contournant Rydell et le cadavre du tueur, Matt rejoignit Danny et l'étreignit. Puis il s'écarta et lui ébouriffa les cheveux.

— Joyeux Noël !

— Le plus beau de ma vie, répondit Danny, le visage radieux.

Rydell se releva et s'approcha d'eux. Danny lui lança un regard mauvais, puis il leva ses bras encore attachés et lui décocha un uppercut qui le renvoya au sol. Rydell cracha un peu de sang et leva les yeux vers Danny, qui le toisait à présent de toute sa hauteur.

— Tu sais, jamais je n'y serais arrivé sans lui, plaida Matt.

Danny considéra Rydell durant quelques secondes encore, puis il lui tourna les dos et haussa les épaules.

— C'est déjà un début, dit-il tandis que Matt aidait Rydell à se relever.

— Je suis désolé, murmura le milliardaire en regardant Danny.

— Comme j'ai dit, c'est déjà un début, répéta Danny avant de s'éloigner.

Une minute plus tard, ils quittaient le parking de l'hôtel à bord du fourgon.

78

Par précaution, ils changèrent à la fois de motel et de quartier, même si, Maddox étant blessé et son équipe décimée, ils commençaient à se sentir un peu moins en danger.

Les deux frères avaient entrepris de rattraper les années perdues en se décrivant mutuellement les détours compliqués de leurs itinéraires personnels.

— Il faut que j'appelle papa et maman pour leur dire que je vais bien, lâcha Danny, encore sous le choc de son évasion.

Matt regarda son frère, cherchant ses mots, mais Danny avait déjà compris.

— Qui ? Maman ?

Matt acquiesça, la gorge serrée.

— Quoi… pas les deux, quand même ? articula Danny.

Matt acquiesça de nouveau.

Les traits de Danny se figèrent, puis le chagrin le submergea.

L'ambiance s'assombrit encore quand Danny raconta sa captivité à Matt. La fois où il avait tenté de lui faire parvenir un mail qui avait été intercepté. Ses envies de suicide. Les menaces et les drogues qu'on lui avait administrées de force.

— C'est fini, tout ça, conclut Matt. Tu es sain et sauf.

— Dis-m'en un peu plus, demanda Danny. Sur maman et papa… Comment c'est arrivé.

Rydell s'était retiré dans la pièce voisine. Il se sentait mal à l'aise en compagnie de Danny, et il avait assez de soucis par ailleurs.

Une chose était sûre, tout était fini. Bientôt, l'histoire éclaterait au grand jour, et il pourrait tirer un trait sur son existence. Quoi qu'il fasse, il ne pourrait dissimuler le rôle essentiel qu'il avait joué dans la genèse de l'affaire. Il ne pouvait compter sur personne, ni Gracie, ni Matt, ni Drucker, pour le protéger, et quand bien même l'auraient-ils voulu, ils n'auraient rien pu faire. Il n'avait pas non plus l'intention de fuir. Ce n'était pas son genre. Et puis, où aller ? Non, il allait devoir affronter son destin.

Le plus dur était d'imaginer le choc que ce serait pour Rebecca. Cette tache allait la suivre toute sa vie. Il se torturait en vain l'esprit pour trouver un moyen de lui épargner ce calvaire.

Quand Gracie et Dalton les rejoignirent, deux heures plus tard, la réunion avait pris un tour doux-amer. Certes, ils étaient tous sains et saufs. Certes, Danny était vivant – et libre. Et Gracie et son cadreur étaient sur le point de devenir des stars. Mais l'engouement médiatique auquel ils pouvaient s'attendre aurait des conséquences bien plus graves que la disgrâce personnelle de Rydell.

La télévision passait en boucle des images du meeting, entrecoupées d'interventions de spécialistes.

— Comment vont réagir tous les gens qui étaient venus faire la fête ce soir ? s'inquiéta Gracie. Et pas seulement eux, mais tous ceux qui ont regardé la retransmission et qui, à travers le monde, ont cru à l'arnaque de Drucker ?

— On ne peut pas laisser se prolonger cette imposture, répliqua Dalton. Plus vite on mettra fin à ce cirque, mieux ce sera.

— Je sais, soupira Gracie. Mais dans cette histoire, il n'y a que des perdants.

— C'est à cause de tout ça que Finch est mort, lui rappela Dalton.

— Vince aussi, ajouta Danny. Et Reece. Et tant d'autres.

Gracie poussa un nouveau soupir.

— On les a tués pour les faire taire en attendant que Drucker juge opportun de révéler lui-même la supercherie. Et maintenant, c'est nous qui allons nous en charger pour lui.

— On n'a pas le choix, insista Danny. Plus ça dure, plus la vérité sera difficile à avaler.

Gracie acquiesça à contrecœur, puis elle se tourna vers Rydell :

— Je compte sur vous pour témoigner. On aura besoin de preuves.

— Ai-je vraiment le choix ? répliqua Rydell d'un air sombre.

Elle jeta un regard interrogateur à Danny, qui acquiesça à son tour.

— Comment comptaient-ils éventer la supercherie ? demanda Rydell à Danny.

— Ils m'ont fait créer un logiciel pour ça.

— Comment était-il censé agir ?

— Il aurait simulé une défaillance, du genre panne d'émetteur. Lors d'une apparition, l'image du signe se serait brouillée, puis brusquement éteinte. L'idée était de suggérer l'existence d'un trucage. C'était ça, ou le transformer en pub géante pour Coca-Cola, ajouta Danny avec un sourire gêné.

— Et si on tirait simplement un trait sur cette histoire sans rien révéler ? proposa Gracie, réfléchissant tout haut. Peut-être pourrait-on convaincre Drucker et ses complices de garder le silence ?

— Les évangélistes seraient trop heureux de conserver leur messie, objecta Rydell d'un ton sinistre. Et Darby et ses alliés d'extrême droite se retrouveraient en position de force pour choisir nos prochains présidents.

— Ce sera encore pire si on dénonce publiquement la supercherie et ses auteurs, rétorqua Gracie. Dans l'un et l'autre cas, Darby et ses copains en sortiront renforcés. Dès qu'on vous aura, Drucker et vous, livrés à la vindicte populaire, tous les impies et les libéraux dans notre genre se retrouveront diabolisés. Dénoncer les « anti-Américains » deviendra le nouveau sport national. L'ultradroite gagnera les dix prochaines élections et transformera le pays en théocratie.

— Allons donc ! protesta Danny. On parle d'une poignée de types qui ont monté une embrouille, pas d'une véritable organisation politique.

— Peu importe. La droite se servira d'eux pour accentuer la division du pays. Elle mettra tout le monde dans le même panier. C'est déjà ce qu'elle est en train de faire.

Un silence lugubre envahit la chambre. A la télévision, le présentateur du journal revint brièvement à l'écran pour annoncer de violentes émeutes à Islamabad et Jérusalem. Les images montraient des voitures brûlées, des policiers et des soldats qui cherchaient à s'interposer.

Gracie se redressa.

— Monte le son, demanda-t-elle à Dalton, qui était le plus proche du poste.

« ... chefs religieux ont exhorté leurs fidèles au calme en attendant des réponses aux nombreuses questions qui se posent au sujet du père Jérôme, mais les violences ne semblent pas vouloir s'apaiser... »

Un second présentateur apparut à l'écran, tandis qu'un bandeau défilait, annonçant une déclaration imminente du président.

« Après les événements sans précédent survenus à Houston en début de soirée, un porte-parole de la Maison-Blanche a indiqué que le président ferait une déclaration dès demain. »

Ils en avaient assez entendu : la machine lancée par Drucker s'était emballée.

— Même le président se retrouve embringué dans cette histoire, remarqua Rydell.

— Il faut l'en empêcher, insista Gracie. Sinon, on va tous sombrer.

Après quelques secondes de silence, Dalton demanda :

— Bon, alors, qu'est-ce qu'on fait ? Il me semble qu'on aurait intérêt à agir très vite. Mais, qu'on révèle le truc ou pas, de toute manière, on est perdants.

— Il faut révéler la vérité, affirma Rydell. Mais à la condition que je sois le seul à en assumer la responsabilité.

Il poursuivit d'une voix légèrement tremblante :

— C'est le seul moyen. Mon objectif n'a jamais été de soutenir ou de démolir une religion. Il s'agissait seulement d'éveiller l'attention des gens. Nous sommes tous d'accord pour mettre fin à ce mensonge. Or, Drucker a raison au moins sur un point : si l'on veut éviter que le pays ne se déchire, il faut un bouc émissaire qui n'obéisse à aucune motivation politique. Et ce doit être moi. Si quelqu'un a une meilleure idée, je suis prêt à l'entendre, mais franchement, je ne vois aucune autre issue.

— Donc, Drucker a gagné, constata Gracie.

— Ne vous en faites pas pour lui, lui assura Rydell. Je me charge de le lui faire payer.

Chacun détourna le regard, gêné. Rydell avait raison, ils en étaient tous conscients. Mais l'idée de faire le jeu de leur adversaire ne leur plaisait pas.

Gracie se tourna vers Matt, qui n'avait encore rien dit.

— On a la tête ailleurs, beau brun ? lui lança-t-elle avec un petit sourire qui illumina son regard.

— On oublie quelqu'un dans tout ça, remarqua enfin Matt.

— Le père Jérôme ! s'exclama Gracie.

— Vous imaginez ce qui va lui arriver si ce scandale éclate ? reprit Matt.

— Il va se faire massacrer, laissa tomber Rydell.

— Mais il n'y est pour rien ! protesta Dalton. Il faudra bien insister là-dessus.

— Ça ne servira à rien… fit Matt d'un ton désabusé.

— Les autorités assureront sa protection, voulut croire Dalton. On lui trouvera une planque.

— Et ensuite ? dit Gracie. Où ira-t-il ? Sa vie sera fichue, et tout ça par notre faute. On ne peut pas lui faire ça. Pas sans l'avoir informé nous-mêmes des conséquences. Il faut que je le voie. Que je lui parle, avant qu'il ne soit trop tard.

— Vous avez vu les infos, lui rappela Rydell. Il a été ramené chez Darby. Si vous mettez les pieds là-bas, jamais Drucker ne vous laissera en repartir.

— Et si vous lui proposiez une interview en tête à tête ? suggéra Danny.

— Trop dangereux, rétorqua Rydell. Sans compter qu'il doit être le type le mieux protégé de la planète, à l'heure qu'il est.

Gracie se tourna vers Matt, qui semblait plongé dans ses réflexions.

— A quoi penses-tu ? fit-elle.

— Qu'y a-t-il comme matériel dans le fourgon ? demanda Matt à Danny.

— Que veux-tu dire ?

— Je veux savoir quelle proportion de l'équipement se trouve à bord.

— Il y a tout.

— Et l'émetteur laser ? Il n'était pas à l'intérieur du stade ?

— Si, mais on en avait apporté un second. Pour prendre le relais dès que le signe serait apparu au-dessus du toit.

— Et est-ce qu'il vous reste encore beaucoup de poussière intelligente ? ajouta Matt.

— Je ne sais pas. Pourquoi ?

— Parce qu'on va en avoir besoin. Pas question dc laisser tomber le père Jérôme. Il a été embarqué dans cette histoire contre son gré, tout comme Danny, et c'est un brave homme. On ne peut pas laisser Drucker ruiner sa vie et sa réputation. Pas tant qu'il n'aura pas eu son mot à dire.

Il marqua une pause, pour laisser aux autres le temps de réagir, puis il se tourna vers Gracie :

— Comment est disposée la maison de Darby ?

79

River Oaks, Houston, Texas

Le chaos qui régnait aux abords de la propriété de Darby s'était quelque peu calmé avec la nuit. Il était près de cinq heures du matin et la plupart des fidèles dormaient encore, dans leur voiture ou dans des duvets au bord de la route. D'autres, déjà réveillés, discutaient autour de feux de camp improvisés ou sillonnaient les environs. Un petit contingent d'irréductibles était resté groupé près de la grille d'entrée, guettant l'apparition de leur messie. Certains psalmodiaient des cantiques. Les plus acharnés narguaient le rideau compact de vigiles et de policiers gardant les barrières. Les journalistes s'étaient réfugiés dans leurs fourgons équipés de paraboles. Ils se relayaient à intervalles réguliers pour être sûrs de ne rien rater. De tous côtés, on entendait monter des prières qui se mêlaient à la fine brume de l'aube naissante.

L'apparition du signe bouleversa cette atmosphère recueillie.

Il prit tout le monde par surprise, illuminant le ciel nocturne et pulsant d'une vie mystérieuse, inexplicable, au ras de la cime des arbres.

Il était là, tout près, immense.

Juste au-dessus de la maison de Darby.

La foule réagit comme un seul homme, fidèles, journalistes, policiers ou vigiles. Même les chiens étaient sur le qui-vive. En un instant, tout le monde fut debout, poussant des cris, pointant le doigt vers le ciel. Les plus fervents se jetaient contre les barrières, et les policiers avaient du mal à les contenir. Les caméras tournaient, les envoyés spéciaux frottaient leurs yeux engourdis de sommeil pour saisir leur micro.

Alors, le signe se mit à bouger.

A dériver lentement, en silence, pour s'éloigner de la maison de Darby. Glissant au-dessus des arbres, il se dirigea vers une propriété voisine, proche du country-club.

La foule se précipita, renversant les barrières, et se dispersa dans les bois en suivant à la trace l'apparition miroitante. Les talkies-walkies de la police et des forces de sécurité se mirent à crépiter, et tous ces messieurs en uniforme se lancèrent aux trousses de la horde hystérique pour essayer de la contenir.

Les policiers en patrouille aux abords du terrain de golf virent le signe à leur tour. Presque aussitôt, leurs récepteurs grésillèrent d'ordres contradictoires. Les six hommes qui faisaient leur ronde par deux convergèrent vers les courts de tennis de Darby pour essayer de comprendre ce qui se passait. La clameur qui troublait le calme de la nuit semblait s'éloigner de la propriété du pasteur.

Puis l'un d'eux aperçut un vague mouvement derrière les arbres, au bord du green. Il fit signe aux autres d'approcher. On ne voyait pas grand-chose dans cette obscurité. La seule lumière provenait des éclairages du jardin et de la piscine, et, un peu plus loin, du signe flottant dans le ciel. Ils se déployèrent à quelques mètres les uns des autres, la main sur la crosse de leur arme. Puis un autre crut apercevoir deux silhouettes qui longeaient l'extrémité opposée du court de tennis et se dirigeaient vers la maison de Darby.

— Par là ! siffla-t-il en dégainant son arme et en la braquant vers les intrus...

Soudain, ses collègues et lui furent assaillis par un sifflement intolérable qui leur vrilla les tympans. Ils s'effondrèrent avant de plonger dans l'inconscience.

Matt scruta l'obscurité derrière lui. Il ne pouvait pas les voir mais il se réjouissait de savoir que Danny, Dalton et Rydell protégeaient leurs arrières, avec le LRAD caché dans les bosquets au niveau du trou numéro sept. Jusqu'ici, la diversion avait fonctionné à merveille. Mais ça n'allait pas durer. Ils n'avaient qu'une quinzaine de minutes pour entrer et ressortir de la propriété.

Il attendit deux secondes encore, afin de s'assurer que les gardes avaient été neutralisés, puis donna le feu vert à Gracie d'un signe de tête – avec leurs bouchons d'oreilles, pas question de s'adresser la parole.

Ils traversèrent la pelouse à l'arrière de la demeure. Matt avisa alors deux gardes et fit signe à Gracie de s'immobiliser. Ils laissèrent passer les vigiles puis se glissèrent jusqu'à une porte-fenêtre. Tous deux ôtèrent alors leurs bouchons d'oreilles.

— C'est ici ? murmura Matt.

— Oui. L'escalier est à droite. La chambre du père Jérôme se trouve à l'étage, première porte à gauche.

— Et le moine couche au rez-de-chaussée, sous l'escalier.

Gracie acquiesça.

Matt dégaina son arme. Il avait pris un des pistolets automatiques à silencieux, même s'il ne comptait y recourir qu'en dernier recours. Abattre les hommes de main de Maddox ne lui posait aucun problème de conscience. Ici, c'était différent. Gracie lui avait dit que les hommes chargés de la sécurité du père Jérôme étaient de simples policiers et vigiles. Ils faisaient juste leur travail.

Il actionna la poignée. La porte s'ouvrit sans difficulté. Il se faufila à l'intérieur, suivi par Gracie. Ils tendirent l'oreille. Pas un bruit. Ils se trouvaient dans le vaste salon du pavillon réservé aux visiteurs. Les murs étaient garnis de rayonnages, un imposant canapé faisait face à une grande cheminée en pierre.

Ils traversèrent sur la pointe des pieds la pièce plongée dans la pénombre et montèrent à l'étage. Matt se dirigea vers la première porte à gauche. Elle n'était pas fermée au verrou. Il l'entrouvrit et entra. Une fois que Gracie l'eut rejoint, il referma doucement le battant, puis, à tâtons, tira le verrou.

Ils s'approchèrent du lit. Le père Jérôme dormait à poings fermés. Gracie se pencha vers lui, regarda Matt, hésitante, puis secoua doucement le moine. Il se réveilla, se retourna, cligna des yeux. Reconnaissant la jeune femme, il se redressa.

— Mademoiselle Logan ?

Puis il vit Matt, qui avait écarté les rideaux de la fenêtre pour surveiller l'extérieur, et il demanda :

— Que se passe-t-il ?

Elle alluma la lampe de chevet.

— Il faut nous accompagner. Votre vie est en danger.

— En danger ? Pour quelle raison ?

— S'il vous plaît, mon père. Faites-moi confiance. Nous devons partir tout de suite.

Il hésita, puis se décida et sortit du lit. Il portait un pyjama noir.

— Il faut que je m'habille.

— Nous n'avons pas le temps. Enfilez juste vos chaussures.

Il acquiesça et obéit. Matt s'approcha et se présenta :

— Je m'appelle Matt Sherwood, mon père. Tout se passera bien. Vous n'avez qu'à rester près de Gracie et faire le moins de bruit possible, d'accord ?

Le vieux moine acquiesça, malgré son inquiétude visible. Après avoir échangé un regard avec Gracie, Matt rouvrit la porte et sortit dans le couloir.

Il ne vit pas le coup venir. Son agresseur s'était plaqué contre le mur à droite. Il le cueillit derrière l'oreille. Matt tomba comme une masse et Gracie hurla en voyant le frère Amine surgir de l'obscurité et lui donner un grand coup de pied dans les côtes. Matt laissa échapper un grognement sourd. Groggy, il se remit à genoux, mais un nouveau coup de pied l'expédia contre le mur. Le moine se jeta sur lui et tenta de l'étrangler par-derrière. Matt se débattit, donnant des coups dans le vide. Dans un effort désespéré, il essaya de rejeter la tête en arrière pour frapper le moine, mais ce dernier esquiva le coup et raffermit encore sa prise. Matt sentit des cartilages se rompre. Ses poumons étaient sur le point d'exploser, il avait l'impression que ses yeux allaient jaillir de leurs orbites.

Puis il y eut un cri aigu, un choc sourd, et le moine lâcha prise. Matt inspira à fond, repoussa Amine et, se retournant, le vit se redresser en titubant. Gracie le regardait, interdite, tenant à la main la lampe de chevet à l'abat-jour cabossé. Vif comme l'éclair, le moine lui arracha son arme improvisée et la frappa à la tempe. La jeune femme s'effondra.

Matt, qui avait plus ou moins repris ses esprits, se jeta sur le moine au moment même où ce dernier se retournait pour lui faire face. Matt était plus grand, plus corpulent, mais son adversaire était une vraie boule de nerfs et il savait où frapper pour faire mal. Ils se battirent au corps à corps et le poing du moine atteignit Matt à l'endroit de sa blessure. La douleur fulgurante le laissa sans défense. Amine en profita pour faire pleuvoir les coups sur lui. Matt recula. Il se trouvait au bord de l'escalier quand il entendit Gracie hurler son nom. Dans un éclair de lucidité, il vit le moine se préparer à lui donner le coup de grâce. Il se jeta de côté sans réfléchir et, mobilisant ses dernières forces, tordit violemment le bras d'Amine, le poussant dans le vide. Le moine dévala les marches et s'immobilisa au pied de l'escalier.

Matt se redressa tant bien que mal et se pencha au-dessus de la balustrade. Amine ne se relevait pas. Gracie s'approcha, suivie par le père Jérôme de plus en plus décontenancé.

— Dépêchons-nous, lui murmura Matt. On n'a plus beaucoup de temps.

Ils descendirent l'escalier, dépassèrent le corps désarticulé du Croate et ressortirent. Après avoir longé la piscine et le court de tennis, ils atteignirent la lisière du terrain de golf à l'instant où le signe s'éteignait, plongeant à nouveau les environs de la propriété dans l'obscurité.

Ils regagnèrent le 4 × 4, se tassèrent à l'intérieur et démarrèrent dans un silence pesant, se demandant comment la ville – et le reste du monde – allait réagir à leur cadeau de Noël.

80

Houston

Maddox avait expliqué à l'accueil des urgences qu'il s'était blessé en réparant sa tondeuse. Une carte de crédit valide et bien pourvue avait aidé à faire passer son mensonge. Les chirurgiens l'opéraient depuis maintenant trois heures, tentant de réparer son bras, tandis qu'on le transfusait pour remplacer le sang perdu dans les fourrés près du stade.

Il avait insisté pour être opéré sous anesthésie locale – il avait eu son lot de mauvaises surprises pour la nuit. Les médecins avaient réussi à sauver son bras mais il s'écoulerait du temps avant qu'il puisse s'en resservir, et on l'avait prévenu qu'il garderait de graves séquelles de l'accident. Les pales avaient tailladé muscles et tendons. Lorsqu'il serait rétabli, son bras n'aurait plus guère qu'un rôle décoratif. Le droit, en plus. De colère, il avait failli demander aux chirurgiens de l'amputer, mais il s'était repris, ne désirant pas rajouter au grotesque de son apparence. Il n'aurait qu'à s'entraîner à devenir gaucher.

Même dans son état, il remarqua l'émotion qui envahit l'hôpital quand on apprit l'apparition du signe au-dessus de la maison du révérend Darby. La nouvelle laissa Maddox perplexe. Ça n'avait jamais fait partie du plan. Il se demanda si Drucker se mettait à jouer en solo et, si oui, ce qu'il avait en tête. Toute cette histoire était en train de partir à vau-l'eau. Stoïque, il décida d'aller de l'avant et d'achever malgré tout la tâche qu'il s'était fixée. Avec de la chance, il en sortirait libre et en vie. Une maxime de Warren Buffett lui revint à l'esprit : « Quand le bateau coule, l'énergie consacrée à changer de navire sera probablement plus productive que celle perdue à colmater les fuites. » Avec Rydell, les frères Sherwood et la journaliste dans la nature, ce n'était plus un naufrage, mais un torpillage en règle.

Il savait qu'il allait devoir se battre au jour le jour. Mais il avait été entraîné à cela. Il repensa à Jackson Drucker et au reste de ses hommes, à leurs cadavres déchiquetés sur le sol de cette ville fantôme en Irak. Il survivrait à ce nouvel échec et poursuivrait le combat, comme il l'avait fait alors.

Moins d'une heure plus tard, il sortait de l'hôpital et se dirigeait vers le centre de Houston.

81

Ils n'avaient pas encore fini de mettre le père Jérôme au courant quand le jour se leva enfin sur la banlieue ouest de Houston. Tous les cinq s'étaient relayés pour expliquer au frêle vieillard comment les douze derniers mois de son existence n'avaient été qu'un vaste mensonge.

Ils lui avaient exposé le projet originel de Rydell. Parlé de la poudre intelligente, des lanceurs, de la manière dont Drucker avait détourné le plan de son ex-associé à son profit. Puis ils abordèrent la partie délicate : les traitements qu'on lui avait infligés, les drogues, la suggestion par le truchement du LRAD. A chaque nouvelle révélation, ils voyaient les épaules du vieil homme s'affaisser un peu plus, son visage se creuser de rides.

Pourtant, Gracie trouva qu'il encaissait le choc plutôt mieux que prévu. Il n'avait pas craqué. Il faut dire qu'il avait connu dans sa vie davantage d'épreuves que la moyenne des gens. Sous ses apparences frêles, le moine avait un caractère bien trempé.

— La voix sur la montagne, dit-il enfin, le regard lointain. Même si ça paraissait totalement absurde, c'était en même temps si réel... Comme si elle était vraiment dans ma tête. Comme si elle lisait mes pensées.

— C'est parce qu'on vous avait soumis au préalable à des séances d'autosuggestion, lui expliqua Gracie.

Le père Jérôme soupira et se tourna vers Rydell :

— Et vous allez dire que tout était finalement votre idée ?

Rydell acquiesça.

Le père Jérôme fronça les sourcils.

— Qu'y a-t-il ? demanda Gracie.

Mais il se contenta de répondre :

— Je suis las. J'ai besoin de me reposer.

Gracie et Dalton rejoignirent leurs chambres. Rydell fit de même, laissant Danny et Matt étendus chacun sur son lit, les yeux au plafond. Ils avaient regardé le tout premier journal télévisé de la matinée. Bien sûr, il y avait été longuement question de l'apparition du signe au-dessus de la résidence de Darby et de la frénésie qui avait suivi, mais, pour l'instant du moins, les médias ne faisaient aucune allusion à la disparition du père Jérôme.

— A quoi tu penses ? demanda Danny au bout d'un moment.

— A la même chose que toi.

— Drucker ?

Matt répondit par un grognement.

— Ça me fout les boules qu'il s'en tire à si bon compte, reprit Danny.

— Ecoute, ce type est une crapule, aucun doute là-dessus. Mais on n'y peut pas grand-chose, à part lui loger une balle dans la tête.

Comme Danny restait muet, Matt reprit :

— Tu veux lui loger une balle dans la tête, c'est ça ?

— Ce n'est pas vraiment mon style, observa Danny.

— Je me disais aussi…

— Mais si Rydell ne se charge pas sérieusement de lui, je pourrais bien changer d'avis.

— On pourrait l'enfermer deux ou trois ans dans ma cave, suggéra Matt d'un ton égal. Au pain sec et à l'eau.

— C'est sympa de se dire qu'on a encore le choix, observa Danny avec un sourire narquois.

Matt tourna la tête vers son frère :

— Ça fait du bien de te retrouver.

Danny acquiesça, puis, regardant à nouveau le plafond :

— Oui, ça fait du bien d'être de retour.

Rydell faisait les cent pas dans sa chambre, cherchant désespérément une solution de rechange. Il fallait qu'il appelle Rebecca. Qu'il entende sa voix. Un coup d'œil à l'horloge de son portable lui révéla qu'il était encore trop tôt sur la côte Ouest. Surtout pour sa fille. Cette idée lui arracha l'esquisse d'un sourire, mais aussi une petite larme qu'il essuya après s'être assis au bord du lit. Quelle fin pitoyable, pensa-t-il. Lui qui, parti de rien, était presque devenu le maître de l'univers. Tout ça pour ça.

Il fallait qu'il parle à Rebecca. Il prit son portable, posa le doigt sur la touche appel, sans se résoudre à la presser. Non pas à cause du décalage horaire. Tout simplement parce qu'il ne savait pas quoi lui dire.

Il reposa le téléphone sur le lit, sentit son regard se brouiller et regarda ses mains trembler.

Il était presque midi quand Matt sortit de sa chambre pour se rendre au distributeur automatique de nourriture du motel. Il trouva Gracie appuyée contre le 4 × 4, une cannette de Coca à la main. Il mit une pièce dans la machine, en prit une à son tour et but une longue gorgée avant de rejoindre la journaliste.

— On n'arrive pas à dormir ?

Elle sourit.

— Mon horloge interne est tellement déréglée que je ne sais même plus quel jour on est.

— Le lendemain de Noël, dit Matt avec un sourire entendu.

— Vraiment ? Ce n'est pas encore cette année que je verrai un Noël blanc, remarqua-t-elle en regardant autour d'elle.

— Tu devrais essayer de te reposer, reprit Matt. Tu t'apprêtes à vivre les mois les plus intenses de toute ta vie.

— Quoi, encore pire que ces derniers jours ?

— Oh oui ! En comparaison, ça, c'était du gâteau.

Elle le regarda à la dérobée avant de détourner les yeux.

— Qu'y a-t-il ? insista-t-il.

Elle haussa les épaules.

— Quel gâchis, tu ne trouves pas ?

— Quoi ?

— Tous ces gens, dans le stade. Dans le monde entier. Qui buvaient ses paroles, chantaient, priaient. Tu avais déjà vu un tel enthousiasme, une telle ferveur ?

Comme Matt ne répondait pas, elle ajouta :

— Je sais, il y a de quoi flanquer la chair de poule, mais en même temps j'ai trouvé ça magnifique. Pendant un moment, tout le monde était heureux. Les gens avaient oublié leur boulot, leurs dettes, tous leurs tracas quotidiens. On leur avait rendu l'espoir.

— Un espoir frelaté.

— Et après ? Par définition, l'espoir n'est pas réel. C'est juste un état d'esprit, non ? S'il n'y avait pas tous ces parasites pour l'exploiter à leur avantage et se remplir les poches…

Matt hocha la tête.

— Ainsi va le monde.

Elle acquiesça, désabusée, puis demanda :

— Et toi, qu'est-ce que tu comptes faire ? N'oublie pas que tu es partie prenante dans cette histoire, toi aussi. Les gens voudront entendre ta version des faits.

— Parfait ! Je me verrais bien pondre un bouquin sur le sujet, un thriller palpitant, et qui sait, vendre les droits à un grand studio contre un joli pactole.

— Oui, eh bien, il faut redescendre sur terre, mon pote.

Matt s'esclaffa, puis il regarda Gracie et remarqua soudain que c'était une fille superbe. Et ce n'était pas la seule de ses qualités. Malgré son désir d'oublier au plus vite le cauchemar de ces derniers jours, il se fit la réflexion qu'il ne détesterait pas prolonger encore un peu leurs relations.

Mais le plus dur restait à venir. Il l'interrogea :

— Quand comptes-tu appuyer sur le bouton rouge ?

— Je n'en sais rien, répondit-elle, subitement sérieuse. Si on laissait au monde un petit répit ? Après tout, c'était Noël hier.

— Demain, alors ?

Elle acquiesça.

— Demain.

Ils jetèrent leurs cannettes vides et retournèrent à pas lents vers leurs chambres respectives. Comme ils passaient devant celle du père Jérôme, la porte de celle-ci s'entrouvrit et le vieux moine apparut sur le seuil.

— Pardon, on ne vous a pas réveillé ? s'excusa Gracie.

— Non, non, pas du tout.

Il semblait ne pas avoir fermé l'œil de la nuit. Il les regarda quelques secondes puis lâcha :

— Il faut qu'on parle.

82

Houston

Un calme relatif était revenu en ville, malgré une impatience presque tangible. Cela faisait plus de vingt-quatre heures qu'on était sans nouvelles du père Jérôme, et même si la vie semblait avoir repris son cours normal, tout le monde guettait la prochaine révélation.

Les premiers à voir la boule de lumière se réfléchir à la surface du bassin furent des promeneurs qui profitaient du beau temps. La sphère de six mètres de diamètre flottait au-dessus du vaste bassin qui s'étendait au pied de l'obélisque, à l'extrémité nord de Hermann Park. Un petit groupe de badauds n'avait pas tardé à se former. Très vite, ils remarquèrent au-dessous de l'apparition la silhouette d'un homme en soutane noire à capuchon brodé. La lumière semblait le suivre tandis qu'il s'éloignait lentement de l'obélisque.

Les badauds convergeaient à présent vers lui, invitant tous les passants à les rejoindre pour profiter du spectacle. Le parc, entouré des principales attractions de la ville : le zoo, l'arboretum, le muséum d'Histoire naturelle, avec sa serre en forme de papillon, et le fameux Théâtre de verdure Miller, était très fréquenté. En un rien de temps, une véritable nuée entoura le vieillard, qui marchait tranquillement le long du bassin. On lui parlait, on le saluait, on lui posait des questions, mais il demeurait silencieux, sans même chercher à croiser les regards. Il se contentait de hocher la tête d'un air énigmatique, comme abîmé dans ses réflexions. Les spectateurs se tenaient à distance respectueuse. Ceux qui s'aventuraient un peu trop près étaient vite rappelés à l'ordre par les autres.

Parvenu au pied des marches de l'estrade qui dominait le bassin, le moine s'arrêta et se retourna pour embrasser du regard la vaste esplanade, jusqu'à la statue de Sam Houston sous son arche monumentale. La police du parc réagit promptement en établissant un cordon protecteur autour de l'estrade. Des équipes de télévision ne tardèrent pas à arriver. En un rien de temps, plusieurs centaines de personnes s'étaient rassemblées sur la pelouse, les yeux rivés sur la minuscule silhouette surmontée d'une sphère miroitante.

Une fois tous les éléments du drame en place – la foule, les médias, la protection –, le moine fit un pas en avant et ouvrit les bras en signe de bienvenue. Le silence se fit aussitôt. On aurait dit que la nature elle-même avait décidé de se taire.

Le père Jérôme promena lentement son regard sur la foule, puis il leva la tête pour contempler la sphère qui continuait de flotter dans le ciel, avant de prendre la parole.

— Mes amis, quelque chose de merveilleux s'est produit ces jours derniers. Un événement sublime, incroyable, étrange et qui même pour moi reste incompréhensible, confessa-t-il.

Un murmure étonné parcourut l'assistance. Le père Jérôme reprit :

— Parce que je dois à la vérité de dire que j'ignore ce qui se passe. Je ne sais pas ce que c'est, ajouta-t-il en levant le doigt pour désigner la boule de lumière. J'ignore pourquoi elle est ici. J'ignore pourquoi elle m'a choisi. Ce que je sais, en revanche, c'est qu'on s'est mépris sur sa signification. Vous comme moi. Jusqu'à hier soir, du moins. Mais à présent, je crois avoir compris ce qu'elle cherchait à nous dire. Et je suis venu partager la nouvelle avec vous.

Dans sa chambre d'hôtel, Keenan Drucker était resté bouche bée devant la télévision.

Depuis la disparition du père Jérôme, il redoutait d'entendre Rydell et ses nouveaux amis tout révéler à la presse. Le fait qu'ils s'en soient abstenus jusque-là l'avait moins rassuré que dérouté. Il se demandait ce que Rydell mijotait, et la scène qui se déroulait à présent sur l'écran devant lui ajoutait encore à sa perplexité.

Il entendit sonner et se dirigea machinalement vers la porte de sa suite, l'esprit accaparé par les événements qui se déroulaient à moins d'un kilomètre de l'hôtel. Il regarda par le judas et se raidit en reconnaissant son visiteur impromptu, puis il se ressaisit et ouvrit.

— Mon Dieu ! s'exclama-t-il en découvrant l'épais pansement sur le bras de Maddox et son visage luisant de sueur. J'ignorais que c'était aussi grave.

Maddox le bouscula pour entrer, sans répondre.

— C'est le bordel dans le hall. Vous avez vu ce qui se passe ?

A peine avait-il dit ces mots qu'il remarqua le téléviseur allumé. Il s'approcha de l'écran et se tourna vers Drucker.

— Qu'est-ce que vous fabriquez ?

— Ce n'est pas moi, protesta Drucker. J'ignore ce qui se passe.

— Ce n'est pas vous ? répéta Maddox, incrédule.

— Je vous répète que je n'ai rien à voir avec ça. Ce doit être Rydell. Il a repris la main. Ils ont récupéré le moine la nuit dernière.

— Je pensais que ça faisait partie de votre plan. Puis j'ai essayé d'appeler Dario, et je suis tombé sur un flic.

— Dario est mort.

Maddox secoua la tête. C'était encore pire que ce qu'il avait imaginé.

— Alors, qu'est-ce qui se passe ?

— Je n'en sais rien. Peut-être Rydell les a-t-il convaincus que le message sur le réchauffement climatique était trop important pour passer à la trappe.

— Mais il sait que vous pouvez à tout moment tirer le tapis de sous ses pieds, remarqua Maddox.

— Pour qu'il m'entraîne dans sa chute ? D'ailleurs, si je tombe, vous tombez avec moi, je vous le rappelle. Au cas où vous l'auriez oublié, Rydell devait nous servir de bouc émissaire. Sans lui, nous n'avons plus le choix.

Puis son visage se détendit brusquement.

— Ils ne vont pas le démasquer, dit-il comme s'il cherchait à se rassurer lui-même. Pas avant d'avoir trouvé quelqu'un sur qui faire retomber la faute. Ce qui, de notre côté, nous donne le temps de trouver une autre porte de sortie.

Maddox le considéra quelques secondes et parvint à une conclusion logique. S'il devait disparaître dans la nature, il lui fallait s'assurer qu'il ne laissait derrière lui personne qui puisse lui gâcher sa nouvelle existence. Comme, par exemple, un politicien qui n'hésiterait pas à le dénoncer pour sauver sa peau.

Il sortit son automatique avant que Drucker ait eu le temps de réagir et le pointa sur son front.

— Une autre porte de sortie ? J'en ai une pour vous.

Il le fit asseoir dans le fauteuil, face à la télévision, puis plaça la main tremblante de Drucker autour de la crosse de son pistolet, le forçant à enfoncer le silencieux dans sa bouche.

Drucker leva vers lui un regard empli d'effroi et d'incrédulité.

— Depuis le début, je n'ai jamais trouvé que lâcher Jérôme était une bonne idée, expliqua Maddox. Il nous est bien plus utile ainsi. La vérité, Keenan, c'est que nous avons le choix. Mais vous, non.

Et il pressa la détente.

La balle fit exploser la boîte crânienne de Drucker, projetant de la matière grise sur le mur derrière lui. Maddox replaça le pistolet dans la main inerte du cadavre, referma les doigts sur la crosse et la détente.

Rapide. Silencieux. Précis. Une sacrée bonne devise.

Il sortit son portable et passa un appel.

— Je pense qu'on est de nouveau en piste. Comment va notre gars ?

— Il est toujours peinard chez lui, répondit son contact à la NSA. En train de regarder le direct depuis le parc.

— Bien. Faites-moi signe s'il bouge. J'ai besoin qu'il reste où il est.

Après un dernier regard vers l'écran de télévision, Maddox se glissa hors de la pièce, calculant l'itinéraire le plus rapide pour rejoindre le parc.

83

Le père Jérôme hésitait à poursuivre. Ses lèvres tremblaient, la sueur perlait à son front. Les souvenirs affluaient, détournant son attention. Puis une voix familière retentit dans ses oreilles.

— Vous vous débrouillez comme un chef, lui dit Gracie. Continuez. Rappelez-vous tout ce qu'on a dit. Parlez-leur à cœur ouvert. On est derrière vous.

L'ombre d'un sourire passa sur les lèvres du vieil homme. Il embrassa la foule du regard et reprit son discours d'un ton décidé.

Accroupie à l'arrière du fourgon, Gracie abaissa les jumelles et se tourna vers Matt, aux commandes du LRAD.

— Ce truc est vraiment top, plaisanta-t-elle en tapotant la parabole. J'en veux un.

— Pourquoi pas ? C'est Noël, après tout. A mon tour d'entrer en jeu, reprit Matt, brusquement sérieux. Garde l'œil sur le père Jérôme, au cas où il aurait une nouvelle hésitation.

Elle lui sourit comme il ouvrait les portes du fourgon.

— Bonne chance !

Il lui rendit son sourire.

— A plus tard !

Il mit en place son oreillette, se tourna vers Dalton resté au volant. Ils échangèrent un bref signe de tête puis Matt descendit et se dirigea vers l'esplanade.

Caché derrière le théâtre de verdure, Danny observait également le déroulement des opérations aux jumelles, tandis que Rydell assurait la liaison téléphonique avec Gracie. Le 4 × 4 était garé sur le parking de service du théâtre, avec les lanceurs chargés de poudre intelligente posés à côté.

— Matt est en route, l'informa Rydell.

— Les lanceurs sont prêts ?

— Tout est paré. Vous êtes sûr d'avoir eu assez de temps pour récrire les programmes ?

— Il n'y aura pas de problème.

Leurs regards se croisèrent. Celui de Danny exprimait toujours la même colère muette. Rydell grimaça.

— Je vous revaudrai ça, promis.

Danny haussa les épaules.

— Essayons déjà de bien faire notre travail. Prêt ?

— Prêt.

— C'est parti !

— Nous vivons dans un monde divisé, déclara le père Jérôme. D'autres m'ont précédé, porteurs de sages et nobles pensées qu'ils ne demandaient qu'à partager avec leur prochain. Pour aider l'humanité. Pour lui offrir matière à réflexion. Mais, chaque fois, ils ne parvinrent qu'à dresser les hommes les uns contre les autres. Leurs paroles pleines de sagesse, leurs actions désintéressées furent mal interprétées, déformées, détournées par des êtres avides de gloire. On a bâti en leur nom de véritables temples de l'intolérance, où chacun se prétendait le gardien de la vraie foi, brandissant leurs propos comme des instruments de haine. Des instruments de guerre.

Il marqua une pause. Il sentait le malaise gagner l'assistance. Il redoubla de concentration et reprit :

— Nous devons essayer d'y remédier.

A cet instant précis, la sphère commença à se dilater. La foule étouffa un cri de stupeur, contemplant le signe qui s'était mis à palpiter et onduler avant de reproduire les motifs géométriques déjà connus – sauf que cette fois, le cycle s'acheva sur une autre image. Celle d'une croix. Une immense croix flamboyante qui brûlait dans le ciel au-dessus du parc.

Une immense clameur éclata parmi les spectateurs… mais leur allégresse fut de courte durée quand le signe changea à nouveau de forme. La croix disparut, remplacée par une étoile. L'étoile de David. La surprise et l'hésitation gagnèrent l'assistance, mais c'était loin d'être terminé. La sphère continua à se transformer, affichant tour à tour les symboles associés aux autres religions – l'islam, l'hindouisme, le bouddhisme, le bahaïsme, remontant toujours plus loin dans l'histoire, jusqu'à l'aube de la civilisation.

Les changements s'accéléraient, les symboles s'enchaînaient de plus en plus vite, jusqu'à se fondre dans une valse aveuglante, et soudain tout s'éteignit. La sphère s'évanouit, sans prévenir, sans un bruit.

La foule resta interdite. Les gens se dévisageaient, ne sachant que penser… Puis le signe éclata de nouveau dans toute sa gloire initiale, retrouvant la forme de la toute première apparition au-dessus de la banquise, et il demeura ainsi, scintillant au-dessus de la tête du moine.

— Pas mal, le son et lumière, fit une voix grinçante dans leur dos.

Danny et Rydell se tournèrent et se figèrent en découvrant Maddox. Il portait un long étui noir à l'épaule et tenait une arme dans sa main gauche. Son visage reflétait un mélange de colère et de confusion.

Il s'arrêta à trois mètres d'eux et leva les yeux vers l'immense signe qui illuminait le ciel quelque deux cents mètres plus loin.

Il n'avait pas eu de mal à les retrouver. Un point de vue dégagé, en retrait, d'où l'on pouvait opérer et voir sans être vu... Les possibilités étaient restreintes. Sa troisième tentative avait été la bonne.

— Je me sens tout plein de chaleur et d'amour, railla-t-il en leur faisant signe de mettre les mains en l'air. Amour et paix pour tous les hommes de bonne volonté, c'est ce que vous essayez de leur fourguer ?

— Ça fonctionne, dit Rydell en adressant un regard à Danny, qui venait de reposer son portable sans couper la communication. Ils écoutent le message.

— Et vous croyez vraiment que ça va faire une différence ? Vous croyez que nos ennemis vont avaler ces foutaises ? Putain, mais réveillez-vous, Larry ! Ils écouteront peut-être, mais ça ne changera rien à rien.

— Ça pourrait. Ecoutez, je ne sais pas ce que vous avez en tête, Keenan et vous, mais je n'ai pas l'intention de les empêcher de croire en Dieu. J'aimerais juste les voir se servir un peu plus de leurs neurones. Qu'ils écoutent le père Jérôme et ce qu'il a à leur dire.

— Quel discours admirable ! ironisa Maddox. Vous voulez que je vous dise où tout ça va le conduire ?

Il posa à terre l'étui qu'il portait en bandoulière, l'ouvrit, en sortit un fusil à lunette.

— Ça va le conduire à se faire tuer.

Gracie se raidit en entendant ces paroles dans son oreillette. Maddox était non seulement en vie mais il les avait retrouvés.

Elle se tourna vers Dalton.

— Il faut que j'appelle Matt. On a un problème.

84

La foule avait vivement réagi à l'apparition du signe, mais le père Jérôme leva les mains dans un geste d'apaisement tandis que sa voix retentissait pour mettre fin à la confusion.

— Bien des nôtres ont prêché le même message, le seul qui compte, tonna-t-il dans le silence revenu. Un message d'humilité. De charité. De tendresse et de compassion. C'est tout ce qui importe. Et pourtant, ça n'a pas marché. Toutes les religions que nous avons bâties existent depuis des centaines, des milliers d'années. Toutefois, le monde est plus divisé et violent que jamais. Et nous devons y remédier.

— Matt ! fit la voix de Gracie dans son oreillette. C'est Maddox. Il tient Danny et Rydell.

Matt se figea, horrifié. Puis il se ressaisit et, se frayant un passage à travers la foule, se précipita vers le théâtre de verdure.

Maddox visait alternativement Rydell et Danny.

— Dès qu'il aura terminé son sermon, il va prendre une balle dans la tête. On fera passer ça pour l'attentat d'un déséquilibré. Les détraqués, c'est pas ce qui manque. Parce que c'est ainsi que finit tout bon prophète, non ? En mourant pour sa cause.

Rydell voulut intervenir mais Maddox le coupa.

— Vous ne pouvez pas faire les choses à moitié. Si vous voulez que les paroles de votre prophète se gravent dans l'esprit de ces millions de gens, alors il doit mourir. Devenir un martyr. Parce qu'un martyr, c'est plus dur à ignorer, pas vrai ?

Après un instant d'hésitation, Danny intervint :

— Et une fois qu'il sera mort…

— Oui, acquiesça Maddox. Vous deux hors circuit, le nettoyage sera fait. Et bien fait. On ne vous retrouvera pas. En revanche, on retrouvera le déséquilibré iranien qui aura descendu Jérôme. Un fanatique au CV long comme le bras, qu'on surveillait depuis un bout de temps. On le retrouvera « suicidé » d'une balle dans la tête, bien entendu.

— Vous n'aviez pas l'intention de dévoiler la vraie nature du père Jérôme ? s'étonna Rydell.

— Non.

— Mais Keenan… Il ne savait pas, c'est ça ?

— Bien sûr que non.

— Ainsi, c'est le monde musulman qui portera le chapeau.

Maddox eut un sourire glacial.

— Magnifique, non ? Le prophète qui voulait nous libérer tué par un agent de l'intolérance.

— Mais vous allez déclencher une guerre, objecta Danny. Les gens qui ont cru à l'histoire du père Jérôme vont devenir fous furieux.

— J'y compte bien.

Rydell s'avança d'un pas.

— Réfléchissez à ce que vous êtes en train de faire, Brad…

— J'y ai réfléchi, Larry, siffla Maddox. Je n'ai fait que ça pendant que je vous regardais tergiverser et laisser ces sauvages nous massacrer. Les Conventions de Genève, les audiences et les commissions sénatoriales pour peu qu'on ait eu le malheur de vouloir arracher la vérité à l'un de ces kamikazes qui se foutent de leur propre vie. On joue en respectant les règles contre un ennemi qui sait que les guerres n'en ont pas. Ils se foutent de nous, là-bas. On se fait botter le cul, et vous savez pourquoi ? Parce qu'ils ont pigé, eux. Ils savent comment s'y prendre. Ils savent que si quelqu'un vous frappe la joue gauche, on ne tend pas la droite. On lui arrache son putain de bras. Et le seul moyen pour nous de vaincre, c'est de foutre les gens en rogne au point qu'ils réclament du sang.

— Vous entraînerez des millions d'innocents dans une guerre rien que pour punir quelques extrémistes ?

— Il ne s'agit pas seulement de quelques extrémistes, Larry. C'est toute cette putain de région. Vous n'êtes jamais allé là-bas. Vous n'avez jamais vécu parmi eux, lu la haine dans leurs yeux. Vos conneries du genre « nous ne faisons qu'un », ça ne marchera pas. On ne peut pas vivre ensemble. Ça n'arrivera jamais. Il y a une différence fondamentale entre eux et nous. A tous les niveaux. Ils le savent. On le sait. On est juste trop dégonflés pour l'admettre. Et ils ne renonceront jamais. Ce sont nos ennemis, ils veulent nous détruire. Nous conquérir. Mais ce n'est pas une conquête territoriale. C'est une guerre sainte. Et pour la remporter, il faut une croisade. Si on veut les vaincre, il faut jeter toutes nos forces dans la bataille. Les éliminer une bonne fois pour toutes. Et pour ça, il faut la mort de votre faux prophète. Quel meilleur appel aux armes ? Il retentira jusqu'au bout du monde. Alors, conclut-il, vous maintenez ce signe dans le ciel et vous restez bien sages jusqu'à ce qu'il ait terminé et qu'on en finisse.

Le père Jérôme pointa le doigt en direction de la foule et reprit :

— Nous prions tous le même Dieu. C'est la seule chose qui importe. Tout le reste, les institutions, les rituels, tout ce que nous avons bâti en Son nom n'est que création humaine. Peut-être avons-nous eu tort d'y accorder autant d'importance, car Dieu se moque de ce qu'on boit ou mange. Il se moque du nombre de fois où on doit Le prier, des mots employés ou du lieu choisi pour le faire. Il se moque de savoir pour qui vous votez. L'essentiel, pour Lui, c'est votre comportement envers votre prochain. Il vous a donné à tous une intelligence qui vous a permis de réaliser des prodiges.

Vous avez su envoyer des hommes sur la Lune. Vous pouvez créer la vie dans des éprouvettes ou anéantir toute existence sur cette planète avec les armes que vous ne cessez d'inventer. La vie et la mort sont entre vos mains, et vous êtes tous des dieux. Et, que vous le vouliez ou non, vous êtes désormais maîtres de vos propres vies de par vos choix, vos actes. Chacun d'entre vous sait dans son for intérieur que se battre et s'entretuer, c'est mal. Que rester inactif quand les autres meurent de faim, c'est mal. Que rejeter dans les fleuves et les mers des résidus mortels, c'est mal. Chaque jour, chacun d'entre vous est confronté à des choix, et c'est tout ce qui importe. C'est aussi simple que ça.

— C'est presque fini, dit Maddox.

Rydell le vit s'approcher du 4 × 4 et caler son fusil sur le rétroviseur extérieur. Il se tourna vers Danny.

— Lancez votre logiciel de débridage.

— Quoi ?

— Lancez votre putain de logiciel ! Mieux vaut encore le démasquer que le faire tuer et déclencher une guerre.

— Non ! rugit Maddox en braquant le fusil vers eux.

— Attendez ! bredouilla Danny en levant les mains. On se calme, OK ? Je ne vais rien faire du tout.

— Danny, écoutez-moi, je vous en conjure, insista Rydell. Il ne peut pas nous tuer tous les deux. Il a besoin que le signe reste dans les airs. Lancez votre logiciel, bordel.

— Surtout pas, mon garçon, dit Maddox. Peu m'importe que le signe disparaisse ou non maintenant. Il a déjà accompli tout ce que j'en attendais.

Rydell se tourna Maddox, exaspéré.

— Ecoutez-moi ! Les choses peuvent changer en mieux pour tout le monde…

— Ça suffit, le coupa Maddox. Vous savez quoi, Larry ? Vous n'êtes plus indispensable.

Ce disant, il releva le canon, pressa la détente…

Au même moment, Matt surgit par le côté et l'aplatit au sol. La balle alla ricocher contre un mur tandis que les deux hommes roulaient à terre. Maddox décocha à Matt un coup de pied à l'estomac qui lui coupa la respiration. Mais, déjà, Danny et Rydell s'étaient jetés sur l'ancien soldat. Celui-ci tenta de se relever mais, dans son affolement, il oublia son handicap et prit appui sur son bras blessé. Il retomba, submergé par la douleur, et glissa la main gauche dans son blouson. Voyant la crosse d'un automatique dépasser de sa ceinture, Matt plongea pour récupérer l'arme qu'il avait laissée échapper.

Avant que Maddox ait pu se saisir de son pistolet, Danny se jeta sur lui de tout son poids et le renvoya au sol. Maddox tomba sur son bras blessé et son hurlement retentit dans le parking vide jusqu'à ce que Matt le fasse taire une bonne fois pour toutes d'un direct au plexus.

— Vous n'avez besoin de personne pour vous dire en quoi vous devez croire, ni qui vous devez vénérer, poursuivait le père Jérôme. Vous n'avez pas à redouter que la colère divine vous interdise les portes du paradis. Vous n'avez nul besoin d'entrer dans ces grands temples de l'intolérance pour qu'on vous y délivre Sa parole, car la vérité, c'est que personne ne la connaît. Moi-même, je ne la connais pas. Tout ce que je sais, c'est que nous ne sommes pas des esclaves, que nous ne faisons partie d'aucun plan divin. S'il existe un Dieu, et je crois qu'Il existe, nous sommes tous Ses enfants. Pour le reste, vous êtes maîtres de votre destin et vous devez en accepter la responsabilité, cesser de chercher des excuses dans de vieux mythes. Prenez soin les uns des autres, prenez soin de la terre qui vous nourrit. Profitez de la vie. Rendez ce monde meilleur pour tous. Et, enfin, accordez-moi une ultime faveur : ne laissez personne exploiter et pervertir les paroles, les mots que vous m'avez entendu prononcer aujourd'hui.

Après un dernier regard à la foule, le père Jérôme ferma les yeux et leva les mains. Le signe demeura immobile quelques secondes encore puis il descendit lentement, jusqu'à englober le vieux moine et le dérober ainsi à la vue des policiers et des gardiens du parc. L'assistance recula, horrifiée, puis le signe explosa en une multitude de boules lumineuses de quelques dizaines de centimètres de diamètre. Une voûte formée de centaines de signes se déployait à présent au-dessus de la marée humaine, presque à portée de toutes ces mains tendues.

Soudain un cri de stupeur attira de nouveau l'attention des spectateurs et des policiers vers l'estrade.

Le père Jérôme avait disparu.

85

A l'autre bout de la ville, le révérend Nelson Darby fulminait devant son téléviseur géant. Son téléphone n'arrêtait pas de sonner.

Avec un soupir exaspéré, il tira d'un coup sec sur le cordon de l'appareil, arrachant la prise du mur, et le balança sur l'écran.

Ils regardèrent le reportage dans le salon réservé par Rydell à l'aéroport de Hobby. Ils avaient réussi, et jusqu'ici on ne déplorait aucun déchaînement de violence, dans quelque endroit du monde que ce soit. Ils savaient aussi qu'ils venaient d'ouvrir une gigantesque boîte de Pandore, de lancer un débat qui allait faire rage pendant des mois et des années. Mais aucun d'entre eux ne le regrettait.

L'appareil ramenant Rebecca Rydell de Los Angeles devait se poser d'une minute à l'autre. Il les conduirait ensuite chacun vers sa destination : la capitale pour les deux journalistes, Boston pour Rydell, Matt et Danny. Le père Jérôme séjournerait chez Rydell jusqu'à ce qu'ils aient trouvé un moyen de le réintroduire dans la vie publique, si toutefois ils y parvenaient un jour.

Gracie observait le moine en train de se regarder sur l'écran.

— Pas de regrets ?

Il lui adressa un sourire amical.

— Pas le moindre. Nous avions besoin d'atteindre un nouveau niveau de conscience pour affronter de nouveaux défis. Qui sait ? Peut-être que ça marchera.

— Vous avez davantage confiance en la nature humaine que moi, mon père, commenta Rydell.

— Vous trouvez ? Vous êtes le père d'une invention magnifique, conçue avec les meilleures intentions du monde. Si vous n'y aviez pas cru un tant soit peu, vous ne vous seriez jamais lancé dans ce projet. Cela me porte à croire qu'il vous reste encore un semblant de foi dans l'humanité, non ?

— Peut-être bien, mon père. Et peut-être que l'humanité me surprendra en tirant parti du dixième du message que vous lui avez délivré.

Rydell laissa un silence, puis il reprit :

— Je vous dois la vie, mon père. Quoi que vous désiriez, vous n'avez qu'à me le demander.

— J'ai bien en tête deux ou trois endroits qui auraient grand besoin d'hôpitaux et d'orphelinats, observa le père d'un air innocent.

— Vous n'avez qu'à me dresser une liste. Ce sera avec plaisir.

Gracie tapota l'épaule du moine, puis elle regarda Dalton qui écoutait, fasciné, Danny lui expliquer la technologie mise en œuvre par le signe. Elle se demandait si son cadreur allait cesser de travailler pour la télévision afin de se joindre à Rydell et au frère de Matt quand elle aperçut ce dernier près de la machine à café.

Elle s'approcha de lui.

— Alors, j'imagine que ton projet de superproduction hollywoodienne est tombé à l'eau ?

Matt feignit une grimace.

— Ouais. Dans le fond, ce n'est pas plus mal. Je n'aurais pas su quoi faire de toutes ces groupies. Mais on pourrait en dire autant de ta consécration médiatique, non ?

— Merci de me la rappeler…

Matt comprit qu'elle ne plaisantait qu'à moitié.

— Ça va ? lui demanda-t-il.

— Je ne sais pas. Ça me fait bizarre d'avoir éventé une arnaque de cette ampleur. J'ai l'impression d'être Jack Nicholson dans *Des hommes d'honneur*, tu te rappelles ? « Vous n'êtes pas capables de supporter la vérité. »

— Tu es quand même plus sexy que lui...

Ce commentaire désarmant venait à point nommé pour Gracie.

— Merci quand même de l'avoir remarqué ! rétorqua-t-elle. Maintenant, fais-moi plaisir et trouve-nous un autre sujet de conversation.

Il se régala un moment de son sourire, puis il demanda :

— Ça te branche, les voitures de collection ?

Note de l'auteur

Voici où nous en sommes :

« Je me retourne vers les prophètes de l'Ancien Testament et les signes annonciateurs de l'Armageddon, et j'en viens à me demander si notre génération verra leur avènement. J'ignore si vous avez relu récemment l'une de ces prophéties, mais, croyez-moi, elles décrivent la période que nous traversons. »

Ronald Reagan, en 1983

« Si les gens ne contribuent pas à faire élire des hommes de Dieu, alors notre nation sera gouvernée par des lois laïques. Ce n'était pas l'intention de nos pères fondateurs et certainement pas celle de Dieu... nous devons reprendre en main ce pays... et si ce n'est pas nous, chrétiens, qui nous en chargeons, alors comment y parvenir ? Si vous n'élisez pas des chrétiens, purs et durs, sous la pression du public, si vous n'élisez pas des chrétiens, alors, par essence, vous légiférerez dans le péché. »

Et :

« La Floride a le pouvoir de faire basculer cette nation à travers ces élections. Notre Père, encore une fois, oui, encore une fois, nous nous réjouirons avec Ton Fils et ramènerons cette nation dans la ligne de Ton gouvernement, des principes et de l'autorité de Ton royaume.

Katherine Harris, secrétaire d'Etat de Floride,

justifiant son refus d'un nouveau décompte des voix dans cet Etat lors de l'élection présidentielle de 2000, malgré de nombreuses plaintes pour fraude et irrégularités, alors qu'Al Gore n'avait que quelques centaines de voix d'écarts avec George W. Bush

« Je me rappelle qu'aux élections de 2004, Hollywood était contre nous. Les médias étaient contre nous. Les universités étaient contre nous. Et, malgré eux, l'Eglise de Jésus-Christ a renvoyé George W. Bush à la Maison-Blanche. Nous sommes le camp de la victoire. Nous allons gagner parce que c'est nous qui détenons la vérité. Nous qui détenons la parole de Dieu. »

Jerry Falwell

« Oui, je pense que Jésus reviendra sur terre de mon vivant. »

Sarah Palin,
candidate républicaine à la vice-présidence en 2008

Et voilà où nous en étions il y a deux siècles :

« Les divagations d'un insensé, guère plus dignes ou susceptibles d'explication que les incohérences de nos rêves nocturnes. »

Thomas Jefferson, troisième président des Etats-Unis,
au sujet de l'Apocalypse

« Les prêtres des différentes sectes religieuses... redoutent les progrès de la science comme les sorcières l'approche de la lumière du jour, et ils tremblent devant la dénonciation imminente des duperies qui sont leur gagne-pain. »

encore Thomas Jefferson

C'est une chance que Jefferson ait vécu à cette époque. Il n'aurait pas eu la moindre chance d'être désigné comme candidat, et encore moins élu dans l'Amérique du XXIe siècle. C'est tout dire...

Remerciements

Ecrire est d'abord un effort solitaire et, pour ne pas terminer en tapant frénétiquement « All work and no play makes Raymond a dull boy » avant d'aller chercher une hache [1], je saute sur la moindre occasion pour faire appel aux lumières de mes amis et autres infortunées victimes. Par chance, il se trouve que tous ces gens sont à la fois très lucides et très malins, qu'ils parviennent toujours à trouver le temps de m'être agréable et je leur suis de cela infiniment reconnaissant. Sans ordre de préférence, et en oubliant certainement deux ou trois noms, mon commando stellaire pour cet ouvrage comprenait Richard Burston, Bashar Chalabi, Carlos Heneine, Joe et Amanda McManus, Nic Ransome (désolé, Nic, je n'ai pas réussi à placer la phrase : « Ce n'est pas le messie, c'est juste un très vilain garnement ! »), Michael Natan, Alex Finkelstein, Wilf Dinnick, Bruce Crowther, Gavin Hewitt, Jill McGivering, Richard Khuri, Tony Mitchell et mes parents.

J'adresse également un chaleureux merci à mes éditeurs Ben Sevier et Jon Wood pour leurs conseils et leur patience. Une fois encore, vos suggestions ont été inestimables. Grand merci aussi à Brian Tart, Claire Zion, Rick Willett et tous les autres chez Dutton et NAL, à Susan Lamb et tout le monde

---

1. Allusion à Jack Torrance, le héros du roman et du film *The Shining*, ce romancier devenu fou dont le manuscrit se résume finalement à répéter sur des pages et des pages le proverbe « travailler sans relâche rend Jack ennuyeux ».

chez Orion, à Renaud Bombard, Anne Michel et toute l'équipe des Presses de la Cité. Merci à tous pour leur précieux travail et leur enthousiasme, et pour avoir toujours été disponibles afin de répondre à mes incessantes demandes.

Un salut très spécial – et bien tardif – à Ray Lundgren et Richard Hasselberger, qui, en tant que directeurs artistiques chez Dutton, sont responsables des fameuses couvertures, à commencer par celle de la version originale du *Dernier Templier*, qui a eu un tel impact. Ray, cette croix sur le fond des tours de Manhattan était une idée de génie. Le succès de mes livres doit beaucoup à votre travail. Encore mille mercis à vous deux.

Merci, aussi, à Lesley Kelley et Mona Mourad pour leurs dons généreux et pour avoir participé aux enchères caritatives qui leur ont permis de choisir le nom de certains de mes personnages.

Et, enfin, toute ma gratitude à mes fabuleux conseillers à l'agence William Morris – Eugenie Furniss, Jay Mandel Tracy Fisher et Raffaella De Angelis.

Composition et mise en pages : FACOMPO, LISIEUX

Cet ouvrage a été imprimé en France par

CPI
Bussière

à Saint-Amand-Montrond (Cher)
en septembre 2009

N° d'édition : 8078. — N° d'impression : 092498/4.
Dépôt légal : septembre 2009.